GEORG BRUN

GEWISSENLOSE WEGE

Ein München-Krimi

Bookspot
EDITION 211

© Jeannine-Bachmann

In München im Jahr 1958 geboren, ist Georg Brun mit einigen Abstechern stets ein »Münchner Kindl« geblieben. Auf mehrere Jahre im Bayerischen Landeskriminalamt und das Jura-Studium folgte eine langjährige Tätigkeit im Wissenschaftsministerium. Als Georg Brun im Jahr 1988 mit »Das Vermächtnis der Juliane Hall« sein erstes Buch veröffentlichte und dafür den Bayerischen Förderpreis für Literatur erhielt, begann sein erfüllendes Doppelleben als Jurist und Schriftsteller. »Gewissenlose Wege« ist die Fortsetzung seiner München-Krimi-Reihe rund um die Anwältin Olga Swatschuk.

Mehr über den Autor unter www.georgbrun.de

1. Auflage

Lektorat: Johanna Gerhard
Korrektorat: Andreas März
Satz/Layout: Martina Stolzmann
Covergestaltung: Martina Stolzmann
Titelmotiv: © Pixabay

Druck: CPI – Clausen & Bosse, Leck
Made in Germany

ISBN 978-3-95669-178-2
www.bookspot.de

München im Jahr 2022

Im Gegensatz zu Märchen beginnen im 21. Jahrhundert Romane zu Recht nicht mit den Worten *Es war einmal* – denn manches ist eben noch nicht Vergangenheit. Die nachfolgende Geschichte weist daher Ähnlichkeiten mit Geschehnissen der Zeit- und Medizingeschichte auf, ist aber trotzdem frei erfunden. Sollten sich gleichwohl Missverständnisse ergeben, wird dies bedauert.

In der Tat gab es vor Jahren an einigen Kliniken in Deutschland schwerwiegende Probleme im Bereich der Versorgung mit Spenderorganen, die medial als *Transplantationsskandale* begleitet wurden. Jedoch führten in Bayern verortete missliche Umstände an betroffenen Universitätskliniken zur Rehabilitation der verantwortlichen Chefärzte. An Münchner Kliniken wird nach dem Kenntnisstand des Autors hervorragende Arbeit im anspruchsvollen Bereich der Maximalversorgung geleistet, die höchste Anerkennung verdient.

Weltweit allerdings gibt es immer noch Missstände bei der Versorgung mit Spenderorganen. Der globale illegale Organhandel ist kaum empirisch fassbar, da er sich im Dunkeln abspielt; eine Ausarbeitung aus dem Jahr 2017 des Deutschen Bundestags (WD 7 - 3000 - 023/17) kommt zu folgender Feststellung: »Der illegale Handel mit Organen ist in den letzten Jahren zu einem globalen Phänomen und Problem geworden. Beschränkte sich dieses früher noch hauptsächlich auf den indischen Subkontinent und Südostasien, so betrifft es heutzutage jeden Kontinent und damit auch Europa.«

Wenn das Schicksal kommt, ist der Arzt ein Narr.
Persisches Sprichwort

Für Bianca, Bernd und Franz, die mit ihrer jeweiligen Lese(r)-brille dafür gesorgt haben, dass diese Geschichte so erzählt wird, wie sie erzählt wird. Danke, ihr drei!

*Fiat justitia, pereat mundus!**

Immer noch ein frommer Wunsch

Weil er sich immer für Kunst und Kultur eingesetzt hat:
Thomas Goppel zum 75. Geburtstag

* Übersetzung: Es soll Gerechtigkeit geschehen, und gehe die Welt darüber zugrunde.

1

Sie schlich aus dem Schlafzimmer hinaus auf die Dachterrasse. Nach dem nächtlichen Gewitter roch die Luft frisch. Der Himmel war klar, und im Osten erhellte ein lila-roter Streifen die Dächer der Stadt. Von weit her tönte das Grundrauschen des Mittleren Rings, untermalt von den Rufen des Amselhahns schräg gegenüber, der unermüdlich den Tag begrüßte. Olga genoss diese ruhigen Minuten, wenn der Tag erwachte, besonders auf Sonjas Dachterrasse. Dieser Ort in Höhe der Giebel der Jahrhundertwendehäuser – der vorletzten Jahrhundertwende, um genau zu sein – war ein magischer Ort und ein Geschenk des Schicksals. Ohne Sonja, die noch tief und fest schlief, wäre Olga niemals in den Genuss dieses morgendlichen Augenblicks gekommen. *Wie rasch sich ein Leben ändern kann*, dachte Olga und erinnerte sich lächelnd an den entscheidenden Abend mit Sonja, der gerade eine Woche zurücklag. Gestern vor einer Woche hatten sie sich beim Italiener zum Dinner getroffen und danach die Nacht miteinander verbracht. In dieser Nacht hatte sich ihr Leben verändert, im wahrsten Sinn von heute auf morgen. Olga konnte es immer noch nicht fassen. Tief in ihrem Herzen spürte sie noch eine gewisse Verunsicherung, nach vielen Jahren mit Liebesbeziehungen zu Männern plötzlich die Liebe mit einer Frau zu erleben. *Man krempelt nicht von einer Stunde auf die nächste sein Leben um, ohne darüber nachzudenken,* beruhigte sich Olga. Außerdem hatte sie sich in den Menschen Sonja verliebt, in dieses lebendige Geschöpf, das so viel Zärtlichkeit und Geborgenheit schenken konnte. Nicht die körperliche Anziehung, sondern die seelische Zugewandtheit ließ das Gefühl erblühen, das mit Verliebtheit unzulänglich umschrieben war. Jede Stunde mit Sonja war bisher mit Freude erfüllt und gab Olgas Leben zusätzlichen Sinn. Denn das suchte sie trotz ihrer inzwischen 32 Jahre leidenschaftlich: den Sinn ihres Lebens.

Der wiederum war gestern Abend in anderem Zusammenhang infrage gestellt worden. Von klein auf beschäftigte sie das Thema Gerechtigkeit, aber sie musste wieder einmal erfahren, wie schlecht es darum bestellt war, in der Realität zu gerechten Ergebnissen zu gelangen, weil bei ihrem letzten Fall die beiden hauptsächlichen Übeltäter voraussichtlich straffrei davonkommen würden. *Man lebt nicht von Luft und Liebe allein,* bekräftigte Olga vor sich selbst und beschloss, im Kampf für Gerechtigkeit weiterhin einen Sinn ihres Lebens zu sehen.

Im Osten verbreiterte sich der helle Saum, das Rot changierte in Rosa, das Lila verblasste, und mit der aufziehenden Dämmerung spottete der Amselhahn lauthals über die erwachende Stadt. Die Dächer zeigten ihre Farben, vielfach das Rostrot der traditionellen Dachziegel, dazwischen der Grünspan zweier Kupferdächer, sowie das Grau moderner Aluminiumverkleidungen. Ein Potpourri von Giebel- und Flachdächern bot sich ihrem Blick. Olga genoss diese Schau über Münchens Dächer. So bemerkte sie erst mit der sanften Berührung an ihrer Schulter, dass sich Sonja neben sie gestellt hatte.

»Ein schöner Morgen«, flüsterte sie, »nach einer kurzen Nacht. Hast du gut geschlafen?«

»Wunderbar«, antwortete Olga und wandte Sonja ihr Gesicht zu. Weich trafen sich ihre Lippen zu einem zarten Kuss. »Aber mit dem Ergebnis unserer Diskussion bin ich nicht zufrieden.«

Sonja nahm Olga in den Arm und strich über ihren Hinterkopf. Es lag mehr als Trost in dieser Bewegung. Noch ehe Sonja sprach, spürte Olga Aufmunterung und Mut.

»Wir finden eine Lösung«, versprach die Computerexpertin, »die meine Anwältin zufriedenstellt. Ich habe da eine Idee.«

»Wirklich?«

Sonja nickte und fuhr fort: »Du musst Geduld haben. Zuerst müssen wir Alex helfen, diesen verschollenen Arzt zu finden.«

»Ich sehe schon«, sagte Olga und gähnte, »ihr versteht euch.«

»Alex ist ein spannender Typ, und ihr zwei habt mir mit eurem Fall Appetit auf Ermittlungsarbeit gemacht. Mein Leben wird aufregend, seit du aufgetaucht bist.« Sonja hauchte Olga einen weiteren Kuss auf den Mund, nahm sie bei der Hand und zog sie in die Wohnung.

Während Olga zwei Crema vorbereitete, schnitt Sonja Banane, Erdbeeren und Apfel in zwei Schalen, goss Joghurt darüber, und zerkrümelte einige Walnüsse. Nebenbei erhitzte sie die Pfanne mit einem Stück Butter und schlug vier Eier auf. *Sunny side up* mit krossem Eiweißrand, so mochten sie beide das Spiegelei am liebsten. *Es tut gut, jemanden beim Frühstück am Tisch zu haben,* gestand sich Olga ein. Viel zu lange war sie seit Marcos Tod allein gewesen und hatte sich morgens nachlässig ernährt. *Wie sich das Leben verändern kann,* sinnierte sie und setzte sich an den Küchentresen.

Sonja jagte zwei Birnen und einige Karotten durch den Entsafter, dann nahm sie neben Olga Platz und prostete ihr schelmisch zu. »Auf dein Wohl, Gerechtigkeitsengel!«

»Ist doch wahr«, erwiderte Olga. »Kaum auszuhalten, dass Horbacher und Schusternagel ungestraft fette Beute machen, während andere für zumindest teilweise vorgetäuschte Vergehen in den Knast wandern.«

»Wart' nur, die kriegen ihr Fett schon ab. Doch zunächst will ich mit Alex den Arzt aufspüren. Findest du das nicht aufregend, was er uns erzählt hat?«

Olga nickte und hörte Alex von der türkischen Frau erzählen, die gestern Nachmittag in seiner Detektei erschienen war und um Hilfe gebeten hatte, ihren spurlos verschwundenen Mann zu finden. Zwei Umstände hielt Olga in diesem Zusammenhang für bemerkenswert: Zum einen die Nähe des Arztes zu dem Moscheenverband DITIP, zum anderen die Empfehlung des weit über München hinaus bekannten Rechtsanwalts Presselt, Frau Atasoy solle sich an Alex Sorger wenden. Wie kam diese Frau an so einen Prominentenanwalt? Ihr Mann war als Oberarzt noch kein Kaliber vom Format üblicher Mandanten Presselts, der zudem nicht dafür bekannt war, sich für Ausländer zu exponieren. Berührungen zu einem umstrittenen Moscheenverband wären dem Staranwalt vermutlich mehr als unangenehm, und die dürfte es geben, weil der im Januar neu gewählte Generalsekretär über zwei Ecken mit dem Vermissten verwandt war.

»In den Computern dieses Verbandes herumzustöbern, macht mich jedenfalls total an«, unterbrach Sonja Olgas Erinnerungen. »Von diesem Verein hat man ja schon einiges gelesen, und man will sich nicht unbedingt mit diesen Herrschaften anlegen – aber genau das finde ich reizvoll.«

»Lieber wäre mir, du hättest etwas Geduld. Vielleicht löst sich das Rätsel rasch und unkompliziert. Hat Alex nicht gesagt, in mehr als der Hälfte solcher Fälle steckt eine andere Frau dahinter?«

»Das liegt an seiner Stammklientel – untreue Ehemänner. Aber nein, dieser Doktor Atasoy wird nicht wegen einer anderen Frau davonlaufen. Da steckt mehr dahinter.«

»Wir werden sehen. Wann triffst du dich mit Alex?«

»Früher Nachmittag. Danach geht er ins Theater.«

»Felix Krull, ich weiß.« Olga lachte. »Seine Dorothee macht ihm ganz schön Beine.«

2

Er tastete sich einen dunklen Korridor entlang, hinter sich ein schabendes Geräusch. Er drehte sich um, konnte jedoch im Düstern nichts erkennen. Wo war er? Er fühlte sich orientierungslos und zunehmend hilflos. Obwohl er immer schneller ging, kam das Geräusch näher. Geradeaus, nur geradeaus verlief der Weg, die Dunkelheit wurde beinahe schwarz. Nun musste er die Arme nach vorn strecken. Es war stockfinster und er sah nichts mehr. Das Geräusch kam näher, wurde lauter, klang wie das Kratzen von Metall auf Steinboden, eher schleifend als klackernd. Unheimlich. Besorgniserregend. Ihm brach der Schweiß aus, er lief los, hinein in ein Nachtschwarz, wie er es nicht kannte. Arme voraus, rennen, atmen, kurzatmig werden. Angst. Laut nun das Geräusch, unmittelbar hinter ihm. Ein kalter Lufthauch …

Schreiend wachte Alex Sorger auf. Wie immer, wenn er diesen Traum erleiden musste. Dabei träumte er diese Szene seit vielen Jahren so regelmäßig, dass er sich nach dem Aufwachen mittlerweile fragte, warum ihn diese surreale Situation so ängstigte. Sein Leben als Privatermittler hielt kaum Aufregendes bereit. Weder war er in den letzten zehn Jahren in eine tätliche Auseinandersetzung verwickelt gewesen noch in eine Verfolgungsjagd. Seine Waffe war neuerdings eine Canon EOS RP mit bestechender Bildqualität, leicht und kompakt, und der blitzschnelle Autofokus half ungemein bei den Schnappschüssen auf die abenteuerlustigen Männer, denen er im Auftrag der betrogenen Ehefrauen auflauerte. *Mal sehen,* dachte Alex und schälte sich aus dem zerwühlten Bett, *ob es sich bei Bülent Atasoy um einen Durchschnittskunden handelt oder ob sein spurloses Verschwinden einen ernsteren Hintergrund aufweist.*

Während er duschte, erinnerte er sich an den Besuch der verängstigten Ehefrau, die ein idealisiertes Bild ihres Gatten gezeichnet hatte, sowie daran, dass seine erste, oberflächliche Recherche an Atasoys Arbeitsplatz zu keiner Erkenntnis geführt hatte. Wobei er bisher lediglich einen kleinen Rundgang durch die Chirurgische Klinik hatte unternehmen können, ehe er sich mit Olga und Sonja hatte treffen müssen. Beim Gedanken an Olga, die junge Anwältin, die ihn vor drei Jahren in einem Verfahren wegen Hausfriedensbruchs herausgehauen hatte und mit der er seitdem befreundet war, lächelte er. Sie hatte ihn gestern Abend damit überrumpelt, ihm Sonja als ihre Freundin vorzustellen. Aber irgendwie war er kaum überrascht: Er hatte schon seit längerem das Gefühl gehabt, dass sie nicht übermäßig an Männern interessiert war. Zumindest nicht, seit ihr Lebensgefährte und Kletterpartner Marco, den er leider nie persönlich kennengelernt hatte, auf tragische Weise verunglückt war.

Sonja schien ein außergewöhnlicher Mensch zu sein, in den man sich durchaus verlieben, den man aber auf jeden Fall sympathisch finden konnte. So war es gestern nicht bei einem Kirschweizen in Olgas Lieblingsgrillbar in der Maxvorstadt geblieben. Als sie sich kurz vor Mitternacht verabschiedet hatten, hatte Alex den Überblick über die genossenen Alkoholika verloren, aber interessante Einsichten gewonnen. Einerseits waren sie sich einig geworden, das Ergebnis ihrer aktuellen Recherchen über Horbacher und Schusternagel nicht tatenlos im Raum stehen zu lassen, sondern der Gerechtigkeit auf die Sprünge zu helfen. Andererseits waren sie zu einer zukunftsweisenden Übereinkunft für eine nachhaltige Zusammenarbeit gelangt: Sowohl Sonja als auch Olga wollten ihn im Fall des vermissten Bülent Atasoy unterstützen.

Beschwingt stieg er aus der Dusche, zog sich an und machte sich auf den Weg in sein Büro in der Innenstadt. Noch war wenig Verkehr und das Fahrradfahren durch die frische Luft machte Spaß. Das Gewitter hatte die dringend notwendige Abkühlung gebracht, heute würde seit Langem der erste Tag mit Höchsttemperaturen unter 30 Grad sein. *Gut für den Theaterbesuch,* freute sich Alex, der aufgeregt war, weil er mit seiner neuen Flamme Dorothee das erste Mal zu einer Aufführung gehen würde. Sie kannte die Inszenierung schon und hatte sich als profunde Theaterliebhaberin geoutet. Alex hingegen ging nur gelegentlich ins Kino oder Theater und fürchtete ein wenig, sich bei der scharfsinnigen Staatsanwältin, in die er sich Hals über Kopf verliebt hatte, als Kulturbanause zu blamieren. Doch als er sein Büro betrat und die Fenster öffnete, um die klare Luft hereinzulassen, schob er den anstehenden Theaterbesuch beiseite. Erst musste er in Sachen Atasoy ein paar Hausaufgaben erledigen.

Je mehr Alex zu Bülent Atasoy aus dem Internet herauszog, umso größer wurde sein Respekt vor dem Arzt, der in einer der Münchner Universitätskliniken als leitender Oberarzt arbeitete und, wenn er das Organigramm richtig interpretierte, unmittelbar unterhalb des Chefarztes der Vorgesetzte von rund 50 Ärzten war. Als außerplanmäßiger Professor führte er neben seiner chirurgischen Tätigkeit umfangreiche Forschungsarbeiten durch und veröffentlichte hochkarätige Studien, leitete eine vielköpfige Forschergruppe, war mehrfacher Doktorvater und international nachgefragter Referent auf diversen Kongressen, darunter einige Großereignisse der Pharmaindustrie. Seine Profile auf LinkedIn, Xing und Facebook zeigten einen strahlenden Mann mit dynamischer Karriere und einer Breite an Zusatzqualifikationen, die ihresgleichen suchte. Das alles mit gerade einmal 45 Jahren, dazu war er Vater dreier Söhne und Gatte einer attraktiven Frau.

Auf Facebook konnte sich davon jeder selbst ein Bild machen, denn mit offensichtlicher Freude hielt er auf seinem Profilfoto seine Frau im Arm und präsentierte die drei Söhne mit einem Stolz, wie er nur einem glücklichen Familienvater eigen ist.

Der steht auf der Sonnenseite des Lebens, dachte Alex Sorger und wunderte sich lediglich, dass auf dem Bewertungsportal keine einzige Bewertung zur ärztlichen Leistung des Chirurgen zu finden war, obwohl dort etliche Details registriert waren und seine Seite oft aufgesucht wurde. *Kann man einen Chirurgen nicht bewerten?,* fragte sich Alex Sorger, googelte noch ein wenig und stellte fest, dass Klinikärzte grundsätzlich keine individuellen Bewertungen bekamen. *Dann dürfte Atasoy in der Tat ein Erfolgsmensch sein,* folgerte Alex, denn nicht nur Atasoys Werdegang – vom Studenten zum Arzt, dann Doktortitel, Facharzt für Chirurgie, anschließend Facharzt für Viszeralchirurgie (*nachschlagen, was das bedeutet,* notierte Alex auf einem Schmierzettel), dann Privatdozent und Oberarzt, geschäftsführender Oberarzt, leitender Oberarzt und neuerdings außerplanmäßiger Professor – zeugte von Zielstrebigkeit. Nein, auch sein Motto, »Geht nicht gibt's nicht!«, das er auf Facebook eingestellt hatte, bewies seinen Ehrgeiz. Vermutlich war Atasoy ein durchsetzungsfähiger Chef.

Damit kann man sich Feinde machen, überlegte Alex. Mit Twitter dagegen eher nicht, denn er besaß zwar ein Konto, aber es fanden sich von ihm keinerlei Tweets. Ebenso wenig gab es Hinweise auf Vereins- oder Parteimitgliedschaften. Die virtuellen Fingerabdrücke beschränkten sich auf seinen Beruf und die Familie, und wenn man annahm, dass der BMW X5, vor dem er sich mit seinen kleinen Söhnen hatte ablichten lassen, sein Eigentum war, konnte man über das allgemeine Wissen hinaus, wie gut Ärzte verdienten, erahnen, dass er über Vermögen verfügte.

Rasch listete Sorger anhand des Publikationsverzeichnisses einige Forschungsthemen auf, die sich mit Krebserkrankung, Leber, Niere, Bauchspeicheldrüse und Darm befassten, fast alles auf Englisch und so fachspezifisch, dass Alex es rasch aufgab, im Wörterbuch nachzuschlagen. Eher aus Neugier, und weil ihm noch fünf Minuten blieben, googelte er den Chefarzt der Klinik und fand einige ältere Schlagzeilen mehrerer Münchner Tageszeitungen: »Organspende-Skandal« – »Chirurgie-Direktor gefeuert!«

»Da schau her«, murmelte Alex und druckte die Artikel einen nach dem anderen aus, wobei er in einem Beitrag einen Absatz, den er besonders interessant fand, mit Leuchtstift markierte: *Nach hiesigen Informationen geht es inzwischen nicht mehr nur um Manipulationen, durch die einzelne Kranke schneller eine Spenderleber erhielten. Einer Patientin ist darüber hinaus eine Leber transplantiert worden, obwohl dies nach Ansicht von Fachleuten gar nicht nötig gewesen sei. Die Patientin litt unter einer chronischen Hepatitis C. Ihre Leber arbeitete aber noch so gut, dass ihre Werte unbedenklich waren. Dennoch wurde ihre Leber durch das Organ eines 80-jährigen Spenders ersetzt. Nach vier Wochen versagte die Spenderleber. Es folgten zwei weitere Transplantationen, doch die Patientin starb. Aus Klinikkreisen heißt es, alle zuständigen Ärzte hätten sich wegen vermuteter Erfolglosigkeit gegen die dritte Transplantation ausgesprochen. Warum sich der Chirurgie-Chef über die Bedenken hinwegsetzte, ist unklar.*

Ob Atasoy in diese Angelegenheit verwickelt war? Spannende Frage; später, wenn ihn Sonja besuchen käme, um über einige Internetrecherchen der besonderen Art zu sprechen, würde er diesen Aspekt mit ihr erörtern. Jetzt schloss er die Augen und rekapitulierte die Schilderungen der besorgten Ehefrau. Obwohl ihm sofort der naheliegende, weil in solchen Fällen immer auftauchende Gedanke durch den Kopf geschossen war, dass der Ehemann einen durchaus femininen Grund haben könnte, von der Bildfläche zu verschwinden, stellte Alex die Vorstellung, der türkischstämmige Chirurg vergnüge sich irgendwo mit einer Geliebten, zunächst zurück. Der Doktor war mit Sicherheit ein ehrgeiziger Erfolgs-, aber eben auch ein Familienmensch. Er würde vermutlich mit hemmungsloser Selbstverständlichkeit eine Geliebte haben, aber nicht mit dieser durchbrennen, und falls doch, hätte er eigentlich kaum einen Grund, es heimlich zu tun. *Von daher,* schlussfolgerte Alex, *habe ich es nicht mit einer eifersüchtigen, sondern in der Tat mit einer besorgten Ehefrau zu tun, wofür insbesondere der Umstand spricht, dass sie auf Empfehlung von Rechtsanwalt Presselt meine Hilfe gesucht hat.* Er kannte den prominenten Anwalt allzu gut. Florian Presselt war ein mit allen Wassern gewaschener Jurist, ein schlauer Fuchs, der mit empfindsamer Nase durch jedes rechtliche Unterholz schnüffelte, um die seinen Mandanten genehme Beute aufzuspüren und zu erlegen. Der schickte ihm nicht einfach eine besorgte Ehefrau, der hatte seine eigenen Gedanken.

Ich muss mit ihm sprechen, beschloss Alex und schenkte sich ein Glas aufgesprudeltes Wasser ein. Es schmeckte schon ein wenig fad, aber er hatte zu wenig getrunken und spürte hinter den Schläfen den Anflug von Kopfschmerzen heraufziehen. *Ein Glück, dass manchmal die einfachen Dinge wirken,* dachte er und griff zum Telefon.

»Ihren Anruf habe ich bereits gestern erwartet.« Presselt klang besorgt. »Wir sollten uns rasch zusammensetzen, lieber Herr Sorger. Haben Sie noch Kontakt zu dieser jungen Anwältin … wie hieß sie gleich noch mal?«

»Meinen Sie Frau Swatschuk?«, fragte Alex überrascht.

»Genau. Die ist tüchtig. Bringen Sie die Kollegin mit – sagen wir um 17:30 Uhr in meinem Innenstadtbüro.«

»Wie viel Zeit sollen wir einplanen?«

»Gute Stunde genügt fürs Erste. Abgemacht?«

»Geht klar. Bis dann.«

Alex schüttelte den Kopf. Mit was für einer Selbstverständlichkeit der Promianwalt seine Vorstellungen umsetzte, nötigte ihm Respekt ab. Da gab es weder Zögern noch Zaudern, kein überflüssiges Wort und kein Wenn und Aber. Wenn Presselt etwas sagte, galt es. So einfach war das, wenn man Charisma hatte. Aber warum wollte er Olga dabeihaben? Was hatte das zu bedeuten? Die Suche nach Bülent Atasoy versprach mehr als spannend zu werden.

3

Heute war der vierte Tag der Hauptverhandlung gegen ihren derzeit wichtigsten Mandanten Rolf Mergenthaler, dem ein schweres Konkursvergehen zur Last gelegt wurde. Olga nahm ihren Platz auf der Verteidigerbank ein und sortierte ihre Unterlagen. Vermutlich konnte die Beweisaufnahme bis zum Mittagessen abgeschlossen werden, dann stand ihr über das Wochenende die Arbeit am Plädoyer bevor.

Noch ließ sich keine Tendenz erkennen, in welche Richtung sich die Waage von Justitia neigen würde, denn die entscheidende Frage, wann ihr Mandant von der Zahlungsunfähigkeit seiner Firma hatte wissen müssen, harrte noch einer endgültigen Antwort. Licht ins Dunkel sollte am Vormittag die Aussage eines Bankmitarbeiters bringen, von dessen Integrität Rolf Mergenthaler überzeugt war. Lief alles glatt, könnte man auf einen Freispruch hoffen.

Als das Gericht den Sitzungssaal betrat, poppte auf ihrem Smartphone eine SMS auf. Sie erhob sich und ignorierte die Nachricht. Gleich darauf ging es bei der Zeugenvernehmung zur Sache. Der Banker tat alles andere, als ihren Mandanten zu entlasten; im Gegenteil trug er vor, in mehreren Telefonaten und persönlichen Gesprächen frühzeitig auf die drohende Illiquidität hingewiesen zu haben.

Nach einiger Zeit hielt es ihren Mandanten nicht mehr auf dem Stuhl. »Lügner!« Schreiend sprang Mergenthaler auf und schwang die Faust. Es bedurfte dreier Ermahnungen durch den Vorsitzenden, bis sich der Unternehmer beruhigte.

Auf Olgas Antrag wurde die Sitzung unterbrochen und auf den kommenden Dienstag vertagt. Olga musste sich mit Rolf Mergenthaler beraten, mit welcher Strategie die Glaubwürdigkeit des Bankers erschüttert werden könnte. Sie spürte, dass ihr in diesem Fall die Felle davonschwammen. Hatte sie das Prozessmaterial und ihren Mandanten falsch eingeschätzt?

Nun bereute sie es, in den zurückliegenden zehn Tagen so viel Energie in die Pflichtverteidigung einer trivialen Untreue investiert zu haben, anstatt sich ausschließlich mit diesem komplexen Bankrott zu befassen. Zwar hatte sie in dem Untreueverfahren mit der Staatsanwaltschaft zu Gunsten ihres Mandanten Martin Prodger eine Übereinkunft erzielen können, gegen Auflagen keine Anklage zu erheben, aber insgesamt waren die Umstände dieses Bagatellfalls unerfreulich geblieben. Sie waren zwei Betrügern auf die Schliche gekommen, die mangels gerichtsverwertbarer Beweise unbehelligt blieben. Gestern Abend hatten sie in Olgas Lieblingsgrillbar lang über diese Ungerechtigkeit diskutiert und waren zu keinem befriedigenden Ergebnis gekommen.

Mal sehen, was Sonja dazu einfällt, dachte Olga in Erinnerung an die Unterhaltung am Frühstückstisch und schob die Gedanken beiseite. Jetzt galt es, das Bankrottverfahren zu retten.

Doch Rolf Mergenthaler winkte müde ab. »Vergessen Sie's«, kapitulierte er. »Da läuft eine wasserdichte Intrige. Hier gibt es für mich nichts mehr zu gewinnen. Nehmen Sie diesen Typen nächsten Dienstag in die Mangel wie Sie wollen, es wird nichts nützen. Vergeuden wir heute Nachmittag nicht unsere Zeit mit einer aussichtslosen Diskussion.« Mit hängenden Schultern verließ er den Sitzungssaal.

Frustriert stopfte Olga ihre Prozessunterlagen in die Tasche, verließ das Gerichtsgebäude und überquerte die Straße hinüber zu dem kleinen Café, das bei Münchner Juristen beliebt war. Sie bestellte sich einen Latte macchiato, griff nach ihrem Smartphone und las die Kurznachricht: *Bitte unbedingt um 17:30 Uhr Treffen mit RA Presselt in dessen Innenstadtbüro, Alex.*

Was hatte das zu bedeuten? Sicher ging es um diesen verschwundenen Arzt, doch warum so geheimnisvoll? Was für ein

Spiel spielte der Prominentenanwalt? Warum sollte sie zu einem Treffen kommen, was hatte sie mit dieser Angelegenheit zu schaffen?

Der Latte macchiato hellte ihre Stimmung auf. Sie grübelte nicht länger, sondern tat Alex den Gefallen und antwortete, sie werde rechtzeitig vor Ort sein. Außerdem war sie neugierig auf den Fall und auf den berühmten Anwalt, mit dem sie vor einiger Zeit in einer belanglosen Angelegenheit zu tun gehabt hatte, den sie aber nicht näher kannte. Sie trank den Kaffee aus, bezahlte und radelte in ihre Kanzlei. Nachdem ihr Angela, die Anwaltsgehilfin, zugerufen hatte, dass alles ruhig war und nichts Besonderes anstand, schnappte sich Olga ihre Sporttasche, schwang sich wieder auf den Sattel und fuhr ins Fitnessstudio.

Sonja schwitzte auf dem Crosstrainer. Olga konnte Sonjas Freude sehen, als sie das Gerät neben ihr bestieg, und sofort wogte Wärme durch ihren Bauch. *Wow,* dachte Olga, *wie heftig sie auf mich wirkt,* und ein Lächeln des Glücks überzog ihr Gesicht.

Sonja hatte offensichtlich noch gar nicht mit Olga gerechnet, denn sie fragte erstaunt: »Ist dein Verfahren schon fertig? Du hast doch befürchtet, heute gar nicht zum Sport zu kommen.«

»Frag nicht«, erwiderte Olga. »Der Prozess Mergenthaler geht in die Hosen.«

»Auweia. Das ist doch dein wichtigster Kunde.«

»Tja«, seufzte Olga und trat kräftig in den Crosstrainer, »es ist, wie es ist. Aber mit dem türkischen Arzt scheint es spannend zu werden. Alex hat mich zu einem Treffen mit dem Promianwalt gebeten.«

»Aha. Warum?«

»Wenn ich das wüsste.«

»Das finden wir raus. Ich bin nach dem Training mit Alex verabredet. Begleitest du mich?«

Olga nickte und strich Sonja kurz über die Wange.
Sonja strahlte: »Schön, dass du da bist.«

Alex empfing sie mit einem breiten Grinsen und berichtete von dem zweiten Besuch, den ihm Frau Atasoy am späten Vormittag abgestattet hatte. Bereitwillig war sie seiner Einladung gefolgt, noch einmal im Büro vorbeizukommen, und hatte von diversen Kontaktaufnahmen berichtet, welche türkische Organisationen in letzter Zeit zu ihrem Mann unternommen hatten. Allerdings wusste sie kaum etwas über die Ziele dieser Institutionen. Selbst über DITIP schien sie wenig informiert, außer dass ihr Mann entfernt mit dem Generalsekretär des Moscheenverbands verwandt war. Mehrfach hatte sie das gering ausgeprägte politische Interesse ihres Mannes betont und gleichwohl ihre Befürchtung angedeutet, sein Verschwinden könne mit türkischen Interessenvertretern zusammenhängen.

»Wir müssen uns in diesem Bereich schlaumachen«, unterbrach Alex seinen Bericht. »Ich wäre froh, wenn du, Sonja, zunächst einmal mit erlaubten Mitteln recherchieren könntest, mit wem wir es zu tun haben.«

Sonja nickte, und Alex erwähnte den zweiten Ansatz, den er lohnenswert fand, nämlich die Frage, ob und wie Bülent Atasoy in den Transplantationsskandal am Klinikum verwickelt sein könnte.

»Seine Frau hat das weit von sich gewiesen«, führte Alex aus. »Damals hätte Bülent mit Transplantationen fast gar nichts zu tun gehabt. Er war damals auch nicht der verantwortliche Oberarzt. Erst nach den Unregelmäßigkeiten ist er geschäftsführender Oberarzt geworden. Der für diesen Schlammassel Verantwortliche hat die Klinik längst verlassen. Wortwörtlich hat Gülay Atasoy gesagt: ›Der hat schon immer sein eigenes Süppchen gekocht und dann den anderen den Scherbenhaufen hinterlassen.‹ Trotzdem bin ich unsicher, ob sie recht hat; vielleicht sieht sie ihren

Mann nur in mildem Licht und in dem anderen den Sündenbock. Jedenfalls sollten wir hier nachbohren, und sei es nur, um das Thema auszuschließen. Ob wir in diesem Zusammenhang mit legalen Mitteln an handfeste Informationen kommen, wage ich zu bezweifeln. Vielleicht müssen wir zaubern. Was meinst du, Sonja?«

»Nichts lieber als das, schließlich ist Hacken das Salz in der Suppe«, zeigte sich Sonja begeistert. »Aber muss man nicht zuerst im Umfeld des Vermissten ermitteln, ob jemand etwas weiß oder wissen müsste?«

»Gestern habe ich einen Rundgang durch das Klinikum gemacht, aber keine Ansprechpartner gefunden – schließlich musste ich mit euch Kirschweizen trinken. Seine Frau hat mir glaubhaft versichert, niemand aus seinem Umfeld wüsste, ob und was geschehen ist. Sein Handy ist ausgeschaltet. Warten wir ab, was uns Rechtsanwalt Presselt mitzuteilen hat.«

»Ungewöhnlich, uns sprechen zu wollen«, warf Olga ein. »Hast du eine Ahnung, um was es geht?«

Alex nickte nachdenklich. »Vermutlich um zwei, drei schützenswerte Patienten unseres Arztes. Deretwegen, das weiß ich von seiner Frau, ist Presselt seit Längerem mit Atasoy in Kontakt. Und weil es sich offensichtlich um heikle Angelegenheiten handelt, ist sie mit ihren Sorgen zu Presselt gegangen.«

»Aber der hat sie abtropfen lassen«, warf Olga ein.

»Nein, sonst hätte er sie nicht zu mir geschickt. Presselt ist sehr besorgt. Er will mich im Boot haben, und offensichtlich auch dich, Olga. Er scheint dich einmal erlebt zu haben?«

»In einem belanglosen Verfahren saßen wir uns gegenüber und haben uns verglichen. Das war das einzige Mal, dass ich mit ihm zu tun hatte.«

»Vermutlich genügt das dem alten Fuchs bereits. Außerdem, ich habe es noch nie erzählt, habe ich schon öfter für ihn verdeckt ermittelt und ihm natürlich von meinen Problemen mit der Anzeige wegen Hausfriedensbruchs und davon erzählt, wie du mich herausgehauen hast.«

»Wieso hat er dich damals nicht verteidigt?«

»Offiziell will er keine Berührungspunkte mit mir haben. Nachvollziehbarerweise, sonst könnte ich für ihn keine verdeckten Ermittlungen durchführen. Und was es für ein Glücksfall für mich war, dich kennenzulernen, Olga ...« Er ließ den Satz unvollendet.

»Dann handelt es sich wieder um einen verdeckten Auftrag«, folgerte Sonja. »Echt spannend das Ganze.«

»Wie willst du vorgehen?«, fragte Olga. »Bei Vermisstenfällen ist Zeit ein wesentlicher Faktor.«

»Da hast du recht«, stimmte Alex zu. »Daher würde ich Sonja bitten, sich im Krankenhaus umzusehen und dem Moscheenverband ein paar Geheimnisse zu entlocken.«

»Wie soll das gehen?« Sonja schien ratlos.

»Digital natürlich. Stöbere einfach durch die Klinikhomepage und schau, was es für Querverbindungen zu unserem Doktor gibt. Daneben kannst du noch ein wenig in die Philosophie von DITIP eindringen. Also erst mal eine simple Internetrecherche über frei zugängliche Quellen. Mal sehen, auf was wir stoßen.«

»Kann uns die Ehefrau Zugang zum Computer ihres Mannes verschaffen?«

Olga blickte überrascht zu Sonja. Was für ein guter Gedanke. Olga spürte den Stolz auf ihre Freundin, erst recht, als Alex zugab, daran noch nicht gedacht zu haben.

»Super Einfall«, lobte er, »ich rufe Frau Atasoy sofort an.«

Eine halbe Stunde später radelte Olga mit Sonja durch die sommerliche Stadt. Die lastende Hitze der letzten Tage war angenehmer Wärme gewichen. Trotzdem war die freitagnachmittägliche Aggression der Menschen hinter ihren Windschutzscheiben auf den verstopften Straßen spürbar. Alle wollten aus der Stadt hinaus, was für viele bedeutete, erst einmal quer hindurchzufahren, und Olga empfand beim Anblick der hupenden Autofahrer zunehmend Sympathie für die jungen Menschen, die heute wieder auf die Straße gegangen waren, um sich für Umweltschonung und Klimabewusstsein einzusetzen. Der Straßenverkehr in München hatte längst überhandgenommen, höchste Zeit, etwas zu ändern. Andererseits war es den vielen Pendlern nicht zu verübeln, mit dem Auto zu fahren, wenn die S-Bahn statt mit Zuverlässigkeit durch Pannen von sich reden machte. *Zum Glück,* freute sich Olga, *kann ich in der Stadt fast alles mit dem Fahrrad erreichen, selbst die Wohnung eines vermissten Arztes.*

Sie kamen am Wohnhaus der Atasoys in Bogenhausen an und sperrten ihre Räder aneinander. Ehe sie auf die Haustür zugingen, umarmten und küssten sie sich.

»Es ist schön mit dir, meine süße Bergziege – und spannend«, bemerkte Sonja, ergriff Olgas Hand und zog sie zu dem barock wirkenden Eingang. Allein diese Geste ließ in Olga dieses Kribbeln aufleben, das sie seit dem ersten Kuss von Sonja immer wieder empfand; und mit diesem Kribbeln wuchs die Vorfreude auf den Abend mit seinen zärtlichen und lustvollen Minuten. Jetzt aber fokussierte sich Olga auf die anstehende Aufgabe und drückte den Klingelknopf bei »Atasoy«.

Der Türöffner summte, sie betraten ein feudales Foyer mit ausladendem Treppenhaus. Zwei Stockwerke hinauf, schon standen sie vor einer schweren Eichentür, die geöffnet wurde, als sie ins Sichtfeld des Spions traten.

Frau Atasoy empfing sie in einem weiten Hosenanzug, der ihre rundlichen Formen geschickt verschleierte. Das markante und trotzdem fein gezeichnete Gesicht erweckte bei Olga sofort Sympathie. Den großen braunen Augen sah sie den Kummer an, der die Arztfrau plagte.

»Kommen Sie herein«, bat sie ihre Gäste und führte sie durch einen großzügigen Flur in ein nüchtern und modern eingerichtetes Wohnzimmer. »Darf ich Ihnen einen Mokka anbieten?«

Olga und Sonja nickten und blickten sich im Raum um, während Gülay Atasoy durch eine Zwischentür verschwand. Auf dem rechteckigen Rauchglastisch lag ein flaches MacBook Pro, das neueste Modell, wie Olga anerkennend feststellte. Rund um den Tisch standen ein Sofa für drei Personen und drei Sessel in klassischem Bauhaus-Design, streng und geradlinig in gedämpftem Bordeauxrot. Rechts und links der Couch ragten zwei Stablampen auf, zwei würfelförmige Deckenfluter illuminierten Tisch und Sitzgruppe. Ein Edelstahlbücherregal nahm die linke Schmalseite des Raums ein, rechts neben der Durchgangstür zu einem Nebenzimmer stand ein Stahlschrank mit Hausbar. An der weißen Wand hinter dem Sofa hingen drei breitformatige Schwarz-Weiß-Fotografien von Istanbul. Ansonsten war das Wohnzimmer leer, und, was Olga sofort auffiel: kein Fernsehgerät. Den Wohnraum einer türkischen Familie hatte sie sich definitiv anders vorgestellt.

Immerhin trug Gülay Atasoy nun ein Mokkakännchen und drei Mokkatassen auf einem runden Kupfertablett herein und stellte es in die Mitte des Tisches, ehe sie sich in einen der Sessel setzte und Olga und Sonja mit einer eleganten Handbewegung einlud, von dem Mokka zu nehmen. Mit ihren hoch angesetzten Wangenknochen und dem schmalen Rücken ihrer Nase hatte sie etwas Slawisches an sich, aber das dunkle Haar, buschige Augenbrauen und dichte Wimpern ließen durchaus auf ihre orientalische Herkunft schließen.

»Sie unterstützen Herrn Sorger bei der Suche nach meinem Mann?«, fragte sie mit angenehmer, aber zittriger Stimme. »Er ist nun schon zwei Tage verschwunden. Ich habe Angst.«

»Das verstehen wir sehr gut, Frau Atasoy«, bemühte sich Olga um einen mitfühlenden Tonfall, während sie sich Kaffee einschenkte. »Mein Name ist Olga Swatschuk, ich bin Rechtsanwältin und werde heute gemeinsam mit Herrn Sorger bei Herrn Rechtsanwalt Presselt sein, um gewisse Aspekte dieser Vermisstenangelegenheit zu erörtern. Neben mir sitzt Frau Sonja Lankess, unsere Computerspezialistin, die mit Ihrem Einverständnis den Laptop Ihres Mannes auf Hinweise zu seinem möglichen Verbleib untersuchen wird. Haben Sie irgendeine Vorstellung, was geschehen sein könnte?«

»Ich bin ratlos«, antwortete Gülay Atasoy und rang um Fassung. »Deshalb habe ich Angst. Eigentlich ist er sehr beliebt, aber vielleicht hat er Feinde, vielleicht mag nicht jeder in einer deutschen Klinik einen Türken als leitenden Oberarzt ... Aber meine Sorge geht in eine andere Richtung. Ich habe Angst vor Einflüssen aus der Türkei. Mein Mann ist weder politisch noch sehr religiös, trotzdem gab es in den letzten Monaten wiederholte Kontaktversuche von DITIP-Leuten. Mein Mann hat mir keine Einzelheiten verraten, keine Ahnung, was die wollten. Aber diese Leute sind der verlängerte Arm des Präsidenten. Das beunruhigt mich. Verstehen Sie das?«

»Stehen Sie oder Ihr Mann dem Präsidenten kritisch gegenüber?«, fragte Sonja.

»Im Gegenteil«, erwiderte sie, »Bülent ist überzeugt von Erdogans Politik. Die Türkei hat seiner Meinung nach in vielen Bereichen große Fortschritte gemacht. Trotzdem will Bülent in keine politischen oder religiösen Aktivitäten einbezogen werden. Das könnte bei gewissen Leuten negativ ausgelegt werden.«

»Gibt es Verbindungen zu DITIP?«, fasste Olga nach.

»Mein Mann ist mit dem neuen Generalsekretär verwandt. Abdurrahman ist der Sohn des Cousins des Vaters meines Mannes.«

»Herrje«, stöhnte Olga, »das ist ziemlich weit weg.«

»Richtig«, bekräftigte sie, »aber kurz nach seiner Wahl Anfang des Jahres fingen die Kontaktversuche an.«

»Ihr Mann hat sich stets ablehnend gezeigt?« Während Sonja die Frage stellte, griff sie nach dem MacBook und klappte es auf. »Kennen Sie das Kennwort?«

»Natürlich nicht. Brauchen Sie das?«

»Passt schon, ich komme ohne klar«, winkte Sonja ab und loggte sich über den Gastzugang ein.

»Mein Mann war stets sehr reserviert«, beantwortete Gülay Atasoy nun die zuerst gestellte Frage. »Aber er hat einen nennenswerten Betrag gespendet.«

»Das sollte die Freundschaft hinlänglich erhalten«, bemerkte Olga und schaute ihrem Gegenüber in die braunen Augen.

Es wurde still im Raum, nur noch das leise Rauschen des nahen Prinzregentenplatzes drang durch ein gekipptes Fenster. Sonja vertiefte sich in den Computer, tippte immer wieder etwas auf der Tastatur und schien die Welt um sich herum vergessen zu haben. Olga hielt Blickkontakt mit Gülay Atasoy und tat, was sie am liebsten tat, wenn sie mit jemand erstmals Kontakt hatte: schweigen und warten, was der andere von sich aus berichtet. Diese Strategie ging fast durchweg auf, so auch bei der sorgenvollen Ehefrau: Sie brach die Stille mit der Frage auf, Olga glaube wohl nicht an einen Zusammenhang zwischen den Kontaktanbahnungen und Bülents Verschwinden.

»Das habe ich so nicht gesagt«, erwiderte Olga, »aber ich würde an Ihrer Stelle über weitere Möglichkeiten nachdenken.«

»Sie denken an eine andere Frau«, flüsterte sie und schluchzte. Ihre Mundwinkel zitterten heftig. »Bülent ist ein starker …« Sie stockte kurz, ehe sie fortfuhr, »… lebendiger Mann …« Sie weinte.

Olga verstand diese Metapher und schwieg, Sonja versteckte sich hinter dem Bildschirm und tippte und tippte.

»Er würde niemals seine Familie wegen einer anderen Frau im Stich lassen«, schluchzte Gülay Atasoy. Sie wischte sich die Augen, dann reckte sie plötzlich ihr Kinn vor und schrie: »Niemals!«

4

Aus lauter Langeweile schlug Leone Riello in Wikipedia nach und las: *Der Begriff des Maklers bezeichnet in Deutschland den Vermittler einer Gelegenheit zum Abschluss von Verträgen.* Er lachte lautlos in sich hinein und kippte das Gläschen mit dem Nuss-Schnaps. Haselnuss. Kräftiges Aroma, weich im Abgang, genauso, wie Leone klare Obstbranntweine mochte. Obwohl er eigentlich eine kräftige Grappa jedem Obstbranntwein vorzog, allein schon aus heimatlicher Verbundenheit.

Seine Wiege stand in Valbrona, wo er bis in seine eigenen Zwanziger hinein den Eltern im *Albergo Sala* zur Hand gegangen war, nicht nur aus Dankbarkeit für die Möglichkeit einer soliden Ausbildung an der Geige, sondern auch aus wirtschaftlicher Notwendigkeit, denn mit der Musik konnte er seinen Lebensunterhalt nicht verdienen. Trotz seiner ungebrochenen Liebe zur Violine hatte sich daran im zurückliegenden Vierteljahrhundert nichts geändert, obwohl er viele seiner freien Minuten seiner *Guarneri* widmete.

Eine Schande, diese gut erhaltene Violine aus dem frühen 18. Jahrhundert dem breiten Publikum vorzuenthalten, dachte Leone und überlegte wieder einmal, sich als Makler in eigener Sache zu betätigen und den Intendanten der Mailänder Scala davon zu überzeugen, ihn für ein Violinkonzert einzuladen. Die Sache hatte leider nicht nur einen Haken: Niemand wusste, dass er im Besitz dieser Geige war, und weil er sie als Maklercourtage für eine besonders erfolgreiche Geschäftsvermittlung erhalten hatte, durfte das auch niemand erfahren. In der Sammlung von David L. Fulton in Seattle gingen die amerikanischen Kulturbanausen jedenfalls davon aus, sie besäßen das Original; die dortige Kopie fand Leone wirklich äußerst gelungen. Nun, zur Not könnte er mit seiner Mittenwalder Geige von Georg Reiter aufspielen, doch ein öffentlicher Auftritt würde womöglich sein einträgliches Geschäftsmodell beeinträchtigen, und seinen Lebensstil konnte er nur dank effektiver und geräuschloser Vermittlungstätigkeit finanzieren. Dabei lebte Leone bescheiden, fuhr beispielsweise bevorzugt mit seinem unauffälligen Skoda und löste im Zug ein Ticket zweiter Klasse, wenn nicht gerade der Supersparpreis für die erste Klasse günstiger war. Flugzeuge mied er, wo er konnte, und wenn, nahm er den Aufpreis für die bequemeren Sitze am Notausgang in Kauf, flog aber *Economy* und niemals *Business* oder gar *First Class.* Das erregte nur unnötig Aufmerksamkeit. Lieber erfreute er sich seiner Möglichkeiten im Verborgenen, weshalb er in seinem Landsitz in Vignola nicht nur die *Guarneri* aufbewahrte und im schallgeschützten Keller spielte, sondern auch an einem Original von Lukas Cranach seine Freude hatte.

Den Alltag versüßten ihm zweifellos seine diversen Unterkünfte, die es ihm ermöglichten, trotz einer gewissen Internationalität seiner Geschäfte vielfach ohne Hotelaufenthalte auszukommen. In London gehörte ihm ein unscheinbares Loft in Camden, in Rom besaß er ein kleines Zwei-Zimmer-Appartement in der Via di Montoro und in München bewohnte er eine kompakte Drei-Zimmer-Dachgeschosswohnung mit Blick auf den Viktualienmarkt. Das war ihm, abgesehen von Vignola, seine liebste Behausung. Schon mit Ende 20 hatte er sich in die bayerische Landeshauptstadt verliebt, seinem älteren Bruder sei Dank, der in alter Familientradition in Schwabing eine Pizzeria eröffnet hatte. Ricardos *Il Forno* hatte rasch ein treues Stammpublikum gewonnen und war im Übrigen zu einer bedeutenden Finanzdrehscheibe im erweiterten Familienverbund avanciert, was wiederum Leones Einstieg in den Maklerberuf deutlich erleichtert hatte.

Leone schmunzelte, als er sich an seinen ersten Auftrag erinnerte, in Nürnberg einen überschaubaren Geldbetrag abzuholen und diesen bei Ricardo im *Il Forno* zu konsumieren. Bald waren die Summen angewachsen, und er hatte zunehmend Vertrauen genossen im Kreise der Familienmitglieder – und die Riellos waren eine wirklich große Familie.

Vermutlich hätte seine Karriere die übliche Entwicklung genommen, wenn ihm nicht die Musik zu Hilfe gekommen wäre. Anlässlich eines Vorspiels beim Orchester des Nationaltheaters hatte er sich mit einem Mitarbeiter des Intendanten angefreundet. Eines Tages wollte Ricardo für ein Familienmitglied zwei Opernkarten besorgen, aber die Premiere war restlos ausverkauft. Leone konnte dank seines Freundes zwei Plätze in einer vorderen Reihe des Parketts vermitteln: Das war die Geburt des Maklers Leone Riello gewesen.

Dieser Makler blickte nun ungeduldig auf seine Uhr. Sein Geschäftspartner war überfällig und hätte bereits vor einer Stunde anrufen sollen. Leone konnte Unzuverlässigkeit nicht ausstehen, Unpünktlichkeit hasste er geradezu. Sollte Hamzi Shuruk keine perfekte Entschuldigung vorbringen, wäre ihre weitere Zusammenarbeit beendet. Das Geschäft, das er heute zu vermitteln hatte, erforderte höchste Diskretion. Deshalb konnte das Telefonat nur über seinen Anschluss hier in der Wohnung am Viktualienmarkt geführt werden, nur diese Leitung war abhörsicher genug.

Von der Illusion einer sicheren Leitung hatte sich Leone längst verabschiedet, weil er wusste, dass mit entsprechendem Aufwand jede Leitung gehackt werden konnte. Daher sprach er am Telefon niemals Klartext. Um aber die Möglichkeit für etwaige Dechiffrierungen so gering wie möglich zu halten, nutzte er nur hinreichend geschützte Leitungen. Heute schien ihm das besonders wichtig, weshalb er die Wohnung nicht verlassen konnte, obwohl ihn draußen der Sommertag lockte. Entsprechend verärgert war er, als endlich die ersten sechs Takte von Mendelssohns Opus 64 erklangen. Diesen Klingelton hatte Leone mit Bedacht gewählt, denn die hinschmelzende Melodie erzeugte in ihm zuverlässig jene professionelle Freundlichkeit, die die Basis seines Geschäftserfolgs darstellte. Das war sein Alleinstellungsmerkmal in der Familie Riello, diese ausnahmslose Freundlichkeit und der völlige Verzicht auf Drohungen irgendeiner Art.

Seit er vor über 25 Jahren seinen Hauptwohnsitz in München genommen hatte, anfangs in einem Zwölf-Quadratmeter-Appartement in Schwabing in der Nähe des Nordbads, hatte er eine alte deutsche Weisheit verinnerlicht: *Mit dem Hut in der Hand, kommst du durchs ganze Land.* Mit Freundlichkeit und Beharrlichkeit konnte er beinahe jedes Geschäft vermitteln, die wenigen Ausnahmen ließen sich an einer Hand abzählen.

Leone fühlte, wie ihm die Musik des Telefons und der Stolz auf seine Geschäftsbilanz die Freundlichkeit auf die Zunge träufelte. Er wartete noch sechs Takte Mendelssohn ab, dann meldete er sich fröhlich: »Riello.«

5

Sie schwiegen minutenlang, und Olga flüchtete sich in ihre Gedankenwelt, während Sonja unverdrossen daran arbeitete, das MacBook zu knacken. Die im Raum stehende Frage nach einer Nebenbuhlerin hatte Gülay Atasoy an den Rand des Zusammenbruchs geführt, jetzt kullerten ihr wieder Tränen über die Wangen.

Darauf wird es hinauslaufen, dachte Olga und wünschte sich diese Auflösung, weil sie sich dann ungestört ihrem Bankrottverfahren widmen konnte. Das in knapp zwei Stunden stattfindende Gespräch beim Kollegen Presselt hätte dann bloß noch den Charakter sachkundiger Plauderei, und sie könnte übers Wochenende versuchen, für Rolf Mergenthaler zu retten, was noch zu retten war. Außerdem wäre der Weg frei, mit Sonja mindestens an einem der beiden Tage in die Berge zu fahren und die Begeisterung für die Kletterei zu schüren, die sie erst kürzlich bei ihrer Freundin geweckt hatte.

Sonja bewies ein unglaubliches Talent für den Klettersport. Ihre Freude erleben zu dürfen, war ein großes Geschenk für Olga, denn kaum etwas wünschte sie sich sehnlicher, als ihre Bergleidenschaft gemeinsam mit einem Menschen ausleben zu dürfen, den sie liebte.

»Entschuldigen Sie mein Schreien«, flüsterte Gülay Atasoy endlich. »Es fällt mir schwer, darüber zu sprechen.« Sie stockte und wischte sich Tränen aus den Augenwinkeln. »Bülent ist ein starker Mann, ein *güclü adam,* wenn Sie verstehen ... ein richtiger ka*din düskünü.* Ein *kahraman* für Frauen ... Sie verstehen? Er braucht das. Für sein Selbst.« Ihre Stimme war leise geworden, ihr Blick bekümmert.

»Bin drin«, jubelte Sonja.

Olga zuckte erschrocken und sah Sonja strahlen. Allmählich

verstand sie etwas von der Computerbegeisterung, die ihre Freundin antrieb. Es war wie beim Klettern, wenn man nach etlichen Versuchen eine schwierige Stelle überwinden konnte; da stieß man schon einmal einen Freudenschrei aus.

Gülay dagegen blickte nur kurz mit trüben Augen auf und berichtete leise: »Da gibt es die *Dame mit den 200 Kleidern,* wie er sie nennt. Ihr gehört seine Leidenschaft. Seine Lust gehört auch vielen anderen. Seine Liebe aber gehört seiner Familie.«

»Kennen Sie diese Frau?«

»Nein. Will ich auch nicht. Und wenn sich Bülent vor einiger Zeit nicht verplappert hätte, wüsste ich nichts von ihr; er hat mir ...« Sie stockte und wischte sich kurz über die Augen. »Er hat mir gesagt, dass ich mir keine Sorgen wegen dieser ... Dame ... machen müsste.«

Olga sah, wie Gülay schluckte und sichtlich Mühe hatte, die nächsten Sätze zu formulieren.

»Bülent darf alle Freiheiten genießen«, flüsterte sie schließlich und fuhr mit festerer Stimme fort: »Nur für die Familie muss er da sein.«

»Wissen Sie, aus welchem Umfeld die *Dame mit den 200 Kleidern* stammt?«

»Keine Ahnung. Aber glauben Sie mir, dort versteckt er sich nicht. Bülent ist etwas zugestoßen.«

Wieder legte sich ein langes Schweigen über sie, wieder vertiefte sich Sonja in den Computer und wieder hing Olga ihren Gedanken nach. Der Vermisste entpuppte sich als ein *Womanizer,* der sich mit Einwilligung der eigenen Gattin austobte, weil er ein *starker, lebendiger Kerl* war, der das für sein Ego brauchte. Da musste man einen eifersüchtigen Ehemann oder Freund in Erwägung ziehen, der dem Frauenhelden das Vergnügen verderben wollte. Das könnte übel geendet haben, und dann wären langwierige Ermittlungen fällig, um den Schuldigen aufzuspüren. Ihre Zuversicht jedenfalls, Bülent Atasoy rasch im Bett einer

Gespielin aufzustöbern, verlor sich wieder. *Gleichwohl*, sagte sie sich, *müssen wir die* Dame mit den 200 Kleidern *ausfindig machen.*

Sie radelten gemeinsam zurück zu Sonjas Wohnung, tranken auf der Dachterrasse einen Latte macchiato und kuschelten sich aneinander. Olga steckte die Nase in Sonjas Haar, das nun offen herunterfiel.

»Du riechst gut.« Sie knabberte an Sonjas Ohrläppchen. Früher hatte sie das manchmal bei Marco getan, das hatte ihn meistens rasch in Fahrt gebracht. An ihn zu denken, machte sie immer noch ein wenig traurig. Was würde er sagen, wenn er sie so sähe? In den Armen einer Frau? Wäre er traurig oder würde er sich freuen, dass sie wieder eine Liebe gefunden hatte? Olga grübelte nicht lange; er würde sich mit ihr freuen, denn er war ein lebensbejahender Mensch gewesen – und ja, sie hatte lange genug um ihn getrauert. Jetzt war ein neues Kapitel in ihrem Leben aufgeschlagen. Olga fühlte eine tiefe Verbundenheit mit Sonja, spürte dieses herrliche Kribbeln im Bauch und knabberte noch intensiver an dem Ohrläppchen.

»Du machst mich wuschig«, gurrte Sonja, drehte den Kopf und drückte ihre weichen Lippen auf Olgas Mund. Der Kuss wurde leidenschaftlich, der Latte macchiato wurde kalt.

Als sie eine knappe Stunde später das Schlafzimmer verließen, setzten sie sich im Wohnzimmer an den Tisch und Sonja bemerkte: »Lass uns mal sehen, was sich auf dem Laptop des Doktors finden lässt.«

Olga brummte zustimmend.

Sonja klappte Atasoys MacBook auf und öffnete den E-Mail-Account, der nicht mehr durch ein Passwort geschützt war. »Da schau her: Es gibt einen ausführlichen E-Mail-Verkehr mit dem Adressaten 200@cloth$muc. Das ist seine Gespielin, sonst fresse ich einen Besen.«

»Dann wollen wir mal einige der Nachrichten lesen, oder?«

Sonja hob unternehmungslustig den Daumen und klickte die erste Korrespondenz an. Sofort öffnete der Browser eine Reihe von E-Mails, die von einer Ausgangsnachricht ausgehend durch Antwort und Rückantwort über mehrere Antwortgenerationen zusammenhingen. Nachdem sie einige Zeilen gelesen hatten, schauten sie sich ratlos in die Augen.

»Was soll denn das?«, fragte Olga und tippte sich an die Stirn.

»Immerhin hat er Humor«, bemerkte Sonja und las wieder und wieder, was auf dem Bildschirm stand.

Bülent Atasoy schrieb unter dem E-Mail-Namen k@din2k@hr@m@n, und er schrieb leidlich unverständlich.

200@cloth$muc – Du, ich habe starke Lust auf ein neues Kleid.
k@din2k@hr@m@n – Gern bin ich bei der Anprobe dabei.
200@cloth$muc – Vielleicht ein Talbot Runhof?
k@din2k@hr@m@n – Hochpreisig?
200@cloth$muc – Kein Givenchy.
k@din2k@hr@m@n – Lohnt es den Gang in die Umkleide?
200@cloth$muc – Wäre jedenfalls eine prickelnde Angelegenheit.
k@din2k@hr@m@n – Weiß nicht, ob mich das antörnt.
200@cloth$muc – Ach, sei kein Spielverderber.
k@din2k@hr@m@n – Geht nicht wenigstens ein Oscar de la Renta?
200@cloth$muc – Du bist ein Schelm!
k@din2k@hr@m@n – Darf ich's ausziehen?
200@cloth$muc – Willst Du das doppelte Vergnügen?
k@din2k@hr@m@n – Du weißt: Ich bin unersättlich.
200@cloth$muc – Dann müssen wir uns beeilen.
k@din2k@hr@m@n – Wann?

»Das klingt kaum nach einem lustvollen Austausch«, bemerkte Olga trocken. »Die letzte E-Mail ist von Dienstagabend, am Mittwoch ist unser Doktor verschwunden.«

»Zur Anprobe?« Sonja lachte.

»Wieso eilt es, das Kleid auszuziehen, wenn die Anprobe selbst keine Eile hat? Das versteht kein Mensch.«

»Aber der Kleidergeschmack ist vielversprechend«, erwiderte Sonja augenzwinkernd. »Du musst jetzt zu Presselt. Lass mich mal machen, ich werde hoffentlich mehrere solcher Anbahnungen zu lesen bekommen. Vielleicht erkennen wir ein Muster.«

»Kannst du herausfinden, von wo die *Dame mit den 200 Kleidern* die E-Mails abschickt?«

»Richtiger Gedanke – auch dem werde ich nachgehen. Bis später. Ich freue mich, wenn du wieder bei mir bist.«

Olga schwang sich auf ihr Fahrrad und machte sich auf den Weg zur Kanzlei des weit über München hinaus bekannten Rechtsanwalts Florian Presselt. Sie war neugierig und versuchte, ihre Gedanken zu ordnen. Bülent Atasoy war ein erfolgreicher und anerkannter Chirurg, zudem ein stolzer Familienvater. Seine Frau hielt ihn für einen Frauenhelden mit vielen Gespielinnen und einer lustvollen Favoritin. Diese Favoritin schien jedoch gar keine Frau zu sein, eher war *Dame mit den 200 Kleidern* eine Chiffre für irgendetwas anderes. Führte Atasoy ein Doppelleben? Wenn ja, was für eines? Codierte E-Mails konnten für vieles stehen: eine Geliebte, dubiose Verabredungen – oder ... Versteckt sich hinter der *Dame mit den 200 Kleidern* gar ein Mann?, fragte sie sich. Wie ging die türkische Gesellschaft mit Homosexualität um? Wurden schwule Türken diskriminiert? Gar verfolgt? Olga wusste es nicht, hatte bisher keinen Gedanken an diese Fragestellung verschwendet. Oder steckte etwas ganz anderes dahinter?

Olga kam ein Witz in den Sinn, den Marco gern erzählt hatte: *Ein Ingenieur, ein Mathematiker und ein Physiker tranken gemeinsam Wein und unterhielten sich über Frauen. Der Ingenieur gab den Praktiker und vertrat die These, ein gesunder Mann benötige eine Ehefrau für die Geborgenheit und eine Geliebte für die Lust. Der Physiker empörte sich, das sei mit dem Anspruch an die Wahrhaftigkeit nicht vertretbar. Entweder-oder war seine Antithese. Der Mathematiker schwang sich zur Synthese auf wie folgt: Selbstverständlich benötige der gesunde Mann Ehefrau und Geliebte und unabweislich gebiete der Wahrhaftigkeitsgrundsatz, den beiden Damen reinen Wein einzuschenken. Das ermögliche dem Mann, sich zu Hause mit dem Hinweis zu entschuldigen, er sei bei der Geliebten, die Geliebte aber mit der Aussage zu vertrösten, er müsse sich um die Familie kümmern. Dann, so der Mathematiker triumphierend, habe er ungestört Zeit für die Mathematik.*

Marco hatte diesen Witz oft zum Besten gegeben, meist zu vorgerückter Stunde, und anhaltend Gelächter geerntet. Was, wenn Atasoy etwas von dem Mathematiker hatte? Allerdings stand er wohl nicht im Operationssaal, wenn ihn seine Frau bei der *Dame mit den 200 Kleidern* wähnte, oder? *Der Fall entwickelt sich spannender als gedacht,* überlegte Olga und trat fester in die Pedale. Sie wollte nun rasch bei Presselt Licht ins geheimnisvolle Dunkel bringen. Außerdem kämpfte sie gegen die aus ihrem Innersten andrängende Traurigkeit, denn mit Marcos Lieblingswitz war Marco selbst lebendig geworden, und bei allem Glück, das sie in der taufrischen Beziehung mit Sonja empfand, hatte sie den Verlust von Marco durch dessen tragischen Bergtod nicht endgültig verwunden. Auch wenn es nicht mehr dieser stechende Schmerz war wie anfangs, spürte sie noch eine dumpfe Trauer. *Wie schön, in Sonjas Armen geborgen zu sein,* tröstete sich Olga und zitterte sanft von der Erinnerung an die soeben erlebte zärtliche Stunde. *Ja,* wisperte Olgas innere Stimme, *du hast ein neues Glück gefunden*, und mit diesem Gedanken milderte sich Olgas Trauer um Marco und wuchs ihre Zuversicht.

6

Nachdem Olga und Sonja gegangen waren, versuchte Alex, weitere Informationen zu dem Transplantationsskandal zu erhalten. Die bedeutendste Münchner Tageszeitung hatte unter dem Label »Organspende-Skandal« *diverse Fehltritte in der Transplantationsmedizin* aufgedeckt und über Jahre hinweg dazu berichtet. Journalistischer Schlussstein einer langen Reihe von Berichten und Reportagen war ein Artikel mit dem Titel *Ein Spiel mit dem Leben schwer kranker Menschen,* in welchem dargestellt wurde, dass ein besonders in Manipulationen verstrickter Arzt letztinstanzlich vom BGH vom Vorwurf des Totschlags und von allen anderen relevanten strafrechtlichen Vorwürfen freigesprochen wurde, obwohl er unmoralisch gehandelt habe. In dem Beitrag *Nachwehen des Skandals* fanden sich Hinweise auf Auswirkungen in Bayern dergestalt, dass zwei bayerische Kliniken keine Lebern mehr verpflanzen dürfen, unter anderem jene Münchner Klinik, für die Atasoy tätig war. Alles Weitere schien jedoch im Sande verlaufen zu sein. Vor allem der Klinikdirektor, gegen den disziplinarrechtlich ermittelt und der fristlos entlassen worden war, wurde später in einem ordentlichen Gerichtsverfahren vollumfänglich rehabilitiert und wieder als Chefarzt beschäftigt. Da dieser Skandal inzwischen sieben Jahre zurücklag, verzichtete Alex fürs Erste auf weitere Recherchen; es erschien im unwahrscheinlich, dass das Verschwinden des erfolgreichen Oberarztes mit so lange zurückliegenden Vorfällen zusammenhing, obwohl er das nicht ausschließen wollte. Erfolgversprechender schien ihm zunächst die DITIP-Fährte; da wollte er auf Sonjas Recherchen warten.

Olgas Freundin schien eine Computerspezialistin par excellence zu sein; nicht nur, dass sie als studierte Informatikerin und Firmengründerin mit hochkomplexer Spracherkennungssoftware reich geworden war, berechtigte zu dieser Annahme, sondern auch ihr unbestreitbares Talent als Hackerin. Was sie beim Ausspionieren des Bankers Schusternagel herausgefunden hatte, war allererste Sahne gewesen. Zu dumm, dass sie weder diesem betrügerischen Bankmenschen noch seinem bösartigen Hintermann an die Wäsche konnten, ohne sich der Gefahr auszusetzen, selbst wegen rechtswidriger Datenspionage belangt zu werden. Diese Erkenntnis widerstrebte Alex Sorger, dessen Gerechtigkeitssinn sein Leben vor zehn Jahren radikal verändert hatte. Ehemals Hauptkommissar im Bayerischen Landeskriminalamt, hatte er den Dienst quittieren müssen, weil er mit unzulässigen Ermittlungsmethoden einen Wirtschaftsbetrüger überführen wollte. Doch Alex stand dazu, manchmal im Graubereich oder gar im Verbotenen zu ermitteln, wenn es der Gerechtigkeit diente. Aber mit seiner frischen Liebe zu Dorothee war vor wenigen Tagen eine neue Komplikation in sein Leben getreten, denn Dorothee war eine von ihrer Aufgabe überzeugte Staatsanwältin, und ihr Chef war ausgerechnet jener Staatsanwalt, der ihn vor zehn Jahren aus dem Dienst gedrängt hatte.

Wollte Alex seine junge Liebe nicht gefährden, musste er künftig darauf achten, die erlaubten Grenzen der Ermittlungsarbeit einzuhalten. Weil ihm das einerseits nicht behagte, er andererseits bis über beide Ohren verliebt war, freute es ihn besonders, dass Sonja begeistert vorgeschlagen hatte, ihn bei der einen oder anderen Ermittlung zu unterstützen.

Jetzt waren seine Gedanken endgültig bei Dorothee und ihrem ersten gemeinsamen Theaterbesuch heute Abend. *Hoffentlich dauert die Besprechung bei Presselt nicht zu lange,* wünschte sich Alex und tippte in die Suchmaske des Internet-Explorers *Felix Krull Theater* ein. Bereits der erste Treffer führte zum Münchner Volkstheater, und als Alex die Pressestimmen las, war er baff: *Eine Aufführung wie süßes Konfekt* schrieb die »Süddeutsche Zeitung«. *Diese pfiffige Inszenierung müssen Sie schon selbst sehen! Ungelogen*, urteilte die »Abendzeitung«. Dorothee hatte nicht zu viel versprochen. Er schaute auf die Uhr und stellte beruhigt fest, noch Zeit zu haben, bis er bei Presselt sein musste. Daher fuhr er seinen Computer herunter und radelte nach Hause; für das Theater wollte er sich ein wenig in Schale werfen.

»Wo haben Sie die junge Kollegin?«, fragte Presselt, kaum hatte Alex Sorger das barocke Büro des Prominentenanwalts betreten.

»Frau Swatschuk kommt selbstständig und gewiss pünktlich«, erwiderte Alex und nahm in dem angebotenen Ledersessel in der Besprechungsecke Platz.

»Den Anzug tragen Sie hoffentlich nicht meinetwegen. Noch was vor heute?«

»Volkstheater, Felix Krull.«

»Fantastische Inszenierung. Wusste gar nicht, dass Sie so guten Geschmack haben. Sherry?«

»Lieber nicht, der Abend wird lang genug. Was haben Sie auf dem Herzen? Und warum wollen Sie eine Anwältin dabeihaben?«

»Sie helfen Frau Atasoy, nehme ich an?«

»Mal schauen, ob ich helfen kann. Den Auftrag habe ich angenommen.«

»Sehr gut. Dabei könnte es zu einigen juristischen Komplikationen kommen. Daher anwaltlicher Beistand. Sie kennen mich und verstehen, warum ich nicht in Erscheinung treten will, wenn ich Ihnen und Frau Swatschuk erst die Hintergründe erläutert habe.« Presselt ging an einen zierlichen Biedermeier-Schrank, öffnete einen Türflügel und goss sich ein Glas Sherry ein. Dann setzte er sich Alex gegenüber, erhob das Glas, trank genüsslich einen Schluck und atmete theatralisch auf.

Eines seiner Erfolgsrezepte, das hatte Alex oft genug beobachtet, war sein bühnenreifes Auftreten mit einer raumgreifenden Präsenz. Egal in welchen Raum man Florian Presselt stellte, er füllte ihn aus und hauchte ihm Leben ein. Das schien Alex deshalb so erstaunlich, weil Presselt von der Statur her klein und schmächtig war, eher Welter- als Mittelgewicht. Die Faszination ging von seinem Gesicht aus, klassisch kantig mit kräftigen Augenbrauen, einer knolligen Nase und ungemein wachen, flink hin und her huschenden Augen, vollen Lippen und einem markanten Kinn. Die kunstvoll auf wild drapierten Locken des vollen, mit grauen Strähnen durchsetzten Haupthaares taten ihr Übriges. Wenn man ihn sah, musste man ihn anschauen. Wer dann seine tiefe, sonore Stimme hörte, musste dieser lauschen. Florian Presselt übte eine beinahe unheimliche Sogwirkung auf die Aufmerksamkeit der Menschen um ihn herum aus, er war das Gottesteilchen unter den herumschwirrenden Quarks.

»Wie laufen Ihre Geschäfte, Sorger?«

»Bin zufrieden.«

»Nicht so bescheiden. Könnte mal wieder was im Beutel klingeln, oder?«

Alex rieb mit dem Mittelfinger der rechten Hand über die steile Furche oberhalb seiner Nasenwurzel, eine Bewegung, die er sich über die Jahre angewöhnt hatte, wenn er nachdenklich wurde. Was führte der Anwalt mit dieser Frage im Schilde?

»Wenn Sie mich aus der ganzen Atasoy-Geschichte heraushalten, aber stets aktuell informieren, lege ich auf Ihr Honorar ordentlich was drauf. Abgemacht?«

»Was ist ordentlich?«

»Wie hoch ist Ihr Tagessatz?«

Alex grinste. Presselt war nicht knausrig, das wusste er, aber der Staranwalt war sehr auf seinen Profit bedacht. Stieg man zu niedrig ein, hatte man bei ihm das Nachsehen. *Irgendetwas ist hier im Busch,* argwöhnte Alex, und wenngleich er noch keine Vorstellung davon hatte, wo das persönliche Interesse Presselts lag, ahnte er, dass es dem mit allen Wassern gewaschenen Advokaten sehr wichtig war.

»Hängt von den Umständen ab. Bedeutung des Falls, Sozialstatus des Klienten, Arbeitsaufwand für den Privatermittler, Risiko der Geschäftsbesorgung, Umfang der benötigten Ausrüstung ...«

»Hören Sie schon auf. Sie sind kein Buchhalter und kein Erbsenzähler. 5.000 sofort und weitere 5.000, wenn Sie Bülent Atasoy wohlbehalten aufgespürt haben und es um die Sache keinen öffentlichen Wirbel gibt.«

»Kein Wirbel kostet extra«, erwiderte Alex wie aus der Pistole geschossen und setzte sein breitestes Grinsen auf.

Es klopfte an der Tür.

Presselt erhob sich. »In Ordnung, Sie Halsabschneider«, knurrte er und grinste seinerseits. »Ohne Wirbel 2.000 obendrauf.«

7

Der Treppenaufgang beeindruckte in dem hochherrschaftlichen Haus, die doppelflügelige Eingangstür zur Kanzlei mit ihren bunten Bleiglasfenstern gebot Respekt und das Foyer war von einschüchternder Eleganz. *Wie anders man eine Kanzlei aufziehen kann,* dachte Olga, und schluckte angesichts ihrer eigenen spartanischen Kanzleiräume ein aufkeimendes Minderwertigkeitsgefühl hinunter. Die Eichentäfelung gab dem hohen Raum Wärme, der Empfangstresen strahlte weltläufige Großzügigkeit aus und die Sekretärin, die Olga freundlich die Hand entgegenstreckte, wirkte wie einem Hochglanzkatalog entsprungen.

»Sie sind sicher Frau Anwältin Swatschuk«, grüßte die in ein teures Dirndl gekleidete Empfangsdame. »Herzlich willkommen. Die Herren erwarten Sie.«

Sie schritt einen breiten Flur voraus und klopfte an eine weitere Flügeltür.

»Der Chef wird persönlich öffnen«, flüsterte sie Olga zu. »Nur etwas Geduld, bitte, er ist nicht mehr der Jüngste.«

Als die Tür aufschwang, erblickte Olga einen strahlenden älteren Herrn in einem dezenten Trachtenanzug, den sie schlagartig sympathisch fand. *Wie anders ein Mensch ohne Robe wirken kann,* ging ihr durch den Kopf; *ob es ihm genauso geht?* Er hob eine Augenbraue um jene Winzigkeit an, die eigentlich unbemerkt bleibt, aber dadurch bei Olga umso größere Wirkung erzielte. Das markante Gesicht verströmte väterliche Freundlichkeit. *Das also ist einer der erfolgreichsten Anwälte Bayerns,* stellte Olga fest. So hatte sie Presselt nicht in Erinnerung gehabt. Aber klar, ihre bisher einzige Begegnung hatte im Gerichtssaal stattgefunden. Wenn sie sich recht erinnerte, war es um eine Lappalie gegangen, und nur der Umstand, dass Presselts Mandant eine Person öffentlichen Interesses gewesen war, hatte dazu geführt, dass der Prominentenanwalt persönlich erschienen war. Jedenfalls hatten sie sich damals rasch dem Vergleichsvorschlag des Amtsrichters angeschlossen und Presselt war kommentarlos mit seinem Mandanten von dannen geschwebt.

Olga streckte ihm die Hand entgegen; er ging einen halben Schritt auf sie zu und ergriff mit beiden Händen ihre Hand.

»Willkommen in meinem Reich, Frau Kollegin.«

Presselt schaute sie aus wachen Augen an und ihr war, als könne er mitten in sie hineinsehen und ihr Innerstes betrachten, aber nicht unangenehm forschend, sondern mit wohlwollender Anteilnahme.

Das ist ein Menschenfänger, begriff Olga und erwiderte sein Lächeln: »Schön, Ihr Reich kennenzulernen.«

Er ließ ihre Hand los, drehte sich um und geleitete sie in das pompöse Büro. In einer ausladenden Sitzgruppe lümmelte Alex im Ledersessel und grinste. Seite an Seite mit Presselt schritt sie auf die Sitzecke zu und nahm in dem Sessel Platz, den ihr der Gastgeber mit einer knappen Handbewegung zuwies.

»Darf ich Ihnen einen Sherry anbieten? Unser Detektiv lebt heute enthaltsam, daher wäre mir Ihre Trinkgesellschaft besonders willkommen.«

Bei jedem anderen hätte das gestelzt geklungen, amüsierte sich Olga und nahm dankend an. *Heute werde ich viel lernen,* erkannte sie und griff nach dem Glas. Der Sherry schmeichelte sich in ihre Nase und kleidete zart und harmonisch ihren Gaumen aus. Perfekt.

»Die Privatermittlung, welche bei unserem Herrn Sorger anschließend ansteht, gibt mir Gelegenheit, über die pfiffigste Romanfigur zu philosophieren, die Thomas Mann orchestriert hat: Felix Krull. Der bemerkenswerteste Satz, den ich immer wieder gern zitiere und durchaus auch auf mich persönlich münze, lautet: *Ja, der Glaube an mein Glück und dass ich ein Vorzugskind des Himmels sei, ist in meinem Innersten stets lebendig geblieben, und ich kann sagen, dass er im Ganzen nicht Lügen gestraft worden ist.«*

Olga ließ sich von der sonoren Stimme des Staranwalts ebenso beeindrucken wie von seiner Eröffnung des Gesprächs verwirren. Worauf wollte Presselt hinaus, der nun eine ausgedehnte Kunstpause mit einigen langsamen Schlucken aus dem Sherryglas verband und seine Gäste verschmitzt betrachtete. Gerichtsverfahren sind vielfach Aufführungen und Rollenspiele, dessen war sich Olga bewusst, aber die Art und Weise, wie dieser Mann seine Rolle spielte und auskostete, beeindruckte sie immens; auf den Brettern, die die Welt bedeuten, könnte er die größten Rollen des Welttheaters verkörpern, ob Hamlet oder Romeo, ihm würde sie alles glauben. Weil sie dies erkannte, wappnete sich Olga für das, was kommen würde. Mochte ihr Presselt noch so sympathisch sein, blauäugig wollte sie ihm nicht begegnen.

»Das Zitat«, beendete Presselt seine Kunstpause, »passt zudem perfekt auf unseren Vermissten. Was ich Ihnen jetzt erzähle, bitte ich, vertraulich zu behandeln.« Sein Gesicht nahm ernste Züge an, und er sprach erst weiter, als Olga und Alex genickt hatten. »Bülent Atasoy wurde mir über den Chefarzt seines Klinikums bekannt. Nachdem es mir gelungen war, die arbeitsrechtliche Situation meines langjährigen Mandanten zufriedenstellend zu klären, übernahm ich auf Bitten von Professor Gübelin Herrn Atasoys Vertretung in einer zivilrechtlichen Angelegenheit. Gegenstand war eine komplizierte Vertragsgestaltung, die neben einer wechselseitigen *Poena* eine Schiedsvereinbarung und eine Gerichtsstandsvereinbarung umfasste. Wir bewegten uns vorrangig auf dem Gebiet des internationalen Privatrechts. Die Einbeziehung eines religiös verankerten Normenkanons erleichterte die Sache nicht, wenn ich das mal salopp formulieren darf. Letztlich ist es gelungen, eine vernünftige und handhabbare Rahmenvereinbarung zu treffen, auf deren Grundlage Doktor Atasoy seit mehreren Jahren ärztliche Dienstleistungen in der Klinik von Professor Gübelin erbringt. Vor einigen Monaten hat sich ein Interessenkonflikt zwischen Professor Gübelin und Bülent Atasoy abgezeichnet, weshalb ich Herrn Atasoy gebeten habe, künftig auf meine Rechtsberatung zu verzichten. Seitdem hatte ich mit ihm lediglich privaten Kontakt. Professor Gübelin ist nach wie vor mein Mandant. Dieses Mandat besteht seit vielen Jahren, der Klinikchef gehört zu meinen mir vertrautesten Klienten. Auf gesellschaftlicher Ebene begegnete ich Herrn Atasoy, den ich menschlich sehr schätze, selbstverständlich gelegentlich, und ich räume ein, ihm durchaus freundschaftlich verbunden zu sein, wenngleich unverbindlicher als Professor Gübelin. Leider verstärkte sich vor wenigen Wochen der Konflikt zwischen meinem Mandanten und Atasoy. Für meinen Mandanten will ich nichts unversucht lassen, in der Auseinandersetzung zu einer außergerichtlichen Einigung zu gelangen. Herr Atasoy hat sich bisher noch nicht um einen Rechtsbeistand bemüht, im Gegenteil: Vor zwei Wochen bat er mich, die Angelegenheit wie ein ehrlicher Makler oder Notar für beide Seiten einvernehmlich zu regeln. Meine Einlassung, dies aus standesrechtlichen Gründen weder zu können noch zu dürfen, wollte er nicht verstehen. Er beharrte darauf, mir blind zu vertrauen, und alles zu unterschreiben, was ich ihm vorlege.« Presselt blickte Olga und Alex forschend an und ließ seine Worte wirken.

Worauf will er hinaus und warum redet er um den heißen Brei?, fragte sich Olga, die seit dem Hinweis auf den religiös verankerten Normenkanon elektrisiert war. Hier konnte es sich nur um Berührungen zur Scharia handeln. Auf was für Geschäfte hatte sich Bülent Atasoy eingelassen? Presselt müsste bald mit der Sprache herausrücken, sonst würde sie ihre Strategie, immer erst den anderen sprechen zu lassen, durchbrechen und Fragen stellen.

Genialer Schauspieler, der er war, machte Presselt nun ein todernstes Gesicht und durchbohrte Olga beinahe mit einem flehenden Blick. »Die Angelegenheit ist äußerst delikat, aber das haben Sie sich bereits gedacht, Frau Kollegin. Meine an Sie gerichtete Bitte ist so simpel wie dringend: Übernehmen Sie die Interessenvertretung von Bülent Atasoy!«

Jetzt hatte er Olga doch überrumpelt. Damit hatte sie nicht gerechnet. Bei jedem anderen hätte sie erst einmal gezögert, aber seinem Blick konnte sie sich nicht entziehen, und obwohl sie sich vor wenigen Minuten vorgenommen hatte, sich keineswegs einseifen zu lassen, nahm sie eine positiv abwägende Haltung ein. »Wie kommen Sie auf mich? Bevor ich zusage, brauche ich noch einige Informationen.«

»Gemach, Frau Kollegin. Zunächst zu Ihrer ersten Frage: Wir saßen uns vor gut zwei Jahren in der Angelegenheit Wolkeneder gegenüber. Ihre Art hat mir gefallen. Und von unserem Privatermittler hier weiß ich, was Sie können. Zudem sind Sie bereits in die Causa Atasoy involviert.« Diesmal beließ er es bei einer kurzen Pause, die keine Zeit für eine überlegte Antwort ließ. »Sie werden«, fuhr er selbstsicher und in väterlichem Ton fort, »die Interessen von Herrn Atasoy mit großem Engagement vertreten und mir eine ebenbürtige Verhandlungspartnerin sein. Nur dann gelingt ein rascher und nachhaltiger Interessenausgleich. Daran ist mir und meinem Mandanten äußerst gelegen. Wir brauchen Herrn Atasoy persönlich für dringende Verhandlungen. Sie werden nachvollziehen können, wie sehr es mich erschüttert hat, von Frau Atasoy zu erfahren, dass ihr Mann spurlos verschwunden ist. Wir müssen den Verbleib Ihres Mandanten schnell aufklären, Frau Kollegin, und dies so geräuschlos wie möglich. Deshalb habe ich Frau Atasoy zu Alex Sorger geschickt. Er ist der Beste. Und Sie rechne ich zu seinem Team. Finden Sie Bülent Atasoy!« Florian Presselt stand auf und ging quer durch den Raum zu seinem Schreibtisch. Seine Worte hallten im Raum nach, niemand sprach ein Wort, bis Presselt mit einer schmalen Akte in der Hand an den Besprechungstisch zurückkam. »Hier sind die wesentlichen Unterlagen zu der Streitigkeit zwischen Professor Gübelin und Bülent Atasoy und ich bitte Sie, Frau Swatschuk, sich übers Wochenende einzulesen. Die Frage Ihrer förmlichen Mandatierung klären wir nächste Woche. – Sagen Sie nichts«, bat er Olga, die gerade den Mund aufgemacht hatte, um sich zumindest Bedenkzeit zu erbitten. »Es war unhöflich von mir, Sie zu vereinnahmen, und ich werde bei passender Gelegenheit Ihre Verzeihung erbitten. Erfüllen Sie mir diesen Wunsch. Ich bitte Sie. Sie werden noch feststellen, wie wichtig in diesem Kontext Ihre vertrauensvolle Zusammenarbeit mit Alex Sorger ist. Nur mit Ihnen beiden haben wir eine Chance, Bülent Atasoy zu helfen. – Sherry?«

Alex hob abwehrend die Hände, Olga nickte; der Sherry war einfach zu köstlich.

»Bevor Sie zu uns stießen, habe ich mit Herrn Sorger bereits eine Vereinbarung geschlossen: Man hält mich offiziell aus der Suche nach Bülent Atasoy heraus, aber ich werde vollumfänglich zeitnah über alle Erkenntnisse informiert. Die rechtliche Wahrung der Interessen von Herrn Atasoy liegt in Ihren Händen, Frau Kollegin, alle diesbezüglichen Erkenntnisse unterliegen anwaltlicher Verschwiegenheitspflicht. Die jeweiligen Sphären sind sauber zu trennen. Darf ich davon ausgehen, dass dies gelingt?«

Olga und Alex stimmten zu.

»Sie erinnern sich, ich meinte, das Zitat von Felix Krull treffe auf Herrn Atasoy zu. Warum? Er ist ein hervorragender Chirurg, in seiner ärztlichen Laufbahn ist ihm bisher alles gelungen, was er begonnen hat. Sein Privatleben ist geordnet, seine Frau liebt ihn und gewährt ihm alle erdenklichen Freiheiten. Auf seine drei Söhne ist er zu Recht stolz. Am Klinikum meines Mandaten bekleidet er eine herausragende leitende Position, er genießt Anerkennung und Respekt. Bisher ist er von Misserfolgen verschont geblieben. Er ist ein Günstling des Schicksals und daran hat er sich gewöhnt. Widerstand kennt er nicht, sein Motto lautet:

Geht nicht gibt's nicht. Jetzt steht er unvermittelt vor einer großen Herausforderung. Sein Selbstverständnis ist erschüttert.«

Presselt trank einen Schluck Sherry, lehnte sich in seinem Sessel zurück und faltete die Hände vor dem Bauch. Seine Augen wanderten von Olga zu Alex und wieder zurück. Seine Lippen bildeten ein fragendes »O«. Die linke Augenbraue hob sich und gefror in dieser skurrilen Haltung ein.

Niemand sagte etwas. Jeder atmete so leise wie möglich. Es war gespenstisch still geworden. Olga empfand die Atmosphäre als bedrückend und ihr kamen Situationen beim Klettern in den Sinn: Ihre Füße auf Reibung im vertikalen Granit, zwei Finger links in einen schmalen Riss verkeilt, die rechte Hand nach oben tastend, keine Unebenheit erfühlend; zur nächsten winzigen Griffleiste fehlten rund 30 Zentimeter; der Fels war abdrängend, und die letzte Zwischensicherung lag bereits sechs Meter unter ihr; sie würde dynamisch hochgreifen müssen und hatte nur einen Versuch, wenn der misslang, würde sie gut 15 Meter abstürzen, ehe sie das Seil abfederte; da wurde ihr warm im Bauch und sie schüttelte die metaphorischen Bilder ab.

»Sie befürchten«, tastete sich Olga mit belegter Stimme an den Befund heran, »Atasoy könnte vor einem Problem geflüchtet sein und sich versteckt halten, weil er Angst hat zu scheitern?«

»Sehen Sie«, antwortete Florian Presselt leise, »deshalb bin ich von Ihren Fähigkeiten überzeugt. Sie haben meine Gedanken erahnt.«

»Es steckt also keine Frau dahinter?«

»Auf gar keinen Fall.«

»Kennen Sie die *Dame mit den 200 Kleidern?*«

Presselt beugte sich abrupt vor. Olga freute sich über diese Reaktion, endlich hatte sie den Prominentenanwalt überrascht. Nur so konnte sie sich aus seiner dominanten Umklammerung befreien. Sympathie hin oder her, ihre Eigenständigkeit, vor allem intellektuell, musste sie verteidigen.

»Wer soll das sein?«

»Frau Atasoy hält diese Dame für die Favoritin unter den Gespielinnen ihres Mannes.«

Presselt lachte schallend.

»Sagen Sie bloß nicht«, meldete sich Alex zu Wort, »unser Vermisster sei ein Unschuldsengel. Solche kommen mir nämlich selten unter die Finger.«

»Nein, Gott bewahre, Atasoy ist durchaus ein Vollbluthengst.« Er stutzte, blickte Olga an und zuckte mit den Achseln. »Entschuldigung, Frau Kollegin, inadäquate Wortwahl. – Also, will sagen, er ergriff meines Wissens durchaus sich bietende Gelegenheiten, aber wohl nur, wenn die Vertraulichkeit gewahrt wurde. Eine Geliebte im eigentlichen Sinn hat er nicht, da wage ich beinahe jede Wette.«

Noch während er sprach, beschloss Olga, zu den Erkenntnissen aus den E-Mails zu schweigen. Diesem Übervater gegenüber mochte es später einmal von Vorteil sein, wenn sie in dem einen oder anderen Punkt einen Informationsvorsprung hatte.

»Wie kommt seine Frau dann auf so eine Idee?«, bohrte Alex nach.

»Das kann ich Ihnen ad hoc nicht beantworten«, zeigte sich Presselt ratlos. »Aber ich möchte noch einige Ausführungen zu dem Geschäftsfeld unseres Glückskindes machen. Wie Sie vielleicht wissen, ist München seit vielen Jahren ein begehrter Gesundheitsstandort für Patienten aus dem Nahen Osten. Manche der Patienten legen großen Wert darauf, von einem Muslim behandelt zu werden. Um dies zu gewährleisten, gibt es einen Rahmenvertrag zwischen Doktor Atasoy und einem Verein, der die Interessen arabischer Patienten vertritt. In diesem Verein sind einige Familien von der arabischen Halbinsel vertreten, die großen Einfluss haben und absoluten Wert auf Diskretion legen. Das geht so weit, dass die Patienten teilweise unter falschem Namen einreisen und behandelt werden. Vor allem deshalb ist es mir ein dringendes Anliegen, mit der Suche nach Atasoy nicht in Verbindung gebracht zu werden.«

»Klartext: Professor Gübelin ist ebenfalls involviert.«

»Sorger, Sorger«, schüttelte Presselt den Kopf, »Sie stellen manchmal wirklich die falschen Fragen.« Er stand auf und setzte ein geschäftsmäßig freundliches Gesicht auf. »Danke für Ihre Zeit und Ihre Kooperation. Frau Kollegin, es wird mir ein Vergnügen sein, mit Ihnen zu verhandeln.« Gemessenen Schrittes führte er seine Gäste zur Tür und öffnete sie. »Ein schönes Wochenende.«

Olga und Alex gingen über die Straße hinein in den kleinen Park, blieben im Schatten einer Kastanie stehen und sahen sich an. Alex wirkte in seinem Anzug etwas deplatziert, aber auch ein wenig ratlos. Als er sich mit dem Mittelfinger über die steile Furche oberhalb seiner Nasenwurzel rieb, wusste Olga, dass ihn das zurückliegende Gespräch nachdenklich gemacht hatte. Sie fragte sich ebenfalls, was der gewiefte Taktiker Presselt eigentlich im Schilde führte und was sie für die Suche nach Atasoy für Anhaltspunkte erhalten hatten. Jedenfalls bewegte sich der Arzt auf vermintem Terrain.

8

Er war außer sich und wollte am liebsten das Porzellan eines ganzen Schrankfaches gegen die Wand werfen, um seinem Ärger Luft zu machen. Hamzi Shuruk hatte ihn maßlos enttäuscht und in ernsthafte Schwierigkeiten gebracht. Nicht genug damit, dass er die bestellte Ware nicht liefern konnte; er hatte zudem eine unentschuldbare Komplikation im Betriebsablauf verursacht. Wie in aller Welt sollte er diese Betriebsstörung rasch und geräuschlos beheben?

Glühend vor Jähzorn trat Leone Riello auf seine Dachterrasse und betrachtete den ihm zu Füßen liegenden Marktplatz. Freitagnachmittag wimmelte es von einkaufswütigen Münchnern und schaulustigen Touristen, ein buntes Treiben, das Leone ans Herz gewachsen war und ihn allmählich beruhigte. Emotionen hatten in seinem Business noch nie geholfen, jetzt galt es, ruhig Blut zu bewahren und die nächsten Maßnahmen mit Bedacht zu erwägen. *Ein Franziskaner-Weißbier könnte dabei helfen,* sagte er sich. Er dankte Gott für die Liebe, die er ihm angedeihen ließ, indem er ihn mit Humor und Freundlichkeit ausgestattet hatte.

Leone schlüpfte in seine Sneakers, verließ die Wohnung und schlenderte die Treppe hinab. Er fand einen Platz am Tisch einer japanischen Kleingruppe und Franzi, die Stammbedienung, brachte ihm unaufgefordert sein Weißbier. Er reichte ihr sieben Euro, damit er jederzeit aufstehen und gehen konnte, nickte den Japanern freundlich zu und genoss den ersten Schluck; danach war das Glas nur noch halb voll.

Was ist zu tun?, fragte er sich. Das Gescheiteste wäre es gewesen, die Geschäftsbeziehung sofort zu beenden. Aber dadurch würde er sich den Libanesen womöglich zum Feind machen, denn die Shuruks galten als empfindliche Familie. Außerdem hatte ihm Hamzi versprochen, bis übermorgen Ersatz zu beschaffen und einen weiteren reibungslosen Ablauf garantiert. Leone verfügte zwar über hervorragende Verbindungen, aber ob er von einem anderen Lieferanten innerhalb von zwei Tagen die dringend benötigte Ware bekäme, schien ihm zweifelhaft. Bei dem Geschäft zählte jeder Tag und weitere Komplikationen galt es zu vermeiden. Konnte Hamzi am Sonntag liefern, stünde der Fortsetzung ihrer Handelskontakte nichts im Wege und Leone hätte bei den Shuruks einen Gefallen gut. Das konnte sich irgendwann auszahlen. Leone dachte stets in langfristigen Dimensionen, dem schnell verdienten Dollar lief er nicht hinterher. Sein Geschäftsmodell war auf Nachhaltigkeit angelegt.

Er schmunzelte, weil das als Schlagwort in die öffentliche und politische Diskussion Eingang gefunden hatte. Mit dem nächsten Schluck leerte er das Glas fast vollständig. Das tat gut. Den Rest ließ er stehen, stand auf und machte sich auf einen gemütlichen Rundweg über den Viktualienmarkt. Was Hamzi betraf, hatte er seine Entscheidung getroffen: Er würde die Nachlieferung akzeptieren. Nun aber musste er den zweiten Partner des Vertrags, den Empfänger der Lieferung, besänftigen und vertrösten, und das war keine leichte Aufgabe. Immerhin vermittelte Leone hier ein Geschäft im Volumen eines attraktiven italienischen Sportwagens, und die Empfängerfamilie der Al-Chourohini gehörte zur besonders erfolgsverwöhnten Klientel sowie zu den besten Geschäftsfreunden, die Leone hatte. Da hieß es, die richtigen Worte zu finden. Zudem war die Lieferung dringlich. Die notwendigen Maßnahmen nach Erhalt der Ware erforderten eine komplexe Logistik, ein Rädchen griff da ins andere. Gestörte Betriebsabläufe wuchsen sich rasch zu einem beinahe unlösbaren Problem aus.

Leone wusste, dass er mehrere Telefonate führen musste. Keinesfalls durfte er sich die Laune verderben lassen, also ging er noch bei dem versteckten Chocolatier neben der Kirche vorbei und kaufte sich zwei Tütchen Schokotrüffel, einmal die Sorte mit

Ingwer und einmal die mit Chili. Schokolade machte ihn sanftmütig und wirkte auf das Timbre seiner Stimme noch besser als die berühmte Kreide, die der Wolf im Märchen gefressen hatte.

»Nichts ist unmöglich«, flüsterte Leone und machte sich auf den Heimweg.

Eine Stunde später waren die Weichen gestellt und alles vorbereitet, dass das Geschäft am Sonntagabend abgewickelt werden konnte. Anfängliche Unstimmigkeiten hatte Leone mit freundlicher Eleganz bereinigt und mit Verweis auf die schwierige Marktsituation sogar noch einen Bonus herausgehandelt, sollte das von ihm vermittelte Geschäft reibungslos zum Abschluss kommen. Allmählich wich die Anspannung einem sanften Gefühl der Erleichterung, und Leone erlaubte sich den Gang zum Kühlschrank. Eigentlich trank er nur Champagner, wenn ein Deal vollständig durchgeführt und in trockenen Tüchern war, aber heute war ihm danach, sich zum nachmittäglichen Krisenmanagement zu beglückwünschen.

Er entschied sich für einen Rosé von Piollot, ein preiswerter und gleichwohl angenehmer Tropfen, den ihm seine Freundin Nicola empfohlen hatte, die oberhalb der Theresienwiese einen sympathischen kleinen Champagnerladen betrieb. Seit er ihr vor einiger Zeit das Ladengeschäft vermittelt hatte, zeigte sie ihm mit den besten Empfehlungen ihre Dankbarkeit. Ihr erstes Geschäft im Glockenbachviertel war ihr vor zwei Jahren überraschend gekündigt worden, und es war nicht leicht gewesen, für Nicola etwas Geeignetes zu finden. Es durfte nicht zu teuer sein und musste über einen Keller verfügen, in dem sich vernünftig Champagner einlagern ließ, und auch wenn Nicola mittlerweile über einen funktionierenden Internetvertrieb verfügte, sollte die Lage für Stammkunden attraktiv sein und wenigstens den einen oder anderen Neukunden anlocken. Immobilien gehörten nicht zu Leones Kerngeschäft, obwohl er ab und an ein Objekt vermittelte –

meist jedoch in größeren Dimensionen. Doch dank seiner Familie war er im Westend fündig geworden, und Nicola hatte das Objekt gemeinsam mit ihrem Mann wunderbar ausgestaltet.

Langsam riss Leone die Kapsel auf und drehte am Drahtkörbchen, während er in der Erinnerung an die Raumsuche für Nicola versunken Lust verspürte, sich auf sein Fahrrad zu schwingen und hinüberzuradeln, um dort einen Schluck zu trinken. Manchmal hatte sie in dem wohligen Nebenraum interessante Gäste, die freitags und samstags auf ein Gläschen vorbeikamen. Da ließ sich die eine oder andere Marke verkosten und mit Gleichgesinnten fachsimpeln oder einfach mit Nicola ein Pläuschchen halten, die ihre Winzer liebte und zu jeder Flasche mit Begeisterung etwas zu erzählen wusste.

Aber jetzt war der Piollot schon fast entkorkt. Außerdem spürte Leone eine gewisse Müdigkeit. Die Telefonate hatten ihn Kraft gekostet, mehr, als er sich eingestehen wollte. Mit dem Säuseln eines Engelsfurzes gab er dem Champagner die Freiheit und goss sich die ersten Schlucke ins Glas. Wie er perlte! Die Nase fruchtig und frisch, am Gaumen ein mineralisches Prickeln, Beerenaromen mit einem Hauch von frischem Brot – köstlich. *Mille gracie,* Nicola!

Leone stellte die Flasche in den Kühler, schlurfte mit Kühler und Glas zur Sitzecke auf der Dachterrasse und ließ sich in den weichen Ledersessel fallen. Mit der Fernbedienung erweckte er die Stereoanlage zum Leben. Im CD-Player lag eine Einspielung von Sibelius' Violinkonzert in d-Moll, an der Violine der göttliche Isaac Stern.

Leone trank einen Schluck, schloss die Augen und lauschte. Wenn er so spielen könnte, wäre sein Leben anders verlaufen. Das Singen der Violine träufelte Schwermut in seine Gedanken, und die Müdigkeit nahm zu, eine Müdigkeit, die er bis vor Kurzem nicht gekannt hatte. Immer öfter ertappte er sich bei dem Gedanken, das Geschäft an den Nagel zu hängen und das Leben zu genießen. Wirtschaftlich hatte er längst ausgesorgt, sein Vermögen war größer als alles, was er sich jemals vorgestellt hatte. Wie zum Hohn konnte er es weder richtig nutzen noch genießen, wollte er nicht die falschen Leute auf sich aufmerksam machen. Wusste er überhaupt zu leben? Was für eine Frage!

Leone schreckte hoch. War er gerade eingeschlafen? Benommen schüttelte er den Kopf. Er spürte ein beunruhigendes Drücken im Brustkorb und schnappte nach Luft. Dabei fühlte er sich kraftlos und müde, unendlich müde. Ein Kloß im Hals erschwerte das Atmen, eine eigenartige Beklemmung kroch aus dem Unterleib hoch, der Rücken schmerzte. Leone ächzte unter einer geheimnisvollen Last.

Ich darf mich nicht zu sehr über Hamzi aufregen, rief er sich selbst zur Ordnung. Wichtig war zunächst, möglichst rasch die Lieferung für Hussein Al-Chourohini zu erhalten; alles andere mochte sich danach weisen. Rasch schenkte er sich sein Glas voll und hoffte auf die belebende Wirkung des Champagners. Das Völlegefühl im Bauch ebbte ab, der Kloß im Hals löste sich auf. Leone bekam wieder Luft und sein Geist wurde wacher. Mit neuer Freude lauschte er der Violine und versuchte, in Gedanken den Bogen zu führen, wie Isaac Stern ihn führte. Wie vermessen war das denn? Von solcher Kunstfertigkeit weit entfernt, entschwanden die Noten seinem Gedächtnis und die Finger der linken Hand gehorchten nicht mehr. Anstatt wenigstens in Gedanken die Saiten zu ertasten, fühlten die Fingerkuppen nur raues Holz, das weder mit seiner *Guarneri* noch mit seiner Mittenwalder Geige etwas gemein hatte. Auf der Wange spürte er etwas Nasses, griff sich ins Gesicht und staunte wie ein kleiner Junge: Er weinte. An diesem sommerlich warmen Freitagnachmittag saß Leone Riello in seinem weichen Ledersessel und weinte. Er fasste es nicht.

Was ist mit mir los?, dachte er, rieb sich die Augen und drückte die rote Stopp-Taste der Fernbedienung. Schlagartig war es still im Raum. Die Geräusche des Marktes drangen wieder zu ihm vor, schwappten von der Dachterrasse herein wie die auflaufende Flut am Strand von Pisa Marina, und mit dieser Metapher stürmten Kindheitserinnerungen auf Leone ein.

Der *Albergo Sala* war von jeher ein Treffpunkt besonderer Art gewesen, nicht nur, weil seine Eltern weit und breit das einzige Gasthaus besaßen. Die Wildgerichte wurden bis hinüber nach Erba und Lecco gerühmt. Kein Wunder, schließlich kaufte Lorenzo Riello nur von den besten Wilderern, und die Wälder rund um Valbrona und im ganzen Triangel des Comersees boten Gämsen, Rehe und Wildschweine vom Feinsten. Ornella bereitete die Speisen von bäuerlich derb bis städtisch verfeinert zu, was immer die Gäste verlangten; Mutter konnte in der Küche zaubern. Das war einer der Gründe, warum die weitverzweigte Verwandtschaft der Riellos Familienfeste gern in den kleinen Saal des *Albergo Sala* verlegten.

Bei einer Hochzeitsfeier spielten fahrende Musikanten auf, darunter ein Geiger, der mit seinem Instrument Leones Herz im Sturm eroberte. Da war er neun Jahre alt. Andros hatte eigens für ihn am Tag nach der großen Hochzeitsfeier im Innenhof Zigeunerweisen gespielt und der Violine Melodien zum Herzerweichen entlockt. Leone war zu seinem Vater gegangen und hatte darum gebeten, eine Geige zu bekommen.

Lorenzo Riello war außer sich. Ein Riello konnte mit dem Gewehr umgehen, mit der Pistole und mit dem Kochlöffel, aber mit so etwas Verweichlichtem wie einer Geige: niemals. Das einzige Musikinstrument, das in der Familie eine gewisse Tradition hatte, war die Trompete, und die bliesen die Vettern unten bei Milano. Aber Leone ließ nicht locker und bezirzte seine Mama, deren Herz sowieso für ihren Jüngsten schlug. Ornella wusste, wie man einen Lorenzo Riello um den Finger wickelte.

Jedenfalls lag die besagte Hochzeitsfeier noch keine vier Wochen zurück, da zitierte der Vater seinen jüngsten Sohn zu sich in das holzgetäfelte Herrenzimmer. Üblicherweise fanden dort die Zusammenkünfte der Männer statt, wurden die Wilderer entlohnt und die sonstigen Geschäfte getätigt. Weder die Mutter noch die Söhne hatten dort Zutritt. Was war Leone aufgeregt, mit noch nicht einmal zehn Jahren hineingerufen zu werden. Vater stand mit strengem Gesicht da und schaute ihn durchdringend an. Dann legte er dem Knaben eine Hand auf die Schulter, nickte und sprach: »Du wirst der erste Riello sein, der kein Gewehr in die Hand bekommt.«

Zunächst begriff Leone nicht, was der Vater damit meinte. Doch dann fasste Vater hinter sich und zog einen Kasten hervor, kleiner als die Koffer, in denen die Männer ihre Jagdgewehre aufbewahrten. Er drückte Leone den Kasten in die Hand und befahl barsch: »Aufmachen!«

Schüchtern öffnete Leone den Koffer und blickte mit großen Augen auf die Violine, die mitsamt Geigenbogen in einem blauen Samtbett lag. Er schrie auf und hätte vor Freude fast Koffer und Geige fallen gelassen.

»Nächstes Jahr gibt es wieder eine Hochzeit. Bis dahin kannst du das Ding spielen. Verstanden?«

Leone versprach es. Dann schickte ihn der Vater hinaus. Erst mit 21 Jahren durfte Leone das Herrenzimmer wieder betreten, denn erst mit 21 Jahren galt er als Mann – wenngleich in den Augen seiner Onkel und Vettern eingeschränkt, denn er war der einzige männliche Riello, der niemals ein Gewehr in die Hand genommen hatte.

Als er mit der Geige zu seiner Mutter in die Küche ging, schimpfte sie ihn aus: »Das Instrument ist ein Schatz, es gehört nicht in die Küche.«

Er trug die Geige in sein Zimmer und schaute sie einfach nur an. Was sollte er nun tun? Wie sollte er lernen, sie zu spielen? Er zupfte ein wenig an den Saiten herum, freute sich an dem Klang und begann, an dem Auftrag des Vaters zu verzweifeln. Als er zum Abendessen in den Salon ging, stand am hintersten Tisch jemand auf, drehte sich um und schritt auf ihn zu: Andros.

Leone spürte wieder die Tränen, die ihm über die Wangen liefen. Er ließ es geschehen und nahm es als gottgegeben hin, dass seine Brust von einem beklemmenden Druck schmerzte. Manchmal kann sich der stärkste Mann nicht gegen die Gefühle der Vergangenheit wehren, und der stärkste der Riellos war Leone nie gewesen. Nein, er war der Empfindsamste und der Schmächtigste. Dass ihn gerade das erfolgreich gemacht hatte, war Ironie des Schicksals. Dabei hatte er stets einen gewissen inneren Vorbehalt gegen seine Profession gehegt. Nein, mit Moral hing das nicht zusammen, Moral konnten sich nur arme Idealisten leisten oder die Kinder von Milliardären, aber ein Gespür für Recht und Unrecht wollte sich Leone nicht absprechen. Neben seiner Empfindsamkeit vielleicht ein weiterer Grund, warum er niemals zu einer Waffe gegriffen und niemals mit Drohungen oder Gewalt gearbeitet hatte. Seine Waffen waren die Kunst der Überzeugung und die Kunst des Lächelns, in seltenen Augenblicken und nur für erlesene Kunden zudem die Tränen der Violine. Sie zu spielen, hatte ihm im ersten Jahr Andros beigebracht, den der Vater überredet hatte, ein Jahr als Privatlehrer in Valbrona zu verweilen. Vermutlich hatte Lorenzo dem Ungarn ein Angebot unterbreitet, das dieser nicht hatte ablehnen können. Verbrieft war jedoch, dass Andros und Leone im Herbst des Jahres 1979 gemeinsam auf der Hochzeitsfeier von Lorenzos Neffen Luigi virtuos und begeisternd aufgespielt hatten. Damit war Vaters Auftrag ausgeführt, und alle in der Familie wussten, Leone war ein Junge, der Versprechen einhielt.

Leone stand auf, trat auf die Dachterrasse und betrachtete das bunte Treiben auf dem Markt. *Davon muss ich mich anstecken lassen,* dachte er, *ich darf jetzt nicht müde werden. Zu viele Men-*

schen zählen auf mich, ich bin ihre Hoffnung. Alle Geschäfte, die ich bisher vermittelt habe, wurden einwandfrei abgewickelt. Ich habe viele Menschenleben verlängert oder gar gerettet, beruhigte er sich und stachelte sich zugleich an. Das war ein Selbstbild, das ihm gefiel, und das gab seinem Leben einen Sinn, vielleicht mehr, als es die Musik jemals gekonnt hätte. Und darauf legte Leone seit einigen Jahren größeren Wert als früher: Dass sein Leben einen Sinn hatte, jedenfalls einen, der über Geldverdienen hinausging, oder der nur darin bestand, mit seiner speziellen Begabung von besonderem Wert für die Familie zu sein.

Überhaupt die Familie: Manchmal war sie eine Last. Selbst mit seinem älteren Bruder Ricardo verstand er sich nicht mehr blind, immer öfter kam es zu Diskussionen über die richtige Ausrichtung der Familiengeschäfte. Von überallher nahm der Druck auf Leone zu, sich stärker in die gemeinsamen Unternehmungen einzubringen. Viele der Neffen und Onkel neideten ihm seine privilegierte Stellung, zwar in die Familie integriert, sein Business aber allein nach seinen Regeln durchführen zu dürfen. Schon hatten zwei aus der weiter entfernten Verwandtschaft versucht, sein Vermittlungsmonopol zu brechen. Letztlich waren sie daran gescheitert, dass sie auf andere Mittel als Einfühlungsvermögen und Freundlichkeit gesetzt hatten. Aber der Markt war groß, die Bedürfnisse enorm – irgendwann würden sich die anderen richtig einnisten, und dann war es um Leone Riello geschehen. Noch mochte er es sich nicht eingestehen, aber er ahnte es bereits. Er erahnte seinen Untergang.

9

Sie saßen etwas ratlos in dem kleinen Park auf der Bank und ließen, jeder für sich, das Gespräch bei Florian Presselt Revue passieren. In seiner jovialen Art hatte er sie manipuliert, das war Olga längst bewusst. Das Unausgesprochene verunsicherte Olga. Sie suchte nach einem Ansatzpunkt, um herauszufinden, was ihnen der Staranwalt verschwiegen hatte. Plötzlich fiel es Olga wie Schuppen von den Augen: »Alex, du hast uns vorhin berichtet, Presselt ginge es um zwei oder drei besonders schützenswerte Patienten von Atasoy, das wüsstest du. Das hat Presselt mit keinem Wort erwähnt.«

Alex schreckte aus seinen Gedanken hoch und blickte Olga überrascht ins Gesicht. »Das ist es«, entfuhr es ihm. Es klang beinahe wie der Torjubel eines Fußballfans. »Über diese Patienten wollte er nicht sprechen. Es gibt gewiss eine Verbindung zu Professor Gübelin.«

»Weißt du irgendwas über diese Patienten?«

Alex schüttelte den Kopf: »Da ist Presselt sehr diskret.«

»Wie gelangen wir dann an Informationen?«

»Sonja«, antwortete Alex wie aus der Pistole geschossen. »Sie muss die Patientendaten knacken.«

Während Olga noch der Frage nachhing, ob Atasoys Verschwinden etwas mit den diskreten Patientenverhältnissen von Professor Gübelin zu tun haben könnte, fragte Alex bereits: »Können wir morgen Abend ein Kirschweizen trinken? Jetzt muss ich los, das Volkstheater wartet.«

»Viel Spaß mit Dorothee und Felix Krull«, wünschte Olga und blickte ihm hinterher, wie er beschwingten Schritts den Alten Botanischen Garten verließ. *Verliebt sein tut ihm gut*, lächelte Olga in sich hinein, *genau wie mir.* Sie konnte ihr Glück immer noch nicht fassen, zu frisch waren die Eindrücke und zu ungewohnt die Gesamtsituation. Nach Marcos Unfalltod im Wilden Kaiser vor knapp zwei Jahren hatte ihr Herz in einem Nebelmeer aus Trauer gelebt und jede Sehnsucht nach der Nähe eines Menschen ausgeblendet. Ein Dreivierteljahr lang war sie nicht mehr zum Klettern gegangen, und als sie schließlich mit Frieder wieder Touren unternommen hatte, hatte sie ein schlechtes Gewissen empfunden; als würde sie Marco verraten. Anfangs hatte sie diesem Gefühl nachgegeben, bis Frieder ihr ins Gewissen geredet und ihr verdeutlicht hatte, wie sehr Marco die Berge geliebt und wie sehr er sie geliebt hatte. Nur wenn sie weiterhin kletterte, würde sie Marco die Treue halten, denn durch ihre Touren könne er in den Erinnerungen lebendig bleiben.

Olga war Frieder dankbar gewesen, hatte diese Sichtweise übernommen und die Freude am Klettern zurückgewonnen. Nur einen neuen Mann hatte sie sich nicht an ihrer Seite vorstellen können. Bis letzte Woche nicht. Dann war ein Wunder geschehen, denn sie hatte Sonja getroffen, eine interessante und attraktive Frau, und sich in diese liebenswerte Bodybuilderin verliebt. Wer hätte das gedacht? Olga am allerwenigsten. Sie stand auf, holte ihr Fahrrad und radelte hinüber nach Schwabing. Sie fuhr durch die sommerliche Stadt zu Sonja, und das mit einer Selbstverständlichkeit, als wären sie schon lange ein Paar.

»Was ist bei diesem Staranwalt herausgekommen?«, empfing Sonja Olga mit vor Neugier blitzenden Augen. »Du hast hoffentlich Hunger. Dann kannst du beim Dinner erzählen.« Dabei nahm sie Olga an der Hand und führte sie hinaus auf die Dachterrasse.

Der Tisch war festlich gedeckt. Im Eiskübel wartete eine Flasche Champagner, winzige Lachsbrötchen standen für den Gruß aus der Küche. Olga umarmte Sonja und gab ihr einen Kuss. Der Champagner perlte in den Weingläsern und staubte den Gaumen hinab. Sie setzten sich und verspeisten das Amuse-Bouche. Der Augenblick besaß etwas Festliches, beinahe zu bedeutungsschwanger, und fast gleichzeitig fingen sie zu lachen an.

»Auf die aufregendste Woche dieses Jahres«, gluckste Sonja. »Schön, dass es dich gibt.«

»Vielleicht wird die kommende Woche noch aufregender«, bemerkte Olga und berichtete von ihrem Gespräch mit Florian Presselt und den Schlussfolgerungen, die sie und Alex Sorger daraus gezogen hatten.

»Patientenakten ausspionieren«, rief Sonja entzückt. »Ihr beiden macht meine Hackerseele glücklich. – Jetzt hole ich erst einmal das Essen.« Sonja lachte und verschwand Richtung Küche. Zurück kam sie mit zwei Tellern, auf denen je drei Langustinen auf einem Bett von halbierten Cocktailtomaten lagen, umringt von einem schmalen Kranz kleiner Hörnchennudeln. »Passend zum Schampus – guten Appetit!«

Nur unterbrochen von einigen *Hmms* und *Ahhs* aßen sie das leckere Freitagsdinner, goutierten den Champagner, von dem Sonja ein weiteres Mal betonte, dass er zu den günstigsten im Sortiment ihrer Freundin Nicola gehörte, und ließen sich von den letzten Strahlen der dem Horizont zustrebenden Sonne wärmen. Dann aber hielt es Sonja offensichtlich nicht mehr aus, ihre Erkenntnisse zum Besten zu geben.

»Also«, legte sie los, »die *Dame mit den 200 Kleidern* ist definitiv keine Gespielin von Atasoy. Auch wenn ich immer noch nicht schlau werde aus dieser verschlüsselten Korrespondenz, bin ich mir sicher, dass es in keinem einzigen Fall um eine amouröse Verabredung geht. Im Gegenteil, hier handelt es sich um die Verabredung irgendwelcher halblegaler oder illegaler Geschäfte. Leider lässt sich der wahre Absender nicht ermitteln; auch das spricht für einen kriminellen Hintergrund. Die E-Mails werden über das Tor-Netzwerk geleitet, das tut man nur, wenn man sichergehen will, nicht aufgespürt zu werden.«

»Interessant«, murmelte Olga und sinnierte, was das bedeuten mochte.

»Mindestens ebenso interessant ist eine andere Sache«, fuhr Sonja fort. »Atasoy scheint vor einigen Monaten ein Kunstfehler unterlaufen zu sein. Jedenfalls gibt es seit Ende März einen E-Mail-Verkehr zwischen Atasoy und seinem Chef, der von Schadensersatz und Wiedergutmachung handelt. Allerdings wird in keiner der E-Mails der Sachverhalt klar, um den es geht. Dem müssten wir noch nachgehen.«

»Gut. Was haben wir bisher? Eine Ehefrau, die sich Sorgen macht. Deren Befürchtungen richten sich auf den türkischen Moscheenverband DITIP. Anknüpfungspunkt wäre der Generalsekretär, ein entfernter Verwandter, und diverse Kontaktaufnahmen seitens der Verbandsleute mit unserem Arzt. Konkrete Hinweise gibt es nicht, insbesondere scheint Atasoy nichts befürchten zu müssen, weil er kein Kritiker, sondern ein Befürworter der Politik von Präsident Erdogan ist.«

»Diese Spur halte ich für maximal lauwarm. Wesentlich spannender scheint mir die *Dame mit den 200 Kleidern* zu sein.«

»So sehe ich das auch. Noch interessanter könnte die von dir herausgefundene Kunstfehlergeschichte sein. Möglicherweise hat sich Atasoy in eine heikle Angelegenheit verstrickt und genötigt gesehen, von der Bildfläche zu verschwinden. Presselt hält das zumindest für wahrscheinlich.«

»Wenn wir diesem Ansatz Priorität einräumen«, überlegte Sonja, »wo sollen wir unseren Doktor suchen?«

»Eigentlich bei der Familie«, antwortete Olga. »Aber dann wäre seine Frau nicht so aufgeregt. Dann hätte er sie informiert, meinst du nicht?«

»Vielleicht befürchtet er, sie könnte von denen, vor denen er sich versteckt, aufgesucht werden. Dann sollte sie möglichst unbefangen sein und tatsächlich keine Ahnung haben, wo er steckt.«

»Das ist ein Argument. Vielleicht fragen wir sie, ob sich bei ihr jemand nach ihm erkundigt hat. Oder kannst du seinem Laptop Hinweise entlocken?«

»Fürchte nein, werde es aber nachher versuchen. Wirklich private Dinge suche ich bisher vergeblich.«

»Was ist eigentlich mit Atasoys Handy?«

»Wenn ich mich recht erinnere, hat Alex berichtet, es sei ausgeschaltet«, antwortete Sonja.

»Haben wir die Nummer?«

Sonja nickte und begriff, worauf Olga hinauswollte: »Rufen wir an«, sagte sie und suchte die Telefonnummer heraus. Sie tippte auf ihrem Smartphone die Ziffernfolge ein, stellte auf laut und gemeinsam hörten sie nach dreifachem Tuten: *»The person you have called is not available at the moment.«*

»Da kommen wir definitiv nicht weiter«, überlegte Olga. »Vielleicht sollten wir noch mal mit seiner Frau reden?«

»Wenn die eine Ahnung hätte ... Später vielleicht. Besser, wir durchforsten zunächst die Patientendatei«, entgegnete Sonja, nahm Olga bei der Hand und zog sie mit in ihr Arbeitszimmer. Sie setzte sich vor ihren großen Bildschirm, weckte ihn mit kurzer Mausbewegung auf, gab den Kliniknamen in die Suchmaske, klickte die Homepage an, die als erster Treffer erschien, navigierte zu den einzelnen Unterkliniken, tippte die Chirurgie an, gelangte auf der dortigen Website zum Link auf die eigene Homepage dieser Klinik – und gemeinsam schauten sie in das Gesicht des Klinikdirektors Professor Gübelin. Sein strahlendes Antlitz zierte einen Bericht darüber, dass er weltweit zu den zehn Besten seines Spezialfachs gehöre.

»Da schau her.« Sonja lachte sich ins Fäustchen und deutete auf zwei Flaggen am rechten Rand. *Informationen in türkischer Sprache* und *Informationen in russischer Sprache* stand da zu lesen. »Unser Herr Chefarzt versteht es, Geld zu verdienen. Und jetzt schauen wir uns seinen Patientenstamm an«, gluckste Sonja vor Vergnügen. »Das kann etwas dauern, ich muss diese E-Mail vom zentralen Patientenmanagement knacken.«

»Dann studiere ich inzwischen die Unterlagen, die mir Presselt in die Hand gedrückt hat«, erwiderte Olga, hauchte Sonja einen Kuss auf die Wange und verließ das Arbeitszimmer.

Der Rahmenvertrag wies eine enorme Komplexität auf, der sich Olga vor allem in den das internationale Recht berührenden Teilen nicht gewachsen fühlte. Der Kern der Regelungen hingegen erschloss sich als bemerkenswert einfach: Ein Förderverein vermittelte Bülent Atasoy im Münchner Klinikum Patienten für chirurgische Eingriffe gegen die Zusicherung, bei der Behandlung alle religiösen Befindlichkeiten der Patienten zu respektieren und dafür Sorge zu tragen, dass die islamischen Behandlungsregeln eingehalten wurden. Insbesondere war das Entblößen des Körpers zu vermeiden, außer es war für Diagnose und Behandlung unumgänglich. Ebenso erlaubte der Vertrag nur dann eine Ausnahme vom gegengeschlechtlichen Behandlungsverbot, wenn innerhalb von achtundvierzig Stunden kein gleichgeschlechtlicher hervorragender Facharzt gefunden worden war.

Obwohl rein maskulin formuliert, leuchtete Olga aus jedem Buchstaben der Sinn des Ganzen entgegen: Eine Frau sollte unbedingt von einer Frau behandelt werden. Als Vertrauensarzt fungierte Bülent Atasoy, der sich darüber hinaus verpflichtete, im Rahmen der Behandlungsgebote und seiner fachärztlichen Expertise den persönlich behandelnden Arzt abzugeben.

Bemerkenswert in diesem Zusammenhang war die Vereinbarung des Gerichtsstands in Malta und die Einschaltung eines Schiedsgerichts ebendort sowie eine etwas versteckte Klausel, die auf eine Kooperation mit einer Klinik in Istanbul verwies, in welcher ebenfalls Operationen unter Geltung dieses Rahmenvertrags durchgeführt werden konnten. Konfliktträchtig schien die vereinbarte Vertragsstrafe zu sein, denn für Versäumnisse in der

Patientenbehandlung sollte nicht nur Atasoy, sondern auch Professor Gübelin je nach den Umständen des Einzelfalls eine beträchtliche Strafzahlung entrichten, während entgegen allen rechtlichen Gepflogenheiten in Deutschland die Klinik außen vor blieb. An diesem Punkt hegte Olga Zweifel an der Durchsetzbarkeit der Vereinbarung, obwohl diese notariell beurkundet war. Im Gegenzug verpflichtete sich der Förderverein zur Zahlung von Honorarausfallentschädigungen, falls ein Patient trotz gültiger Vermittlung des Behandlungsvertrags nicht zur Behandlung erschien. Darüber hinaus gewährte der Förderverein Atasoy und Gübelin einen jährlichen Projektzuschuss für deren Forschungsvorhaben.

Nach und nach verstand Olga, warum Presselt einen öffentlichen Rechtsstreit rund um dieses Vertragswerk und möglichst jedes Aufsehen hinsichtlich des Verschwindens von Atasoy vermeiden wollte. Sie ging davon aus, dass der kaufmännische Direktor des Klinikums von diesem Vertragswerk weder Kenntnis hatte noch eine solche haben sollte. Und wenngleich in einem eigenen Paragrafen darauf hingewiesen wurde, die Parteien seien sich einig, dass Professor Gübelin das Verhältnis zum Gesamtklinikum im Rahmen seiner Direktorenzuständigkeit rechtskonform ausgestalten werde, wurde Olga den Verdacht nicht los, hier eine offene Flanke entdeckt zu haben: Da verdiente sich jemand auf eigene Rechnung eine goldene Nase.

Der von Presselt angesprochene Streit zwischen Gübelin und Atasoy betraf die Begleichung mehrerer eingeforderter Konventionalstrafen, die ausgelöst worden waren, weil von Atasoy in Gübelins Klinikum durchgeführte Operationen zu Komplikationen geführt hatten.

Olga amüsierte sich über die ohne Zweifel erfundenen Patientennamen, schloss die Akte und ging wieder hinüber in Sonjas Arbeitszimmer. »Hast du etwas herausgefunden?«

»Drin bin ich«, antwortete Sonja, »aber die Systematik der

Datenbank habe ich noch nicht ganz durchschaut. Hilfreich wäre es, wenn wir einen Patientennamen hätten, dann könnte ich gezielt suchen.«

»Damit kann ich dienen: Reinhold Bauer.«

Sonja tippte den Namen in eine Maske und eine Sekunde später poppte eine Patientenakte auf dem Bildschirm auf. Nach einmal hoch und runter scrollen pfiff Sonja durch die Zähne und zeigte auf ein hellblau unterlegtes Feld: *Dr. B. Atasoy* stand da. Ihr Vermisster war Reinhold Bauers behandelnder Arzt. Im Feld für die durchgeführte Behandlung stand *Roux-en-Y-Magenbypass*. Ausweislich der Patientendaten handelte es sich um einen 37-jährigen Mann, der drei Wochen nach dem durchgeführten Eingriff wegen einer Nahtschrumpfung nachoperiert werden musste, danach aber als vollständig geheilt entlassen worden war. Seitdem gab es keine dokumentierten Nachsorgeuntersuchungen mehr. In den Feldern für die Abrechnung waren diverse Kennziffern eingetragen und grün hinterlegt. Ab Seite drei der Patientenakte folgten ausführliche Operationsberichte, aus denen sich zumindest für Olga und Sonja keine bemerkenswerten Besonderheiten ergaben.

»Wie bist du auf den gestoßen«, fragte Sonja.

»Um diesen Reinhold Bauer geht es unter anderem in dem Rechtsstreit, den Florian Presselt mir heute in die Hand gedrückt hat. Ich soll Atasoy gegen seinen Chef Professor Gübelin vertreten, und das möglichst geräuschlos. Der Patientenname ist selbstverständlich ein Fake. Atasoy hat hier einen Araber behandelt und vielleicht einen Kunstfehler begangen.«

»*Merde*«, entwischte es Sonja. »Da hätte er allen Grund, von der Bildfläche zu verschwinden.«

»Sag mal, wie bist du da so schnell hineingekommen?«

»Deutlich einfacher als neulich bei der Bank. Die Patientendaten sind miserabel geschützt und der Typ vom Patientenmanagement hat seinen Account zu allem Überfluss mit einem

Allerweltskennwort gesichert. Mein Algorithmus hat es nach drei Minuten geknackt.«

»Können wir uns jetzt auch andere Patienten von Atasoy anschauen?«

»Kein Problem, aber wir müssen die herausfiltern, bei denen es zu Komplikationen gekommen ist. Schau, dein Reinhold hat hier im Feld 253 ein Kreuz; möglicherweise ist das der Hinweis auf Komplikationen.«

Olga musste lachen, und als Sonja sie fragend anschaute, erklärte sie: »Das ist der Paragraf im Bürgerlichen Gesetzbuch, der das Schmerzensgeld regelt. Sinnig, oder?«

In einer Suchmaske kombinierte Sonja Atasoys Namen mit einem angekreuzten Feld 253 und erhielt sofort zwei weitere Treffer: Theodor Huber und Anton Meier.

»Bingo«, entfuhr es Olga. Das waren also die drei heiklen Patientenangelegenheiten, mit denen Florian Presselt in der jüngeren Vergangenheit befasst gewesen war. Während bei Theodor Huber die Entfernung einer Geschwulst im Dickdarm eine Nachoperation erforderlich gemacht hatte, war Anton Meier an den Folgen einer Magenspiegelung verstorben – allerdings nicht in München, sondern irgendwo im Ausland.

»Was ist das für ein seltsamer Fall?«, fragte Olga und wurde sich der Sinnlosigkeit dieser Frage erst bewusst, nachdem sie sie gestellt hatte. Woher sollte Sonja das wissen? »Kannst du mir den Arztbericht ausdrucken?«

Auch diese Frage beantwortete Sonja nicht, stattdessen brummte der Laserdrucker. Olga und Sonja schauten sich in die Augen und nickten. Sie verstanden es beide: Sollte Atasoy wegen eines Kunstfehlers untergetaucht sein, dann hatte es mit dem Tod dieses Anton Meier zu tun, der alles Mögliche war, nur kein Anton Meier.

»Das ist ein Deckname«, sprach Olga ihre Gedanken laut aus. »Anton Meier ist ein besonderer Patient, ein Klient des Fördervereins, und vermutlich kein unbedeutender. Wir sollten herausfinden, wer Anton Meier wirklich ist.«

Die *Poena* des Rahmenvertrags vertrug sich in diesem Fall nicht unbedingt mit den Regeln des Koran, denn irgendwo im Koran stand ihres Wissens, dass man im Fall von Totschlag zur Vergeltung das einfordern durfte, was einem genommen wurde. Olga lief es kalt den Rücken hinunter. »Wir müssen rasch recherchieren, was die Scharia für so einen Fall vorschreibt.«

Sonja nickte und nach drei Klicks blickten sie gemeinsam auf einen Eintrag bei Wikipedia: *Die Scharia regelt die Anwendung der Koransuren zum Talionsgebot für alle Vergehen gegen Leib und Leben anderer Menschen (Qisās). Das Recht der Opferangehörigen zur Wiedervergeltung wird an Bedingungen geknüpft: Ein islamisches Gericht muss die Schuld des Täters feststellen. Liegt ein Urteil vor, dürfen das Opfer oder seine Familie dem Täter unter Aufsicht des Richters die exakt gleiche Verletzung zufügen, die er dem Opfer zugefügt hatte.*

»Wir sollten uns schlaumachen, ob es so ein Urteil gibt«, bemerkte Sonja.

Olga nickte. »Allmählich wird der Fall kompliziert. Aber für solche Fälle gibt es wohl die Schiedsgerichtsklausel und den Gerichtsstand Malta. Daran müssten sich die Parteien eigentlich halten. Ob wir dazu etwas im Internet finden?«

Sie wurden rasch fündig und erkannten, dass die Schiedsgerichtsbarkeit in Malta sogar Eingang in die ordentliche Rechtspflege gefunden hatte, nämlich für die sogenannten kleinen Ansprüche; da konnten ortsansässige Rechtsanwälte als Friedensrichter agieren. »Immerhin ein Anknüpfungspunkt«, bemerkte Olga und nahm sich vor, dazu Florian Presselt zu befragen. Unabhängig von einem möglichen Motiv für das Verschwinden Atasoys ergab sich aus all diesen Umständen aber kein Hinweis auf seinen Verbleib, und die Frage war, ob es überhaupt sinnvoll war, ihn aufzuspüren, sollte er sich aus

Furcht vor Rache für einen tödlichen Kunstfehler versteckt halten.

Olga teilte Sonja ihre Bedenken mit, und deren Antwort war eindeutig: »Wir müssen mit seiner Frau sprechen. Heute noch.«

»Dann rufen wir sie an«, schlug Olga vor, aber Sonja schüttelte den Kopf.

»Wenn Bülent von rachsüchtigen Arabern verfolgt wird, ist telefonieren gefährlich – wer weiß, am Schluss wird Atasoys Telefon abgehört. Nein, wir schwingen uns auf unsere Räder und gönnen uns einen Abendausflug.«

Eine halbe Stunde später standen sie einer überrascht dreinblickenden Gülay Atasoy gegenüber, deren dunkle Augenringe beredtes Zeugnis über ihre Sorgen ablegten. Die freundliche Einladung, einzutreten, lehnten Olga und Sonja ab und baten sie stattdessen, sie in die Bar an der Ecke zu begleiten.

»Das kann ich leider nicht«, wehrte sie ab. »Als Muslima darf ich keine Bar betreten. Wenn wir außerhalb meiner Wohnung sprechen wollen, machen wir einen kleinen Spaziergang.«

So kam es, dass sie eine halbe Stunde durch ruhige Nebenstraßen flanierten wie alte Freundinnen und dabei erörterten, ob sich Bülent auf der Flucht befand und wo er sich möglicherweise versteckt halten könnte. Nachdem sie zunächst sehr abwehrend reagiert hatte, überwog nach und nach die Furcht um ihren Mann, bis sie schließlich einräumte, von einem schwerwiegenden Kunstfehler ihres Mannes zu wissen.

»Er ist ein guter Arzt, wirklich«, begann sie ihre Erzählung. »Es lastet ihm schwer auf der Seele, dass mit dieser Patientin aus Dubai so viel missglückt ist.«

»Patientin?«, fragte Olga überrascht.

»Das ist ja das Schlimme«, schluchzte Bülents Frau. »Es war die Lieblingstochter eines reichen Scheichs. Es sollte ein harmloser Eingriff sein. Doch schon bei der Anästhesie gab's ein Problem, und dann hat das Endoskop nicht richtig funktioniert. Jedenfalls hat Bülent die Speiseröhre der Frau verletzt und musste sich mit einer kleinen Notoperation behelfen. Danach schien alles gut zu sein, doch einige Tage später klagte die Patientin über starke Schmerzen. Da war sie bereits in ihre Heimat zurückgereist, konnte dort aber nicht richtig behandelt werden und wurde von ihrem Vater in die Türkei gebracht. Bülent ist Hals über Kopf nach Istanbul geflogen. Dort hat er die Frau erfolgreich operiert. Aber sie ist nicht mehr aus der Narkose aufgewacht und gestorben. Es war eine unglückliche Aneinanderreihung von Fehlern, und ohne die Missgeschicke in München wäre das nicht geschehen. Bülent war am Boden zerstört und musste sich alles von der Seele sprechen. Normalerweise erzählt er mir wenig von der Klinik.«

»Wissen Sie den Namen der Frau?«

»Nein. Ich weiß nur, dass die besonderen Patienten aus Arabien mit falschen Namen geführt werden. Bei diesen Menschen kommt es sehr auf Diskretion an. Sie wollen unerkannt bleiben, die Frauen ganz besonders.«

»Dubai, sagten Sie?«

»Ja, da bin ich mir sicher.«

»Es könnte also sein, dass dieser Scheich auf Rache sinnt?«

»Das wäre schrecklich«, sagte Frau Atasoy. »Wenn sich Bülent deswegen versteckt ... dann, bitte, stöbern Sie ihn nicht auf.«

»Sie meinen, wir sollen die Suche abblasen?«

»Ach, ich weiß es doch auch nicht. An so einen Fall habe ich bis gerade eben nicht gedacht. Ich habe Angst.«

»Das kann ich gut verstehen«, flüsterte Olga und nahm die zitternde Frau in die Arme. »Wir tun unser Bestes. Haben Sie Vertrauen.«

10

Nach und nach strömten die Besucher in das Foyer des Volkstheaters. Alex Sorger kam sich etwas deplatziert vor in seinem Anzug, denn fast alle Theatergäste waren leger gekleidet, vielfach mit Jeans und T-Shirt und luftig-lässigen Jacken, die Frauen in Sommerkleidern oder leichten Hosenanzügen, aber niemand mit Anzug und Krawatte. Vermutlich würde Dorothee in einem offenherzigen Blütentraum kommen und ihn ob seiner altväterlichen Staffage auslachen. Alex schlenderte ein paar Meter weiter und befreite sich von seinem konservativen Schlips, ehe er sich wieder an die Treppe vor dem Eingang stellte und auf seine neue Liebe wartete.

Allmählich rückte der Vorstellungsbeginn näher, aber von Dorothee noch keine Spur. Immer öfter und immer ungeduldiger kontrollierte Alex sein Handy. Drinnen ertönte zum ersten Mal der Gong. Nervös ging Alex drei Schritte nach rechts und wieder drei Schritte nach links. Einige Nachzügler hasteten in den Innenhof und die Stufen hinauf, hinein ins Foyer. Zum zweiten Mal ertönte der Gong. Alex trat an einen der Bediensteten heran und fragte, ob und wann es einen Nacheinlass gebe. Der grau melierte Saaldiener brummte etwas von »nach dem ersten Bild«, es war mehr als deutlich, was er von so einer Störung der Aufführung hielt: nichts.

Alex wählte Dorothees Nummer, doch statt des Freizeichens kam die Nachricht, der gewünschte Gesprächspartner sei nicht erreichbar. *Eigenartig*, dachte Alex und ging zunehmend beunruhigter vor dem Foyer auf und ab. Dann ein drittes Mal der Gong und kein Lebenszeichen von Dorothee. Die Türen schlossen sich. Alex stand wie bestellt und nicht abgeholt und verstand die Welt nicht mehr. Klar, er kannte Dorothee erst seit einer Woche, doch schon die Ernsthaftigkeit, mit welcher sie ihrem Beruf als Staatsanwältin nachging, bot Gewähr für Zuverlässigkeit. Außerdem war sie von dem Theaterstück begeistert. Sie hatte sich gefreut wie ein kleines Kind, als er vor wenigen Tagen die Karten besorgt hatte, was für ein Glücksfall, kurzfristig noch zwei Plätze im Parkett Reihe fünf zu ergattern.

Alex wurde unruhig. Irgendetwas stimmte nicht, und er begann, sich Sorgen zu machen. Erstmals seit seiner Scheidung spürte er wieder dieses Auf und Ab der Gefühle, das untrennbar mit dem Verliebtsein zusammenhing. Mit jeder Minute, die er sich vor dem Theater in der lauen Abendluft die Beine in den Bauch stand, wuchs seine Sehnsucht, diese Frau zu sehen, die er im Biergarten durch eine Laune des Schicksals kennengelernt hatte. War nicht sie es gewesen, die offensiv geflirtet und auf ihn zugegangen war? Er lächelte bei der Erinnerung an seine Schüchternheit und das Spiel des Beruferatens, und als er sich an ihre zupackende Art erinnerte vor ihrem ersten nächtlichen Beisammensein, lief es ihm heiß und kalt den Rücken hinunter.

Ein weiterer Blick auf das Handy: keine Nachrichten. *Hoffentlich ist ihr nichts passiert,* flehte er. Er versuchte ein weiteres Mal, sie zu erreichen; doch der Teilnehmer war *not available.* Irgendwo mitten in seinem etwas zu dicken Bauch rumorte die Angst vor dem Verlust. Nein, er wollte nicht noch einmal einen Menschen verlieren. Schlimm genug, dass er seine Tochter verloren hatte, die seit beinahe drei Jahren jeden Kontakt zu ihm mied. Wortlos geblieben, seit sie im Streit davongelaufen war. Sein größtes Scheitern war vermutlich diese Beziehungslosigkeit zu Lisa. Gab es Recht und Unrecht im Verhältnis des Vaters zur Tochter überhaupt? Musste ein Vater nicht alles verzeihen? Konnte er das? Das Gleichnis vom verlorenen Sohn fiel ihm ein, und unwillkürlich schmunzelte Alex. Er lebte an sich areligiös und kirchenfern. Trotzdem prägten christliche Bilder seine Gedanken, und das Gebot *»Liebe deinen Nächsten wie dich selbst«* übte eine ungebrochene Anziehung auf ihn aus. Speiste sich daraus sein Sinn für

Gerechtigkeit? Gleiches Recht für alle als Ausfluss der Nächstenliebe? Hatte er je darüber nachgedacht? Oder kam sein Gerechtigkeitssinn von den beißenden Schmerzen, die er empfand, wenn er selbst ungerecht behandelt wurde? Lisas Verstummen erlebte er als eine solche Ungerechtigkeit, die ihn manchmal hineinwarf in einen ohnmächtigen Zorn, der stärker schmerzte als eine Schnittwunde, die man mit Essig beträufelt. Ohne Erklärung zu gehen, war das nicht auch eine Beschämung für den Verlassenen?

Alex' Gedanken wirbelten in wilden Assoziationen und landeten bei der verängstigten Ehefrau, deren Mann spurlos verschwunden war und den er aufspüren sollte. Was, wenn Atasoy vor einer Gefahr geflohen war und sich irgendwo versteckte? Würde seine Frau das als ein wortloses Davonstehlen empfinden? Oder wäre sie insgeheim erleichtert, weil es besser wäre als eine Entführung durch religiöse Eiferer, wie sie befürchtete, oder die lieblose Abwendung von der Familie durch die Hinwendung zu einer anderen Frau?

Wie sehr wir eine Handlung von ihrem Erfolg her interpretieren, philosophierte Alex und blickte sorgenvoll auf den Bildschirm seines Smartphones. Nichts Neues.

Seine Sorge wuchs zu einer diffusen Angst heran. Es war kurz vor halb neun und von Dorothee keine Spur. Er wanderte in dem Innenhof auf und ab und versuchte, den Wirrwarr an Gedanken zu bezähmen, der seinen Kopf vernebelte. Da fand sich ein konfuses Hadern mit dem Schicksal, eine erste Vorwegnahme des Schlimmsten, um gefeit zu sein für eine schlechte Nachricht. Wieder sah er Gülay Atasoy vor sich, wie sie sich mühsam beherrschte, nicht in Tränen auszubrechen, als sie ihn angefleht hatte, ihren Mann zu finden. Würde er diesen Auftrag erfolgreich ausführen können? Er war kein Spezialist für die Vermisstensuche, und bisher hatten sie kaum Anhaltspunkte, wo sie den Arzt finden könnten. Die Mittel der Polizei standen ihnen ebenso wenig zur Verfügung. *Vielleicht,* machte sich Alex Hoffnung, *findet Sonja, diese geniale Hackerin, etwas heraus.* Aber wenn Olga und Sonja inzwischen auf eine heiße Spur gestoßen wären, hätten sie ihm längst eine Nachricht geschickt. Wenn sie um diese Zeit überhaupt noch an dem Fall arbeiteten. Vermutlich waren sie zum gemütlichen Teil des beginnenden Wochenendes übergegangen. Wer wollte es ihnen verdenken, waren sie doch genau so frisch verliebt wie er selbst. Oder sie knobelten an einer Lösung, wie diesem Schusternagel und seinem Auftraggeber Horbacher beizukommen war, die das Konto des Freundeskreises des Museums der Moderne geplündert und die Veruntreuung anderen in die Schuhe geschoben hatten. Es war Olga zuzutrauen, dass sie die Gerechtigkeitslücke, die durch die Straffreiheit der beiden Strippenzieher entstehen würde, mit allen erdenklichen Mitteln schließen wollte. Auch ihm selbst widerstrebte das Ergebnis. Sollte sich eine elegante Lösung finden, die beiden ans Messer zu liefern: Er wäre dabei. Das Klappern von Schuhen schreckte ihn aus seinen Gedanken. Eine Frau lief die Einfahrt herein, direkt auf ihn zu.

»Hallo, Fotograf«, rief sie außer Atem und kam vor ihm zum Stehen.

Es war eine von Dorothees Kolleginnen, die letzte Woche im Biergarten dabei gewesen waren, doch welche? Anna oder Martina? Alex spürte, wie ihm das Blut in den Kopf schoss und sich sein Puls beschleunigte.

»Ich bin's, Anna. Du sollst mit mir kommen.«

»Was ist passiert?«, stammelte Alex verunsichert und bemühte sich, ruhig zu atmen. Das Herz klopfte ihm bis zum Hals.

»Erzähl ich dir im Auto. Halb so wild, komm mit.« Sie packte ihn bei der Hand und führte ihn die Einfahrt hinaus. Dort stand ein BMW-i3 einer Car-Sharing-Firma mit eingeschalteter Warnblinkanlage. Anna öffnete die Beifahrertür, schob Alex hinein, ging um den Wagen herum und setzte sich hinters Steuer. Geräuschlos fuhr der Wagen los und bog am großen Platz rechts ab. Anna konzentrierte sich aufs Fahren und bemerkte wie nebenbei: »An so ein Elektroauto muss ich mich erst gewöhnen. Wenn du zu viel Gas gibst, schießt es davon wie eine Rakete.«

Das war nicht, was Alex hören wollte, doch das wusste die Staatsanwältin vermutlich selbst. Musste sie ihn vorbereiten auf das, was folgte? Das Brennen im Bauch ging mit einem leichten Zittern seiner Hände einher. Er wollte nicht fragen, denn er fürchtete, seine Stimme könnte versagen. Wann hatte er letztmals so eine Angst gehabt?

Anna bog wieder rechts ab und fuhr nun Richtung Osten. Das war die Richtung zu Dorothees Wohnung, und das beruhigte Alex ein wenig. Doch als Anna es nach wenigen Minuten unterließ, links abzubiegen, rutschte Alex nervös auf seinem Sitz umher.

»Doro hatte Glück im Unglück«, beschwichtigte Anna und fuhr in den Tunnel ein. »Du sollst dir keine Sorgen machen, sie will dich aber unbedingt sehen. Früher haben Frischverliebte ihre Telefonnummern auswendig gelernt«, versuchte Anna die Anspannung zu lösen.

Alex ahnte, wohin sie fuhren. Das Klinikum besaß die nächstgelegene Unfallchirurgie; Dorothee hatte einen Unfall gehabt.

»Aber heutzutage«, fuhr Anna gleichmütig fort, »speichert jeder die Nummern im Handy und wehe, wenn das Ding kaputtgeht. Daher konnte sie dich nicht anrufen und ich war leider nicht schneller. Sorry also, dass du etwas herumstehen musstest.«

»Wir fahren in die Klinik mit der Unfallchirurgie, stimmt's?«

»Es handelt sich um einen einfachen Bruch ohne Komplikationen, also mach keine Trauermiene. Doro ist tough, und Blumen kannst du ihr morgen kaufen.«

Er konnte nichts dagegen tun, er musste hysterisch lachen und die ganze Anspannung hinauslassen; außerdem wusste er nicht, wie er sonst mit Annas eigenartigem Humor umgehen sollte. Jedenfalls war er dankbar, dass sie ihn vom Theater abgeholt hatte. Darüber hinaus empfand er die Situation als absurd, Dorothee nun in dem Klinikum, wenngleich in einer anderen Teilklinik, aufzusuchen, aus dem Atasoy spurlos verschwunden war.

»Lachen ist besser als Weinen«, bemerkte Anna knochentrocken. »Jedenfalls wird sie sich freuen, dich zu sehen.«

Schon bog sie auf den Parkplatz vor dem Haupteingang der Klinik ein und quetschte den Wagen in eine schmale Lücke. Alex hatte sich wieder im Griff und stieg aus. Anna schritt forsch voran, vorbei an der Informationstafel, vor der Alex erst gestern Nachmittag gestanden hatte. Nach wenigen Minuten erreichten sie die Privatstation der Unfallchirurgie. Eine abgekämpft aussehende Krankenschwester grüßte freundlich und winkte Anna durch. Das Namensschild unter der Zimmernummer lautete auf *Dorothee Hauber*; sie hatte ein Einzelzimmer, und mit dem typischen Krankenhausgeruch ging für Alex die Erkenntnis einher: Das war real.

Anna klopfte und trat ein, Alex folgte ihr. Im Licht der Leselampe wirkte Dorothee blass. Als sie ihn sah, huschte ein Lächeln über ihr Gesicht und sie formte einen Kussmund. Alex war den Tränen nah, sein Puls pochte und er wusste: Ich liebe sie.

Nachdem sie noch einige Dinge fürs Büro besprochen hatten, war Anna mit burschikos-herzlicher Verabschiedung gegangen und Dorothee hatte ihr dankbar hinterhergeblickt.

»Weißt, sie ist meine zuverlässigste Freundin und die einzige, deren Telefonnummer ich sturzbesoffen zusammenbring'. Hast leider a bisserl warten müssen vorm Theater, gell?«

Er nahm ihre rechte Hand in seine und schaute ihr in die Augen. Ihr Humor war nicht unter die Räder gekommen, und was geschehen war, würde sie ihm bestimmt gleich erzählen. Er wollte nichts fragen, fürchtete sich vor dem Knödel in seinem Hals und einer zu zittrigen Stimme.

»Wollt' mich aufbrezeln für dich«, spannte sie ihn mit ihrer Schilderung nicht mehr länger auf die Folter, »und bin g'schwind heimgeradelt nach der Arbeit, z'spät dran natürlich, wie immer. Wie ich in die Barerstrass' einbieg', rutscht mir 's Vorderrad in die Gleise und schwupps, hat's mich g'schmiss'n und saublöd 'nausg'haut gegen den Randstein.« Sie lächelte ihn wie um Entschuldigung bittend an. »Hab' gleich g'spürt, da is' was 'broch'n. Konnt' nimmer aufsteh'n. Saudumm, dass mein Handy davongeflogen ist – ein paar Minuten später is' a Auto drüberg'fahr'n.«

Alex musste beinahe schmunzeln, wie sehr sie in der Aufregung, die der Unfall in ihr verursachte, in ihr charmantes Münchnerisch hineinrutschte. Er drückte ihre Hand und flüsterte: »Bist aber gut versorgt worden, oder?«

»Zwei Frauen hab'n sich um mich gekümmert, der Notarzt hat nicht lang' auf sich warten lassen. Na ja, und von der Barerstrass' hierher ist's bloß ein Katzensprung.«

»Was ist gebrochen?«, wollte Alex endlich wissen.

»Wadenbein rechts und Außenbandriss im rechten Sprunggelenk, die rechte Schulter hat's leider blöd erwischt, da wollen sie am Montag entscheiden, ob man operieren muss. Und dann halt das unvermeidliche Schleudertrauma.«

Alex konnte nicht anders – er beugte sich vor und drückte ihr die Lippen so heftig auf den Mund, dass sie pfeifend ausatmete und dann spürbar in seine kecke Zunge biss.

11

Wieder zu Hause in Sonjas Wohnung fühlten sie sich hin und her gerissen zwischen Müdigkeit und Neugierde. Weil sie sich nicht entscheiden konnten, sofort ins Bett zu gehen, mixte Sonja Gin-Tonic für beide und sie setzten sich auf die Dachterrasse.

»Was wissen wir?« Sonja stellte die Frage in den Raum, nippte an ihrem Drink und legte ihren Arm um Olgas Schulter.

Olga genoss diese Zärtlichkeit, wandte Sonja ihr Gesicht zu und gab ihr einen sanften Kuss, ehe sie sich dem Vermisstenfall zuwandte und eine erste Bestandsaufnahme versuchte. »Unterstellt, er ist freiwillig untergetaucht – aus Angst. Er ist als behandelnder Arzt in drei Fällen für Komplikationen verantwortlich. In einem Fall verstirbt die Patientin bei einer Nachoperation. Vermutlich sind alle drei Patienten aus dem arabischen Raum. Atasoy hat Angst vor Rache und flieht. Die zweite Variante für freiwilliges Verschwinden wäre das Vorhandensein einer Gespielin. Aber die *Dame mit den 200 Kleidern* ist keine Geliebte; glauben wir zumindest; eher verbirgt sich dahinter ein dubioser Geschäftspartner, für was auch immer.«

»Kurz und gut, wir glauben nicht an eine Geliebte«, ergänzte Sonja und streichelte Olga sanft im Nacken.

»Wenn ihn kein rächender Araber entführt hat«, fuhr Olga fort. »bleibt der Moscheenverband, von dessen Seite seit der Wahl des mit Bülent entfernt verwandten Generalsekretärs Kontaktanbahnungen versucht wurden. Bülent zeigte sich desinteressiert und wurde von DITIP-Leuten entführt. So die Befürchtung von seiner Frau. Klingt wie eine Räuberpistole und weit an den Haaren herbeigezogen. Bülent ist ein Anhänger des türkischen Präsidenten, DITIP gilt als verlängerter Arm des Präsidenten, ein Gegensatz ist nicht zu erkennen. Wo läge die Motivation für eine Entführung? Man könnte höchstens annehmen, die benötigen für eine diskrete oder gar geheime Operation einen Arzt. Aber das ist ziemlich unwahrscheinlich.«

Olga setzte mit ihrem Zeigefinger einen Punkt in die Luft und griff in Sonjas Haare, die sich seidig anfühlten.

»Ich mag deine Haare«, flüsterte sie und gab Sonja wieder einen Kuss. Das fühlte sich gut an, und Olga spürte, wie sie die Lust verlor, länger über Atasoys Verschwinden zu rätseln.

»Das freut mich«, gurrte Sonja und zog Olga näher an sich.

Olgas Puls beschleunigte sich, aus dem Bauch schwappte eine Welle von Hitze und Erregung ihren Hals hinauf bis ins Gesicht. Doch ehe die Leidenschaft ganz lodern konnte, pochte der Verstand auf den Abschluss der detektivischen Gedanken und sie resümierte: »Wir sollten wohl davon ausgehen, dass er entführt worden ist«, warf Olga ein.

»Hoffentlich lebt er noch«, stieß Sonja hervor. »Vergeltung kann in der Scharia den Tod bedeuten, oder?«

»Die Scharia erlaubt nur die Vergeltung von Gleichem mit Gleichem«, referierte Olga den Rechtsgedanken aus dem Koran. »Das heißt, für den Tod einer Frau dürfte man zwar eine Frau töten, aber keinen Mann. Und, wie gesagt, vorher bräuchte es das Urteil eines Richters. Wenn es also um Vergeltung geht, ist Bülent entführt, aber nicht getötet worden.«

»Was machen wir jetzt?«

»Ich bin schon ein bisserl müde«, antwortete Olga, die sich kaum noch an die Hauptverhandlung am Vormittag erinnerte, so viel hatte sich seitdem zugetragen. Allmählich beschlich sie das Gefühl, sich zu verzetteln. *Genug ist genug, es muss auch noch etwas anderes geben,* dachte sie und sehnte sich nach langen Umarmungen. »Trinken wir aus, gehen ins Bett und kuscheln«, flüsterte sie Sonja ins Ohr und gab ihr einen Kuss.

»Gute Idee«, erwiderte Sonja und nahm Olga in die Arme.

Da flatterten die Schmetterlinge in Olgas Bauch und plötzlich konnte es ihr nicht schnell genug gehen, ins Schlafzimmer zu kommen. Sie nahmen nicht den Umweg über das Bad, sondern liefen Hand in Hand von der Dachterrasse ans ausladende Doppelbett. Olgas Unterleib flirrte, als sie Sonja das T-Shirt über den Kopf zog. Fiebrig zitterten ihre Hände bei der ersten Berührung der zarten Haut. Ein hastiger Puls verriet ihre Erregung, viel zu langsam fielen die restlichen Kleidungsstücke. Dann, endlich im Bett, Haut an Haut, der erste unendliche Kuss und die immer noch aufregenden Berührungen. Olga schwindelte vor Glück und Lust, und stammelnd bat sie: »Sing für mich!«

Als Olga aufwachte, war es bereits taghell und das Bett neben ihr leer. Sie rieb sich die Augen, rekelte und streckte sich und schnupperte vorsichtig, ob bereits der Duft von Kaffee in der Luft lag. Sie bekam richtig Heißhunger auf ein deftiges Frühstück, und mit den Gedanken an Spiegeleier und Speck erwachte die Sehnsucht nach den Bergen. Warm, aber nicht heiß würde es heute werden, ideal für eine Kletterpartie.

Während sie sich noch die Mehrseillängenrouten in Nassereiths Südwand vorstellte, drängten sich die Pflichten in den Vordergrund. Erstens war da ihr Bankrottverfahren, um das sie sich bis Montag unbedingt kümmern musste; es würde schwer genug werden, für Rolf Mergenthaler noch ein erträgliches Urteil herauszuholen nach der katastrophalen Zeugenaussage des Bankers. Wenn sie am Montag keine vernünftige Strategie mit ihrem Mandanten entwickeln konnte, ging der Prozess am Dienstag schief. Zweitens trat Atasoy auf den Plan. Olga sah das sorgenvolle Gesicht der Arztfrau vor sich und litt mit ihr an dieser Ungewissheit, was geschehen und an welcher Stelle mit der Suche anzusetzen war. Drittens geisterten ihr wieder die Gauner Schusternagel und Horbacher durch den Sinn, die straflos davonkamen, weil sie ihren Coup geeigneten Sündenböcken in die Schuhe geschoben hatten, was ihr Gerechtigkeitsempfinden nicht dulden wollte. Keine dieser gefühlten Verpflichtungen lockte sie, und beinahe hätte sie sich umgedreht und versucht, weiterzuschlafen. Doch die innere Unruhe war schon angewachsen, und ungelöste Probleme konnte Olga nicht ausstehen. *Ich bin ausgeschlafen,* stellte sie fest, *dann kann ich auch aufstehen.*

Sonja saß in ihrem Arbeitszimmer vor dem Computer und starrte gebannt auf den Bildschirm. Sie bemerkte Olga erst, als diese unmittelbar hinter ihr stand. Reihe über Reihe Programmcode füllten das Display, für Olga ein Buch mit sieben Siegeln, aber offensichtlich ein Stück begeisternde Literatur für die Computerspezialistin.

Sonja wechselte einen Blick mit Olga, dann erklärte sie: »Mit diesem Programm werde ich das Konto des Europäischen Theaters plündern und unseren Herrn Horbacher reicher machen. Allerdings wird er damit keinesfalls glücklich, denn die Controller werden ihm innerhalb kürzester Zeit auf die Schliche kommen, und dann gerät er in Erklärungsnot, warum er sich auf eine so plumpe Weise aus der Theaterkasse bedient hat.«

Olga klatschte in die Hände. »Das funktioniert?«

»Es wird so aussehen, als habe er sich unbefugt größere Beträge auf sein Privatkonto überwiesen. Meine Spuren kann ich gut genug verwischen, ein Außenstehender sollte meine Manipulation nicht entdecken. Falls doch, okay, würde Horbacher den Kopf noch mal aus der Schlinge bekommen. Aber selbst dann bekäme er erst einmal jede Menge Ärger.«

»Du bist ein Genie«, jubelte Olga und gab Sonja einen Kuss. »Wollen wir frühstücken? Ich habe Hunger.«

»Gern. Dann kann ich dir erzählen, was ich alles über Bülent herausgefunden habe.«

Olga hatte sich ihren Wunsch von Spiegeleiern mit Speck erfüllt, Sonja löffelte ein Müsli auf der noch im Schatten liegenden Dachterrasse. Beide schlürften ihren Latte macchiato und blinzelten sich an, wie sich Frischverliebte eben anblinzeln. Nur der Gegenstand ihres Morgenplausches mochte dazu wenig passen, denn allzu prosaisch berichtete Sonja von ihren Fundstücken auf Atasoys Laptop.

»Er besitzt drei Kreditkarten zu unterschiedlichen Kreditkartenkonten, davon eines bei der Bank, die wir dank unseres netten Herrn Schusternagel besonders lieben. Auf diesem Konto gehen regelmäßig größere Geldbeträge ein. Die Kreditkarte wird tagesaktuell abgerechnet und weist für gestern und vorgestern keine Belastungen auf. An die beiden anderen Kreditkartenkonten komme ich nicht heran, aber unser Arzt führt eine EXCEL-Tabelle über seine Einnahmen und Ausgaben. Sein zweites Konto scheint das reguläre Gehaltskonto zu sein, denn dort verbucht er sein monatliches Einkommen und alle üblichen Haushaltsausgaben wie Miete, Telefon, Kranken- und Lebensversicherung, jeden Monat ein Umsatz in der Größenordnung von gut 6.000 Euro. Das dritte Konto bei einer holländischen Direktbank schaut aus wie ein Verschiebebahnhof; da gehen relativ viele Zahlungen ein, die monatlich gebündelt auf ein Konto in der Türkei weitergeleitet werden. Die Höhe der Zahlungen variiert stark, aber im Schnitt ragt einmal pro Quartal ein hoher fünfstelliger Betrag heraus. Im Übrigen besitzt er bei jeder Bank ein Festgeldkonto mit jeweils knapp 100.000 Euro Guthaben, und sein Konto in der Türkei weist einen Saldo von mehr als einer Million Euro aus. Eines ist unser lieber Arzt also definitiv nicht: arm.«

»Das bedeutet aber auch, dass er, sollte er sich verstecken, über genug Bargeld verfügen könnte, um nicht durch Abhebungen oder den Einsatz einer Kreditkarte auf sich aufmerksam zu machen«, bemerkte Olga.

»Das sehe ich auch so. Das ist jedoch nicht das einzig Bemerkenswerte. Atasoy ist ein Perfektionist und Kontrollfreak. Zu allem und jedem führt er eine Liste, unter anderem eine über Prepaid-Karten; davon besitzt er aktuell sage und schreibe 25 Stück, und zwar alle von einer niederländischen Telefongesellschaft, also anonymisiert.«

»Oh, là, là«, schnalzte Olga mit der Zunge und tupfte mit dem letzten Stück Brot ihren Teller sauber.

»Ich wette, die Karten besitzt er nicht wegen irgendwelcher Gespielinnen«, ätzte Sonja, in deren Augen der Vermisste offensichtlich an Sympathie eingebüßt hatte. »Wenn du mich fragst, hat er Dreck am Stecken.«

»Warum suchen wir ihn überhaupt?«

»Weil sich seine Frau Sorgen macht. Und weil wir es Alex versprochen haben.«

»Den könnten wir aus dem Bett werfen«, grinste Olga, weil sie sich vorstellte, wie sich der Privatermittler nach dem Theaterbesuch mit seiner neuen Flamme im Bett rekelte, während sie mit Sonja durch diverse Computerrecherchen versuchte, seinem Vermisstenfall Beine zu machen.

Frisch gestärkt von ihrem deftigen Frühstück wuchs in Olga das Verlangen nach Bergen und Fels. Die Vorstellung, einen Arzt zu suchen, der sich vor irgendwelchen Rächern versteckte, weil er entweder einen Kunstfehler oder andere illegale Dummheiten begangen hatte, war nicht dazu angetan, ihre Bergleidenschaft in die Schranken zu weisen. Zwar bewunderte sie Sonjas Freude an Computerrecherchen aller Art, aber ihr stand eindeutig der Sinn nach Bewegung, und das teilte sie ihrer Freundin mit.

»Beides wird von mir grundsätzlich befürwortet«, erwiderte Sonja schelmisch, »aber vorher mache ich uns noch mal einen Kaffee.«

Olga blickte ihr nach. Mit sportlich wiegendem Schritt verließ Sonja die Dachterrasse. Der luftige schwarze Seidenpyjama umschmeichelte den muskulösen Körper, der strenge Knoten blonden Haars unterstrich die maskuline Note der Bodybuilderin, die sich neuerdings mit Olga fürs Klettern begeisterte. Wenn sie nicht zu sehr trödelten, überlegte Olga, kämen sie stressfrei in die

Berge und könnten einige Routen erobern, bevor es am Nachmittag zu warm würde für die Südwände in Nassereith. Die Vorfreude wuchs, und Alex müsste verstehen, dass sie keine Lust hatte, das Wochenende für eine mühsame und vermutlich erfolglose Vermisstensuche zu opfern.

Olga griff nach ihrem Smartphone, scrollte durch die Anrufliste und berührte den Button für den Verbindungsaufbau. Alex meldete sich bereits nach dem zweiten Klingelton mit einem hektisch klingenden »Ja«.

»Bist du Felix-Krull-geschädigt?«, fragte Olga und bereute ihren ironischen Ton, als ihr Alex von Dorothees Unfall erzählte.

»Der Zufall hat sie in Atasoys Klinik verschlagen«, berichtete Alex weiter, »und das werde ich später für ein paar Recherchen vor Ort nutzen. Was habt ihr herausgefunden?«

Olga referierte ihre Ergebnisse und sah Alex bildlich vor sich, wie er nachdenklich die Stirn runzelte und sichtlich bemüht war, diese Informationen in den Gesamtkontext einzuordnen. Sein Schweigen bedeutete jedenfalls, dass er bisher nicht damit gerechnet hatte, möglicherweise einen bösen Buben suchen zu müssen.

»Ihr glaubt also, er ist entführt worden, könnte sich aber auch selbst aus dem Staub gemacht haben?«

»Wie auch immer, wir sollten behutsam vorgehen. Sonja und ich klinken uns aber bis heute Abend aus und fahren in die Berge.«

»Macht das – eine Frage noch: Habt ihr zu DITIP recherchiert?«

»Nein, wir glauben nicht, dass das eine heiße Spur ist.«

Alex brummte irgendetwas Unverständliches, ehe er fragte, ob abends ein Kirschweizen drin wäre, dann könne man sich über die gewonnenen Erkenntnisse und das weitere Vorgehen austauschen, und Hunger und Durst habe er sowieso immer. Sie verabredeten sich für sechs Uhr und beendeten das Telefonat.

12

Die Stationsschwester lächelte, als er mit dem üppigen Rosenstrauß auftauchte und ein fröhliches »Guten Morgen« schmetterte. Alex ging auf sie zu und fragte, wann denn samstags die Chefärzte üblicherweise ihre Visite machten.

»Unserer kommt meistens gegen halb zehn. Professor Gübelin bei den Allgemeinchirurgen steht etwas früher auf. Sie können also in Ruhe mit ihrer Frau Kaffee trinken. Und jetzt kriegen Sie noch eine Vase.«

Dorothee strahlte, als er ihr Zimmer betrat und den Strauß mit seiner bauchigen Vase auf den Tisch stellte. Er gab ihr einen langen Kuss, streichelte die blassen Wangen und setzte sich zu ihr. Da kam die Schwester bereits mit einer Thermoskanne voller Kaffee und einer zweiten Tasse, zwinkerte Dorothee zu und huschte wieder hinaus.

»Privatpatientin hat schon Vorteile«, bemerkte Dorothee. »Schön, dass du da bist. Soll ich dich über das verpasste Theaterstück hinwegtrösten?«

»Das ist das Mindeste, Frau Staatsanwältin, und dann sollten Sie um meinen Kummerspeck besorgt sein«, schäkerte Alex und küsste sie erneut. »Hast du Schmerzen?«

»Die Schulter tut weh«, gab Dorothee zu, »ansonsten passt alles.«

Alex kramte in seiner Jackettasche, zog ein iPhone 5 hervor und legte es Dorothee in die linke Hand. »Das Teil habe ich in meiner Schreibtischschublade gefunden, war mein Ersatzhandy. Wenn du deine SIM-Karte einlegst, bist du wieder mit der Welt verbunden.«

»Dabei habe ich deine Nummer jetzt auswendig gelernt«, dankte sie ihm. »Wie läuft es bei dir? Steht etwas Interessantes an?«

»Berufsgeheimnis, Frau Staatsanwältin«, flachste er.

»Ich bin verschwiegen. – Im Ernst, magst du was erzählen? Ich sterbe sonst vor Langeweile.«

»Auch im Ernst: Amtlich darfst du von diesen Dingen keine Kenntnis erlangen, sonst kommst du noch in einen Interessenkonflikt.«

»Papperlapapp. Erzähl schon.«

»Zufälle gibt es, die gibt es nicht«, begann er und berichtete von seinem Auftrag, den vermissten Oberarzt der Chirurgischen Klinik zu suchen. Dabei ließ er weder den denkwürdigen Besuch bei Florian Presselt aus noch die Erkenntnisse, welche Olga und Sonja gewonnen hatten.

Er spürte, wie das Jagdfieber bei Dorothee einsetzte, die ihn schließlich, als er mit seiner Schilderung fertig war, zu den Chirurgen hinüberschickte: »Schau, dass du Professor Gübelin bei der Visite antriffst, und dann erzählst du mir, wie's weitergeht.«

Alex wartete bei der Stationsschwester der chirurgischen Privatstation, einer leutseligen Blondine mittleren Alters, die ihm bereitwillig über Doktor Atasoy Auskunft gab, bis der Chefarzt durch alle Zimmer war.

»Sie wollen zu mir?«, fragte Professor Gübelin mit badischem Timbre.

Er war ein feingliedriger, zierlicher Mann mit einem offenen, freundlichen Gesicht und wachen blauen Augen, der Typ Arzt, zu dem man sofort Vertrauen fasste. Ein einziger Blick auf die beinahe filigranen Hände genügte Alex, um sich vorstellen zu können, dass dieser Mann zu den besten Operateuren seines Fachs gehörte.

»Verzeihen Sie meine Aufdringlichkeit, aber ich würde gern mit Ihnen unter vier Augen sprechen. Es geht um Doktor Atasoy. Rechtsanwalt Presselt hat mich –«

»Ist gut«, winkte Gübelin ab, »kommen Sie mit, ich weiß Bescheid.«

Alex winkte der Stationsschwester und folgte dem Chefarzt mehrere lange Flure entlang, bis sie sein Büro erreichten, das merkwürdig spartanisch ausgestattet war. Sie nahmen auf zwei einfachen Freischwingern an einem runden Tisch Platz. Gübelin verlor keine Zeit mit Floskeln.

»Bülent ist derzeit mein bester Mann«, stellte er klar, »aber er ist nicht einfach. Das mag an seinem kulturellen Hintergrund liegen. Jedenfalls besitzt er patriarchalische Züge. In letzter Zeit kam es zu einigen Dissonanzen zwischen mir und ihm, aber auch zwischen ihm und einigen meiner Ärzte. Ich werde ihn von seiner Position als leitender Oberarzt entbinden. Das habe ich ihm am Mittwoch mitgeteilt. Er hat es zornig aufgenommen. Wir hatten einen lautstarken Disput. Seine aufbrausende Art ist Teil des Problems. Er verließ mich verärgert. Seitdem hat ihn in meiner Klinik niemand mehr gesehen.«

Diese Einleitung überraschte Alex. Hatte Atasoy lediglich seinem Zorn Luft machen müssen? Hatte ihn die Kränkung einer bevorstehenden Degradierung verjagt, wollte er seinen Chef mit der Abwesenheit bestrafen? Oder war er aus Scham, auch vor der eigenen Frau, verschwunden? Besoff er sich möglicherweise in irgendeinem Hotel und würde am Montag reumütig zurückkehren? Manchmal waren die simplen Erklärungen die naheliegenden. Warum aber hatte Atasoy seinen BMW in der Tiefgarage stehen lassen? *Rennt so ein erfolgreicher Mann einfach davon, steigt in die U-Bahn und versteckt sich weiß der Teufel wo?* Die Fragen, die sich Alex stellte, wurden nicht weniger. Er blickte dem Chefarzt in die Augen und schwieg.

Das schien Gübelin zu irritieren, denn er redete von sich aus weiter. »Außerdem befinde ich mich in einer rechtlichen Auseinandersetzung mit Bülent. Es geht um erhebliche Schadensersatzzahlungen, die wir nicht über die Klinik regeln können. Rechtsanwalt Presselt arbeitet an einer Lösung, Bülent ist zwar einsichtig genug, den Streit nicht eskalieren zu lassen, aber der

Kern des Problems ist ein besonderer Behandlungsfehler, den er begangen hat. Ich muss meine Klinik schützen. Das hat mit meinen Aufsichtspflichten zu tun.«

Gübelin machte eine Pause, aber Alex tat ihm nicht den Gefallen, eine Frage zu stellen.

»Sie haben von den Schwierigkeiten gehört, die meine Klinik im Zusammenhang mit Lebertransplantationen hatte, nehme ich an?«

Alex nickte und schwieg weiter.

»Damals hat man mir vorgeworfen, ich hätte es an der notwendigen Aufsicht mangeln lassen. Letztlich konnte Rechtsanwalt Presselt alle Vorwürfe entkräften. Selbstverständlich muss ich daraus Konsequenzen ziehen und heute noch strengere Maßstäbe anlegen. Daher habe ich Bülent untersagt, künftig gewisse Behandlungen durchzuführen. Das will er nicht akzeptieren, aber hier werde ich hart bleiben. Vielleicht ein weiterer Grund, warum er am Mittwoch abgehauen ist.«

»Sie gehen davon aus, dass er abgehauen ist?«

»Das wäre nicht das erste Mal. Bülent ist gut im Austeilen, Einstecken kann er schlecht. Als ich ihn vor sechs Jahren nach seiner erfolgten Habilitation nicht sofort zum Oberarzt befördert habe, ist er eine ganze Woche sang- und klanglos verschwunden. Wussten Sie das nicht?«

Alex schüttelte den Kopf. Das wurde immer abstruser. »Warum sorgt sich seine Frau dann so um ihn?«

»Ach, Gülay«, machte Gübelin eine wegwerfende Handbewegung und faltete seine Hände im Schoß, als habe er nun endgültig genug geredet.

»Sie machen sich also keine Sorgen um Herrn Atasoy?«

»Nein. Übermorgen wird er in der Frühbesprechung neben mir sitzen.«

»Warum schickt Ihr Rechtsanwalt dann seine Frau zu mir, anstatt sie zu beruhigen?«

»Um sie zu beruhigen«, war Gübelins kühle Antwort.

»Dieser Behandlungsfehler«, wechselte Alex das Thema, »um was ging es da?«

»Ein tragischer Fall.« Gübelin machte ein betrübtes Gesicht, das gar nicht zu der abgeklärten Nüchternheit passen wollte, die er wenige Sekunden zuvor an den Tag gelegt hatte.

Er ist wohl ein guter Schauspieler, vermutete Alex und ließ den Chefarzt nicht aus den Augen.

»Bülent hat eine Magenspiegelung durchgeführt, nicht gerade sein Spezialgebiet. Aber es war ein spezieller Patient, aus dem Pool eines Fördervereins, dem Bülent und meine Klinik verbunden und verpflichtet sind. Presselt wird Ihnen darüber berichtet haben. Jedenfalls ist das der Grund, warum wir die Angelegenheit so diskret und vertraulich wie möglich handhaben wollen. Die Endoskopie gehört nicht zu Bülents Kernkompetenzen. Es gab Komplikationen. Er hat die Speiseröhre perforiert. Die erforderliche Notoperation schien die Situation bereinigt zu haben, doch als der Patient wieder in seiner Heimat war, traten Folgeprobleme auf. Die Nachsorge konnte nicht hier vorgenommen werden. Bülent flog in die Türkei und operierte dort in einer mit uns kooperierenden Klinik. Leider führte eine Anästhesiekomplikation zum Tod des Patienten. Ein Schicksalsschlag.«

»Ohne Atasoys Verschulden?«

Gübelin flüsterte traurig: »Ja. Ein persisches Sprichwort besagt: *Wenn das Schicksal kommt, ist der Arzt ein Narr.*«

»Aber wenn er die Speiseröhre nicht verletzt hätte, wäre nichts geschehen?«

»Leider, ja, so ist es. Daher habe ich ihm untersagt, künftig Magen- oder Darmspiegelungen vorzunehmen. Wir haben hierfür Spezialisten.«

»Der Patient war eine muslimische Frau?«

Das kurze Zucken einer Augenbraue verriet Alex, einen wunden Punkt des Chefarztes getroffen zu haben. Doch Gübelin bewahrte Contenance, drehte die Handflächen nach oben und antwortete mit Dackelblick: »Das ist korrekt – offiziell jedoch nicht bekannt. Dürfte ich Sie bitten, es dabei zu belassen?«

»Selbstverständlich bleibt alles unter uns«, erwiderte Alex und versuchte sich an einem mindestens ebenso treuherzigen Gesichtsausdruck. »Kann es sein, dass sich der Vater der jungen Frau rächen möchte?«

Gübelin schüttelte entsetzt den Kopf. »Niemals, dafür leisten wir doch Schadensersatz!«

Nachdenklich lief Alex durch die langen Flure zurück auf die unfallchirurgische Privatstation. Er versuchte, die Mosaiksteinchen an Informationen, die er von Gübelin und der Stationsschwester erhalten hatte, gemeinsam mit den Hinweisen von Olga und Sonja zu einem schlüssigen Bild des Vermissten zusammenzusetzen. Danach war Atasoy ein äußerst ehrgeiziger, auf den eigenen Erfolg bedachter Arzt mit geringer Sozialkompetenz. *Teamplaying* war nicht sein Ding, er setzte auf klare Top-Down-Strukturen und nahm bei seinen Vorgaben wenig Rücksicht auf die Kollegen. Seine Forschungsstärke machte ihn beliebt bei Doktoranden, und diejenigen, welche er in seine Arbeitsgruppen integrierte, dankten es ihm mit großer Loyalität und Beflissenheit. Er war nach den Worten der Stationsschwester von begabten Speichelleckern umgeben. Alle anderen in der Klinik konnten Atasoy nicht leiden, manche hassten ihn sogar. Sein diskriminierendes Frauenbild hatte ihm wiederholt Konflikte mit der Frauenbeauftragten eingehandelt, trotzdem behandelte er alle Ärztinnen wie Mitarbeiter zweiter Klasse. Berühmt-berüchtigt war Atasoy für seine Launenhaftigkeit; im einen Augenblick zu Scherzen aufgelegt, konnte er im nächsten Moment wegen einer Kleinigkeit ausfallend werden.

Unbestritten war sein operatives Können im Bereich von Leber, Niere und Bauchspeicheldrüse, legendär sein Unwille,

Allerweltsoperationen wie beispielsweise Blinddarm oder Leistenbruch durchzuführen. Neid erregten seine Auslandsreisen, vor allem, weil sie oft von einem Geheimnis umwittert waren und vielfach gemunkelt wurde, er würde andernorts einträgliche Operationen durchführen. Alles in allem ergab sich der Eindruck von einem Menschen, mit dem man beruflich ungern näher zu tun hatte. Das strahlende Bild, das sich Alex bei der ersten Recherche aufgedrängt hatte, bekam hässliche Risse. Andererseits wurden die Feste, die er mit ihm loyal zugewandten Ärzten feierte, in höchsten Tönen gerühmt; jeder der Männer sei da auf seine Kosten gekommen. *Bedenklich,* dachte Alex und klopfte an Dorothees Tür, *dass nur von Männern die Rede war.*

Es war unschwer zu übersehen, wie sehr sich Dorothee über die Abwechslung freute, die sein Bericht für sie bedeutete. Kaum hatte Alex seine Eindrücke und Überlegungen zum Besten gegeben, machte sie sich daran, Lösungen zu entwickeln. Alex amüsierte sich über dieses Verhalten, das gemeinhin als männlich apostrophiert wurde; seine Ex-Frau Judith hatte sich vielfach beklagt, er würde kaum zuhören, aber stets Problemlösungen präsentieren.

»Sollte Gübelin recht haben, dürfte es am einfachsten sein, du telefonierst reihum alle Hotels ab, die für den schmollenden Arzt infrage kommen«, empfahl Dorothee, und ihre zupackende Stimme signalisierte Alex, dass sie am liebsten persönlich zum Telefon greifen würde. »Sollte er sich allerdings vor einem rachsüchtigen Araber verstecken, wären genau diese Hotels diejenigen, in denen du ihn keinesfalls finden dürftest. Dann hätte er München verlassen und befände sich in einer Stadt, auf die man spontan keinen Gedanken verschwenden würde. Dann müsstest du einen Ort suchen, zu dem es weder über seine Familie noch durch den Beruf Verbindungen gibt. Das ist die kniffligere Aufgabe, aber da können dir deine beiden Gehilfinnen zur Hand gehen.«

»Heute nicht. Die sind in die Berge gefahren«, erwiderte Alex gedehnt, denn ihm dämmerte, dass es hätte hilfreich sein können, Atasoys Laptop nach möglichen Aufenthaltsorten zu durchforsten. »Und was die erste Variante betrifft: Jedes infrage kommende gute Hotel wird mir die Auskunft über einen möglichen Gast verweigern, schließlich rufe ich nicht mit der Autorität einer Staatsanwältin an.«

»Man muss es geschickt anstellen«, konterte Dorothee, »denn einer Staatsanwältin ohne Durchsuchungsbeschluss verraten die auch nichts.«

»Du machst mich neugierig«, flüsterte Alex und gab Dorothee einen Kuss. Insgeheim ärgerte er sich ein wenig über sich selbst, denn er spürte, dass ihm vor lauter Verliebtheit keine vernünftige Idee kam, wie sich Hotelrezeptionisten knacken ließen. Umso mehr bedauerte er es mit jeder Minute, dass er Dorothee nicht leidenschaftlich umarmen konnte.

Doch weder die lädierte Schulter noch das gebrochene Bein hielten Dorothee von ihrem Tatendrang ab. »Lass uns schauen, welche zehn Hotels in München infrage kommen, und dann gib mir eine Stunde Zeit – entweder wir haben ihn gefunden, oder die Theorie seines Chefarztes taugt nix.«

»Einverstanden. In was für ein Hotel würde er gehen?«

»Mindestens vier Sterne, aber keines der großen Top-Häuser. Bevorzugt Schwabing oder Münchner Westen, groß genug für eine gewisse Anonymität, weit genug von Bogenhausen entfernt, mit Sauna und Fitnessbereich.«

Alex öffnete die App seiner bevorzugten Hotelsuchmaschine, gab die Kriterien ein und zeigte Dorothee innerhalb einer Minute die Trefferliste. Sieben Hotels erfüllten die gewünschten Vorgaben.

Dorothee griff zum Kliniktelefon und wählte die erste Nummer. »Grüß Gott«, meldete sie sich. »Mein Name ist Felicitas Baumann. Bei Ihnen ist ein guter Freund von mir einquartiert, der sich auf ein besonderes Ereignis vorbereitet und wenig gestört werden will. Gern würde ich ihm mit einer Grußkarte eine Flasche Champagner vorbeibringen lassen.« Sie zwinkerte Alex zu. »Nein, die Zimmernummer habe ich nicht. Vermutlich hat er sich bescheiden als Herr Atasoy angemeldet, obwohl er ein ziemlich bekannter Professor ist. Vorname Bülent.« Wieder machte sie eine kurze Pause, vermutlich, weil am anderen Ende der Leitung etwas gesagt oder nachgeschaut wurde. »Was, er ist nicht bei Ihnen abgestiegen? Eigenartig, Sie sind meistens seine erste Wahl. Aber klar, vielleicht ist er ins Rothof gegangen. Jedenfalls danke.« Sie legte auf und strahlte wie ein Honigkuchenpferd. »Das ›Prinzessin‹ meldet schon mal Fehlanzeige.«

»Möglicherweise hat er unter einem Pseudonym eingecheckt?«

Dorothee verneinte: »Ein falscher Name macht die Sache zu kompliziert. Außerdem rechnet er nicht damit, dass ihn seine Frau sucht.«

»Wo hast du das eigentlich gelernt?«, fragte Alex bewundernd.

»Gell, da schaust, was eine Staatsanwältin alles draufhat!«

Eine Dreiviertelstunde später hatte Dorothee die Hotelliste und zusätzlich fünf weitere Häuser abgearbeitet, ohne ihren Champagner auf die Reise schicken zu können. Damit erklärten sie Gübelins Theorie für irrelevant.

13

Es war zu heiß für die nächste Linie. Mit der Sonne im Rücken strahlte der helle Kalkfels die Wärme zurück und brachte selbst Olgas Hände zum Schwitzen. Sie nahmen die beiden Halbseile auf, stopften die Klettergurte in die Rucksäcke, tauschten die Finken mit den Zustiegsschuhen und winkten der *Rolling Stone* ein letztes Mal zu. Diese drei Seillängen im fünften und unteren sechsten Grad hatten sie zweimal erklettert, die Wiederholung sah Sonja im Vorstieg; sie hatte es souverän gemeistert und strahlte vor Freude und Stolz. Die Schlüsselstelle, eine schräge Querung über eine glatte Kalkplatte, die den Fingern außer flachen Dellen keinen Halt bot und die Füße in den Kletterfinken zu maximaler Reibung zwang, hatte Sonjas ganzen Mut erfordert, aber als sie den Riss links erreichte, war ihr ein Jauchzer entfahren, der bei jedem Wett-Jodeln aufs Podest geführt hätte.

Olga hatte von unten mitgefiebert, weil sie wusste: Wenn Sonja diese Stelle meisterte, war ein wesentlicher Schritt hin zum anspruchsvollen Klettern gelungen. Auf zwei Routen im vierten und unteren fünften Grad hatten sie vorher alle erforderlichen Techniken für die Begehung von Mehrseillängen eingeübt, jetzt verließen sie die Kalkwände von Tiefenthal mit jenem angenehmen Glücksgefühl, das die Mixtur von körperlicher Anstrengung und sich lösender mentaler Anspannung jedem Bergsteiger am Ende einer Tour beschert.

Etwas abseits der Kletterwände fanden sie zwischen einigen Latschen ein sonniges Fleckchen und setzten sich ins Gras. Olga lehnte sich an Sonja und zeigte ihr die Berggipfel, die bald einmal lohnende Ziele für Bergabenteuer waren.

»Ich freue mich, dass dir mein Sport gefällt«, sagte Olga und wuschelte durch Sonjas Haare. »So viel liegt vor uns, es ist wunderbar.«

»Mit dir, süße Bergziege, ist alles wunderbar«, erwiderte Sonja und griff nach Olgas Hand. »Danke.«

»Für was?«

»Für deine Zuneigung, deine Geduld, deine Begeisterung, mir das Klettern beizubringen – für alles, einfach für alles.«

Olga hörte Bienen summen, obwohl um sie herum gar keine Bienen flogen. Sie hielt Sonjas Hand fest. Sie spürte einen sanften Energiefluss und sie begann sich auf den späten Abend zu freuen; dann würden Sonjas Hände wieder ihre Haut kosen. Olga schloss die Augen, genoss Sonne und Nähe und fühlte sich schlicht und einfach wohl.

Die ersten Kilometer der Heimfahrt sprachen Olga und Sonja über die Kletterrouten, die diversen schwierigeren Stellen und die besonderen Momente im fein zu kletternden Kalk, doch als sie den Fernpass bei ruhigem Verkehr hinter sich gebracht hatten und entspannt durch das Ehrwalder Becken rollten, wandten sich ihre Gedanken Bülent Atasoy zu. Schließlich würden sie später in Olgas Lieblingsgrillbar mit Alex zusammentreffen und neueste Erkenntnisse austauschen.

»Bleiben wir bei unserer Meinung?«, fragte Olga, während sie am Ortsende von Ehrwald rechts ins Loisachtal einbog. »Gehen wir weiter von Atasoys Abtauchen aus?«

»Einiges spricht dafür«, griff Sonja den beiläufig hingeworfenen Köder auf, »aber in der Tat erscheint es mir, mit etwas Abstand betrachtet, unlogisch. Der Tod seiner Patientin liegt rund drei Monate zurück, es gab und gibt Verhandlungen über Schadensersatzzahlungen und Schmerzensgeld; warum sollte ausgerechnet jetzt ein Rachefeldzug gegen Atasoy gestartet werden? Würden die Araber nicht vorher die finanziellen Dinge regeln, ehe sie dem Arzt an die Gurgel gehen? Außerdem: Wie hätte Atasoy davon Wind bekommen sollen, dass er das Opfer eines persönlichen Rachefeldzuges wird? Weiter: Würde so ein Perfektionist wie Atasoy völlig überstürzt fliehen? Einer, der über alles und jedes EXCEL-Tabellen führt, lässt sein MacBook nicht daheim rumliegen. So einer überlässt wenig dem Zufall.«

»Klettern klärt den Verstand«, pflichtete ihr Olga bei. »Wir müssen, fürchte ich, die Möglichkeit einer Entführung stärker in Betracht ziehen. Oder könnte es einen anderen Grund für ihn geben, freiwillig abzutauchen? Irgendeine Verstrickung vielleicht? Welches Geheimnis verbirgt sich hinter der *Dame mit den 200 Kleidern*?«

»Das wäre eine Idee«, klatschte Sonja in die Hände. »Weißt du was? Zu Hause schauen wir uns noch einmal die E-Mails an. So verklausuliert, wie die geschrieben sind – das stinkt zum Himmel.«

»Ob das mit dem arabischen Förderverein zusammenhängt?«, rätselte Olga. »Alex hat uns von dem Transplantationsskandal erzählt, in den Gübelin prominent verwickelt war. Zwar hält Alex das für Schnee von gestern, aber was ist, wenn es Nachwirkungen gibt?«

»Gute Frage«, bekräftigte Olga und freute sich, dass sie ohne Stau nach Garmisch hineinfahren konnten.

»Damals wurden Patientendaten manipuliert, um rascher an Spenderorgane zu gelangen. Den behandelnden Ärzten ging es darum, ihre eigenen Patienten möglichst gut und schnell zu versorgen. Dagegen kann man erst einmal nichts einwenden. Dumm nur, dass andere Patienten die Zeche zahlen und länger auf ein Spenderorgan warten mussten. Und wer garantiert uns die rein altruistische Motivation der mogelnden Ärzte?«

Olga lachte. »Keiner hat aus purer Nächstenliebe gehandelt. Es gab ein perfides Belohnungssystem für die Kliniken, die besonders hohe Fallzahlen nachweisen konnten. An den Universitäten heißt das entsprechende Incentive-Programm *LOM* – leistungsorientierte Mittelvergabe. Professoren legen sich mächtig ins Zeug, damit sie vorne dabei sind. Da geht es um Kohle und Prestige.«

»Vielleicht geht es im Hintergrund sogar um noch mehr Knete«, ergänzte Sonja. »Tja«, seufzte Olga, »es gibt bestimmt genug Patienten, die etwas springen lassen, wenn sie schneller eine neue Leber erhalten.«

»Atasoy hat jedenfalls interessante Nebeneinkünfte, und wenn den Ärzten in München nach dem damaligen Skandal jetzt streng auf die Finger geschaut wird, wäre es naheliegend, die außer der Reihe durchzuführenden Transplantationen woanders zu operieren«, bemerkte Sonja nüchtern, holte ihr Smartphone hervor und tippte ein wenig darauf herum. Es dauerte keine zwei Minuten, dann las sie vor: »*Das blutige Geschäft mit Nieren, Herzen und Lebern – ein ›Focus‹-Artikel aus dem Jahr 2012. Von Bangladesch bis Brasilien, vom Kosovo nach Deutschland: Überall mangelt es an Spenderorganen – und der Handel damit ist ein weltweites kriminelles Geschäft. Flüchtlinge werden verstümmelt, Organe im Internet angeboten.* – Was sagst du dazu?«

»Das ganze Thema ist erschütternd.«

Sonja überflog den Artikel und referierte, es gebe allein in China weit über eine Million Menschen, die auf ein Spenderorgan warteten, und ein chinesischer Schüler habe eine seiner Nieren verkauft, um sich ein iPhone anschaffen zu können. Während der Spender mit Beträgen zwischen 1.000 und 5.000 Euro abgespeist werde, zahlten die Empfänger schon mal allein für das Organ 100.000 Euro, die Kosten für die Operation kämen dazu obendrauf. Und obwohl mit Ausnahme des Iran der Organhandel weltweit verboten sei, floriere das Geschäft.

»Meine Güte«, kommentierte Olga, »soll ich mir wirklich vorstellen, dass Atasoy in solche Machenschaften verstrickt ist?«

»Wenn er damit zu tun hat, lebt er jedenfalls gefährlich«, erwiderte Sonja und fluchte: »Kein Netz. Beim mobilen Internet sind wir tatsächlich ein Dritte-Welt-Land.«

Sie stellten den Wagen in die Tiefgarage und gingen zum Duschen hinauf in Olgas kleine Zwei-Zimmer-Wohnung.

»Gemütlich hast du es hier«, stellte Sonja, die das erste Mal hier war, fest.

»Nicht mal halb so groß wie deine Suite«, sagte Olga und ging in die winzige Küche, um die Kaffeemaschine einzuschalten. Das knarzende, scharrende Geräusch des sich selbst säubernden Vollautomaten klang vertraut in ihren Ohren, und auf eine kräftige Crema freute sie sich jetzt. »Aber gut gelegen und erschwinglich.«

»Tolle Bücher«, rief Sonja, die sich im Wohnzimmer auszog und dabei die breite Front der Regale betrachtete. »Und keinen Fernseher?«

Olga kam mit zwei Kaffeetassen herein und schüttelte den Kopf: »Kommt sowieso fast nur Mist, da lese ich lieber. Wenn mich was interessiert, kann ich's am Computer streamen.«

Sie sprangen unter die Dusche, erfrischten sich kichernd und prustend und warfen die Bergklamotten über eine Wäschespinne im Schlafzimmer. Olga hörte wieder Bienen summen und zog Sonja übermütig aufs Bett.

»Du bist ein wildes Gamserl«, schnurrte Sonja und begann, Olga zärtlich zu streicheln. Olga schloss die Augen und konzentrierte sich darauf, mit ihrem inneren Sehen den Weg von Sonjas Fingerkuppen zu verfolgen. Es waren verschlungene Bahnen, die dem Tanz der Bienen über ein buntes Blumenmeer glichen, als ob die Tierchen nicht wüssten, wo der Nektar zu holen war. Olgas Anspannung wuchs von Minute zu Minute. Ihre Geduld wurde auf eine liebevolle Probe gestellt. Doch schließlich fanden die Bienen ihr Ziel.

Später legte Olga Sonja Unterwäsche, Jeans und T-Shirt bereit, sanft schmunzelnd mit der Bemerkung, das Shirt werde ein wenig spannen. Sonja war in der Tat breitschultriger als Olga, jahrelangem Bodybuilding sei Dank. Auch die Jeans ging zäh über die Hüfte, während sie an Olga modern nach unten schlabberte, aber immerhin waren sie fast gleich groß und konnten sich im Notfall gegenseitig Kleider borgen. Sie stellten sich nebeneinander vor den Spiegel und lachten ihr Vis-a-vis an: zwei junge Frauen bester Laune nach einem rundum gelungenen Tag. *Schade eigentlich, dass wir nicht hierbleiben können,* ging es Olga durch den Kopf; aber sie wollten noch ein wenig in Atasoys Laptop stöbern, und das lag bei Sonja auf dem Schreibtisch.

Nachdem sie hinübergeradelt waren zu Sonjas Dachgeschosswohnung, fuhr Sonja das MacBook von Atasoy hoch und zog sich um. Bis sie sich mit Alex treffen sollten, blieb ihnen noch eine knappe Stunde, die sie nutzen wollten, den E-Mail-Verkehr mit der *Dame mit den 200 Kleidern* zu analysieren.

Sonja rief die Konversation vom vergangenen Dienstag auf. »Wir nehmen die Arbeitsthese, dass die *Dame mit den 200 Kleidern* der Vermittler oder Anbieter eines Organs ist und Bülent Atasoy alias Kadin düskünü der implantierende und explantierende Arzt, okay?«, fragte Sonja.

Olga nickte, und sie gingen Zeile für Zeile durch.

200@cloth$muc – Du, ich habe starke Lust auf ein neues Kleid.

»Das ist das Angebot des Vermittlers: Ein neues Organ wäre zu haben«, interpretierte Sonja.

k@din2k@hr@m@n – Gern bin ich bei der Anprobe dabei.

»Der Arzt signalisiert, dass er bereit ist«, übersetzte Olga.

200@cloth$muc – Vielleicht ein Talbot Runhof?

»Jetzt wird vermutlich über das Honorar verhandelt«, bemerkte Sonja. »Schon witzig, dass sich Bülent Atasoy bei teuren Kleidern auszukennen scheint.«

k@din2k@hr@m@n – Hochpreisig?

200@cloth$muc – Kein Givenchy.

k@din2k@hr@m@n – Lohnt es den Gang in die Umkleide?

200@cloth$muc – Wäre jedenfalls eine prickelnde Angelegenheit.

k@din2k@hr@m@n – Weiß nicht, ob mich das antörnt.

200@cloth$muc – Ach, sei kein Spielverderber.

k@din2k@hr@m@n – Geht nicht wenigstens ein Oscar de la Renta?

200@cloth$muc – Du bist ein Schelm!

»Bis hierher scheint es um die Honorarfrage zu gehen. Jedenfalls dürfte Atasoy mit Oscar de la Renta den Preis etwas in die Höhe getrieben haben«, stellte Sonja mit Kennermiene fest.

k@din2k@hr@m@n – Darf ich's ausziehen?

»Jetzt geht es wohl um das Explantieren, was meinst du?«, fragte Olga.

»Eindeutig«, antwortete Sonja, »das ergibt sich aus den beiden folgenden Zeilen. Atasoy soll das Spenderorgan explantieren und dieses dann dem Empfänger implantieren. Das sind zwei Eingriffe, also doppeltes Honorar.«

200@cloth$muc – Willst Du das doppelte Vergnügen?

k@din2k@hr@m@n – Du weißt: ich bin unersättlich.

»Stimmt«, pflichtete ihr Olga bei.

200@cloth$muc – Dann müssen wir uns beeilen.

»Wozu das jetzt?«

»Vielleicht hat der Vermittler einen anderen Arzt für die Explantation an der Hand«, interpretierte Olga. »Aber er zieht Atasoy vor, der ist ihm wichtiger.«

k@din2k@hr@m@n – Wann?

»Leider fehlt uns hier die Antwort.«

»Die sind schlau. Der Deal ist vereinbart, für die Details wechseln sie zu einem anderen Kommunikationskanal. Vermutlich Prepaid-Handys, entsprechende SIM-Karten hat Atasoy schließlich genug«, schlussfolgerte Olga. »Methoden wie im organisierten Verbrechen.«

»Wenn unser Verdacht zutrifft«, brummte Sonja, »dann ist das organisiertes Verbrechen.«

»Jedenfalls würde das Atasoys Verschwinden am Mittwoch

erklären, schließlich schien Eile geboten. Unverständlich aber, warum er unentschuldigt der Arbeit fernbleibt und seine Frau nicht informiert. Er müsste zumindest ansatzweise damit rechnen, dass sein wort- und spurloses Verschwinden mehr Misstrauen weckt als eine halbwegs gelungene Ausrede. Also, irgendwie leuchtet mir das nicht ein. Ob wir auf dem Holzweg sind?«

»Unlogisch ist bei diesem Fall nach wie vor vieles«, konstatierte Sonja. »Ich bin neugierig, was Alex von unserer Idee hält. Immerhin ist es eine nette Arbeitshypothese.«

»Unterstellt, wir haben ins Schwarze getroffen«, spann Olga den Faden weiter, »dann hätte Atasoy Deutschland verlassen. Wohin?«

»Vermutlich an den Ort, an dem er bisher meistens operiert hat«, spekulierte Sonja. »Da gibt es doch diese Kooperation, oder?«

»Das klingt plausibel«, nickte Olga. »Also Istanbul. Dort hat er auch ein dickes Bankkonto. Da fliegt man doch, oder? Könnten wir das herausfinden?«

Sonja tippte rasch etwas in ihren Computer ein, dann erschien eine Flugplanmaske. Sie fügte den Zielort ein und las vor: »Am Mittwoch hätte er kurz nach 18 Uhr mit Turkish Airlines fliegen können. Ob wir an die Passagierliste kommen, kann ich auf die Schnelle nicht sagen.«

»Aber mit etwas Zeit?«

»Okay, ich hetze denen einen kleinen Sniffer auf den Hals, vielleicht kommen wir rein.«

»Respekt hast du vor personenbezogenen Daten nicht, oder?«

»Doch – aber nur vor meinen eigenen.«

14

»Jetzt muss ich bald zu meinem Kirschweizen gehen«, bemerkte Alex und spürte bereits, während er es sagte, dass es ihm schwerfallen würde, Dorothee allein im Krankenhaus zurückzulassen.

Die letzten Stunden waren von eindrucksvoller Intensität gewesen. Gemeinsam hatten sie alle denkbaren Varianten seines Vermisstenfalls durchgespielt. Scharfsinnig hatte Dorothee die Vermutung des chirurgischen Chefarztes ad absurdum geführt, Atasoy habe sich schmollend unsichtbar gemacht, weil ihm die Position des leitenden Oberarztes entzogen werden würde. Nicht nur der Umstand, dass sie Atasoy in keinem der Münchner Hotels ausfindig gemacht hatten, die für so einen Rückzug infrage kämen, sprach gegen diese These, sondern auch Atasoys Persönlichkeitsprofil. Nach allem, was sie über den Arzt wussten, neigte er nicht dazu, Schwierigkeiten aus dem Weg zu gehen. Sein Motto lautete »Geht nicht gibt's nicht«, und dem schien er überaus treu zu sein. *So einer verschwindet nicht im Schmollwinkel, so einer krempelt die Ärmel auf und sucht den Nahkampf.*

Alex war am späten Vormittag und am frühen Nachmittag durch die diversen Stationen der Chirurgie geschlendert und hatte mit den Stationsärzten das Gespräch gesucht. Bereitwillig hatten die meisten ihre Meinung zu Atasoy kundgetan. Keiner gab sich als Freund des Oberarztes zu erkennen, aber alle zollten ihm für seine Fachkenntnisse und seine Durchsetzungsfähigkeit Respekt. Atasoy wusste sich zu behaupten, seinen Weg beschritt er ohne Wenn und Aber, und wer ihm in die Quere kam, den schob er zur Seite. *So einer flüchtet sich nicht in den Schmollwinkel, so einer flüchtet überhaupt nicht.*

Diesen Eindruck gewann Alex im Übrigen auch in der Tiefgarage. Dort hatte er sich Atasoys BMW X5 vorgenommen. Am Boden vor der Fahrertür, der ziemlich verdreckt von Feinstaub und Rußablagerung war, fanden sich ineinander verschränkt etliche Fußspuren, als hätte sich vor der Tür mehr als ein Mensch aufgehalten. Ausschlaggebend für einen üblen Verdacht war aber ein eingetrockneter Tropfen Blut. Als er die Fahrertür öffnen konnte, war Alex klar, dass hier etwas nicht in Ordnung war. Dorothee, der er alle seine Eindrücke und Beobachtungen schilderte, kam rasch zu demselben Schluss: Bülent Atasoy war nicht freiwillig von der Bildfläche verschwunden.

Dorothee hatte sich mit einer Intensität der Entwicklung eines Persönlichkeitsprofils für den verschwundenen Arzt gewidmet, die Alex beeindruckte. Die Freude am Aufspüren von Geheimnissen und Zusammenhängen bestärkte ihn in seiner Meinung, die er bereits beim Kennenlernen gefasst hatte: Vor dieser Frau blieb nichts geheim. Sie wollte den Dingen auf den Grund gehen, sie begnügte sich nicht mit Halbwissen oder Halbwahrheiten. Dorothee war der Beruf der Staatsanwältin, die selbst in die Ermittlungen eingreift und diese, wenn es darauf ankommt, eigenverantwortlich führt, auf den Leib geschneidert.

Alex sah sich selbst in ihr, als wäre sie ein Spiegel seines jüngeren Ichs. Mit was für einem Idealismus hatte er früher als Kriminalhauptkommissar im Bayerischen Landeskriminalamt gearbeitet. Wenn er einer Spur gefolgt war, hatte er keine Uhrzeit und keinen Dienstschluss gekannt, hatte Feierabend und Ehefrau vergessen, sich festgebissen und recherchierte, bis er an ein Ende oder zu einem Ergebnis gelangt war. Die Aufklärung eines Verbrechens hatte nicht nur im Mittelpunkt seiner Arbeit gestanden, sie hatte den Sinn seines Lebens verkörpert, eines Dienstes an der Gesellschaft, die ihn bezahlte und sich auf ihn verließ: den Kommissar, der einstand für Recht und Gerechtigkeit.

Dorothee war aus dem gleichen Holz geschnitzt.

»Dein netter Doktor«, bemerkte sie, »ist nicht nur ein Patriarch und ehrgeiziger Egomane, er ist besessen von Geld und Erfolg. Was deine beiden Helferinnen über seine finanziellen Verhältnisse herausgefunden haben, erscheint mir bemerkenswert und verdächtig. Wir haben es mit einem Menschen zu tun, der in der Wahl seiner Mittel nicht zimperlich ist, wenn es darum geht, eigene Ziele zu erreichen. Damit macht er sich viele Feinde, innerhalb des Klinikums und andernorts.«

Auf der Grundlage von Dorothees Analyse kamen sie zu dem Schluss, dass Atasoy wahrscheinlich nicht vor einer möglichen Racheaktion eines Patienten oder Angehörigen davonlaufen würde. Damit stand für Alex Sorger die Annahme an erster Stelle, in einem Entführungsfall zu ermitteln. Gemeinsam mit Dorothee hatte er den weiteren Nachmittag damit zugebracht, herauszufinden, aus welcher Ecke die Entführer kämen. Eine Vergeltungsaktion des Vaters der verstorbenen jungen Frau ließ sich ebenso wenig ausschließen wie ein Zusammenhang mit den Kontaktversuchen des Moscheenverbands. Fraglich war das Motiv. Was könnte DITIP von Atasoy erwarten? Dieses Rätsel galt es zu lösen.

»Geh du zu deinem Kirschweizen, ich werde ein wenig über den Moscheenverband nachlesen, damit ich dir morgen zum Frühstück etwas erzählen kann«, verabschiedete ihn Dorothee.

Ehe Alex zu seiner Verabredung mit Olga und Sonja radelte, stattete er der Tiefgarage des Klinikums einen weiteren Besuch ab. Er überprüfte jeden Winkel, ob sich dort eine Überwachungskamera befand, stellte jedoch enttäuscht fest, dass nicht einmal die Einfahrt videoüberwacht wurde. *Und das ist das Klinikum der Technischen Universität,* schüttelte Alex den Kopf.

Als er sein Fahrrad an eine Straßenlaterne anschloss, winkte ihm Olga von einem Fensterplatz in der Grillbar bereits zu. Sie sah gelöst und glücklich aus, nichts mehr von den Schatten der Vergangenheit, die er lange auf ihrem Gesicht wahrgenommen hatte. Ihr Gesicht, seit Marcos Tod in gedämpften Pastelltönen porträtiert, wirkte plötzlich farbenfroh wie ein übermütig gemalter

Garten in Givenchy. Alex musste über den Vergleich schmunzeln und trat an den Tisch, an dem ihn Sonja und Olga neugierig erwarteten. Die gute Stimmung zwischen den beiden Frauen war mit Händen zu greifen.

Er hauchte Sonja und Olga Küsschen rechts und links auf die Wangen und kam sofort zur Sache. »Wir müssen relativ sicher davon ausgehen«, referierte er, nachdem er sich hingesetzt hatte, »in einem Entführungsfall zu ermitteln.« Er berichtete von seiner Beobachtung in der Tiefgarage des Klinikums und von dem zunehmend konsistent gewordenen Persönlichkeitsprofil, das Dorothee entworfen hatte.

Dann kam das Kirschweizen. Alex bemerkte die fragenden Blicke der beiden Frauen; er interpretierte die Mienen seiner Gehilfinnen als neugieriges Staunen. Es gefiel ihm, die Suche nach dem Motiv möglicher Entführer zuzuspitzen und, nachdem sein Glas rasch halb leer geworden war, auf eine mögliche Verantwortlichkeit aus dem Umfeld des Moscheenverbands zuzusteuern. Schließlich sei dieser Verein schon mehrfach negativ aufgefallen. Es gebe ein Dossier des Bundesamtes für Verfassungsschutz, in welchem diverse Problembereiche des Moscheenverbands aufgezeigt seien, woraus sich eine Gefahr für die freiheitlich demokratische Grundordnung der Bundesrepublik Deutschland ableiten lasse. Die »Türkisch-Islamische Union der Anstalt für Religion«, wie der Verband offiziell heiße, stelle den verlängerten Arm der türkischen Regierung, insbesondere des türkischen Präsidenten in Deutschland dar, der nach Erkenntnissen des Verfassungsschutzes eine aggressive Diaspora-Politik betreibe.

»So eine Vereinigung, bezahlt und gesteuert von der Türkei«, beendete Alex seinen Exkurs, »verfügt über eine Vielzahl von Möglichkeiten, Einfluss auf Menschen zu nehmen und ihrer Gegner habhaft zu werden. Wir müssen uns um DITIP kümmern und herausfinden, was sie von Bülent Atasoy wollen.«

Die Bedienung brachte auf einem großen Tablett mehr als fünfzehn Schüsselchen mit Tapas, die zum großen Vorspeisenreigen gehörten, und erklärte jede Schüssel mit Liebe zum Detail, was die Aufmerksamkeit von Alex auf sich zog und seinen Redefluss fürs Erste unterbrach. Weil Sonja und Olga offensichtlich ebenso hungrig waren wie er selbst, stürzten sie sich auf die warmen Brote und die leckeren Soßen, Salate und Pasten. Nachdem die beiden aber auch dann noch keinen Kommentar zu seinem Bericht gaben, als die Schälchen leer waren, wurde Alex misstrauisch.

»Habt ihr das Interesse an unserem Fall verloren?«, fragte er.

Olga schüttelte den Kopf: »Im Gegenteil. Der Casus steckt voller Rätsel, da fühlen wir uns herausgefordert – nicht wahr?« Dabei blickte sie Sonja auffordernd an.

»Und ob«, bekräftigte Sonja und grinste. »Nur deine DITIP-Theorie halten wir für abwegig.«

Warum denn das?, fragte sich Alex, hielt aber den Mund. Er betrachtete die beiden Frauen und bemerkte eine gewachsene Vertrautheit zwischen ihnen. Olga wirkte gelöst und fröhlich auf ihn, wie er sie seit Marcos tragischem Bergunfall nicht mehr gesehen hatte. Das freute ihn, und weil er keinerlei Missstimmung aufkommen lassen wollte, kaute er noch ein wenig auf seiner Antwort herum, ehe er sagte: »Na ja, wir müssten bei DITIP schon noch kräftig recherchieren, um das Motiv herauszuarbeiten, warum die unseren Arzt entführen sollten.«

Olga und Sonja nickten synchron, ehe Sonja meinte, bei einem Arzt, der sich von der Politik des Präsidenten Erdogan überzeugt zeige, erschließe es sich nicht ohne Weiteres, warum eine Organisation, die dem Präsidenten nahestehe, diesen Arzt entführen solle.

»Es stimmt«, brachte sich Olga in die Diskussion ein, »dass DITIP verdächtigt wurde, in etlichen Fällen Imame bespitzelt zu haben, die angeblich eine kritische Haltung gegenüber Präsident

Erdogan einnehmen. Es gibt in der Presse einige Hinweise auf Aktivitäten des Moscheenverbands im Zusammenhang mit Anhängern der Gülen-Bewegung. Fraglich bleibt, ob diese Verdachtsfälle bewiesen werden können. Feststehen dürfte, dass es sich immer um Aktivitäten handelt, die gegen Feinde des türkischen Präsidenten gerichtet sind. Atasoy ist aber kein Gegner von Erdogan, im Gegenteil. Er befürwortet die Politik seines Präsidenten. Er ist als deutscher Türke und als türkischer Deutscher davon überzeugt, dass Erdogan große Verdienste um die Entwicklung der Türkei hat. Wieso sollten wir an Atasoys positiver Einstellung, die uns seine Frau glaubhaft versichert, zweifeln? Und wieso sollte dann wer auch immer aus dem Einflussbereich des türkischen Präsidenten ein Motiv haben, diesen Freund zu entführen?«

»Woher sollen wir wissen, dass uns Frau Atasoy die Wahrheit sagt? Möglicherweise kennt sie die wahre Einstellung ihres Mannes nicht. Vielleicht hat sich unser Arzt auf den sozialen Netzwerken kritisch geäußert. Immerhin ist er als Medizinprofessor ein Intellektueller und damit für das Umfeld des türkischen Präsidenten per se suspekt.«

»Du hast Atasoys digitale Spuren selbst betrachtet«, erwiderte Olga, »und festgestellt, dass er sich gar nicht politisch äußert. Bei DITIP zu recherchieren ist vermutlich eine Sackgasse.«

Was wäre denn dann der richtige Weg?, überlegte Alex und wollte die Frage schon stellen, aber Olga wechselte so unvermittelt wie begeistert zu ihren heutigen Klettererlebnissen; da wollte er sie nicht unterbrechen. Alex hörte nur mit halbem Ohr zu und hing mit seinen Gedanken an der Motivsuche fest. Wusste er nicht aus seiner Zeit im Landeskriminalamt, wie verführerisch es war, sich auf einen zunächst naheliegenden Schuldigen einzuschießen, und wie gefährlich zugleich, weil man sich damit anderen Ansätzen verschloss? Vorurteilsfrei an einen Fall heranzugehen und vorbehaltlos jede erdenkliche Möglichkeit zu prüfen, das war eine Grundanforderung an gute Ermittlungsarbeit. Alex ahnte mehr und mehr, dass es ein Fehler wäre, sich auf den Moscheenverband zu fokussieren. Was außer den Bemerkungen von Gülay Atasoy über die Kontaktanbahnungen nach der Wahl des entfernten Verwandten zum Generalsekretär bot schon einen Anknüpfungspunkt, DITIP zu verdächtigen? Eigentlich wäre es naheliegend, mit diesem Abdurrahman Atasoy, dem Sohn des Cousins des Vaters von Bülent Atasoy, Kontakt aufzunehmen. *Ich sollte ihn einfach fragen, wie sein Verhältnis zu seinem Großcousin aussieht,* dachte Alex und nickte Sonja zu, die immer noch begeistert von Zügen und Tritten, Eindrehen und Ausdrehen, Antreten und Gegentreten im Plattenkalk von Nassereith berichtete.

15

Olga hielt unter dem Tisch Sonjas Hand, lauschte verzückt, wie begeistert Sonja von ihrem heutigen Klettererlebnis berichtete, dachte dabei auch an die Minuten des Bienensummens, die Sonja selbstverständlich unerwähnt ließ, und bemerkte durchaus, dass Alex' Aufmerksamkeit schwand.

Schließlich waren die leckeren Shipud Kebab verspeist. Nun hielt Olga den Zeitpunkt für gekommen, Alex ihre Überlegungen darzulegen. Olga prostete Alex mit dem dritten Kirschweizen des Abends zu, ehe sie Sonja zuzwinkerte, die aus ihrer Handtasche ein zusammengefaltetes Blatt Papier zog.

»Wir haben uns Bülents Laptop vorgenommen«, eröffnete Sonja ihren Bericht, faltete das Blatt auseinander und legte es vor Alex auf den Tisch.

»Das ist eine E-Mail-Korrespondenz von Atasoy mit der *Dame mit den 200 Kleidern*«, fuhr Sonja fort, »und wir haben uns die Mühe gemacht, diesen digitalen Flirt ein wenig zu dechiffrieren.«

Alex musterte das Blatt Papier und grinste, als ihm Olga die E-Mail-Namen, vor allem den k@din2k@hr@m@n erklärte. Sorgfältig las er die wenigen Zeilen, schüttelte den Kopf und fragte: »Was soll das?«

Jetzt zog Sonja ein zweites Blatt Papier aus ihrem Rucksack, faltete es auf und legte es ebenfalls vor Alex auf den Tisch. Diesmal standen unter den E-Mail-Texten Olgas und Sonjas Interpretationen.

Alex stutzte: »Ihr glaubt, das ist eine Verabredung zu einem Organhandel?«

Als verlese sie eine Klageschrift, trug Olga vor, was sie aus Atasoys MacBook an Informationen herausgezogen hatten. »Die zeitliche Parallele von Verabredungen zum Kleiderkauf – und

Gutschriften im oberen fünfstelligen Bereich – auf Atasoys Konto – legen in der Tat den Verdacht nahe.«

Alex sprach langsam, als müsse er sich jedes Wort genau überlegen. »Ja, kann sein, dass Atasoy in dubiose Geschäfte verwickelt ist«, räumte Alex zögerlich ein.

Immerhin bist du einsichtsfähig, amüsierte sich Olga und lud ihn ein, sie und Sonja nachher zu begleiten.

»Wir können bei mir am Rechner überprüfen, ob Atasoy am Mittwoch nach Istanbul geflogen ist«, sagte Sonja und trank ihr Bierglas leer.

Kaum hatte Sonja ihren Rechner hochgefahren, zog sie eine Schnute und drehte die Handflächen nach oben. »Hat noch niemand angebissen.«

»Wie hast du es versucht?«

»Klassisch«, beantwortete Sonja Alex' Frage.

»Für Pishing-E-Mails sind die vermutlich zu gut geschult, aber eventuell geht was mit *brute force.*«

»An meine spezielle Modifikation des *BrutForcers* habe ich schon gedacht, aber der belastet den Client-Server so stark, dass man mir rasch auf die Schliche kommen könnte.«

»Das Problem kenne ich. Zu Hause habe ich eine Abwandlung von *Wfuzz* gebaut, die ist dreimal so schnell wie der *BruteForcer.*«

»Dann könntest du heute Nacht Hausaufgaben machen«, regte Sonja spitzbübisch an.

»Hast du nicht auch noch etwas auf Lager?«

»Ertappt. Vor Kurzem habe ich mir aus einer Modifikation von *RainbowCrack* ein hübsches Tool gebastelt, aber noch nicht in Echtzeit eingesetzt.«

Olga schaute zwischen Alex und Sonja hin und her. Was die beiden Computer-Nerds besprachen, war ihr zu hoch. Außerdem war ihr unheimlich, was sie mit Hacking alles erreichen konnten.

»Gut«, schlug Alex vor. »Wir versuchen es heute Nacht jeder für sich mit seinem Tool. Wenn's klappt, ist's gut. Wenn nicht, schließen wir morgen unsere Rechner zusammen und schicken *Medusa* auf die Reise.«

»Du hast *Medusa* modifiziert?«, fragte Sonja begeistert.

Alex nickte.

»Echt stark. So machen wir's. Kommst du morgen zum Frühstück?«

»Lieber vorher«, antwortete Alex. »Frühstücken würde ich gern mit Dorothee.«

»Okay«, sagten Olga und Sonja im Chor und begleiteten Alex zur Tür. Als er gegangen war, gab Sonja Olga einen Kuss und sagte: »Geh du schon ins Bett, ich kümmere mich noch kurz um Turkish Airlines.«

Olga erwachte von einem leisen Schnarchen. Neben ihr lag Sonja mit ausgebreiteten Armen auf dem Rücken und schlief den Schlaf der Gerechten. Vorsichtig rollte sich Olga aus dem Bett und schlich hinaus auf die Dachterrasse, wo sie ein frischer Wind erwartete. Das Wetter hatte umgeschlagen. *Gut, dass wir gestern zum Klettern gefahren sind,* dachte sie und ging duschen. Erfrischt zog sie sich an, holte beim Bäcker um die Ecke frische Croissants und Brezen, erfreute sich am Duft der Backwaren und deckte am Küchentresen fürs Frühstück, ehe sie Sonja aufweckte.

Die rekelte sich verschlafen, schlug die Augen auf und flüsterte: »Schon so spät?« Olga betrachtete Sonjas Gesicht und nahm erstmals bewusst die feinen Linien wahr, die sich von ihren Augenwinkeln nach außen zur Schläfe zogen. Beinahe scheu beugte sie sich vor und hauchte einen Kuss auf die Krähenfüßchen.

»Du bist süß«, brummelte Sonja, schlang die Arme um Olga und zog sie zu sich herunter.

Olgas Kopf landete auf Sonjas Brust. Sie hörte das Herz schlagen, ein klarer, langsamer Rhythmus. Tränen schossen Olga in die Augen, eine Welle von Wehmut und Liebe durchflutete sie, überwältigt klammerte sie sich an Sonjas Körper und ließ die Bilder zu, die durch ihren Kopf geisterten: Marco im schwarzen Anzug, wie er sie ins Nationaltheater ausführte, damals, als er ihr beweisen wollte, dass er mehr konnte als schwer klettern. Zu seinem Bild hörte sie *Cherubino* singen – aber mit Sonjas Stimme, die vor kaum mehr als einer Woche der Schlüssel zu Olgas Herz geworden war. In die Musik hinein changierte Marcos feierlicher Anzug zu den Kletterklamotten im Wilden Kaiser, seiner roten Kletterhose und seinem langärmligen T-Shirt, und das strahlende Opernbesuchergesicht verwandelte sich in die Todesblässe am Wandfuß, als er beim Abseilen abgestürzt war. Aus und vorbei. Ein tonloser Schrei der Verzweiflung, kein Netz am Handy, viel zu spät der Helikopter, dann die Trauer und der Schmerz und dumpfe Mutlosigkeit.

Sonja hielt sie fest, während Olga zitterte und weinte, wehrlos einem Ansturm von Gefühlen ausgeliefert, die sie in diesem Augenblick nicht kontrollieren konnte. So viel floss ineinander an Gegenwart und Vergangenheit. Marcos Lippen verwandelten sich in Sonjas Mund, Sonjas Augen sanken in Markos Höhlen, und dann stand er wieder da wie ein kleiner Junge im Abendanzug mit zwei Stehplatzkarten in der Hand. »Schau mal, was ich habe«, flüsterte er stolz und wedelte mit *Le Nozze di Figaro*. Sie liebte Mozart und wurde zu Wachs in seinen Händen, als sie nach Oper und Cocktailbar auf seine Studentenbude in der Fallmerayerstraße gingen. Die Musik im Ohr, gab sie sich seinen Händen hin, und jetzt, an diesem Sonntagmorgen, während draußen der Wind immer stärker auffrischte, weinte sie an einer sich sanft hebenden und senkenden Brust. Olga spürte, wie Sonja ihr den Hinterkopf streichelte und sie tröstete und auffing. Nach einigen Minuten klang die Wehmut ab. Olga fühlte sich aufgehoben in der Umarmung ihrer neuen Liebe, hob den Kopf, küsste Sonja zart auf den Mund und flüsterte: »Wir müssen aufstehen.«

Sie saßen am Tresen der offenen Küche, tranken ihren Latte macchiato und warteten auf Alex.

»Du wirst es nicht glauben«, gestand Sonja zwischen zwei Bissen in das duftige Croissant, »aber ich bin gestern bald nach dir ins Bett gegangen. Du hast schon geschlafen und ich bin auch rasch eingeschlafen und bis eben nicht mehr aufgewacht.«

»Dann hast du deinen Was-auch-immer nicht mehr auf Turkish Airlines gehetzt?«

»Nein, ich war zu müde. Hoffen wir einmal, dass Alex erfolgreich war.«

Aber Alex war ebenso wenig erfolgreich gewesen, wie er bei einer Tasse Crema gestand. Seine *Wfuzz-Evolution* war dreimal hintereinander abgestürzt, dann hatte er es aufgegeben, sich in das System der Fluglinie zu hacken. Als Sonja ihm mitteilte, es selbst gar nicht erst versucht zu haben, nahm er das erstaunlich gelassen.

»Wir müssen überlegen«, sagte er, »mit welchem Ansatz wir unsere Suche weiter betreiben wollen. Am besten, wir gehen zweigleisig vor, obwohl ich nicht glaube, dass er freiwillig verschwunden ist. Sang- und klanglos in die Türkei zu fliegen bringt ihn hinterher in viel zu große Erklärungsnöte. Er müsste wissen, wie viele Sorgen sich seine Frau macht. Ihr zumindest hätte er Bescheid gegeben, immerhin ist er noch nie ohne Entschuldigung von zu Hause weggeblieben. Aber es könnte durchaus sein, dass er von Leuten gezwungen wurde, die mit Organhandel zu tun haben.«

»Unterstellt, er wurde entführt«, warf Olga ein, »wie wurde er außer Landes gebracht, und, vor allem, wie finden wir ihn?«

»Wenn er entführt wurde, ist er nicht geflogen«, meinte Sonja.

»Außer, er wurde erpresst«, sinnierte Alex.

»Tja, auch eine Möglichkeit«, räumte Sonja ein. »Es wäre also auf jeden Fall interessant herauszufinden, ob er am Mittwochabend in der Turkish-Airlines-Maschine saß. Ich setze mich nachher an den Rechner und versuche mein Glück.«

»Gut«, erwiderte Alex, »und ich spreche mit Dorothee, ob sie in Richtung Organhandel Erkenntnisse hat. So eine Staatsanwältin weiß oft mehr, als man ihr zutraut.«

Während Sonja vor ihrem Computer saß und sich in die Aufgabe verbiss, Zugang zu den Flugdaten der letzten Tage zu erhalten, radelte Olga im aufkommenden Nieselregen durch die Stadt. Sie hatte Gülay Atasoy um ein weiteres Gespräch gebeten und war von ihr bereitwillig eingeladen worden, zum Mittagessen vorbeizukommen. Was mochte in dieser Frau vorgehen, die sich um ihren Mann sorgte und gleichwohl versuchen musste, den drei Kindern eine besonnene Mutter zu sein? Von den beiden bisherigen Begegnungen mit ihr hatte Olga den Eindruck einer modernen deutsch-türkischen Frau mit einer deutlichen Verwurzelung in türkischen Familientraditionen. Wusste sie mehr über die Aktivitäten ihres Mannes, als sie bisher zu erkennen gegeben hatte? Oder gehörte das *Außen* allein Bülent und war sie als Mutter der Familie lediglich für das *Innen* zuständig?

Sah man von den tiefen Tränensäcken ab, öffnete eine gefasste Frau die schwere Eichentür und bat Olga herein. Im Windfang duftete es aromatisch nach den Gewürzen des Orients. Olga vermeinte Koriander, Rosmarin und Minze zu riechen, dazu dezent Lamm und frisch gegarten Reis.

»Kommen Sie in die Küche, da können wir sprechen, bis das Essen fertig ist. Die Jungs sitzen vor der Konsole.«

Auf dem Gasherd schmorte Lamm in einem großen Topf, daneben in drei kleineren Töpfen verschiedene Gemüse, jeweils für sich zubereitet Aubergine, Okraschoten und Paprika. Ein

Reiskocher dampfte. Geschickt rührte Gülay Atasoy einen Topf nach dem anderen um und schaute Olga erwartungsvoll an.

»Leider haben wir keine Idee, wo wir Ihren Mann suchen sollen. Sein Chefarzt, Professor Gübelin, hatte angedeutet, Ihr Mann könne sich einfach schmollend zurückgezogen haben und morgen, als sei nichts geschehen, wieder zur Frühbesprechung kommen. Das habe er schon einmal gemacht. Stimmt das?«

»Als Bülent habilitiert wurde, hat ihn Gübelin trotzdem nicht zum Oberarzt befördert. Bülent war fürchterlich wütend und ist eine ganze Woche nicht in die Klinik gegangen. Aber er war hier bei mir. Bülent ist noch nie weggewesen, ohne mir Bescheid zu geben.«

»Ihr Mann reist ziemlich oft ins Ausland, stimmt das?«

»Er wird viel für Kongresse angefragt und nicht selten muss er in der Türkei operieren.«

»Was operiert er in der Türkei und wo?«

»Bülent ist Spezialist für Leber, Niere und Bauchspeicheldrüse und hat eine Kooperation mit dem staatlichen Universitätskrankenhaus in Istanbul. Das wird von Professor Gübelin unterstützt.«

»Bekommt er dort Honorar?«

»Wohl schon«, antwortete Gülay. »Aber für Bülent stehen die Forschung und die Möglichkeit, in seiner Heimat zu helfen, im Mittelpunkt. Er macht das nicht wegen Geld.«

»Wie viel verdient er denn dort?«, hakte Olga nach.

»Besser als hier, glaube ich – aber beim Geld kenne ich mich zu wenig aus, Bülent spricht kaum mit mir über Geld«, erklärte sie.

»Operiert er noch an einem anderen Krankenhaus? Für größere Honorare?«, blieb Olga hartnäckig.

»Das kann sein. Er interessiert sich schließlich für Chefarztpositionen, da muss er an vielen Kliniken seine Visitenkarte abgeben. Aber er hat davon nie etwas erzählt. Wie kommen Sie auf diese Frage?«

»Wir haben Grund zur Annahme, dass er regelmäßig sehr große Summen einnimmt.«

Frau Atasoy hob abwehrend die Hände. »Wie gesagt, davon weiß ich viel zu wenig.« Dann deckte sie den Tisch und rief ihre Söhne herein. Wie die Orgelpfeifen standen die drei vor Olga, grüßten wohlerzogen und nahmen schweigend Platz.

Das Essen schmeckte noch besser als es roch, und Gülay Atasoy erläuterte nach und nach die Zubereitung aller Speisen.

»Wissen Sie«, beendete sie ihre Erklärungen, als die Teller leer gegessen waren, »alle meinen, die türkische Küche bestehe vor allem aus den Gewürzen, aber das stimmt nicht. Wir sind stolz darauf, den Eigengeschmack von Gemüse und Fleisch zu schmecken. Die Gewürze dienen nur der Begleitung.«

16

Er legte die Mittenwalder Geige liebevoll in den Koffer zurück. Auch wenn diese Violine nicht den seidigen Ton der *Guarneri* verströmte, liebte er das 90 Jahre alte Instrument des Kunstgeigenbauers Georg Reiter aus dem idyllischen Alpendörfchen zwischen Wetterstein und Karwendel. Die Sonate in g-Moll von Bach klang in Leones Ohren nach, und er war zufrieden mit seiner sonntäglichen Interpretation. Wie stets hatte ihm das Musizieren die Ruhe geschenkt, derer er bedurfte, denn eigentlich wuchs seine Anspannung von Stunde zu Stunde. Noch hatte sich Hamzi nicht gemeldet. Noch musste er den Fehlschlag einer Vermittlung befürchten, bei der es nicht nur um ein Volumen im Gegenwert eines rassigen italienischen Sportwagens, sondern auch um die Gesundheit, wenn nicht gar das Leben seines ihm seit vielen Jahren verbundenen Geschäftsfreunds Hussein Al-Chourohini ging. Erschwerend kam hinzu, dass die ersten beiden Vermittlungsversuche wegen eines zunächst nicht erkannten Materialfehlers gescheitert waren und sich nun bei Hamzis Lieferung ebenfalls Probleme ergeben hatten. Zu allem Überfluss hatte Hamzi den Organisationsablauf empfindlich gestört; konnte er heute Nachmittag nicht liefern, bekam Leone ernsthafte Schwierigkeiten. Wie so oft in seinem Vermittlungsgewerbe war ihm das Handeln aus der Hand genommen worden und er musste darauf vertrauen, dass die jeweiligen Akteure ihren Job verstanden. Über viele Jahre hinweg hatte er sich in Gleichmut geübt und sich seine Freundlichkeit und Zuversicht bewahrt. Das war die Basis seines Geschäftserfolgs. Er durfte niemals die Geduld verlieren. Ausgerechnet heute fiel es ihm schwer, still zu sitzen und auf die entsprechenden Nachrichten zu warten.

Endlich erklangen die ersten sechs Takte von Mendelssohns *Opus 64*. Leone ließ die sechs Takte ein zweites Mal durchlaufen, dann drückte er den grünen Button und nahm das Gespräch an. Kaum vernahm er die Stimme am anderen Ende der Leitung, spürte er die Enttäuschung beinahe körperlich. Doch als sein Neffe Fabricio weitersprach, wandelte sich die Enttäuschung in Aufregung und schließlich in Zorn.

Leone atmete bewusst tief ein und wieder aus. Er musste ruhig bleiben. Das erwarteten alle von ihm, das erwartete er auch von sich selbst. Ruhig und freundlich bleiben, selbst wenn die Welt rings umher vor die Hunde ging, das war sein Markenzeichen, das war er, das war Leone Riello. Aber was er gerade zu hören bekam, rüttelte massiv an seinem Selbstverständnis und schien geeignet, seine ehernen Grundsätze über den Haufen zu werfen.

Niemals hatte Leone bei der Durchführung seiner Geschäfte zu Drohungen oder Gewalt gegriffen, sein diesbezügliches Alleinstellungsmerkmal innerhalb der Familie hatte er stets zu verteidigen gewusst. Aber nun?

Leone lauschte dem Bericht bis zum bitteren Ende und entnahm dann der Stille am anderen Ende der Leitung, wie gespannt Fabricio auf eine Reaktion wartete. Leone atmete bis sieben zählend aus, dann atmete er ein und zählte bis vier. Dreimal dieselbe Prozedur, dann dankte er seinem Neffen für die Information und bat ihn, seinen Beobachtungsposten beizubehalten. Nicht mehr und nicht weniger. Noch hatten seine Prinzipien Bestand. Und gerade dem jungen Fabricio wollte er ein Vorbild sein. Vielleicht gelang es ihm, den Sohn seines Bruders von jenem anderen Weg zu überzeugen, den er, Leone, von klein auf ging – den Weg ohne Gewalt, dafür mit Geduld und Freundlichkeit. Fabricio war noch formbar, so unerfahren und empfindsam, wie er war. Fabricio sollte seinen Onkel nicht aufbrausend und unduldsam erleben.

Aber kaum hatte Leone aufgelegt, wallte sein Zorn noch einmal auf. Am liebsten hätte er dem Drang nachgegeben, irgendetwas gegen die Wand zu werfen oder wenigstens lauthals seinen Ärger hinauszuschreien. Obwohl diese Reizbarkeit in den letzten Monaten ebenso zugenommen hatte wie die Müdigkeit, die ihn immer öfter befiel, behielt seine Vernunft die Oberhand. Sich Wut und Zorn hinzugeben war nichts weiter als ein destruktiver Kontrollverlust, und wenn Hamzi schon meinte, er könne ihn hinsichtlich einer dringend benötigten Lieferung hintergehen, sollte Leone der fürs Erste unabweisbaren Ohnmacht nicht unnötig Platz einräumen. Das Gesetz des Handelns im richtigen Moment wieder an sich zu ziehen, war das Gebot der Stunde, und das verlangte nach einem kühlen Kopf und einer klaren Strategie. Mit etwas Glück gelang es Hamzi, bis heute Nachmittag die bestellte Ware zu liefern. Dann mochte ihm Leone, zumindest bis das vermittelte Geschäft erfolgreich abgeschlossen war, den Vertrauensbruch verzeihen, dass er die ursprüngliche Ware offensichtlich an einen mehr Bietenden veräußert hatte. Sie bewegten sich auf einem diffizilen Markt, auf dem die Nachfrage das Angebot bei Weitem überstieg, da war die Versuchung groß, dem kurzfristigen Profit eine Chance zu geben.

Hamzi war noch jung, ein Neuling in der Branche und vielleicht mit zu wenig Vorbereitung von seinem Onkel in das Geschäftsfeld eingeführt worden. Ihm mochte der Weitblick fehlen, um die Vorteile einer vertrauensvollen und nachhaltigen Geschäftsbeziehung zu erkennen. Natürlich konnte Leone so einen Vertrauensbruch nicht tolerieren, aber mit etwas Glück für Hamzi würde ein freundschaftliches Gespräch genügen, um die entstandene Unstimmigkeit aus der Welt zu räumen. Immerhin war Leone daran gelegen, mit der einflussreichen Familie der Shuruks weiterhin lukrative Geschäfte zu machen. Schwerer wog allerdings Hamzis Griff in Leones Werkzeugkasten. Was sich zunächst lediglich als Störung des Organisationsablaufs dargestellt hatte, war eine Selbstbedienung der besonderen Art, die Leone keinesfalls dulden konnte. Hier war es nicht mit einem freundschaftlichen Gespräch getan, hier mussten die Familienhäupter eine tragfähige Übereinkunft treffen.

Je länger Leone darüber nachdachte, umso klarer wurde ihm die Notwendigkeit, Onkel Luca die Angelegenheit regeln zu lassen. Das konnte gut gehen, das konnte aber auch sein Geschäftsmodell beschädigen. Einige in der Familie warteten bereits darauf, sich in seinem Geschäftsfeld breitzumachen. *Wer weiß,* dachte Leone und erschrak, *vielleicht stecken zwei meiner Neffen sogar mit Hamzi unter einer Decke?*

Zeitgleich mit dem Erschrecken schlich sich wieder die Müdigkeit in seine Gedanken, die Leone zunehmend plagte. Mit dieser Müdigkeit einherging eine Melancholie, die ihn wie ein Wasserwirbel hineinsog in einen dunklen Trichter der Traurigkeit. Er begann, wie öfter in letzter Zeit, am Sinn seines Lebens zu zweifeln und sich darüber zu grämen, sich dem Business anstatt der Musik verschrieben zu haben. Vielleicht wäre aus ihm nur ein fahrender Straßenmusikant geworden, wie es Andros, sein erster Lehrer gewesen war. Doch Andros war glücklich und zufrieden gewesen, hatte jeden Tag als das genossen, was er war: die jeweilige Gegenwart, in der es sich zu leben lohnte. Wann konnte das Leone von sich sagen? Die Tage, an denen er in den Tag hinein lebte und sich an dem erfreute, was im Augenblick war, diese Tage konnte er Jahr für Jahr an einer Hand abzählen. Zudem waren es einsame Tage, die er für sich allein genießen musste, weil er die Freude an seiner *Guarneri* mit niemanden teilen durfte, ohne Gefahr zu laufen, für deren unrechtmäßigen Besitz verraten zu werden. Wie er überhaupt dazu verurteilt war, möglichst unauffällig zu leben und seinen Wohlstand zu verstecken, um keine unnötige Aufmerksamkeit zu erregen. Weder die Behörden noch seine Familie sollten sein wahres Vermögen kennen; die einen würden es besteuern und die anderen für sich vereinnahmen wollen.

Auch diese ständige Aufmerksamkeit, die sein Leben erforderte, machte ihn müde. Es drängte ihn danach, frei zu sein. Frei in seinen Entscheidungen, frei in seiner Lebensführung. Dazu musste er sich frei machen von seinen Verpflichtungen, was wiederum voraussetzte, dass er die noch anstehenden Geschäfte erfolgreich vermittelte. Danach würde er sich aus seinem Business zurückziehen können. Davor aber waren die Verhältnisse mit den Shuruks zu klären, und das, so befürchtete Leone, könnte sich schwierig gestalten.

17

Nach dem Mittagessen schickte Gülay Atasoy ihre Söhne zurück in ihr Spielzimmer, räumte die Spülmaschine ein und bereitete den leckeren Mokka zu, den Olga bereits einmal zu trinken bekommen hatten. Ob es wenigstens eine Spur gebe, fragte sie mit zaghafter Hoffnung in der Stimme und Olga antwortete, ein Ansatz wäre das Interesse, welches DITIP an ihrem Mann gezeigt habe.

»Können Sie den Verwandten Ihres Mannes anrufen? Oder sonst jemand in der Familie fragen, woher das Interesse des Moscheenverbands kommt?«

»Ich kenne Abdurrahman nicht, er ist ein entfernter Verwandter. Was würde er von mir denken, wenn ich ihn anrufe?«

»Mit wem in der Familie haben Sie bisher über das Verschwinden Ihres Mannes gesprochen?«

»Mit niemandem. Wenn ich es tue, kommt am nächsten Tag Bülents Vater hierher und übernimmt das Kommando. Bülents Familie ist konservativ.«

»Ihr Mann ist den vierten Tag verschwunden und seine Familie weiß von nichts?« Olga konnte das kaum glauben.

»Sie können das nur verstehen, wenn Sie wissen, welche Regeln es in einer türkischen Familie gibt. Hier gehört das Haus mir und die Straße Bülent. Nimmt man die Generation der Eltern dazu, gehört das Haus meiner Schwiegermutter und die Straße meinem Schwiegervater. So einfach ist das.«

»Und warum wollen Sie Ihre Schwiegereltern nicht beteiligen? Weil Sie dann nichts mehr bestimmen können?«

»Richtig, dann macht mein Schwiegervater alles. Dann gibt es keinen Herrn Sorger, der sich auf die Suche macht, und keinen Anwalt Presselt, der hilft. Dann schaltet mein Schwiegervater den Familienrat ein und ich muss in der Wohnung bleiben.

Bülents Vater ist sehr misstrauisch, er ist nie so in Deutschland angekommen wie Bülent und ich.«

»Wo leben die Eltern Ihres Mannes?«

»Sie sind vor einem Jahr nach Istanbul zurückgegangen. Davor haben sie in Heidelberg gelebt. Bülent hat dort studiert.«

»Wo haben Sie Ihren Mann kennengelernt?«

»In Heidelberg an der Universität. Wir sind uns in der Mensa über den Weg gelaufen – eigentlich in den Weg gelaufen, denn er hat mich angerempelt und meine Suppe verschüttet. Das wollte er wiedergutmachen und hat mich geheiratet.« Sie versuchte ein Lachen, aber es misslang. »Er war sofort die Liebe meines Lebens, verstehen Sie? Aber ich war sehr froh, mit ihm nach München gehen zu können, denn in Heidelberg hätte sein Vater immer seinen Schatten auf uns geworfen.«

»Kann es sein, dass Bülent zu seinen Eltern geflogen ist, ohne Ihnen etwas zu sagen?«

»Nein. Wenn er seine Eltern besuchen will, kann er das selbstverständlich. Ich lebe nicht im Streit mit seinen Eltern, ich will nur meine Freiheit haben.«

Olga wurde immer ratloser. Egal welchen Ansatz man ins Visier nahm, ergab sich ein verschwommenes Bild. Hinter jeder vermeintlichen Antwort versteckte sich mindestens ein Fragezeichen. Gewissheit gab es höchstens in einem Punkt: Bülent Atasoy hatte einige Geheimnisse gegenüber seiner Frau.

Als Olga die letzten Treppenstufen hochstieg, erwartete Sonja sie in der offenen Tür.

»Manchmal«, legte Sonja los, »ist das Leben so einfach. Rate mal ...«

»Was soll ich erraten?«

»Ist Bülent nach Istanbul geflogen?«

»Wenn du so fragst: Ja.«

»Stimmt. Und wie habe ich es herausgefunden?«

»Du bist jetzt die Chefadministratorin der Passagierdatenverwaltung von Turkish Airlines.«

»Falsch.«

»Hast du dich nicht hineingehackt?«

»Nein. Mein *RainbowCrack*-Tool hat sich als ineffektiv herausgestellt und meine Pishing-Mails haben keinen Dummen gefunden. Du glaubst es kaum, aber ich habe bei denen am Flughafen angerufen und im Namen ihres Passagiers Bülent Atasoy nachgefragt, ob in der Mittwochabendmaschine nach Istanbul sein Terminplaner gefunden worden ist. Die junge Angestellte am Telefon war sehr hilfsbereit, verneinte meine Frage und wollte wissen, ob er tatsächlich auf der Maschine um 18:35 Uhr gebucht gewesen ist. Meines Wissens ja, habe ich ihr geantwortet, aber sie könne das doch selbst überprüfen. Das hat sie getan und mir damit bestätigt, was wir wissen wollten. Voilà! Rätsel gelöst. Unser Mann ist in Istanbul.«

»Wow, das ging jetzt aber einfach«, wunderte sich Olga. »Und da versuchst du zuerst, auf komplizierten Hacker-Wegen was rauszufinden. Das ist ja ein Witz, findest du nicht?«

»So ist es«, sagte Sonja und lachte. »Wenn man einen Dummen findet, bekommt man fast jede Info freiwillig serviert.«

»Freiwillig ist ein gutes Stichwort«, bemerkte Olga. »Meinst du, er ist aus freien Stücken geflogen? Da könnten wir unsere Suche praktisch einstellen.«

»Schaut fast so aus«, antwortete Sonja gut gelaunt.

»Aber warum hat er seiner Frau nicht Bescheid gesagt?«

»Männer.«

Olga schmunzelte bei dieser Antwort, denn intensive Erfahrungen mit Männern fehlten Sonja. Aber vielleicht haben Männer wirklich mehr Geheimnisse vor ihren Frauen als Frauen vor ihren Männern. Bei Atasoy schien es sich jedenfalls zu lohnen, seine Geheimnisse zu ergründen. Trotzdem war Olga misstrauisch und formulierte das auch: »Was aber hat es mit dem unverschlossenen BMW auf sich? Was bedeuteten die Blutspritzer vor dem Wagen? Können wir es uns so einfach machen?«

»Das eine muss mit dem anderen gar nichts zu tun haben. Vielleicht wollte er auch eine falsche Fährte legen«, gab Sonja zu bedenken, der eine banale Aufklärung des Falls zu gefallen schien.

»Findest du das nicht etwas weit hergeholt?«, fragte Olga.

»Schon, aber immerhin wissen wir jetzt, wo er ist, und haben so etwas Luft, uns dem ehrenwerten Herrn Horbacher und seinem Gehilfen Schusternagel zu widmen. Nur weil ihn die Staatsanwaltschaft nicht belangen kann, wollen wir ihn schließlich keinesfalls ungeschoren davonkommen lassen«, bekräftigte Sonja ihren Plan.

Das kam Olga sehr entgegen, schließlich widerstrebte es ihrem Gerechtigkeitssinn, einen Betrüger ungestraft seine Beute genießen zu lassen.

»Vorher will ich jedoch Alex über das Ergebnis unserer Recherchen informieren«, sagte Olga und schrieb ihm eine Nachricht.

»Mal sehen, wie er es aufnimmt«, kommentierte Sonja und nahm Olga bei der Hand. »Jetzt setz dich zu mir, jetzt kümmern wir uns um Horbacher.« Sonja rieb sich die Hände und loggte sich in das Konto des Europäischen Theaters ein, auf dem die Gelder für die Generalsanierung verwaltet wurden. Mit leichter Hand füllte sie vor Olgas Augen ein Überweisungsformular aus. 50.000 Euro sollten als Darlehn auf das Konto von Lukas Horbacher, Vorsitzender der Gesellschafterversammlung der Europäisches Theater München GmbH überwiesen werden. In der Maske der Bank erschien ein verpixelter quadratischer Code für die PhotoTAN-Authentifizierung. Sonja öffnete auf einem iPhone eine App, hielt diese vor den Computer-Bildschirm, las eine siebenstellige Zahl ab und tippte sie in das vorgesehene Feld. Sofort ging ein Fenster auf und vermeldete die Ausführung des Auftrags. Sonja klatschte in die Hände.

»Jetzt ist unser Freund Horbacher um 50.000 Euro reicher – wirklich primitiv, wie er sich aus der Kasse des Theaters bedient!«

»Du bist genauso abgebrüht und genial wie Lisbeth Salander«, gluckste Olga. »Vielleicht sollte ich dich künftig Wasp rufen?«

»Die Salander ist aber nicht blond«, protestierte Sonja lachend und gab Olga einen Klaps auf den Po.

»Umso besser, meine süße Hackerin – dann kann man euch nicht verwechseln«, erwiderte Olga gut gelaunt. »Jedenfalls super, dass du der Gerechtigkeit einen kleinen Stups verpasst hast.«

Sonja loggte sich aus dem Bank-Account aus und fuhr ihren Computer herunter.

»Der Rest geht von allein«, bemerkte sie zufrieden.

»Wir werden Horbacher nicht aus den Augen lassen«, bekräftigte Olga und spürte die Befriedigung darüber, diesem Betrüger eins auszuwischen. Sie würden ihn nun mit den Waffen schlagen, mit denen er den Bauingenieur Wallot und den Gruppenleiter im städtischen Kulturreferat in den zweifelhaften Genuss der Untersuchungshaft gebracht hatte. Und nirgends in ihrer Seele regte sich bei Olga ein schlechtes Gewissen über diesen Akt von Selbstjustiz, im Gegenteil: Jetzt war ihr Gerechtigkeitsstreben zufriedengestellt.

Trotzdem sorgte sie sich darum, ob die Manipulation aufgedeckt und möglicherweise zu Sonja zurückverfolgt werden könnte.

Sonja beruhigte sie: »Die PhotoTAN-App habe ich über eine Prepaid-Karte aktiviert und für den Login am Computer habe ich meine IP-Adresse verschleiert. Horbacher kann sich möglicherweise herausreden, aber uns kommt niemand auf die Spur.«

»Dann könntest du zur Feier des Tages für mich singen«, bat Olga, während sie Sonjas Arbeitszimmer Richtung Wohnzimmer verließen. Doch als sich Sonja an den Flügel setzte, schallte Olgas Klingelton durch den Raum.

Sie nahm das Gespräch entgegen und stellte ihren Lautsprecher an. »Alex?«

»Olga, das glaubst du doch selber nicht«, fiel Alex mit seinen Bedenken mit der Tür ins Haus.

Aha, er zweifelt also auch, fühlte sich Olga bestätigt.

»Wie habt ihr das herausgefunden?«

»Sonja hat mit Turkish Airways telefoniert und die Bestätigung erhalten, dass Bülent Atasoy mit der 18:35-Uhr-Maschine von München nach Istanbul geflogen ist.«

»Sachen gibt's, die gibt's nicht. Aber Hand aufs Herz: Ist er freiwillig in die Maschine gestiegen? Könnte er erpresst worden sein? Kennst du den Film ›Der Pate‹?«

»Klar.«

»Erinnerst du dich an die Szene, wo der Filmemacher ein Angebot ablehnt, von dem es heißt, es sei eines, das man nicht ablehnen könne?«

»Logisch – er lehnt ab und dann kommt das mit dem Pferdekopf – eine gruslige Szene«, erwiderte Olga und schüttelte sich.

»Wenn man ihm so ein Angebot gemacht hat … Ich glaube nicht, dass er freiwillig geflogen ist. Können wir uns treffen?«

»Magst du vorbeikommen?«, rief Sonja vom Flügel herüber und Olga wiederholte die Worte: »Magst du bei uns vorbeischauen?«

»Ja. Wir müssen reden. In einer halben Stunde bin ich da.«

Sachte griff Sonja in die Tasten und schlug die ersten Takte an. Fröhlich erklang ihre Stimme und sie sang *Des Antonius von Padua Fischpredigt* von Gustav Mahler – *Kein Predigt niemalen, den Fischen so gfallen;* muntere Melodie und launiger Text verhinderten, dass Olga bei dem Lied eintauchte in die Melancholie der Erinnerungen an Marco. Im Gegenteil konnte sich Olga an Sonjas klarer Stimme erfreuen, die das Wohnzimmer ausfüllte und für den Augenblick alle Fragen zu Atasoy und alle Gedanken um Horbacher verscheuchte. In der Harmonie von Klavier und Singstimme entstand ein Gefühl im Hier und Jetzt, beinahe wie beim Klettern. Die Welt verschwand, der Atem ging tief und langsam, das Zuhören wurde meditativ. Olga lebte im Augenblick. *Das sind sie, die kleinen Glücksmomente, die das Leben reich machen und für die man bereit sein muss, um sie wahrzunehmen inmitten der Hast des Alltags. Sing, Sonja, sing für mich und entführe mich auf den Schwingen der Musik. Sing, Sonja, sing für mich und nimm mir die Schwere meiner Erinnerungen.*

Sonja sang Lied nach Lied, bis es an der Wohnungstür schellte.

Sonja holte eine Flasche Pinot Grigio aus dem Kühlschrank und drei Gläser aus der Vitrine und schenkte allen von dem süffigen Weißwein ein. Alex prostete Olga und Sonja zu.

»Feiner Tropfen – und feines Ermittlungsergebnis, das mit dem Abendflug nach Istanbul«, lobte er und stellte das Glas ab. »Gut gemacht, Respekt. – Ich denke, Atasoy ist erpresst worden.«

Olga fühlte sich bestätigt, wollte aber von ihm hören, warum er nach wie vor von einer Entführung ausging, und sagte ihm das auch.

»Wenn er freiwillig nach Istanbul geflogen wäre«, begründete Alex seine Ansicht, »hätte er seiner Frau Bescheid gegeben. Nach allem, was wir über ihn wissen, kann er keinesfalls wollen, dass seine Frau Staub aufwirbelt, und das hat sie mit ihrer Sorge um ihn getan. Außerdem halte ich die Spuren in der Kliniktiefgarage für aussagekräftig. Da unten hat sich etwas abgespielt, was sich schwerlich unter den Begriff *Freiwilligkeit* subsumieren lässt.«

Olga nickte zufrieden; das waren auch ihre Gedanken gewesen.

Aber Sonja wollte noch nicht aufgeben und übte die Gegenrede: »Niemand steigt unfreiwillig in eine Linienmaschine.

Schließlich kann dir am Gate keiner die Pistole auf die Brust oder ein Messer an den Hals setzen.«

»Aber auf dem Weg von der Tiefgarage zum Flughafen kann man unserem Doktor klarmachen, was geschieht, falls er nicht tut, was man von ihm verlangt. Drohungen sind oft wirksamer als unmittelbarer Zwang. – Was würdest du machen, wenn jemand droht, Olga etwas zu tun? «

Wo er recht hat, hat er recht, dachte Olga und versuchte, alle Aspekte des Falls in eine schlüssige Zusammenschau zu bringen.

»Der letzte E-Mail-Verkehr Atasoys mit der *Dame mit den 200 Kleidern* klang nach einer Verabredung für eine Organtransplantation«, trug Olga ihre Gedanken vor. »Atasoy scheint in die Operation eingewilligt zu haben. Die Angelegenheit war eilig. Es scheint naheliegend, dass er rasch einen Flug gebucht hat und freiwillig in die Türkei geflogen ist. Ebenso naheliegend wäre es aber gewesen, mit dem eigenen Auto zum Flughafen zu fahren und von unterwegs seiner Frau Bescheid zu geben. Was, wenn er aufgrund eines uns unbekannten Umstandes seine Zustimmung zu der Operation zurückgenommen hat? Wäre der Auftraggeber dann in Zugzwang geraten? Falls Atasoy einen Rückzieher machen wollte, der Auftraggeber aber keine Alternative gehabt hat, wäre eine Erpressung zielführend«, folgerte Olga. »Wieso aber befinden sich in der Tiefgarage Spuren von Gewalt?«

»Okay«, beteiligte sich Sonja an den Gedankenspielen. »Vielleicht ließ sich die Drohung nicht sofort aussprechen. Oder sie wirkte nicht unverzüglich. Wer auch immer es ist, jedenfalls bringt er Atasoy in seine Gewalt. Der Arzt kann nicht ausweichen, nicht abhauen. Er wird bearbeitet, weichgekocht, was auch immer – jedenfalls ist er dann bereit, nach Istanbul zu fliegen.«

»Genau so könnte es sich abgespielt haben«, kommentierte Alex.

»Womit könnte man Atasoy drohen?«, fragte Sonja, die offensichtlich noch nicht ganz von der Entführungs- oder Erpressungstheorie überzeugt war.

»Vermutlich«, spekulierte Olga, »mit den Transplantationen selbst, die gegen die Regeln verstießen. Aber wirksamer noch wohl damit, seiner Familie etwas anzutun.«

»Genau«, fühlte sich Alex bestätigt.

»Was folgt daraus für uns?«, fragte Sonja.

»Wir müssen herausfinden, wer ihn bedroht, und wir müssen den Ort finden, an dem er operiert«, antwortete Alex.

»Dann sind wir so schlau wie zuvor«, nörgelte Sonja.

»Keineswegs«, widersprach Alex. »Wir wissen jetzt, dass er sich in der Türkei aufhält und vermutlich illegale Transplantationen durchführt.«

»Mit ziemlicher Sicherheit haben wir es dann mit organisiertem Verbrechen zu tun«, warf Olga besorgt ein. »Das ist eine Nummer zu groß für uns.«

»Vermutlich schon«, gab ihr Alex recht. »Daher möchte ich noch einmal mit Presselt sprechen und würde dich, Olga, bitten, mich zu begleiten. Möglicherweise steckt sein Mandant Gübelin in der Sache mit drin.«

»Wie kommst du darauf?«

»Nennen wir es kriminalistische Intuition«, antwortete Alex. »Gleich erzähle ich euch, auf was ich im Klinikum gestoßen bin. Lass mich zuerst Presselt anrufen.«

Es dauerte keine zwei Minuten, dann war der Besuch von Olga und Alex bei dem Prominentenanwalt vereinbart; sie konnten ihn in zwei Stunden in seiner Kanzlei treffen.

»Habt ihr schon einmal von einer Grenzverweildauer gehört?«, fragte Alex, nachdem er das Telefonat mit Presselt beendet hatte.

»Wird die Wartezeit am Einreiseschalter des John-F.-Kennedy-Airports sein«, witzelte Sonja.

Alex lachte. »In einem Krankenhaus bedeutet es den Zeitraum, den die von der Krankenkasse dem Klinikum zu erstattende Fallpauschale abdeckt. Es gibt eine obere und eine untere Verweildauer. Die obere legt fest, wie lange lediglich eine Pauschalvergütung erfolgt. Die untere Grenzverweildauer bestimmt die Zeitspanne, die ein Patient mindestens im Krankenhaus verbringen sollte. Wird der Patient vor Ablauf der unteren Verweildauer entlassen, gibt es Abschläge von der Pauschalvergütung, wird er nach Ablauf der oberen Verweildauer entlassen, erhält die Klinik weitere Tagessätze vergütet. Durch dieses System kommt ein Klinikchef rasch unter finanziellen Druck. Das Bestreben des Chefarztes muss daher sein, Patienten mindestens einen Tag länger zu behalten, als es der unteren Grenzverweildauer entspricht, sie dann aber entweder rasch heimzuschicken oder deutlich länger als die obere Grenzverweildauer in der Klinik zu behalten. Liegt ein Patient innerhalb, aber länger als das Mittel zwischen den beiden Grenzen im Krankenhaus, macht die Klinik finanziell Verlust. So weit klar?«, fragte Alex.

Olga und Sonja nickten.

»Macht eine Klinik zu viel Verlust, muss das der Chefarzt persönlich verantworten, indem er einen zusätzlichen Prozentsatz seiner Privatliquidationen an das Krankenhaus abführen muss. Das heißt, es geht ihm an den Geldbeutel. Um das auszugleichen, hat ein Chefarzt daher großes Interesse, nicht nur möglichst viele Privatpatienten zu betreuen, sondern möglichst solche, die einen besonders hohen Satz zahlen. Das sind in der Regel die ausländischen Patienten. Da diese meistens ihre Rechnung vorab in bar begleichen müssen, sind sie im doppelten Wortsinn die *Cashcows* der Klinik.«

»Interessant«, bemerkte Olga. »Was hat das mit Atasoy zu tun?«

»Der Rahmenvertrag mit diesem Förderverein ist quasi eine *Cashcow-Pipeline.* Über den Förderverein werden Atasoy und der Klinik zahlungskräftige Patienten zugeführt, vornehmlich aus dem Nahen Osten, also reiche Araber. Das ist eine verwöhnte und anspruchsvolle Kundschaft. Der eine oder andere aus diesem Patientenkreis könnte ein drängendes gesundheitliches Problem haben, das nach den strengen deutschen Regeln nicht behoben werden kann. Dann braucht es vermutlich die Möglichkeit, im Ausland einen Operationssaal zu nutzen, um diesen Patienten zu helfen. Wir sollten nicht vergessen, dass Professor Gübelin in den Transplantationsskandal vor gut sieben Jahren verwickelt war, und auch wenn ihn Presselt aus dem Schlamassel herausgeboxt hat, wurde Gübelins Klinik danach die Erlaubnis für Lebertransplantationen entzogen. Langer Rede kurzer Sinn: Ich will wissen, ob es zwischen dem Förderverein und Atasoys Tätigkeiten in der Türkei einen Zusammenhang gibt.«

18

Die Gedanken über seine Zukunft ließen ihn nicht mehr los. Das beunruhigte ihn. *Ich bin zu jung für diese Grübeleien,* schalt er sich und rechnete seine Jahre nach: in wenigen Wochen 51, knapp über der Mitte des Lebens. Das Alter, in dem Kraft und Erfahrung ein gewaltiges Produkt ergeben. *Der Mann im Zenit seiner Schaffenskraft sollte ich sein,* dachte Leone Riello und stellte betrübt anderes fest. Er war müde und ausgelaugt. Was hatte es ihn angestrengt, gegenüber Hamzi vor wenigen Minuten freundlich zu sein und voll des Lobes über die gelungene, wenn auch verspätete Lieferung. Wie sehr hatte er an sich halten müssen, ihn nicht den Zorn spüren zu lassen über den Verrat. Hamzi durfte nicht einmal ahnen, dass Leone um den Betrug wusste, die ursprünglich ihm zugedachte und zugesagte Ware an einen mehr Bietenden zu verkaufen. Erst musste das Geschäft über die Bühne gehen, danach konnte er abrechnen. Immer kühl und rational und dabei stets freundlich bleiben, das war Leones Erfolgsrezept. Aber es war eine Vergewaltigung seiner Gefühle, die er zurückhalten und umwerten musste, und diese Unterdrückung seiner selbst machte ihn müde.

Leone trat ans Fenster und blickte hinaus in den Regen. Der Hochsommer der letzten zehn Tage machte Pause, trüb hatten sich tief hängende Wolken auf die Stadt gelegt. Der Marktplatz lag in sonntäglicher Ruhe. Auch gegenüber auf der Plattform des bekannten Kirchturms standen keine Touristen, denn es gab nichts zu sehen außer den Schlieren des Sommerregens. Der einsame Markt machte Leone melancholisch. Am liebsten hätte er seine Violine aus dem Koffer geholt und sich an Bachs Sonate in a-Moll versucht, nur um sich von dem schwermütigen Grave hineintragen zu lassen in die Traurigkeit, die der Komponist empfunden haben mochte. Allein, Leone hatte für heute lange genug gespielt und spürte seinen Geigerellenbogen mehr, als ihm lieb war. Außerdem würde er sich an der a-Moll-Sonate erfolglos abarbeiten, wie seit beinahe 25 Jahren. Obwohl er diese Sonate mehr liebte als jedes andere Werk von Bach, blieb sie ihm im Spiel stets ein wenig verschlossen. Ihre zarte Verspieltheit und die Raffinesse der sich sozusagen selbst begleitenden Geige forderten jeden Musiker heraus, und nur die Besten schafften es, sie auf geniale Weise zu interpretieren. Sie in der momentanen Stimmung zu spielen, hieße für Leone, die anströmende Melancholie und Mutlosigkeit beinahe masochistisch zu steigern. Das durfte er sich im Augenblick nicht erlauben, denn wie sollte er am Telefon freundlich und positiv sein, wenn sein Kontaktmann anrief, um hoffentlich den erfolgreichen Geschäftsabschluss zu vermelden? Immerhin aber fände sich im Andante beim Wechsel von a-Moll nach C-Dur die Zuversicht, die hinsteuert auf das befreiende Allegro im vierten Satz. Wenn sein Kontaktmann also spät genug anrief ...

Leone ließ den Gedanken so stehen, kehrte dem Fenster den Rücken zu und schlenderte in die kleine Küche. Auch ein Espresso konnte Wunder wirken.

Eine Stunde später war sein Gemüt leidlich aufgehellt, was ein wenig am nachlassenden Regen und deutlich mehr an der Nachricht lag, dass das von ihm vermittelte Geschäft zustande gekommen war. Nun war für ihn nichts mehr zu tun. Die Verhältnisse mit den Shuruks mussten zwar geradegerückt werden, aber weder heute noch von ihm. Das konnte er gut mit seinem Bruder besprechen, den er nun nicht nur aus familiären Gründen, sondern auch, weil er Hunger hatte, besuchen wollte.

Ricardos *Il Forno* war den Schwabingern ans Herz gewachsen und bereits am frühen Abend gut besucht. Leone reichte Luigi seine Regenjacke und schlenderte in die hintere Ecke neben dem Küchenausgang zu seinem Stammplatz unter dem kitschigen Bild eines venezianischen Gondolieres. Das Lokal strahlte den Charme der 80er-Jahre aus, das auf Italienisch getrimmte Interieur packte die Gäste an ihren primitiven Italiensehnsüchten: Bunt bemalte Keramikvasen auf den Fensterbrettern, einige Fischernetze quer über die Decke gehängt mit Seesternen, Seeigeln und präparierten Fischen, barocke Deckenlampen und die Wände vollgehängt mit Bildern in Öl von Gardaseedörfern, Sandstränden, Gondeln und Olivenhainen schmückten das Lokal ebenso bunt wie überladen.

Ricardo hatte das Restaurant im Überschwang des Berufseinsteigers vor gut 30 Jahren ausstaffiert, wie sich ein Norditaliener vorstellt, was ein Münchner mit permanenter Gardasee- und Riminisehnsucht erwartet. Seitdem hatte er nichts mehr verändert. Selbst die Speisekarte blieb ihren Anfängen treu.

Vermutlich war es genau diese Beständigkeit, die den Erfolg des *Il Forno* begründete. Neben der guten Küche natürlich, denn darauf hatte Ricardo stets Wert gelegt. Seine Köche verstanden ihr Handwerk, und seine Pizzabäcker konnten erstklassige Pizzen backen. Bei Ricardo schmeckte jedes Gericht so, wie es schmecken sollte, wenn man sich nach Riva del Garda, Sirmione oder Rimini sehnte: keinesfalls überkandidelt, sondern bodenständig. Vernünftige Portionen gelangten zu moderaten Preisen auf den Tisch.

Das *Il Forno* sollte der Italiener ums Eck werden, zu dem man gern und immer wieder ging, und genau dieser Italiener wurde es. Ein kontinuierlicher Umsatz auf einem Niveau, das es erlaubte, über den Nebeneingang einiges an zusätzlichem Bargeld einzuschleusen, ohne bei einer Betriebsprüfung als ein Lokal aufzufallen, das mehr einnahm, als dem durchschnittlichen Wareneinsatz entsprach. Ricardos Lokal war damit seit rund 30 Jahren nicht nur der Stammitaliener vieler Schwabinger und eine sinngebende Betriebsstätte für Leones älteren Bruder, sondern auch eine komfortable Waschanlage für die Einnahmen aus anderen Wirtschaftssparten der Familie. Damit war das *Il Forno* vor rund 25 Jahren der Ausgangspunkt für Leones Karriere gewesen, als er sich zunächst als Geldbote verdingt hatte, ehe sein wahres Talent zum Vorschein und zum Tragen gekommen war – den Opernkarten für ein bedeutendes Familienmitglied sei Dank.

Onkel Luca, den er damals mit zwei guten Plätzen im eigentlich ausverkauften Nationaltheater beglücken konnte, erkundigte sich bei Ricardo über Leone, erfuhr von dessen zuverlässigen Botendiensten und beschloss, Leones Organisationstalent auf die Probe zu stellen. Wieder war es seiner Freundschaft zu dem Mitarbeiter des Opernintendanten zu verdanken, dass Leone die gestellte Aufgabe lösen konnte, denn Roland, wie sein Freund hieß, war in Münchens sogenannter Schickeria gut vernetzt. Dafür bewegten sich seine regulären Einkünfte in dem Staatstheater auf eher bescheidenem Niveau. Leone brauchte nur wenige Wochen, dann war mit Roland das altrömische Geschäftsmodell des *do ut des* implementiert: Kontakte gegen *la Mancia*.

Den Familienoberhäuptern gefiel das, und weil sie in München sozusagen stets auf Urlaub waren und keinesfalls irgendwo auffallen, vor allem nicht als Mitglieder einer großen Familie erkannt werden wollten, waren sie auf die Vermittlungsdienste von Leone angewiesen, um im Kreis dieser Münchner Schickeria etwas zu erreichen. Denn hier, in Italiens nördlichster Stadt, funktionierten die Mailänder Geschäftsmodelle nicht und Onkel Luca, der Patron aller süddeutschen Familienangelegenheiten, legte größten Wert auf diskrete Handlungsformen.

Leone hatte der Familie Ende der 90er-Jahre zu der Gelegenheit verholfen, einige Produktionen der Bavaria Film zu finanzieren, was in den Nullerjahren des neuen Jahrtausends manchem seiner Onkel eine Einladung zum Bayerischen Filmpreis und Onkel Benedetto den Bayerischen Verdienstorden eingebracht hatte.

»Schön, dich zu sehen, Brüderchen«, riss ihn Ricardo aus den Erinnerungen. »*Come stai?*«

»*Grazie, sto bene.*«

»Ist dein letztes Geschäft gut über die Bühne gegangen?«

»Vor einer Stunde – mit erheblicher Verzögerung. Wir müssen über die Shuruks reden.«

»Probleme?«

»Hamzi hat unsere Ware an einen Meistbietenden verkauft. Daher hat sich meine Lieferung verzögert.«

»Hamzi, das ist der Junge?«

Leone nickte.

»Jetzt nimm erst eine Pasta – die Linguine al Salmone ist heute *perfetto*. Dazu ein Glas Roero Arneis. Später können wir reden.«

Auf Ricardos Empfehlungen war Verlass. Der Arneis hatte eine wunderbar herbe Apfelnase und schmeckte am Gaumen kräftig und konzentriert. Die Linguine, frisch zubereitet, besaßen den optimalen Biss, und die Soße bestach mit feinem Lachsgeschmack und duftiger Leichtigkeit, kein Übermaß an Sahne wie so oft in italienischen Lokalen. Der Fisch selbst in großen Stücken glasig gegart schmeckte vorzüglich.

Man musste kein Schwabinger mit Italiensehnsucht sein, um sich bei Ricardos Küche wohlzufühlen. Manchmal kamen sogar die ARRI-Leute herüber und feierten den einen oder anderen Filmerfolg bei Ricardo, der sich immer noch grämte, damals nicht für Dietls *Rossini oder die mörderische Frage, wer mit wem schlief* Kulisse gewesen zu sein – aber das hätte sein Restaurant für ein halbes Jahr blockiert. Jedenfalls funktionierte die Filmconnection der Familie in München seit rund 20 Jahren prächtig. Sie war es letztlich auch, die Leones späteres Geschäftsfeld initiiert hatte, weil Raimond Silberthaler Dialysepatient geworden war. Der Schauspieler, vom Patron der Riellos sehr geschätzt, konnte kein Engagement mehr annehmen, das ihn länger als drei Tage von einer Dialysestation fernhielt. Dreimal pro Woche für jeweils vier Stunden musste er an die künstliche Niere angeschlossen werden. Nur eine neue Niere würde ihn wieder einsatzfähig machen. Raimond verlängerte die Liste derer, die auf ein Spenderorgan warteten. Die Liste war sehr lang. Sechs bis sieben Jahre würde er warten müssen. Da müsse man helfen, insistierte der Patron, der gern wieder in einen Film mit Raimond Silberthaler in der Hauptrolle investieren wollte. Leone solle seine Beziehungen und seinen Charme spielen lassen.

Für ein gehöriges *la Mancia* vermittelte Roland Leone den Kontakt zu einem Oberarzt an einem Münchner Transplantationszentrum. Bald darauf wechselte Raimond Silberthaler den behandelnden Arzt, und der besagte Oberarzt versprach, die Wartezeit erheblich zu verkürzen. Aber das genügte dem Patron nicht, er wollte das Filmprojekt binnen Jahresfrist realisieren und verlangte eine kreative Lösung.

Leone lud den Oberarzt in Münchens bestes Restaurant ein und hoffte, das beinahe denkmalgeschützte Interieur würde die Kreativität des Chirurgen hinreichend anregen. Sie unterhielten sich prächtig über *Nouvelle Cuisine* und edle Weine, Architektur und Musik, Literatur und das Elend in der Welt, das zu bekämpfen sich der Oberarzt berufen fühlte. Beim Dessert ihres dank Weinbegleitung berauschenden Sieben-Gänge-Menüs landete ihre Konversation endgültig bei dem Gesundheitsprojekt in Äthiopien, das der ärztliche Weltverbesserer voranbringen wollte. Eine chirurgische Klinik in Gonder zur Unterstützung des *University of Gonder Hospital* wollte er aufbauen, um den Menschen in der medizinisch unterversorgten Gegend zu helfen und zugleich in Kooperation mit dem örtlichen Universitätsklinikum regionalspezifische Forschung voranzubringen. Er hatte auch schon eine *Fundraising-Kampagne* gestartet, aber es fehlte noch etliches an Kapital. Immerhin gab es vor Ort bereits einen

Klinik-Nukleus. Dreimal im Jahr flog er dorthin und nahm persönlich Operationen vor.

Als sie beim Digestif angekommen waren, besaß das Gespräch den richtigen *Drive* und Leone gewann das Vertrauen und bald auch die Freundschaft von Günther Raffelsberger. Und Raimond Silberthaler bekam nach sechs Monaten eine neue Niere, selbstverständlich in Gonder.

»Nimm jetzt das *Bolito misto con salsa verde*«, empfahl ihm Ricardo, nachdem Leone die Linguine verzehrt hatte, »und dazu einen Brunello von Casale del Bosco, ich habe vorhin die Magnumflasche geöffnet, seine Waldbeeren sind mit Vanille und Zitronen hinterlegt, ein Hochgenuss.«

Wie immer nickte Leone zu der Empfehlung seines Bruders. Selbst wenn er keine Lust auf die Fleischplatte gehabt hätte, wäre er der Anregung Ricardos gefolgt, denn nichts verärgerte den großen Bruder mehr als eine Ablehnung seiner kulinarischen Ratschläge.

»Später sprechen wir über Hamzis Alleingänge. Wir dürfen das nicht dulden, aber die Beziehungen zu den Shuruks sind wichtig für die Familie.«

Leone nickte auch hierzu und schaute seinem Bruder zufrieden hinterher, als er wieder in der Küche verschwand, denn mit ihm verschwand dieses Gefühl von Bevormundung, das Ricardo ihm gegenüber ausstrahlte.

Leone wusste schon länger, dass Ricardo die Selbstständigkeit seines kleinen Bruders zunehmend ein Dorn im Auge war. Außerdem schielte Ricardo eifersüchtig auf die Gewinne, die sich mit Leones Geschäften erzielen ließen. *Vielleicht sollte ich mein Business einfach an Ricardo abtreten,* dachte Leone und verfiel wieder den Erinnerungen an die Anfänge. Raimond Silberthaler jedenfalls war ein ziemliches Verlustgeschäft gewesen, nicht nur, weil der Patron die gesamten Kosten für die Explantation und die

Implantation übernommen hatte, sondern vor allem wegen des Startkapitals für die chirurgische Privatklinik in Gonder. Zu allem Überfluss floppte der Film mit Silberthaler in der Hauptrolle, wie Silberthaler überhaupt *out* geworden war.

Leone hatte damals weder gewusst noch wissen wollen, wie es dazu gekommen war, dass der das Elend Äthiopiens bekämpfende Oberarzt so rasch eine passende Spenderniere gefunden hatte. Das änderte sich allerdings mit der Anfrage eines vermögenden Dialysepatienten aus den Vereinigten Arabischen Emiraten, der als besonderer Geschäftsfreund von Onkel Luca dringend auf einschlägige ärztliche Hilfe angewiesen war. Die Klinik in Gonder erwies sich nun als Glücksfall.

In Äthiopien lebten viele Menschen in unsäglichem Elend, das sich einträglich lindern ließ, wenn die leidende Kreatur gegen etwas mehr als ein *la Mancia* die Hälfte von dem spendete, was ihr Gott in weiser Voraussicht doppelt zugeteilt hatte. Dank der Forschungskooperation mit der Gonder-Universitätsklinik ließen sich die notwendigen Tests durchführen, um für den Empfänger den geeigneten Spender zu finden. Sobald ein Treffer gelandet war, vermittelte Leone das Geschäft und der Empfänger reiste nach Gonder, wo die Privatklinik nun über zwei hochwertige Operationssäle verfügte: Rechts wurde explantiert, links wurde implantiert. Von dem Gesamthonorar, welches der Empfänger schuldete, landeten 70 Prozent als Maklercourtage bei Leone. Klinik und Operateur waren trotzdem zufrieden, das Geschäft florierte, die Nachfrage war enorm.

Leones Geschick im Knüpfen von Kontakten, seine Freundlichkeit und Diskretion und die Zuverlässigkeit in der Geschäftsabwicklung sprachen sich rasch herum. Innerhalb weniger Jahre stieg er zu einem der wichtigsten Makler für Lebendnierenspenden in Europa und im Nahen Osten auf. Über die Spender machte er sich jahrelang keine Gedanken, begnügte sich mit den Beteuerungen seines Vertrauensarztes: Ein Mensch mit einer statt zwei Nieren könne völlig normal leben und sei in seiner Lebenserwartung keinesfalls eingeschränkt, und den Spendern gehe es dank der Vergütung, die sie erhielten, und der garantierten medizinischen Versorgung nun wesentlich besser. Eine Win-win-Situation eben.

Für Gonder und Äthiopien mag das sogar in einem gewissen Maß zutreffen, rechtfertigte sich Leone vor sich selbst, während er mit der Gabel ein Stück Wurst in die grüne Soße tunkte, aber wegen der rasant steigenden Nachfrage hatte Leone weitere Spenderquellen erschließen müssen.

Das *Bolito misto* schmeckte vorzüglich, trotzdem verlor Leone langsam den Appetit. Die Erinnerungen betrübten ihn, und das, obwohl er daran glaubte, mit seinen Vermittlungen Menschenleben zu retten oder zumindest zu verbessern. Jahrelang hatte er keine Skrupel gekannt und sich auf sein Mantra der Gewaltlosigkeit Wunder was eingebildet. Warum begann das nun auf seiner Seele zu lasten? Warum wurde er müde und dieses Lebens überdrüssig?

Leone zwang sich, seinen Teller aufzuessen. Er wollte Ricardo damit eine kleine Freude machen. Ricardo, dem Skrupel so fremd waren wie veganes Essen, behauptete stets, ein Italiener, der sich dem Genuss von *Parmigiano* und *Cinghiale* verweigere, sei kein Mann. Ein Italiener, der nicht schießt, übrigens auch nicht, weshalb der kleine Bruder, wiewohl gut fürs Geschäft, eben stets der kleine Bruder blieb. In den Augen seines großen Bruders war Leone Riello kein Mann. Was sollte man in der Familie von einem halten, der im Geigenkoffer tatsächlich eine Violine aufbewahrte?

Leone hatte gelernt, mit dieser Kränkung umzugehen; gerade sein fulminanter Geschäftserfolg der letzten zehn Jahre hatte ihm geholfen, die Missachtung seines Bruders zu kompensieren. Jetzt aber wollte er wenigstens hinsichtlich des leer gegessenen Tellers beweisen, ein ganzer Kerl zu sein, und als Ricardo mit der Empfehlung für das Dessert aus der Küche kam, fühlte Leone einen Stolz wie ein kleiner Junge, dass er alles aufgegessen hatte.

»Wenn ich die Wahl hätte zwischen unserem heutigen Tiramisu und der Panna Cotta, bei Gott, ich würde von beidem nehmen. Aber mein kleines Brüderchen sollte sich für das Tiramisu entscheiden und dazu ein Gläschen Amarone, mein *Pergole Vecce* von 2006 ist wirklich am Zenit angelangt. Ich lasse es dir bringen, danach sprechen wir über Hamzi.«

19

In den Kanzleiräumen Presselts hing noch die Hitze der letzten Tage, aber sein geräumiges Büro war angenehm kühl. Er empfing sie zuvorkommend wie beim letzten Mal, lud sie ein, am gemütlichen Besprechungstisch Platz zu nehmen, und bot reihum von seinem Sherry an. Diesmal nahm Alex ein Glas. Sollte der Promianwalt neugierig oder gar aufgeregt sein, ließ er es sich mit keiner Regung anmerken, im Gegenteil plauderte er leichthin im Konversationston über die Vorzüge des Münchner Volkstheaters, ehe er Alex fragte, wie ihm die Inszenierung des Felix Krull gefallen habe.

»Leider konnte ich die Vorstellung nicht besuchen«, enttäuschte Alex den kunstsinnigen Anwalt, der sein aufrichtiges Bedauern zum Ausdruck brachte, ohne indiskret nachzufragen, weshalb. »Daher fällt es mir leichter, nun zum Grund unseres Treffens zu kommen«, fuhr Alex mit ironischem Unterton fort.

Olga spürte eine gewisse Vertrautheit zwischen den beiden Männern und fühlte sich wie das dritte Rad am Wagen. Sie bemerkte durchaus, wie Alex sich in seinem Sessel aufrichtete und die Brust herausdrückte, um sich größer zu machen, und schmunzelte innerlich über den Versuch des Privatermittlers, sich von der Dominanz des Staranwalts zu befreien. *Was für ein netter Versuch,* dachte Olga und bewunderte Presselt für seine charismatische Aura, die mit unnachahmlicher Gelassenheit den Raum beherrschte. Ohne mit der Wimper zu zucken, erwartete Presselt den Bericht des Privatdetektivs, als säße ihm ein gelehriger Rechtsreferendar gegenüber, dem er gleich die Untiefen des deutschen Bereicherungsrechts erklären würde. Doch Alex hielt die Spannung aufrecht, schwieg noch mehr als eine Minute und wich Presselts wachen Augen keine Sekunde aus. Dann ließ er die Bombe platzen: »Wir haben herausgefunden, wo sich Atasoy aufhält.«

Presselts Augenbrauen hoben sich, er beugte sich vor und

fragte mit einer Tonlage, die eine Nuance höher lag als gewöhnlich: »Wo?«

»Noch habe ich meine Auftraggeberin nicht darüber informiert, daher will ich mich zu seinem Aufenthaltsort nicht äußern«, erwiderte Alex und verblüffte Olga mit dieser Antwort. So selbstsicher hatte sie ihn nicht erwartet. »In diesem Zusammenhang hätte ich aber ein paar Fragen an Sie.«

Jetzt war es an Presselt, verblüfft zu sein.

»Sind Sie sicher, dass der Rahmenvertrag mit dem orientalischen Förderverein lediglich die Grundlage für legale Unternehmungen bildet?«

»Wie kommen Sie zu dieser absurden Frage?«, wich Presselt einer unmittelbaren Antwort aus.

»Über diesen Förderverein«, fuhr Alex fort und verwendete beinahe dieselben Worte, die er vorhin in Sonjas Wohnung gebraucht hatte, »werden der Klinik zahlungskräftige Patienten zugeführt. Könnte der eine oder andere ein drängendes gesundheitliches Problem haben, dem nach den strengen deutschen Regeln nicht geholfen werden kann, für den man jedoch etwas tun sollte, um dem Geist des Vertrages Genüge zu tun?«

»Jede dieser vertraglichen Kautelen entspricht deutschem und internationalem Recht«, dozierte der Staranwalt. Er hatte seine Fassung wiedergewonnen. »Die Einwerbung von Privatpatienten, auch solchen, die den sechsfachen Behandlungssatz zahlen, ist von der kaufmännischen Leitung des Krankenhauses gewünscht und dient insgesamt der Erreichung eines ausgeglichenen Haushalts.«

»Warum baten Sie uns dann um so viel Diskretion?«

»Im Interesse der Patienten des Klinikums, selbstverständlich auch im Interesse meines Mandanten. Schließlich ist er an die ärztliche Schweigepflicht gebunden.«

»Professor Gübelin ist jedoch nicht unmittelbar Vertragspartner dieses Fördervereins, oder?«

»Nein …« Presselt stockte kurz und schien zu überlegen, ob er das Folgende preisgeben sollte. »Das sollte damals tunlichst vermieden werden, denn er hätte den Vertrag dem kaufmännischen Direktor des Krankenhauses vorlegen müssen, und … na ja, die beiden können sich nicht ausstehen.«

»Klartext: Der Vertrag sollte nicht zur Kenntnis der Krankenhausleitung gelangen.«

»So ist es. Besser, der leitende Oberarzt verantwortet so eine Zusammenarbeit als der Chefarzt.«

»Werden im Rahmen dieses Kooperationsvertrags besondere Serviceleistungen – sagen wir mal … vermittelt?«

»Wie meinen Sie das?«

»Na, zum Beispiel eine schnellere Berücksichtigung bei Eurotransplant.«

»Hören Sie, Sorger. Professor Gübelin war vor sieben Jahren Opfer eines rücksichtslosen, egoistischen Oberarztes, der das Klinikum noch vor Bekanntwerden des sogenannten Transplantationsskandals verlassen hat. Obwohl mein Mandant äußerst kooperativ zur Aufklärung der Manipulationen beitragen wollte, hat man ihm fristlos gekündigt – rechtswidrig, wie inzwischen jeder weiß. Das hat Narben hinterlassen, auch wenn es mir gelungen ist, ihn voll zu rehabilitieren. Er würde niemals, verstehen Sie, niemals die Hand für Manipulationen reichen.«

»Und Bülent Atasoy?«

Presselt hob beide Hände und schwieg.

Olga beobachtete den Anwalt so genau, als säße er im Verhörraum der Kriminalpolizei und wäre mit dem Vorwurf konfrontiert, eine schwere Straftat begangen zu haben. Was für Anzeichen gab es, die ihn der Unwahrheit verdächtig machten? Er saß aufrechter als vor wenigen Minuten. Seine Wangen zeigten eine leichte Anspannung, seine Lippen waren dünn und blutleer geworden. Sein Blick richtete sich nach rechts unten, was Olga andeutete, dass sich Presselt in einem inneren Abwägungsprozess befand, den er nach einer knappen Minute beendete. Seine Augen bewegten sich nach links oben, er öffnete den Mund und wollte etwas sagen, aber dann lächelte er und blickte Olga an.

»Es geht um Ihren Mandanten, Frau Kollegin. Sie werden verstehen, dass ich mich dazu nicht äußere.«

Respekt, dachte Olga, *da hat er sich geschickt aus der Affäre gezogen.* Wenn er aber geantwortet hätte, dessen war sie sich sicher, hätte er gelogen.

Während sie überlegte, ob sie Presselt mit dieser Beobachtung konfrontieren sollte, fuhr Alex fort: »Sie haben mich um exklusive Information über den Stand unserer Ermittlungen gebeten. Das habe ich Ihnen zugesagt. An diese Zusage fühle ich mich gebunden, jedoch nur, wenn Sie mit offenen Karten spielen.« Kurz ließ er seinen Appell wirken, dann fasste er nach: »Atasoy hat ein finsteres Geheimnis. Welches?«

Wieder suchte Presselt Olgas Blickkontakt. Sie nahm ihn auf und stellte sich dem Augenduell, obwohl es anstrengend und nach wenigen Sekunden unangenehm war. Schließlich wandte er sich Alex zu und antwortete mit ruhiger, sonorer Stimme: »Er verursacht zu viele Komplikationen und er arbeitet zu sehr auf eigene Faust. Seine Operationen im Ausland nehmen überhand, meist wissen wir nicht, was er dort tut.«

»Wir?«

»Mein Mandant hat mich bereits vor längerer Zeit beauftragt, arbeitsrechtliche Schritte wegen Atasoys Auslandsaufenthalten zu prüfen. Meist nimmt er korrekt Urlaub oder Freizeitausgleich, da ist es schwer, Einwände zu erheben. Aber wir gehen in der Tat davon aus, dass er ärztliche Dienstleistungen erbringt und damit gegen seine hiesigen Dienstpflichten verstößt. Mein Mandant ist um seinen guten Ruf und den der Klinik besorgt, außerdem muss er seiner Aufsichtspflicht genügen.«

»Daher also Ihr Wunsch, es möge wegen Atasoys Verschwinden keinen Wirbel geben?«

Presselt nickte. Olga sah ihm die Ungeduld an, mit der er darauf wartete, von Alex endlich über Atasoys Aufenthaltsort in Kenntnis gesetzt zu werden, und bewunderte den mit allen Wassern gewaschenen Anwalt für seine Selbstbeherrschung. Von diesem Vollprofi erfuhr man nur, was er einen wissen lassen wollte. Olga rätselte, wie viel Presselt vor Alex und ihr versteckte. Dass er etwas verheimlichte, davon ging sie aus, die Frage war lediglich, was und wie viel.

»Wäre es tatsächlich schädlich, wenn publik würde, wo sich Atasoy aufhält? Und zu welchem Zweck?«

»Sorger, Sorger – Sie können es nicht lassen. Wir wollen beide kein Übermaß an Komplikationen. Sie sollen in aller Stille Ihren Auftrag erledigen, ich muss meinen Mandanten schützen. Solange Atasoy der leitende Oberarzt von Gübelins Klinik ist, solange sitzen wir beide im selben Boot. Behalten Sie Ihre Information ruhig für sich, aber beruhigen Sie bitte umgehend Frau Atasoy und bringen Ihren Auftrag geräuschlos zu Ende. Ihr Abschlusshonorar erhalten Sie, wenn Atasoy seinen Dienst im Klinikum wieder angetreten hat.«

Alex zog eine dümmlich wirkende Grimasse, als er beinahe flüsternd sagte: »Das könnte schwierig werden.«

Erstmals an diesem Spätnachmittag zeigte sich Presselt überrascht: »Wieso?«

»Dort, wo er sich aufhält, ist er vermutlich unfreiwillig hingekommen.«

Presselt wurde blass, erhob sich und ging zur Bar in seinem Schrank. Er holte eine Flasche Remy Martin hervor und drei Cognacschwenker. Ohne zu fragen, goss er in jedes Glas einen Schluck. Schweigend hielt er seinen Schwenker und wärmte den Branntwein an. Sein Blick wanderte von Alex zu Olga und wieder zurück, einige Male hin und her, wortlos und, wie es schien, fassungslos.

Bald war die Stille im Raum zum Greifen, bekam Schwere und

Körper. Olga empfand das erste Mal, seit sie von Atasoys Verschwinden gehört hatte, so etwas wie eine dumpfe Bedrohung. Plötzlich fürchtete sie um sein Leben und seine Gesundheit.

»Sind Sie sicher?«, fragte Presselt, und seine Stimme klang seltsam farblos.

»Sicher kann man sich nie sein«, antwortete Alex. »Aber es gibt hinreichend Indizien. Vor allem der unversperrte BMW und das Blut auf dem Boden vor dem Wagen. Außerdem ist Atasoy allein wegen seiner diversen Kunstfehler erpressbar. An sich wäre jetzt der geeignete und notwendige Zeitpunkt, um die Polizei einzuschalten.«

»In- oder Ausland?«

Alex suchte Olgas Blickkontakt. Sie senkte die Augenlider und hob sie langsam wieder an. Alex wertete dies als Erlaubnis und sagte: »Türkei.«

Presselt atmete hörbar auf.

»Gott sei Dank«, flüsterte er, dann, lauter: »Keine Polizei. Vielleicht klärt sich alles als harmlos auf.«

»Wie das?«, fragte Alex.

»Es existiert seit vielen Jahren eine Kooperation der beiden Münchner Uni-Kliniken mit dem staatlichen Universitätsklinikum in Istanbul. Darauf nimmt sogar der Vertrag zwischen Atasoy und dem Förderverein Bezug. Wenn es zu Komplikationen kommt, können diese im Istanbuler Klinikum nachversorgt werden.«

Olga nickte; sie kannte diese etwas versteckte Klausel im Rahmenvertrag und fand es gut, dass Presselt dies offen ansprach.

»Verstehe ich das richtig: Hier in München geht bei einem chirurgischen Eingriff, den Atasoy vorgenommen hat, etwas schief, und dann fliegt er nach Istanbul und operiert den Patienten dort ein zweites Mal?«, wollte Alex wissen.

»Genau. Das ist selten, aber in Extremfällen durchaus notwendig und entspricht den hiesigen Gepflogenheiten.«

Alex lachte und knurrte trocken: »Das glauben Sie selbst nicht. Hier soll doch den arabischen Patienten entgegengekommen werden, wenn etwas schiefgegangen ist, und zugleich kann man zu Hause die begangenen Kunstfehler unter den Teppich kehren.«

»Sorger, Sie urteilen zu hart. Was bitte ist schon ein Kunstfehler? Komplikationen können viele Ursachen haben, für die wenigsten ist der Operateur verantwortlich. Da hoffe ich doch sehr, dass Sie mit Ihrem Verdacht falschliegen. Aber lassen Sie mich zumindest rasch klären, ob er am Istanbuler Universitätsklinikum ist. Ich rufe kurz Professor Gübelin an.«

Mit diesen Worten verließ Presselt den Raum.

»Da stinkt etwas gewaltig zum Himmel«, flüsterte Alex, kaum waren sie allein. »Die drehen in der Türkei an einem großen Rad und wollen um jeden Preis verhindern, dass am Klinikum jemand Wind davon bekommt. Habt ihr bei euren Recherchen mitbekommen, um wie viel Geld es bei diesen Transplantationen geht?«

»Spender werden durchschnittlich mit Beträgen zwischen 1.000 und 5.000 Euro abgespeist«, antwortete Olga. »Empfänger zahlen oftmals allein für das Organ 100.000 Euro, manchmal sogar mehr. Die Kosten für die Operation werden obendrauf geschlagen.«

Alex pfiff durch die Zähne. »Das nenn ich mal ein rentables Geschäft.«

»Soweit ich es überblicke«, ergänzte Olga, »ist es fest in der Hand des organisierten Verbrechens. Wenn Atasoy und Gübelin da drinstecken, haben sie mehr als einen Grund zu absoluter Diskretion.«

Presselt betrat wieder den Raum, nickte Olga und Alex zu und berichtete, Gübelin werde umgehend mit seinem Kontaktmann an der staatlichen Universitätsklinik Istanbul telefonieren und dann Bescheid geben. Er breitete theatralisch die Arme aus und lobte das Engagement von Gübelin und Atasoy, das sie für die Weiterentwicklung der medizinischen Forschung in der Türkei zeigten. Darüber hinaus fühlte er sich bemüßigt, seinen Mandanten in gutem Licht dastehen zu lassen, und lobte Gübelin für eine weitere Großtat, die Olga sofort aufhorchen ließ.

Gübelin sponserte ein Krankenhaus in Ghana, wo er sogar einen Großteil seines knapp bemessenen Urlaubs verbrachte, um dortigen Chirurgen moderne Operationstechniken beizubringen. Olga glaubte, sich verhört zu haben, als Presselt den Standort der Kooperationsklinik mit Tamale benannte, denn Sonja hatte auf einem ihrer dunklen Kanäle herausgefunden, dass dort viele Organspender aus dem benachbarten und bettelarmen Burkina Faso betreut wurden. Wenn die Nieren aus dem als demokratisches Vorzeigeland Afrikas gelobten Ghana in ihren eisigen Transportbehältern die Reise zu den Empfängern antraten, entstand bereits der Anschein der Legalität, und vermutlich überprüfte niemand in der Türkei die Herkunft der Spenderorgane.

Olga glaubte nicht an Zufälle, schon gar nicht an solche, die sich als passgenaue Puzzleteile entpuppten. Am Schluss spielte Gübelin im internationalen Nieren-Monopoly mit und diese ganze Fahndung nach dem verschwundenen Oberarzt war eine Farce.

Kurz darauf bellte Presselts Mobiltelefon – Olga erschrak und musste dann an sich halten, nicht loszuprusten: Der Staranwalt hatte in der Tat das Gekläff eines Vierbeiners als Signal für eingehende Anrufe gewählt.

Presselt meldete sich mit einem knappen »Ja«, hörte, was ihm gesagt wurde, und antwortete lediglich schmallippig mit »Danke«. Dann drückte er das Gespräch weg. »Atasoy ist nicht und war nicht am Universitätsklinikum«, teilte er mit. »Jetzt wird die Sache schwierig.«

Er schenkte allen drei Cognacschwenkern nach, setzte sich und schaute etwas ratlos auf Alex. »Was tun, Sorger?«

»Wollen Sie immer noch keine Polizei?«

»Für was haben wir Sie, mein Freund? Einen besseren Kriminaler kann ich mir nicht vorstellen.«

»Danke für die Blumen. Was hilft mir das?«

»Fliegen Sie nach Istanbul!«

20

Was für eine Schnapsidee! In einer Stadt mit mehr als 15 Millionen Einwohnern einen deutsch-türkischen Arzt aufzuspüren, der sich dort unfreiwillig aufhielt, war ungefähr so aussichtsreich wie das Finden der berühmten Nadel im Heuhaufen. Alex schalt sich selbst einen Narren, Presselt zugesagt zu haben, diesen Job zu übernehmen.

Nachdem sie den Prominentenanwalt verlassen hatten, hatte Olga scherzhaft gefragt, ob er ernsthaft daran denke, morgen um 10:05 Uhr in die Turkish Airlines Maschine einzusteigen, und als er das bejahte, hatte sie ihm grinsend eine Kusshand zugeworfen und sich in Richtung Schwabing aus dem Staub gemacht. Er war geradewegs nach Hause geradelt, um am Computer über die Verhältnisse in der Stadt am Bosporus zu recherchieren. Schon auf seine erste simple Suchanfrage über Google fand Alex mehr als dreißig Krankenhäuser gelistet, nach drei weiteren Klicks waren es mehr als fünfzig – hoffnungslos, sich dort vor Ort zu einem deutsch-türkischen Arzt durchzufragen, der vermutlich inkognito arbeitete. Außerdem konnte es durchaus zutreffen, dass Atasoy seine Eingriffe außerhalb der Legalität in einer inoffiziellen Klinik durchführte. Nach einer halben Stunde fuhr Alex seinen Computer herunter, verließ die Wohnung und radelte ins Klinikum, um Dorothee zu besuchen.

Sie war mit Abendessen fertig und erwartete ihn so freudig wie neugierig. Er gab ihr einen Kuss und berichtete vom langen Nachmittag. Als er zum Schluss gestand, Presselt versprochen zu haben, nach Istanbul zu fliegen und Atasoy vor Ort zu suchen, gluckste Dorothee vor Vergnügen.

»Da schau her, der Herr Fotograf gibt die Superspürnase. Hast scho' eine Idee, wie du dein' Doktor find'st?«

»Eine Idee habe ich keine, aber eine Antwort.«

»Die wäre?«

»Gar nicht.«

Jetzt lachten sie beide. Dann wurde Dorothee ernst und ermutigte Alex, rasch hinüberzugehen auf die chirurgische Privatstation, um dort den Chefarzt nach seiner Abendvisite abzupassen; Gübelin, das wisse jeder, sei stets spät dran mit der Visite.

»Und was soll ich mit ihm besprechen?«

»Ihr argwöhnt, dass Gübelin in illegale Transplantationen verwickelt ist. Wenn du die Wahrheit erfahren willst, musst du Gübelin persönlich in die Mangel nehmen.«

»Der würde niemals etwas zugeben.«

»Das ist richtig, aber die Leute verraten sich manchmal durch unscheinbare Gesten und Andeutungen – du musst auf diese Zeichen achten.«

Zwanzig Minuten später saß Alex erneut bei Professor Gübelin im Besprechungszimmer. Der Chefarzt wirkte gestresst. Unruhig knetete er die schmalen Hände ineinander und bedauerte, nichts zum Auffinden seines leitenden Oberarztes beitragen zu können. Trotz mehrfacher Nachfrage verwies Gübelin stets nur auf das kooperierende Universitätskrankenhaus in Istanbul und beteuerte, von keiner anderen Klinik zu wissen, in der Atasoy möglicherweise zusätzlich operierte.

»Sie haben also keine Idee, wo in Istanbul sich Doktor Atasoy aufhalten könnte?«, fragte Alex den Arzt.

»Leider nein. Ich verstehe das sowieso nicht; wieso fragen Sie mich, wie soll ich das wissen?«, entgegnete Gübelin. »Presselt hält große Stücke auf Sie – aber warum er Sie nach Istanbul schicken möchte …« Er beendete den Satz nicht, sondern drehte hilflos die Handflächen nach oben.

»Atasoy hält sich oft in Istanbul auf?«

»Mehr als die meisten, ja.«

»Im Dienste Ihrer Klinik?«

»Maximal zweimal pro Jahr.«

»Die anderen Aufenthalte, was macht Atasoy da?«

»Manchmal geht es um Forschungskooperationen, Projekte mit großen Datenmengen, Quervergleiche zu unterschiedlichen Methoden ... Bülent ist sehr veröffentlichungsstark, seine Forschung ist international anerkannt.«

»Nimmt er für diese Aufenthalte Urlaub?«

»Urlaub oder Freizeitausgleich, ja.«

»Können Sie mir die Namen seiner Kooperationspartner in Istanbul sagen?«

»Das haben wir gleich«, bemerkte er mit seinem badischen Zungenschlag, ging an den Schreibtisch und tippte einige Suchbegriffe in den Computer. »Ich gebe Ihnen die Autorenliste seiner letzten zehn Publikationen, da finden Sie alle, die mit ihm zusammengearbeitet haben.«

Als Alex die Liste in Händen hielt, staunte er über die Unmenge an Namen, die in der Aufzählung hinter Atasoy und vor Gübelin auftauchten.

»Wieso«, fragte Alex, »stehen Sie immer am Ende dieser Autorenliste?«

»Weil ich der Lehrstuhlinhaber bin.«

»Nur deswegen? Arbeiten Sie an diesen Projekten mit?«

»Manchmal lese ich die Arbeiten Korrektur. Ich habe viel um die Ohren und muss mich um meine eigenen Aufsätze kümmern.«

»Warum steht Atasoy stets am Anfang?«

»Er ist derjenige, der das Projekt leitet und der den Beitrag verfasst.«

»Die anderen arbeiten aber an dem Projekt mit?«

»Natürlich, jeder auf seine Weise.«

Alex überflog die Namen und stellte fest, dass einige zumindest türkisch klangen. War das ein Ansatzpunkt, um eventuelle

Mittäter oder Mitwisser zu finden? »Kennen Sie alle diese Co-Autoren?«

»Wo denken Sie hin, natürlich nicht.«

»Damals, dieser Transplantationsskandal«, wechselte Alex das Thema und bemerkte, wie Gübelin zuckte, »was war das für ein Oberarzt, der in Ihrer Klinik manipulierte?«

»Professor Raffelsberger«, spuckte Gübelin den Namen förmlich aus. »Er hat mich hintergangen.«

»Was war das für ein Mensch?«

»Er hatte zwei Gesichter, auf sein Schaugesicht bin ich hereingefallen. Niemals hätte ich gedacht, dass er zu solchen Manipulationen fähig ist.«

»Hat er lediglich Patientendaten gefälscht oder gab es auch andere Unregelmäßigkeiten?«

»Wie meinen Sie das?«

»Zum Beispiel auffällige Auslandsreisen.«

»Er war als junger Arzt bei ›Ärzte ohne Grenzen‹ und hat sich viel soziales Engagement für die Dritte Welt behalten. Jahrelang hat er ein Klinikprojekt in Äthiopien betreut, da ist er natürlich oft hingeflogen.«

»Sie selbst, verriet uns Ihr Anwalt, engagieren sich in Ghana?«

»Ein interessantes Land«, bestätigte Gübelin. »Wieso fragen Sie?«

»Führen Sie dort Transplantationen durch?«

»Nein«, antwortete der Chefarzt unaufgeregt.

Diese Frage scheint ihn nicht zu beunruhigen, dachte Alex und vermutete, dass Gübelin in keine illegalen Organspenden involviert war. Andererseits war ihm klar, wie gut der Chefarzt eine einstudierte Rolle spielen und wie undurchsichtig er sich geben konnte. Daher blieb er argwöhnisch und hakte nach: »Wer von Ihren Ärzten steht mit Ghana noch in Kontakt?«

»Die meisten meiner Oberärzte haben bereits einmal die von mir persönlich unterstützte Privatklinik in Tamale besucht.

Wir kooperieren mit der dortigen Universität und dem Tamale Teaching Hospital.«

»Auch Atasoy?«

»Natürlich, Bülent ist mindestens einmal pro Jahr dort.«

»Führt er dort Transplantationen durch?«

»Nein, unser Schwerpunkt liegt in der Krebsforschung und für die Menschen vor Ort sind wir allgemeinchirurgisch tätig, vor allem für sozial Bedürftige.«

»Haben Sie Patienten aus Burkina Faso?«

»Da bin ich überfragt.«

Die Antwort kam prompt, kein Zittern oder Zögern in der Stimme. Alex glaubte dem Arzt. Wenn Atasoy mit illegalem Organhandel zu tun hatte, dann vermutlich ohne Wissen seines Chefs. Das war einerseits beruhigend, half andererseits aber nicht bei der Suche nach dem Vermissten.

Wieder zurück in Dorothees Einzelzimmer zeigte er ihr die Liste der Veröffentlichungen von Bülent Atasoy.

»Wir sollten uns zunächst auf die türkisch klingenden Namen fokussieren«, meinte Alex. »Vielleicht gibt es da Verbindungen zu den Operationen, die Atasoy in Istanbul durchführt – egal ob es dann Transplantationen oder andere Eingriffe sind. Wir müssen erst mal die Menschen identifizieren, die zu Atasoys Netzwerk gehören.«

Dorothee nickte und gab den ersten Namen ins Suchfeld von Google ein. »Ich habe eine«, rief Dorothee nach einigen Minuten und hielt ihr iPhone in die Höhe. »Ist verdammt hübsch, schau!« Sie zeigte ihm auf der Homepage einer Privatklinik in Istanbul das Bild einer Ärztin namens Dr. Elif Demer, die dem Betrachter aus braunen Mandelaugen neugierig entgegenblickte. Unter einer hohen Stirn pfeilte eine markante Nase, volle Lippen und ein spitzes Kinn formten einen attraktiven Charakterkopf, umrahmt von dunkler Lockenpracht. Alex erkannte die

Ähnlichkeit zu Atasoys Frau auf den ersten Blick, nur, dass Elif Demer jünger und eindeutig hübscher anzusehen war.

»Auf drei der Veröffentlichungen taucht sie hinten in der Autorenliste auf, und alle Artikel beschäftigen sich mit krankhaften Veränderungen der Niere – wenn an den Vermutungen mit der Nierentransplantation was dran ist, könnte die Demer eine interessante Person sein.«

»Du meinst, diese Frau wäre eine Reise wert?«

»Aber nur, wenn du die Finger von ihr lässt«, sagte Dorothee grinsend und wedelte mit dem Zeigefinger. »Vermutlich wird sie gar nicht mit dir sprechen. Das tut eine anständige türkische Frau in der Türkei nämlich nicht.«

»Wenn das so ist, brauche ich ja nicht einmal zu telefonieren, geschweige denn da hinunter zu fliegen.«

»Unvorbereitet erreichst du sowieso nichts. Du weißt nichts über diese Klinik, nichts über diese Frau, kennst dich in Istanbul überhaupt nicht aus, kannst kein Wort Türkisch ... Im Ernst: Du hast da unten nichts verloren.«

»Dummerweise habe ich es Presselt zugesagt.«

»Presselt, Presselt – das ist ein aufgeblasener Pfau, der sein eigenes Süppchen kocht. Viel zu viele fallen auf den 'rein, lass dich nicht einwickeln. Wenn ich gesund wär', hätt' ich gute Lust zum Selberhinfliegen. Mit mir würde die Demer reden.«

»Kannst du Türkisch?«

»Nein, aber die Demer Deutsch«, antwortete Dorothee schlagfertig. Dann kicherte sie verlegen. »Ach ...«, bemerkte sie offensichtlich erst jetzt ihren Widerspruch, Alex eben noch die fehlenden Sprachkenntnisse entgegengehalten zu haben. Alex grinste in sich hinein und ließ diesen Lapsus unkommentiert, ebenso wie das zunehmende Interesse der außer Gefecht gesetzten Staatsanwältin. Sie hatte ihm versprochen, sich seine Geschichte nur privat anzuhören und in dienstlicher Eigenschaft nichts zur Kenntnis zu nehmen. Hoffentlich hielt sie sich daran, denn zum momentanen Zeitpunkt käme staatsanwaltschaftliches Interesse ungelegen. Obwohl er selbst unsicher war, welche Interessen Presselt genau verfolgte, wollte Alex die Suche nach Atasoy möglichst geräuschlos über die Bühne bringen und sich Presselts Zusatzhonorar verdienen. Was die Reise nach Istanbul anbelangte, trafen Dorothees Bedenken selbstverständlich ins Schwarze. Auch wenn Elif Demer wüsste, wo sich Atasoy aufhielt, würde sie es ihm kaum auf die Nase binden. Darüber hinaus besaß er keinen einzigen nachvollziehbaren Anhaltspunkt, wo er suchen sollte. Allerdings könnte es sich lohnen, über die Privatklinik, in der Demer arbeitete, zu recherchieren; vielleicht operierte Atasoy ja gerade dort ohne Wissen seines Chefs. Er würde trotz fortgeschrittener Stunde noch mal Kontakt zu Olga aufnehmen. Vielleicht konnten sie und vor allem Sonja bei den Recherchen helfen.

»Wann hast du morgen deine Untersuchungen?«, fragte er Dorothee.

»Alles am Vormittag, dann wird man sehen. Ich hoffe, bald hier 'raus zu dürfen. Wenn die bloß nicht wegen der Schulter was operieren wollen ...«

»Darf ich dich nach dem Mittagessen besuchen?«

»Du fliegst also nicht?«

»Nein, du hast völlig recht, das macht überhaupt keinen Sinn.«

»Dann freu ich mich auf deine Gesellschaft am Nachmittag. Und jetzt marsch mit dir ins Bett.«

Sie küssten sich lang und intensiv zum Abschied, so innig, dass es Alex schwerfiel zu gehen. Auch wenn er es sich kaum eingestehen wollte, so wünschte gerade der Mann in ihm ihre baldige Entlassung aus dem Krankenhaus. Die Verliebtheit war zu frisch für Enthaltsamkeit, und als sie ihn wie unbeabsichtigt im Schoß berührte und ein freches »Oho« ausstieß, wusste er sich mit diesem Gefühl nicht allein. Doch dann gab sie ihm einen Klaps auf den Hintern und schickte ihn mit dem Auftrag hinaus, ordentlich Hausaufgaben zu machen.

»Morgen lieferst du mir Ergebnisse, Fotograf«, befahl sie mit scherzhaft tiefer Stimme.

Er rief Olga an und spürte Erleichterung, als sie das Gespräch annahm und bereit war, ihn noch einmal auf einen Drink bei Sonja zu treffen. Langsam radelte er in die Abenddämmerung und genoss die Abfahrt vom Isarhochufer hinunter zum Fluss, im Rondell an der hohen Mauer des Maximilianeums entlang und hinein in die der untergehenden Sonne zustrebende Prachtstraße. Er rollte über die Brücke und ließ sich von einem Glücksgefühl tragen, das er lange Zeit nicht mehr erlebt hatte. Der zärtliche Abschied von einer Frau, in die er verliebt war, wirkte beglückend nach, und in wenigen Minuten würde er jene gute Freundin treffen, die ihm, seit einigen Tagen sah er das klar und deutlich, zur zweiten Tochter geworden war. Auf ihre jeweilige Art waren sowohl Dorothee als auch Olga herrlich unkompliziert. Die Zeit mit ihnen schenkte ihm Kraft und Zuversicht, mit ihnen wurde der Augenblick zum Maß aller Dinge.

Wie anders war es mit Judith gewesen in ihren letzten Ehejahren. Schwer und träge waren da die Minuten verronnen und hatten jede Energie verzehrt. Und auch mit Lisa, seiner Tochter, hatte er, ehe sie den Kontakt abgebrochen hatte, die gemeinsame Zeit als eine lustlose Last erlebt, kräftezehrend allein schon dadurch, dass Lisa für alles und jedes Bestätigung verlangte. Wenn ihr etwas misslang, lag es keinesfalls an ihr. Sie forderte ein, dass Alex den Schuldigen fand und es aussprach: *Du Arme, kannst gar nichts dafür, wenn es anders gelaufen wäre, hättest du das locker geschafft* – und so weiter. Nichts war ihr gut genug, an allem hatte sie etwas auszusetzen. Spaß kannte sie nicht mehr. *Eigentlich,* dachte Alex, *muss ich froh sein um ihren französischen Abschied.* Trotzdem spürte er die Leerstelle in seinem Herzen, an der seine Tochter ihren Platz hatte, diesen jedoch nicht einnahm. Zugleich ahnte er sein Scheitern, ahnte dieses unnennbare Versagen des Vaters, denn hätte er alles richtig gemacht, wäre keine Sprachlosigkeit zwischen ihnen. Sie fühlte sich unverstanden, weil er ihr mit Unverständnis begegnet war, und es ging weder um recht haben noch um irgendwelche Wahrheiten. Was fehlte, war die bedingungslose Liebe zu seinem Kind. Er hatte Lisa verwöhnt und damit zu dem gemacht, was sie jetzt war. Anstatt damit zu hadern, hätte er sie als das lieben müssen, was aus ihr geworden war: ein egoistisches Opfer ihres eigenen Schicksals.

Als er am Nationaltheater vorbeiradelte und um die Ecke der Residenz bog, fragte er sich, wann er seinen Frieden schließen würde mit dem Verlust seiner Tochter. *Das kann dauern,* dämmerte ihm, zumal er keine vernünftige Idee hatte, was er versuchen könnte, um diesen Frieden zu erlangen.

21

Eigentlich hatte sie nach Hause gehen wollen, um sich für die Hauptverhandlung vorzubereiten, die übermorgen in die entscheidende Phase gelangen würde. Morgen musste sie unbedingt mit ihrem Mandanten eine Strategie entwickeln, wie die Aussage des Bankangestellten zu entschärfen war, der, anstatt entlastende Momente vorzubringen, Rolf Mergenthaler schwer belastet hatte. Weder Mergenthaler noch sie selbst hatten auch nur die leiseste Ahnung gehabt, dass sich dieser Zeuge gegen sie wenden würde. Im Vorgespräch, das sie mit ihm geführt hatte, war seine Haltung eindeutig gewesen: Mergenthaler sei über die drohende Zahlungsunfähigkeit keinesfalls im Bilde gewesen. Irgendjemand hatte den Zeugen vor der Hauptverhandlung umgedreht; aber wer?

Obwohl sie in ihrem derzeit wichtigsten Strafverfahren mit ihrer Verteidigungsstrategie zu scheitern drohte, konnte sie sich nicht aufraffen, am Ende dieses aufregenden Wochenendes den Kopf in den Aktenwust zu stecken, der dieses komplizierte Bankrottverfahren dokumentierte. Lieber saß sie mit Sonja an deren Schreibtisch und wertete die Internetseiten aus, auf die sie bei ihrer Suche nach Informationen über illegalen Organhandel stießen. Erschreckend, was mit wenigen Mausklicks zutage trat.

Es gab Schätzungen, wonach allein das Geschäft mit Spendernieren weltweit einen Umsatz von zwei Milliarden Dollar generierte, und vor allem reichen Arabern schien es leicht gemacht zu werden, im Libanon oder der Türkei mit einer neuen Niere von der Tortur des Dialysegeräts befreit zu werden. Wer umsichtig auf seine Gesundheit bedacht war, ließ sich von High-Tech-Chirurgen verarzten, erhielt ein erstklassiges Organ von einem punktgenau identifizierten Spender und legte entsprechend Bargeld auf den Tisch. Die etwas weniger Betuchten kamen billiger, aber risikoreicher zu Spenderorganen, die bevorzugt Bürgerkriegsflüchtlingen in teils zweifelhaften Operationssälen entnommen wurden. Jedenfalls schienen die Transplantationen ein beachtenswertes Segment eines großen Gesundheitsgeschäftsfeldes, ja, einer Art Gesundheitsindustrie, zu sein.

Olga kannte aus der Fernsehwerbung schon lange die angeblichen Vorzüge perfekter Zahnbehandlungen in Budapest, aber dass sich allein in Istanbul mehr als ein Dutzend Privatkliniken besonders auf Haarimplantationen spezialisiert hatten, war ihr ebenso neu wie der Umstand, in der Bosporus-Metropole quasi zu jedem Eingriff mehrere klinische Anbieter kontaktieren zu können, teilweise mit perfekter Beratung im Vorfeld per Videochat. Allein an offiziellen Krankenhäusern gab es in Istanbul derart viele, dass man davon ausgehen konnte, rasch eine Klinik für Transplantationen zu finden, die es mit der Herkunft von Spenderorganen nicht genau nahm. Daneben dürfte es, wie auch im Libanon, etliche inoffizielle Kliniken für illegale Eingriffe geben; jedenfalls verbargen sich in Beirut diverse Operationssäle in von außen betrachtet schlichten und unverdächtigen Wohnhäusern.

»Wie soll Alex Atasoy da finden?«, fragte Sonja und schob die Tastatur von sich. »Es ist widerlich, wie mit dem Elend vieler Menschen Geschäfte gemacht werden. Das mag ich gar nicht alles lesen. Wenn ich in diesem Sumpf unseren Vermissten suchen muss, kann er mir gestohlen bleiben.«

Olga schmunzelte über Sonjas drastische Ausdrucksweise, nickte aber zustimmend: »Sympathisch macht ihn das keinesfalls.«

»Meinst du wirklich, Alex wird morgen nach Istanbul fliegen?«

Olga wollte die Frage gerade bejahen, als Alex' Konterfei auf dem Display ihres Smartphones aufpoppte. Sie nahm das Gespräch entgegen und war nicht wirklich überrascht von seiner Bitte, sich nochmals mit ihnen zu treffen und über die Suche vor

Ort zu beratschlagen. Ein kurzer Blick zu Sonja genügte, dann schlug sie Alex vor, vorbeizukommen.

»Wir suchen also eine Elif Demer im *Ümraniye Hilal Hastahane*«, stellte Olga fest, nachdem Alex eingetroffen war.

»Sie arbeitet dort, das haben wir bereits herausgefunden. Was ich wissen möchte ist, welche Behandlungen diese Klinik anbietet, ob Atasoy eventuell dort operiert oder in der Vergangenheit operiert hat – vielleicht, ohne dass Gübelin davon wusste. Mit Glück finden wir Anhaltspunkte zum Aufenthalt von Bülent Atasoy.«

»Gehe ich recht in der Annahme, dass du es über die normale Homepage schon versucht hast?«, fragte Sonja.

»Da findet man allerlei zu Bodyforming-Operationen, klingt nach Beauty-Farm und harmlos. Neben klassischen Schönheitsoperationen vor allem Magenverkleinerungen und Standardeingriffe der Chirurgie, aber keine Hinweise zu Transplantationen.«

»Du meinst, ich soll mich einmal um das Innenleben dieser Klinik kümmern?«

»Jedenfalls bist du die bessere Hackerin.«

»Danke für die Blumen«, erwiderte Sonja. »Dann lasst mich mal eine Weile allein. Ich schaue, auf was ich stoße.«

Olga nahm Alex mit ins Wohnzimmer, setzte sich ihm gegenüber und fragte, ob er nun vorhabe, nach Istanbul zu fliegen.

Alex schüttelte den Kopf und erläuterte ihr seine Überlegungen. »Nach wie vor beunruhigen mich die Kontaktaufnahmen des Moscheenverbands mit Atasoy seit der Wahl seines Verwandten zum Generalsekretär. Was, wenn es zwischen diesen Kontaktversuchen und den Organtransplantationen einen Zusammenhang gibt?«

»Ist das nicht arg weit hergeholt? Wie soll dieser Zusammenhang aussehen?«

»Nun, DITIP ist eine perfekt vernetzte Organisation, die in besonderer Weise dem türkischen Präsidenten nahesteht. Obwohl sich der Moscheenverband liberal gibt, scheint er tendenziell einer Politisierung der Religion zuzuneigen und entsprechend Einfluss nehmen zu wollen. So eine Organisation braucht Geld und Gestaltungsmöglichkeiten – beides erreicht man zum Beispiel über eine *besondere Krankenversorgung.*« Alex zog die Worte »besondere Krankenversorgung« in die Länge, ehe er fortfuhr: »Man kann sich dann etliche Menschen gefügig machen. Vielleicht wäre ein Arzt wie Bülent Atasoy gerade deshalb ein äußerst interessanter *Mitarbeiter.*«

»Da gibt es aber jede Menge *Vielleichts*«, wandte Olga ein.

»Bis wir den Fall nicht aufgeklärt haben«, erwiderte Alex schmallippig, »müssen wir mit den *Vielleichts* leben.«

»Du meinst also, vielleicht wird Atasoy durch Erpressung zu einer illegalen Kooperation gezwungen, falls er nicht freiwillig mitmacht?«, spann Olga den Faden fort.

»Wäre doch möglich, oder?«, verteidigte Alex seinen Gedanken, der alle derzeit besonders verdächtigen Aspekte verbinden würde: Organhandel, Entführung, Erpressung, Moscheenverband.

»Irgendwie passen unsere Puzzleteile nicht zusammen. Atasoy ist ein Befürworter der Politik Erdogans, aber politisch nicht engagiert. Er pflegt mit der *Dame mit den 200 Kleidern* eine von Code-Wörtern geprägte Kommunikation, die darauf hindeutet, dass Transplantationen mit Organen von Lebendspendern vereinbart werden. Er hat Verbindungen nach Tamale und in die Türkei, wo er öfter operiert. Seine finanzielle Situation ist üppiger, als es seinem Oberarzteinkommen entspricht. Daneben hat er bei mehreren Eingriffen Komplikationen zu verantworten. Mindestens ein Kunstfehler hat zum Tod einer Patientin geführt, über die Art und Weise der Entschädigung gibt es Streit, und er muss befürchten, dass ihn die Rache der Angehörigen trifft. Wir sind seit Freitagnachmittag keinen Schritt weiter«, resignierte Olga.

»O doch«, widersprach Alex. »Wir favorisieren die These von den illegalen Nierentransplantationen und sehen eine Verbindung zum organisierten Verbrechen. Was, wenn hier nicht das organisierte Verbrechen, sehr wohl aber eine verdeckt arbeitende Organisation für die Transplantationen verantwortlich ist? Könnte die *Dame mit den 200 Kleidern* ein Mittelsmann im Moscheenverband sein? Und während er bisher alles mitgemacht hat, bekommt Atasoy plötzlich kalte Füße und will aussteigen, aber das kann die Organisation nicht zulassen, weil sie keinen adäquaten Ersatzmann hat. Ein bisschen physische und psychische Gewalt, schon spurt der Doktor wieder. Das mit den Kunstfehlern ist lediglich ein uns verwirrender Zufall und tut für sein jetziges Verschwinden nichts zur Sache. Würde das nicht vieles erklären?«

»In der Tat«, pflichtete Olga bei, »klingt deine Theorie verlockend, sie erscheint aber auch ziemlich konstruiert. Du puzzelst gerade alle Aspekte zusammen, die dir ins Bild passen. Und selbst wenn du recht hast – was hilft uns das?«

»Wenn meine Theorie zutrifft, finden wir ihn. Mein Auftrag lautet: Finde Bülent Atasoy. Gelingt mir das, ist meine Arbeit getan.«

»Wenn wir ihn finden, dann ist unser Auftrag erledigt? Sollte er in illegale Organtransplantationen verstrickt sein, kehren wir das unter den Teppich? Was würde Dorothee dazu sagen?«

»Sie ist ausschließlich privat informiert, die Staatsanwältin hat von unseren Erkenntnissen keine Ahnung. Und ja, ich würde meinen Auftrag so eng wie möglich interpretieren.«

»Wenn er illegal transplantiert, kann ich das nicht ignorieren, Alex. Hast du wenigstens einen der Artikel gelesen, die in letzter Zeit zu diesem Thema veröffentlicht wurden?«

Alex wiegte den Kopf hin und her.

Das heißt also Nein, dachte Olga und ereiferte sich: »Menschen im Elend werden missbraucht und ausgebeutet, hier geschehen himmelschreiende Verbrechen. Das darf nicht ungestraft bleiben, da brüllt mein Gerechtigkeitsempfinden.«

»Dafür mag ich dich, Olga«, sprach Alex mit belegter Stimme, »für deinen Gerechtigkeitssinn. Schlimm genug, dass wir Horbacher und Schusternagel davonkommen lassen mussten. Aber wir müssen uns an unser Mandat halten, und das lautet: Finde Bülent Atasoy. Und du sollst in der Auseinandersetzung mit Professor Gübelin Atasoys Interessen vertreten.«

»Noch habe ich das Mandat nicht angenommen. Presselt kann mich nicht mandatieren und Frau Atasoy ebenso wenig. Wenn Atasoy mit illegalen Spendernieren arbeitet, lehne ich das Mandat ab.«

»Lass uns darüber sprechen, wenn wir Atasoy gefunden und die Hintergründe aufgeklärt haben. Vorerst, Frau Rechtsanwältin, sollte die Unschuldsvermutung gelten, und bis dahin sehen wir in Bülent Atasoy ein Opfer und keinen Täter. Einverstanden?«

»Gerechtigkeit, Alex, ist eine Frage von Anstand und Moral. Wenn Atasoy was auf dem Kerbholz hat, will ich ihn nicht vertreten. Warum, meinst du, habe ich dich vor drei Jahren herausgehauen, als du wegen Hausfriedensbruchs angeklagt warst?«

»Weil ich unschuldig –«

»Wir sind alle nicht unschuldig, wir sind nur im Recht!«

Olga bemerkte Alex' Betroffenheit, und es tat ihr leid, heftig geworden zu sein. Sie wusste, wie stark das Gerechtigkeitsempfinden ihres Freundes ausgeprägt war. Olga wusste, dass auch sie im Einzelfall die Gerechtigkeit ausnahmsweise höher einschätzte als Recht und Gesetz. Obwohl ihr das daraus erwachsende Dilemma mehr und mehr bewusst wurde, fühlte sie sich der Moral und einem übergeordneten Ethos verpflichtet. Daher freute sie sich darauf, Markus Horbacher mit Sonjas Computermanipulationen bald in eine schwierige Situation zu bringen, damit er zwar nicht für das Vergehen, das er begangen hatte, aber für ein vergleichbares bestraft werden würde. Olga nickte entschlossen: Sie wollte, wo immer möglich, der wahren Gerechtigkeit zum Sieg verhelfen.

»Man mag es nicht für möglich halten«, platzte Sonja ins Wohnzimmer, »wie nachlässig viele interne Netzwerke geschützt sind.«

Olga tauchte aus ihren Gedanken auf und schaute Sonja erwartungsvoll an. Diese nickte gewichtig: »Atasoy hat mehrfach am *Ümraniye Hilal Hastahane* operiert, und stets ging es um Leber oder Niere. Nur aktuell finde ich nichts.«

»Trotzdem ist das ein interessanter Anknüpfungspunkt«, freute sich Alex. »Wie gehen wir damit um?«

»Ist der Flug für morgen gebucht?«, wollte Olga wissen.

»Natürlich nicht«, erwiderte Alex. »Das macht doch keinen Sinn.«

»Nach allem, was wir nun wissen, vielleicht schon«, überlegte Olga. »Irgendwer sollte vor Ort nachschauen, was sich da tut. Es würde mich reizen ...«

»Na also«, entfuhr es Alex.

»Aber ich muss übermorgen in meine wichtigste Hauptverhandlung.«

»Dann fliegst du eben am Mittwoch«, gab Alex etwas zu schnodderig von sich. »Dorothee meinte auch, dass eine Frau mit Elif Demer sprechen müsste.«

»Macht mal halblang«, mischte sich Sonja ein. »Das ist nicht euer Ernst, oder?«

»Sollten wir bis übermorgen keine weiteren Erkenntnisse über Atasoys Aufenthalt haben, halte ich die Recherche vor Ort durchaus für angebracht«, zeigte Alex, dass er es ernst meinte. »Schließlich wollt ihr beide herausfinden, um was für Geschäfte es da geht.«

»Okay«, schnappte Sonja aufgeregt nach Luft, »dann mache ich mit Olga eine Kulturreise an den Bosporus.«

22

Er spritzte sich kaltes Wasser ins Gesicht, betrachtete sein Konterfei im Spiegel und erschrak ein zweites Mal an diesem Montagmorgen: Er war leichenblass. Dabei raste sein Puls, und es war weniger Aufregung als Angst. Sein treuer Geschäftsfreund Hussein Al-Chourohini rang mit dem Tod. Die gestrige Transplantation hatte zu einer akuten Komplikation geführt, der Ausgang war ungewiss.

Was genau schiefgegangen war, wusste Leones Neffe Fabricio, der vor Ort die Geschäfte überwachte, nicht, aber die Alarmglocken schrillten heftig. Unter Leones Beteiligung war bisher kaum etwas schiefgegangen; Leone hatte stets Wert auf erstklassige Betreuung von Spender und Empfänger gelegt und niemals an den Tests gespart, die im Vorfeld sicherstellen konnten, dass eine Abstoßungsreaktion unwahrscheinlich war. Sollte jetzt sein Klient sterben, hätte dies unkalkulierbare Auswirkungen auf das Verhältnis der Familien. Das wiederum wäre eine Katastrophe, weil sich bereits eine Konfrontation mit den Shuruks im Libanon anbahnte, denn Onkel Luca hatte bereits durchblicken lassen, Hamzis Verrat zu bestrafen. Zwei Auseinandersetzungen mit Familien auf Leones Geschäftsfeld, welche den Riellos geschäftlich verbunden waren, waren eindeutig zu viel. Das würde auf Leone zurückfallen. Sein Bruder Ricardo war gestern nach dem Dessert wegen der Shuruks überaus deutlich geworden und hatte ihm, Leone, vorgeworfen, zu nachsichtig und zu weich zu agieren.

Bei Verrat gelten wie eh und je dieselben Regeln, und die, dachte Leone besorgt und spritzte sich noch eine Handvoll kaltes Wasser ins Gesicht, *entsprechen keinesfalls meinen Grundsätzen.* Das konnte nicht ohne Auswirkungen auf sein Geschäftsmodell bleiben. Im Gegenteil würde die Familie ihn an den Rand drängen und trotzdem seine Dienste einfordern. Bisher war es noch keinem gelungen, sich schadlos aus der Familie zurückzuziehen, aber gerade das wäre seine Wunschvorstellung. Was tun? Weder sein Bruder Ricardo noch der ihm am nächsten stehende, aber seit einigen Jahren in Mailand lebende Onkel Benedetto würden ihm eine Hilfe sein, und sein Vater war nicht nur weit weg im *Albergo Sala,* sondern auch zu alt. Längst schwangen die jüngeren Onkel das Zepter, und deren Söhne hatten bereits vor einiger Zeit ihre begehrlichen Blicke auf das Geschäft mit der Gesundheit geworfen. Ein Streit mit zwei Familien war das Letzte, was die Riellos wollen konnten; also durfte dem aktuellen Patienten in Istanbul nichts geschehen. Hussein musste gesund werden oder zumindest für alle nachvollziehbar ein Opfer des Schicksals statt der Behandlung werden. Leone beschloss, sich selbst vor Ort umzusehen und die Deutungshoheit zu gewinnen, um mit Nachdruck zu verhindern, dass die Familie Al-Chourohini von den Riellos Genugtuung forderte. Bei alledem machte er sich um Hussein aus freundschaftlicher Verbundenheit Sorgen, eine menschliche Regung, die, dessen war sich Leone bewusst, im Business keinen rechten Platz fand. Aber er mochte Hussein seit vielen Jahren, völlig unabhängig davon, dass die Riellos mit Husseins Familie einträgliche Geschäfte über Waffen und Drogen abwickelten, Geschäftsfelder, mit denen Leone nie etwas zu tun haben wollte.

Leone trocknete sich das Gesicht ab und rief sich die wesentlichen Punkte des Gesprächs mit Ricardo und Luca in Erinnerung. Da war zunächst Ricardos Entrüstung über Hamzis Verrat gewesen, dann der sofortige Beschluss, Onkel Luca zu informieren. Leone war stutzig geworden, als der Münchner Patron völlig unerwartet nach zehn Minuten an ihrem Tisch erschien, schließlich ließ sich der Patron kaum in der Öffentlichkeit blicken. Da lief ein abgekartetes Spiel, aber noch verstand Leone nicht, welches. Luca ließ sich von Leone berichten, hörte Ricardos aufgeregter Empörung zu, legte beschwichtigend seine Hände auf die Schultern der Brüder und verkündete, die Familie werde sich des Problems annehmen. Weder Ricardo noch Leone sollten sich mit Hamzi oder einem anderen aus der Shuruk-Familie unterhalten. »Ihr seid aus dem Rennen«, befahl Onkel Luca, »und haltet euch still. Für Verrat haben wir unsere Spezialisten.«

Auf seiner bevorzugten Buchungsplattform im Internet waren alle Maschinen nach Istanbul ausgebucht, die früheste Möglichkeit bot sich morgen um 10:05 Uhr mit Turkish Airlines. *Vielleicht komme ich dann zu spät,* sorgte sich Leone und überlegte, wie er an eine frühere Reisemöglichkeit käme. Am besten erfuhr niemand in der Familie, was er vorhatte, denn wenn Husseins Komplikation mit Hamzis Lieferung zusammenhing, verstieß er mit jeder Intervention gegen die Anweisung von Onkel Luca. Das wiederum wäre heikel.

Er hatte eine gute Bekannte bei Pegasus Airlines, auf die er sich bisher stets hatte verlassen können, und hoffte, Ricardo noch nie von ihr erzählt zu haben. Das war, gestand er sich ein, eine seiner Schwachstellen, seinem Bruder bis vor einem Jahr viel zu viel Einblick in seine Netzwerke gegeben zu haben. *Weiß Ricardo von Tülin?* Er musste es darauf ankommen lassen, denn er wollte nicht riskieren, zu spät zu kommen.

»Tülin, du Beschützerin aller Flugsaurier«, begrüßte er sie am Telefon und erfreute sich an ihrem glockenhellen Lachen. »Heute Mittag, findest du in der ausgebuchten Maschine noch einen Platz für mich?«

»Leone, Schutzengel meiner Großmama, gern zaubere ich für dich«, antwortete sie wie stets, wenn er Unmögliches von ihr forderte, und spielte dabei auf den Umstand an, der ihm ihre Freundschaft eingetragen hatte.

Kennen und schätzen gelernt hatte er sie vor Jahren am Schalter von Turkish Airlines, wo sie flexibel und hilfsbereit Tickets besorgte, wenn spontaner Reisebedarf für Leone oder einen seiner Geschäftspartner bestand. Als Dankeschön hatte sie ab und zu eine Einladung zum Lunch angenommen und dabei einmal ihre Sorgen um die Gesundheit ihrer Großmutter geschildert. Leone hatte eine kostenlose Klinikbehandlung in Istanbul organisiert, seitdem erfüllte ihm Tülin jeden mit der Luftfahrt zusammenhängenden Wunsch.

»Du kannst schon mal auf Stand-by rausfahren. Ob ich es für die Mittagsmaschine schaffe, kann ich aber nicht versprechen.«

»Wie groß sind meine Chancen?«

»Groß genug, dass die Fahrt lohnt.«

»Dann bin ich um zehn bei dir am Schalter. Eins noch: die Sache bleibt unter uns.«

Tülin würde ihn nicht enttäuschen und sie würde niemandem über ihre Abmachung Auskunft geben. Daher beschloss Leone, sich wegen der Familie keine Sorgen zu machen, und packte behutsam seinen Handgepäcksrucksack. Aus dem Schreibtisch holte er sein türkisches Prepaid-Handy und bestückte es mit einer neuen Karte von *beachSIM.com*, kontrollierte die Eintragungen in den Kontakten und stellte beruhigt fest, dass sich genügend unproblematische Eintragungen fanden; bei der Einreise in Istanbul wusste man nie, was die Grenzer kontrollieren wollten, Smartphones standen jedoch schon länger im Fokus. Leone war vorbereitet. Die drei wichtigsten Kontaktnummern wusste er sowieso auswendig und hatte sie auf keinem seiner Geräte jemals eingespeichert. Sein Alltagshandy stellte er im Wohnzimmer in die Ladestation. Sollte ihn wider Erwarten jemand aus der Familie orten wollen, sollte er ihn ruhig zu Hause vermuten.

Sein Argwohn wuchs von Minute zu Minute, obwohl er seine Sorgen nicht begründen konnte. Warum sollte ihn die Familie fallen lassen? Wenn Hamzis Verrat als so schwerwiegend eingestuft wurde, dass eine Bestrafung unvermeidlich war, dann war doch er, Leone, das eigentliche Opfer dieses Verrats und hatte von den eigenen Leuten nichts zu befürchten.

Vielleicht hätte er sich nicht darauf einlassen sollen, dieses Geschäft mit dem unerfahrenen Heißsporn abzuwickeln. Vielleicht wäre es vorteilhafter gewesen, Geduld zu bewahren und auf eine Spenderniere von den üblichen Bezugsquellen zu warten. Doch sowohl in Tamale wie auch in Gonder waren die letzten Screenings negativ verlaufen. Zwar hatten sie bei den Kreuzproben noch mehrere positive Treffer für Hussein Al-Chourohini gehabt, doch die Feinuntersuchungen beim Spender hatten gegen eine Transplantation gesprochen. Hamzi dagegen hatte versprochen, passgenau liefern zu können, und Hussein hatte auf eine rasche Operation gedrängt.

Da die Riellos mit den Shuruks auf vielen Ebenen Geschäfte machten, hatte Leone keine Bedenken gehabt, mit Hamzi handelseinig zu werden, auch wenn er bisher nur ausnahmsweise mit den Shuruks, und dann mit dem Patron Mahmut verhandelt hatte. War er anderen in der Familie in die Quere gekommen? Rächte sich nun, dass er sich nie um die anderen Geschäftsfelder der Familie gekümmert, sich stattdessen möglichst abgeschottet hatte, weil er mit den traditionellen Geschäften jegliche Berührung scheute?

Ich bin eben der einzige Riello, in dessen Geigenkoffer eine Violine liegt, und das ist gut so, ermutigte sich Leone selbst. Aber er ahnte Ungemach, und diese Ahnung verband sich mit seiner in letzter Zeit zunehmend aufkommenden Müdigkeit zu einer diffusen Angst. *Mein Leben in der geschützten Komfortzone ist vorbei,* dachte er und entnahm der Schreibtischschublade ein Bündel türkische Lira. Vor Ort wollte er auf keinen Geldautomaten und keine Kreditkarte angewiesen sein. Jetzt war er froh, all die Jahre der Versuchung widerstanden zu haben, sich in Istanbul eine Wohnung zu kaufen, denn dort hätten sie ihn, falls sie ihn suchten, zuerst aufgestöbert. Nein, er würde sich von Tülin eine unscheinbare Bleibe im Ortsteil Ümraniye auf der asiatischen Seite Istanbuls empfehlen lassen und von dort aus unauffällig tätig werden, um das Leben von Hussein zu beschützen, so gut es in seiner Macht stand. Das Wohlergehen seines Freundes war seine Lebensversicherung. Leone zählte die Geldscheine ab; 12.000 Lira sollten reichen; den Rest legte er in den Schreibtisch zurück.

Ehe er die Wohnung verließ, beobachtete er über die Haustürkamera fünf Minuten lang den Platz vor dem Haus. Sofort nach seinem Einzug hatte er dafür gesorgt, dass die damals vorhandene einfache Kamera der Gegensprechanlage durch ein erstklassiges drehbares Gerät ersetzt wurde, das – allerdings nur von seiner Wohnung aus steuerbar – über eine Zoomfunktion verfügte.

Beinahe hätte er seinen Schattenmann nicht gesehen. Aber der Vietnamese, der am Gewürzstand schräg gegenüber, leicht verdeckt die Knoblauchgirlande bewunderte, beging den Fehler zu eindeutiger Bewegungslosigkeit: Wie der Jäger im Wald das Reh an der Bewegung entdeckt, so erkennt der Beschattete seinen Beschatter am Stillstehen.

Weil Ricardo vor einiger Zeit erwähnt hatte, dass sich die Riellos für untergeordnete Aufgaben gern vietnamesischer Freunde bedienten, wusste Leone nun, dass er beschattet wurde. Seine Angst war also nicht grundlos. *Vermutlich lungert ein weiterer hinten an der Tiefgaragenausfahrt herum,* argwöhnte Leone und beglückwünschte sich einmal mehr zu seiner hiesigen Wohnungswahl. Die Tiefgarage nämlich bediente vier Wohnhäuser gleichzeitig, was ihm ermöglichte, zwei Hauseingänge weiter auf die Straße zu kommen, und mit ein wenig Glück hatte der Knoblauchbewunderer diesen Hauseingang nicht auf der Rechnung.

Vorsorglich zog sich Leone betont lässig mit Jeans, T-Shirt und sportlicher Jacke an, suchte seine rote Adidas-Kappe heraus und klebte noch rasch einen Sticker von Bayern München auf den Rucksack. Sollte der Schattenmann ruhig nach dem eleganten italienischen Geschäftsmann Ausschau halten, der coole Fußballfreund würde sich unbehelligt davonschleichen.

Immer, wenn er Tülins Lächeln sah, bedauerte er sein Schicksal, kein geeigneter Mann für Tülins Familie zu sein. Es gab wenig Frauen, bei denen er es sich vorstellen könnte, ihnen sein Herz zu schenken, aber bei Tülin hätte er vermutlich nicht gezögert. Allein ihre großen dunkelbraunen Augen – ein Traum. Leider war sie seit ihrem vierzehnten Lebensjahr verheiratet, sogar glücklich, obwohl es eine arrangierte Ehe war. Sie war eine moderne Muslimin, weltoffen und gebildet, trotzdem in vielerlei Hinsicht traditionell, vor allem was die Familie betraf.

Leone hatte das sofort akzeptiert und sich ihr niemals auf eine Art genähert, die hätte Anstoß erregen können, und seit er Tülins Großmutter geholfen hatte, war er in der Familie Ceyhan ein gern gesehener Gast.

»Großmutter bereitet dir heute Abend die Wohlgenüsse des Orients«, empfing sie ihn und schob ihm sein Ticket über den Schalter. »Es ist leider ein Mittelplatz ziemlich weit hinten, kostet dafür nur 53,57 Euro. Allerdings brauche ich weitere 200 Euro für den Passagier, den ich überredet habe, auf die nächste Maschine zu wechseln.«

»Die war doch ausgebucht«, erwiderte Leone erstaunt.

»Nur im System«, freute sich Tülin. »Für mich gab's da was zum Deichseln.«

»Kannst du mir ein einfaches Hotel besorgen?«

»Wo?«

»In der Nähe vom Krankenhaus.«

»Kein Problem, ich gebe Großmama Bescheid. Fahr zu ihr, wenn du gelandet bist, sie versorgt dich.«

So einfach geht Konspiration, dachte Leone, als er sich verabschiedet hatte und zur Sicherheitskontrolle ging. Während er in der Schlange anstand, sondierte er den Wartebereich, ob sich irgendwo ein Schattenmann versteckte, und stellte zufrieden fest, unbeobachtet zu sein.

Eineinhalb Stunden später setzte er sich auf Sitz 27B. Noch

war 27A am Fenster leer. Leone wartete darauf, dass die Maschine vom Abfluggate weggeschoben wurde, dann könnte er hinüberrutschen und tun, was er gerne tat: der Erde zuschauen, wie sie unter den Tragflächen kleiner wurde.

»*Boarding completed.*«

Eine zierliche Frau hastete durch den Mittelgang, blieb vor Reihe 27 stehen und hob bedauernd die Hände. Leone und sein Sitznachbar auf 27C standen auf, traten in den Mittelgang und ließen die Nachzüglerin zu ihrem Fensterplatz. *Schade,* dachte Leone, setzte sich und schloss die Augen. Er öffnete sie erst wieder, als die Maschine vom Einfahren der Auftriebshilfe sanft absackte, ehe sie weiter Geschwindigkeit aufnahm und Höhe gewann. Seine Nachbarin klappte das Tischchen herunter und legte eine Zeitschrift darauf. Zentralblatt für Chirurgie, weiß auf blauem Grund.

»Interessieren Sie sich für Chirurgie?«, fragte eine warme Stimme.

Leone zuckte zusammen; ihm war nicht bewusst gewesen, dass sein Blick auf den Zeitschriftentitel von seiner Nachbarin wahrgenommen worden war.

»Entschuldigen Sie«, antwortete er, »ich wollte nicht neugierig wirken. Aber ist Medizin nicht für jeden Menschen ein Faszinosum?«

»Arzt sind Sie also nicht«, stellte seine Nachbarin fest und schaute ihn mit wachen Augen an.

»Nein«, gab Leone wahrheitsgemäß zu. »Ich bin Geigenspieler.«

»Wirklich?«

Leone nickte, und schon befand er sich in einem leidenschaftlichen Gedankenaustausch über die Violinsonaten von Johann Sebastian Bach. Welcher Fügung er es zu verdanken hatte, dass Anita Bunge, wie sich seine Nachbarin nach wenigen Minuten vorstellte, die a-Moll-Sonate als ihr Lieblingsstück für Geige bezeichnete, konnte Leone schwer erahnen, aber gegen den Gedanken, diese reizende Ärztin sitze rein zufällig neben ihm, wehrte er sich, noch ehe ihre Maschine Wien überflogen hatte.

Während sie mit warmer Stimme von Bachs Melodien schwärmte und dabei für einzelne Takte den Fingersatz beschrieb, den sie wählte, versank Leone in einer ungewohnten schwärmerischen Träumerei. Hatte er nicht seit vielen Jahren Sehnsucht nach einer musikalischen Frau, die ihm als Persönlichkeit ebenbürtig oder gar überlegen war? Vergeblich, wie er überhaupt mit Frauen kein Glück hatte, nie gehabt hatte.

Innerhalb der Familie eilte ihm von Jugend an der Ruf voraus, mit dem falschen Geigenkoffer unterwegs zu sein. Bei anderen Frauen rief das Geheimnis, mit dem er seine Geschäfte zwangsläufig umgeben musste, nach kurzer Zeit Argwohn hervor. Außerdem tat er sich mit dem Verlieben schwer. Henrietta, ja, die wäre eine Frau fürs Leben gewesen, lebenslustig und musikalisch, gescheit und trotzdem anschmiegsam, eine Schönheit auf den zweiten Blick, in der Liebe von beinahe animalischer Lust und ausgestattet mit erfrischendem Mutterwitz. In Henrietta war er schwer verliebt gewesen, und sie in ihn. Als er jedoch nach München gegangen und dort nicht als *Tuttisau* im Orchester, sondern in die Arme der Familie aufgenommen worden war, war ziemlich schnell eine die Gefühle beeinträchtigende Distanz entstanden. Henrietta hatte ein zu aufrichtiges Leben für die Riellos gelebt. *Ich habe sie enttäuscht,* bereute Leone heute noch; sie wäre lieber mit einem armen Musikanten verheiratet gewesen als mit einem geschäftstüchtigen Makler.

»Was führt Sie nach Istanbul?«, riss ihn Anita Bunges Frage aus seinen Gedanken.

»Ein Krankenbesuch. Und Sie?«

»Das Gleiche – eigentlich.«

»Sie arbeiten in Istanbul?«

»Mein Klinikum pflegt eine intensive Kooperation mit der staatlichen Universitätsklinik in Istanbul. Wir untersuchen gemeinsam gewisse Aspekte im Bereich der Transplantationschirurgie. Seit einigen Jahren bildet sich in Istanbul ein internationaler Schwerpunkt für Organtransplantationen heraus, die medizinisch und rechtlich bedenklich sind. Aus diesem Umfeld kommen oft Patienten in die Universitätsklinik, die unter Komplikationen leiden, insbesondere aufgrund von Organunverträglichkeiten. Eine Gruppe von Münchner Ärzten aus dem Klinikum Großhadern hilft den Istanbuler Kollegen ehrenamtlich bei der Patientenversorgung. Im Gegenzug erhalten wir Zugang zu einer Vielzahl von Patienten für unsere klinischen Studien.«

»Das ist ehrenvoll und gewiss interessant.«

»Manchmal ist es vor allem erschütternd«, erwiderte die Ärztin, und in dem warmen Ton ihrer Stimme schwang Resignation durch. »Die Einzelheiten will niemand wissen.«

Vermutlich ich am allerwenigsten, dachte Leone, wandte sich voll seiner Nachbarin zu und erwiderte: »Ich schon.«

23

Abgesehen von diversem Kleinkram an Schriftsätzen hatte sich Olga den Montag für ihren wichtigen Konkursfall freigehalten, der morgen in den entscheidenden Verhandlungstag gehen würde. Früh hatte sie sich aus dem Bett geschlichen, Sonja einen Zettel mit Herzchen auf den Küchentresen gelegt und sich ihr Fahrrad geschnappt, um in die Kanzlei zu fahren und sich in die Akten zu vertiefen, insbesondere die Zeugenaussage des Bankers vom letzten Verhandlungstag auf Schwachpunkte und Widersprüche abzuklopfen. Wieder und wieder las sie ihre Aufzeichnungen, bis sie endlich den entscheidenden Punkt gefunden hatte, an dem deutlich wurde, dass der Bankangestellte log. Zwei Daten passten nicht zusammen, wie man es drehte und wendete. Entweder war an dem einen Tag schon klar gewesen, dass die Liquidität fehlte, oder an dem anderen hatte hinlänglich Guthaben bestanden, um die Verbindlichkeiten zu bedienen.

Olga rieb sich die Hände. Hier konnte sie ansetzen. Sie musste herausfinden, warum der Banker Rolf Mergenthaler in ein schlechtes Licht rücken wollte. Lief hier eine infame Intrige? Wollte die Bank ihren Mandanten über die Klinge springen lassen? Worin lag der Vorteil? Sie musste so schnell wie möglich mit Rolf Mergenthaler sprechen. Doch er war nicht zu erreichen. Zunehmend nervöser pflügte Olga durch ihre Prozessunterlagen auf der Suche nach einem Anhaltspunkt. Da musste es irgendetwas geben, das sie bisher übersehen hatte, für das es sich lohnte, gegebenenfalls einen Meineid zu schwören.

Es war beinahe Mittag, als sie in einem bisher kaum beachteten Nebenordner auf einen unscheinbaren Vertrag stieß, welcher der Bank unter gewissen Bedingungen die Verwertungsrechte an drei Patenten einräumte. *Das ist der Knackpunkt,* jubilierte Olga, *hier liegt der Schlüssel zum gesamten Fall; ich muss sofort mit Mergenthaler sprechen.*

Mit Blick auf die Uhr schnappte sie sich ihre Sporttasche und bat im Hinausgehen ihre Anwaltsgehilfin, unverzüglich mit Mergenthaler einen Termin zu vereinbaren.

»Wir haben ihn für Nachmittag um zwei im Kalender und ich versuche halbstündlich, ihn zu erreichen, vergeblich«, antwortete Angela leicht frustriert.

»Bitte dranbleiben«, bat Olga, »ich bin in eineinhalb Stunden zurück.«

Sonja schwitzte bereits auf dem Crosstrainer. Olga nahm das Gerät links von ihr, stellte das Laufprogramm ein und erfreute sich an der Bewegung und an Sonjas sprudelndem Bericht.

»Der Moscheenverband«, sprang Sonja mitten ins Thema, »betreut eine Sparte *Gesundheitsversorgung* und vermittelt bundesweit Ärzte, welche besondere Rücksichten nehmen auf islamische Bedürfnisse aller Art. Im Einzelnen läuft dies über die Landesverbände, wo es jeweils Ansprechpartner für die unterschiedlichsten Problemfelder gibt. Mit den jeweiligen *Homepages* allein kommt man allerdings nicht zum Ziel, vielmehr muss man sich wirklich mit diesen Vertrauensleuten in Verbindung setzen.«

»So bekommen die Vereinsleute Kontakt zu den Menschen«, konstatierte Olga und stellte den Widerstand ihres Crosstrainers zwei Stufen leichter.

»So ist es«, bestätigte Sonja. »Auf einer Unterseite habe ich herausgefunden, dass neben Empfehlungen für Ärzte in Deutschland auch Zuschüsse für Krankenbehandlungen in der Heimat, also vornehmlich in Istanbul und Ankara, gewährt werden. Die einzelnen Moscheenvereine kümmern sich teilweise intensiv um die Belange ihrer Mitglieder und werden dabei von den Landesverbänden und vom Zentralverband unterstützt.«

»Bedenklich finden kann man das eigentlich nicht«, bemerkte Olga. »Wo wäre da ein Ansatzpunkt für die Befürchtungen von Atasoys Frau?«

»Bei den Vertrauensärzten«, führte Sonja weiter aus. »Es gibt Ärzte, die für die Moscheenvereine als Vertrauensärzte aktiv sind und dadurch in eine Verstrickung geraten, die ausgenutzt werden könnte.«

Olga nickte. »Hast du dazu etwas gefunden?«

»Nein. Und das interne Netz des Verbandes ist bestens gesichert. Ich fürchte, das ist schwerer zu knacken als das unserer Bank.«

»Was tun?«

»Wir stellen die These, dass DITIP etwas mit Atasoys Verschwinden zu tun haben könnte, erst mal zurück. Irgendwie ist mir da zu wenig Sprengstoff drin, warum die unseren Arzt entführen sollten. – Aber erzähl, wie war's bei dir?«

»Spannend. Mein Mandant könnte das Opfer einer Intrige sein, hinter der – du glaubst es kaum – seine Hausbank steckt. Ich müsste das dringend mit Mergenthaler besprechen, aber ich erreiche ihn nicht.«

Olga berichtete von ihrer Entdeckung der Patentverwertungsverträge und stellte dabei fest, wie skurril es war, bis vor einer Woche auf dem Crosstrainer Krimis gelesen zu haben und nun selbst welche zu erzählen.

Als sie 90 Minuten später ihre Kanzlei betrat, empfing sie Angela mit kreidebleichem Gesicht und zitternder Stimme: »Die Hauptverhandlung für morgen ist abgesagt.«

Angela hatte Tränen in den Augen und konnte nicht weitersprechen.

»Was ist passiert?«

»Herr Mergenthaler hat sich erhängt.«

Sie hatten die Kanzlei geschlossen. Angela war nach Hause gegangen, Olga hinüber in die Grünanlage vor ihrem Bürohaus. Sie saß auf einer der Bänke, auf denen sich abends die Obdachlosen trafen, und blickte ziellos in die Baumkrone der Rosskastanie hinauf. Die weißen Kerzen waren längst verblüht. Durch das Blätterdach blasste ein blauer Himmel mit zarten Schleierwolken. Kein Trost und keine Erklärung fanden sich dort oben. In der Mittagshitze tschilpte kein Spatz und spottete keine Amsel. Still und ruhig lag die Anlage und hätte so friedlich wirken können, wenn es in Olga nicht diese Fassungslosigkeit und Traurigkeit gegeben hätte.

Sie saß da und spürte kaum, wie ihr die Tränen über die Wangen liefen. Wie lange lag es zurück, dass sich der 52-jährige Casanova und Heiratsschwindler Robert Müller, einer ihrer ersten Mandanten, im Gefängnis mit seiner Hose erhängt hatte? Wie mutlos und verzweifelt musste ein Mensch sein, der seiner Existenz freiwillig ein Ende setzte? Warum?

Die Blätter und die Wolken antworteten nicht, der Sand auf dem Fußweg vor der Parkbank, den ihre Zehenspitzen hin und her schoben, antwortete nicht, die ineinander verknoteten Finger antworteten nicht, die beklemmte Brust und der drückende Magen, sie antworteten nicht. Das Zittern der Lippen und das Zucken der Augenlider gaben keine Antwort auf die Frage, für die es vermutlich keine Antwort gab außer Verzweiflung und Hoffnungslosigkeit.

Was blieb, waren die Trauer und die Enttäuschung der Zurückgebliebenen. Wieder musste sie weiterleben mit dem Schmerz, einen Menschen verloren zu haben, für den sie eingetreten war und für den sie auf ihre Weise Verantwortung getragen hatte.

Diesmal aber gesellte sich zu dem Schmerz ein bohrender Vorwurf. Hätte sie die Nebenakten gründlicher und vor allem früher studiert, hätte sie die Ungereimtheiten des Verwertungsvertrages rechtzeitig entdeckt und mit Rolf Mergenthaler durchgesprochen. Dann wäre sie vorbereitet gewesen auf die niederträchtige Aussage des Bankers. Dann hätte sie die niederschmetternde Wirkung dieses Meineids verhindern, hätte sie möglicherweise diesen Meineid verhindern können.

Olga schluchzte und ließ den Tränen freien Lauf. Sie beweinte den Tod ihres Mandanten, beweinte das Schicksal von Rolf Mergenthaler, und sie beweinte ihr eigenes Versagen.

Nachdem sie eine Stunde getrauert hatte, radelte sie nach Hause und stellte sich unter die Dusche. Abwechselnd heiß und kalt brauste sie sich den Schmerz von der Haut, rubbelte sich trocken und legte sich nackt aufs Bett.

Hätte sie diesen unscheinbaren Vertrag in dem Wust an Unterlagen, die ihr Mergenthaler zur Verfügung gestellt hatte, entdecken müssen? Zumal ihr Mandant dem Vertrag offensichtlich selbst keine Bedeutung beigemessen, ihn vielleicht sogar vergessen hatte. Alles, was sich in diesem kaum beachteten Nebenordner befand, stand in keinerlei direkter Beziehung zur Frage der Zahlungsfähigkeit des Betriebs, und schon gar nicht zu der entscheidenden Frage, wann ihr Mandant Kenntnis von der drohenden Illiquidität seiner Firma haben konnte oder musste. War nicht auch sie erst durch die völlig unerwartete Aussage des Bankers misstrauisch und dann beinahe zufällig fündig geworden?

Je länger Olga über diese Fragen nachdachte, desto mehr gelangte sie rational zu dem Schluss, sich selbst nicht allzu große Vorwürfe machen zu dürfen.

Ein Mandant muss aktiv zu seiner Verteidigung beitragen. Wer die Flinte ins Korn wirft, macht es seinem Verteidiger schwer. Olga musste lernen, diese Seite ihres Berufs zu akzeptieren. Leicht fiel es ihr nicht. Einerseits die Vernunft, andererseits das Gefühl. Das Gefühl sagte: Du bist schuld. Die Selbstvorwürfe blieben, und das Schuldgefühl brannte wie Salz in einer frischen Wunde.

Sie stand auf, schlüpfte in Unterwäsche, T-Shirt und Jeans, rief Sonja an und bat sie, zu ihr zu kommen. Olga stand jetzt nicht der Sinn nach einer Luxuswohnung, sie wollte in ihrem eigenen kleinen Nest getröstet werden.

Sie ging in die Küche und schaltete den Kaffeevollautomaten ein. Das vertraute Knarzen der sich selbst säubernden Maschine bot wohltuende Normalität, aber als sie sich mit ihrer Crema auf den Balkon setzte und auf Sonja wartete, kreisten ihre Gedanken unentwegt um Rolf Mergenthaler. *Ich hätte es verhindern können,* hämmerte das Schuldgefühl in ihrem Kopf und ihr Magen rebellierte.

Endlich saß Sonja neben ihr, und nachdem Olga von Mergenthalers Freitod berichtet hatte, nahm Sonja Olga wortlos in den Arm und hielt sie fest. Olga ließ sich fallen und weinte.

»Du darfst dir keine Vorwürfe machen«, versuchte Sonja nach einiger Zeit, Olga aufzumuntern.

Olga nahm dieses Signal zwar wahr, aber sie konnte den Ratschlag nicht annehmen.

»Doch«, antwortete sie leise. »Ich muss mir Vorwürfe machen, denn ich habe mindestens ein wichtiges Detail übersehen und dadurch keine optimale Verteidigung aufgebaut. Mergenthaler ist verzweifelt gewesen. Er hat keinen Ausweg mehr gesehen. Ich hätte den Ausweg sehen müssen, und zwar früher.«

Sonja streichelte Olgas Wange, tupfte ihr die Tränen von der Haut, hielt sie fest und schwieg. Das tat gut. Olga spürte die Kraft der Tröstung. Sie fühlte sich in Sonjas Armen geborgen. Es waren starke Arme. Verlässliche Arme, in die sie sich fallen lassen konnte – in der Trauer ebenso wie in der Lust. Ein leiser Schauer lief über Olgas Rücken. Begleitet wurde dieser wohlige Schauer von einem sanften Flirren im Bauch, von dem Olga warm wurde.

Sie saßen lange und sprachen nichts. Eine stumme Vertrautheit wuchs in Olga, die sie seit Jahren vermisst, vielleicht gar nicht gekannt hatte. Mit Marco hatte es diese Vertrautheit gegeben, aber vor allem beim Klettern und in jenen Momenten des besonderen zweisamen Glücks; mit Marco hatte Olga kein Leid geteilt, und das Leid wegen seines Todes hatte sie über zwei Jahre allein getragen. Nun gab es Sonja, und Sonja spendete Trost.

Olga wurde von einer Welle warmen Gefühls für ihre neue Freundin überwältigt. In die Stille hinein weinte sie mal aus Trauer, mal aus Ergriffenheit. Langsam wurden die Tränen weniger.

»Jeder von uns macht Fehler, du darfst nicht zu streng mit dir ins Gericht gehen«, bemerkte Sonja schließlich und gab Olga einen zarten Kuss. »Wollen wir spazieren gehen?«

Feine Idee, dachte Olga dankbar und ergriff Sonjas Hand. Das fühlte sich gut an. Hand in Hand standen sie auf.

Im Englischen Garten liefen sie gemütlich auf den Monopterus zu, ein vor allem abends beliebter Treffpunkt der Münchner Jugend, wo nicht nur Alkohol, sondern auch andere Drogen konsumiert wurden. Diese Assoziation brachte Olgas Frage auf: »Hast du schon mal gekifft?«

Lachend verneinte Sonja: »Und du?«

»Iwo, dazu war ich immer zu brav. Ich war, glaube ich, in meinem Leben nicht mal richtig betrunken.«

»Das ist auch eine Art von Geständnis«, erwiderte Sonja. »Und wie …?« Sonja stockte. Olga schaute Sonja erwartungsvoll an und meinte, eine gewisse Verlegenheit zu bemerken; das wunderte sie, schließlich erlebte sie Sonja bisher als eine selbstsichere, beinahe draufgängerische Frau.

»Na ja«, suchte Sonja anscheinend nach den richtigen Worten. »Wie hast du es mit Männern und Frauen gehalten?«

»Wie meinst du das?«, fragte Olga leicht überrascht.

»Na ja, hattest du vor mir schon mal Sex mit einer Frau?«

»Nein – das weißt du doch.«

»Gedacht habe ich es mir, gespürt vielleicht auch …« Sonja schien erneut nach Worten zu suchen, ehe sie weitersprach: »Willst du es vielleicht mit mir bloß mal ausprobieren?«

Olga blieb stehen und drehte sich Sonja zu. Sonja war ein wenig rot geworden. Das gefiel Olga. Sie spürte, dass es mehr war als Erotik, die sie mit dieser attraktiven Bodybuilderin verband. Olga legte ihre Hände auf Sonjas Wangen, zog das Gesicht zu sich heran und hauchte ihre Lippen auf Sonjas. Dabei durchflutete ein warmes Ziehen ihren Bauch. Sie wollte etwas sagen, hatte aber einen Frosch im Hals. Nur ein Flüstern kam über ihre Lippen: »Ich bin in dich verliebt.« Sie umarmte Sonja heftig und spürte, wie sich Sonja entspannte. »Ich will Zeit mit dir verbringen. Ich will alles mit dir erleben.«

Olga küsste Sonja und störte sich nicht an den eigenartigen Blicken zweier älterer Männer, die an ihnen vorbeigingen.

Nachdem sie zwei Stunden durch Münchens grüne Lunge geschlendert waren, gingen sie zu Sonja nach Hause und machten sich wieder daran, das Rätsel um Atasoys Verschwinden zu lösen. Es tat Olga gut, in ein sachliches Thema einzusteigen und die intensiven Gefühle der letzten Stunden zurückzudrängen. Auch in diesem Punkt fühlte sie sich wohl in Sonjas Gegenwart, weil Sonja die Fähigkeit besaß, sich mit großer Konzentration einer Sache zu widmen.

»Wir haben zwei Anknüpfungspunkte«, stieg Sonja in ihre Analyse ein. »Zum einen die Frage, inwieweit sich der türkische Moscheenverband für Atasoy interessiert und möglicherweise ein Motiv hätte, ihn zu beeinflussen und in die Türkei zu verbringen.«

»Aber du hast selbst gesagt, dass wir diese These hintanstellen könnten.«

»Richtig«, räumte Sonja ein. »Zum anderen haben wir den Verdacht, dass er in kriminelle Machenschaften verwickelt ist und auf diesem Weg gezwungen wurde, nach Istanbul zu fliegen.«

»Das halte ich momentan für wahrscheinlicher – aber auch die Frage, ob sich jemand an ihm gerächt hat, sollten wir nicht aus den Augen verlieren.«

»Irgendwie«, zeigte sich Sonja etwas unschlüssig, »hängt alles mit diesem Flug nach Istanbul zusammen. Vielleicht ist er wirklich an dieser Klinik oder hat zumindest Kontakt zu Elif Demer.«

»Sollen wir nach Istanbul fliegen?«, fragte Olga und beantwortete sich innerlich die Frage bereits mit einem vorsichtigen Ja. Sie wollte eine Luftveränderung. Sie wollte etwas tun, um sich abzulenken. Und sie war neugierig auf die Stadt am Bosporus.

»Warum eigentlich nicht?«, murmelte Sonja.

»Ehrlich«, gestand Olga. »Ich habe Lust auf einen Kurztrip mit dir.«

»Dann packen wir es an«, sagte Sonja und nahm Olga in den Arm.

Sie buchten für morgen kurzfristig zwei Plätze in der Maschine von Pegasus Airlines um 12:20 Uhr von München nach Istanbul Sabiha Gökcen International Airport für 63,24 Euro pro Person, Ankunft dort um 16:55 Uhr Ortszeit. *One Way*. Ihren Rückflug wollten sie bewusst offenlassen. Vorteilhafterweise lag dieser Flughafen auf der asiatischen Seite der Bosporus-Metropole, somit etwas näher zu der Klinik, an welcher Elif Demer arbeitete. Binnen weniger Minuten erhielten sie auch die Buchungsbestätigung für ein Komfortdoppelzimmer im *Crowne Plaza Oryapark.*

»Die Kulturreise an den Bosporus kann beginnen«, feixte Sonja und fuhr ihren Computer herunter.

»Jetzt sollten wir uns mit Alex abstimmen«, bemerkte Olga. »Bei mir ums Eck gibt es einen ruhigen Chinesen.«

»Fein, chinesisch essen war ich schon lange nicht mehr.«

24

Den ganzen Vormittag hatte Alex Sorger am Computer verbracht und Dossiers zusammengestellt über die Professoren Winfried Gübelin, Bülent Atasoy und Günther Raffelsberger sowie über die »Türkisch-Islamische Union der Anstalt für Religion«, kurz DITIP.

Dabei kam er mehr und mehr zu dem Ergebnis, dass der Moscheenverband grundsätzlich genau das war, was er in seiner Selbstdarstellung vorgab zu sein, nämlich ein Dachverband der Muslime in Deutschland, der sich als eine Religionsgemeinschaft versteht und in erster Linie ein religiöser Dienstleister ist, der darüber hinaus soziale Dienste als Teil seines Leistungsspektrums versteht. Das Bekenntnis zu den Religionsbehörden in der Türkei wird transparent abgegeben und findet sich auf der ersten Seite der Selbstdarstellung im Internet.

Das eigentliche Problem schien Alex darin zu liegen, dass DITIP zwar viele, aber durchaus nicht alle Muslime in Deutschland vertritt, und dass es, im Gegensatz zu den christlichen Kirchen, keine anerkannte Verfasstheit für muslimische Kirchen und muslimische Religionserziehung gibt. Einiges an den Schwierigkeiten, die staatliche Stellen mit den Muslimen in Deutschland zu haben schienen, hing offensichtlich daran, keinen eindeutig identifizierbaren Ansprechpartner zu haben. Das und der Umstand, dass die politischen Einflussnahmeversuche auf Türken in Deutschland vonseiten der türkischen Regierung evident geworden waren, könnte die Aktivitäten der Sicherheitsbehörden erklären.

Alex gehörte nicht zu den Menschen, die Gesinnungsschnüffelei guthießen, weshalb er die aus diversen Zeitungsartikeln ersichtlichen Empörungen über Bespitzelungen deutscher Türken durch Mitglieder von DITIP nachvollziehen konnte, aber ein kriminelles Netzwerk mochte er darin nicht erkennen. Wenn er sich in Erinnerung rief, mit welchen Methoden gerade im ländlichen Raum die anerkannten Amtskirchen Einfluss auf die Menschen ausübten und Informationen sammelten, neigte er der Einschätzung zu, in dieser Hinsicht keine allzu großen Unterschiede zu konstatieren. Immerhin war die Organisation umstritten, immerhin mochte das eine oder andere, gerade auch im Zusammenhang mit der Frage, was in den einzelnen Moscheen möglicherweise gepredigt wurde und ob DITIP wirklich an der Integration seiner Mitglieder in die deutsche Gesellschaft interessiert war, problematisch sein. Einen Generalverdacht rechtfertigte das seiner Meinung nach nicht. Warum also hatte Atasoys Frau Ängste und Befürchtungen?

Alex wunderte sich über sich selbst: Warum kam ihm diese Frage erst jetzt in den Sinn? Er beschloss, das rasch offensiv zu klären, um sich endlich den zentralen Fragen seiner Vermisstensuche widmen zu können.

Ob er wollte oder nicht, musste er anerkennen, dass die These seiner beiden Partnerinnen, Atasoys Verschwinden hänge mit illegalem Organhandel zusammen, die größte Wahrscheinlichkeit für sich beanspruchen konnte. Die Dossiers über die Herren Professoren jedenfalls lasen sich in vielerlei Hinsicht spannend, zumal jeder der drei Ärzte als Spezialist für die Transplantation von Leber und Niere ausgewiesen war.

Über Atasoy hatte Sonja dank dessen Laptop viele sehr persönliche Informationen sammeln können, die neben kryptischen E-Mails fragwürdige Einnahmequellen zutage brachten, was gemeinsam mit seinen häufigen Aufenthalten in Istanbul hinlängliche Anhaltspunkte für einen Anfangsverdacht lieferte, dass er in Praktiken verstrickt war, die das Licht der Öffentlichkeit scheuten. Allerdings, dies zu seiner Entlastung, tauchte sein Name in keiner Weise im Zusammenhang mit dem Münchner Transplantationsskandal von vor sieben Jahren auf.

Ganz anders las sich das Dossier über den früheren leitenden Oberarzt an Professor Gübelins Klinik, den nunmehr seit sechs Jahren als Chefarzt an einer Privatklinik in der Schweiz tätigen Professor Günther Raffelsberger. Er war im Münchner Transplantationsskandal der Hauptakteur gewesen, der für drei seiner Patienten in erheblichem Umfang gefälschte Untersuchungsergebnisse vorgelegt und damit erreicht hatte, dass sie schneller ein Spenderorgan zugeteilt erhalten hatten. Ehe die Ermittlungen hierzu richtig Fahrt aufgenommen hatten, hatte er das Klinikum verlassen und war über eine Zwischenstation im Badischen nach Zürich gekommen. Anklage war gegen Günther Raffelsberger niemals erhoben worden, und in neuer Funktion erfreute er sich großer Anerkennung. Daneben wurde er für sein soziales Engagement in Äthiopien gelobt, wo er sich maßgeblich am Aufbau einer chirurgischen Klinik in Gonder beteiligt hatte. Eine Kooperation mit dem örtlichen Universitätsklinikum brachte dort die regionalspezifische Forschung voran und gab dem Projekt die nötigen akademischen Weihen.

Das Profil des Münchner Chefarztes Winfried Gübelin war bereits weidlich in den Medien breitgetreten worden. Einerseits war ihm der Vorwurf mangelnder Aufsichtsführung zum Verhängnis geworden, auch von einer Duldung der illegalen Praxis seines Oberarztes Raffelsberger war vielfach die Rede gewesen. Andererseits hatte er wegen nicht nachvollziehbarer Transplantationen in der Kritik gestanden, diese nur deshalb durchgeführt zu haben, um die Fallzahlen seines Klinikums zu erhöhen, was vielfältige Vorteile bei der leistungsorientierten Mittelvergabe und bei der Berücksichtigung in Sonderprogrammen ergeben hatte.

Zudem hatte sich Gübelin mehrfach dem Vorwurf falscher und intransparenter Abrechnungen ausgesetzt gesehen und hatte in mindestens einem pressebekannten Fall Schadensersatz zu leisten gehabt. Allerdings war auch in seinem Fall sein Engagement in der medizinischen Entwicklungshilfe lobend herausgestrichen worden, denn er investierte viel Zeit in Ghana, wo er in Tamale ein Krankenhaus unterstützte und immer wieder vor Ort persönlich operierte, um sozial benachteiligten Menschen zu helfen.

Alle drei zusammen hatten die Expertise und die Kontakte, um zahlungskräftigen Patienten außerhalb des rechtlich zulässigen zu einer neuen Niere zu verhelfen. Die Frage war, wer war tatsächlich involviert; nur einer, oder zwei oder sogar alle drei? Und wer übernahm für sie die Organisation? Wer besorgte die Organe, wer vermittelte die Patienten? *Egal wer da mit drinsteckt, er braucht ein Netzwerk im Hintergrund, nur dann läuft das Geschäft.* Wenn einer aus dem Netzwerk ausscherte, würde das Business in Gefahr geraten. Hatte Atasoy abspringen wollen? Vielleicht war das die zentrale Frage.

Alex beschloss, den Stier bei den Hörnern zu packen, und rief bei der Telefonnummer in Köln an, die als Kontaktdatum im Impressum der Internetseite des Moscheenverbands angegeben war. Nach kurzem Hin und Her und zwei zwischengeschalteten Gesprächspartnern meldete sich der Generalsekretär persönlich am Telefon.

Alex stellte sich vor und fragte den Verbandsfunktionär, ob er den Münchner Chirurgen Bülent Atasoy kenne.

»Selbstverständlich, er ist mit mir verwandt. Ich bin der Sohn des Cousins des Vaters von Bülent. Wieso fragen Sie?«

»Professor Atasoy wird seit Mittwochnachmittag letzter Woche vermisst.«

»Um Gottes willen«, entfuhr es dem Generalsekretär, und in Alex Ohren klang der Ausruf echt und unverstellt. »Was ist geschehen?«

»Das wissen wir nicht. Darf ich Sie fragen, ob Sie oder einer Ihrer Mitarbeiter seit Ihrem Amtsantritt versucht haben, Kontakt mit Professor Atasoy aufzunehmen?«

»Selbstverständlich«, antwortete Abdurrahman Atasoy.

»Selbstverständlich was?«

»Sie dürfen fragen und wir haben Kontakt aufgenommen. Mein Cousin hat unserem Dachverband eine großzügige Spende zukommen lassen.«

»Ging es nur darum oder gab es von Ihrer Seite noch weitere Anliegen?«

»Unser Dachverband ist auf Gönner angewiesen, da liegt es nahe, dass ich in meiner Verwandtschaft um Unterstützung bitte. Aber wir haben auch an dem Arzt Atasoy ein großes Interesse. Wir koordinieren einiges an sozialer Arbeit, da benötigen wir die Mithilfe von Ärzten.«

»Wie hat er reagiert?«

»Sehr positiv. Er wird uns intensiv unterstützen – leider, bitte verstehen Sie das, kann ich hier nicht ins Detail gehen.«

»Danke, Sie haben mir schon sehr geholfen.«

»Bitte, Herr ...?«

»Sorger, Alex Sorger.«

»Bitte, Herr Sorger: Finden Sie Bülent!«

»Soweit es meine Möglichkeiten zulassen – ich tue mein Bestes«, erwiderte Alex und beendete das Gespräch. Danach schaltete er die Aufzeichnungsfunktion seines iPhone ab. Falls jemals erforderlich, würde er die Audio-Datei einem Spezialisten zur Untersuchung geben; die konnten Erstaunliches aus solchen Aufnahmen heraushören, zum Beispiel auch, ob der Generalsekretär gelogen hatte oder nicht. Für den Augenblick ging Alex jedoch davon aus, dass der Moscheenverband nichts mit Atasoys Verschwinden zu tun hatte.

Mit dieser Erkenntnis kam er nach dem Mittagessen in Dorothees Krankenzimmer an. Wider Erwarten zeigte sie sich keinesfalls enttäuscht darüber, mit ihrer ursprünglich geäußerten Vermutung danebenzuliegen.

»Weißt du«, bemerkte sie lapidar, »mit Fehleinschätzungen

muss man in meinem Beruf täglich leben. Oft ist nicht das die Wahrheit, was einem als Erstes ins Auge springt.«

»Warum wurde eigentlich kein einziger Arzt verurteilt, der damals Patientendaten zugunsten einer rascheren Zuteilung eines Spenderorgans manipuliert hat?«, fragte Alex und streichelte Dorothees rechte Hand.

»Manipulationen an sich waren bis zum Jahr 2013 nicht strafbar«, erklärte Dorothee. »Der gravierendere Vorwurf der Körperverletzung mit Todesfolge, weil die Patienten nach den Transplantationen doch gestorben sind, und derjenige der mittelbaren Tötung anderer Patienten, welche wegen der Bevorzugung der Patienten mit manipulierten Daten keine Spenderorgane erhielten, wurde fallen gelassen, weil es an der hinlänglichen Kausalität und dem auf den Erfolg gerichteten Vorsatz fehlt.«

»Heute sähe das vor Gericht also anders aus?«

»Definitiv, denn jetzt gibt es für die Manipulationen eine eigene Strafvorschrift im Transplantationsgesetz.«

»Bedeutet das nicht auch, dass nunmehr das Besorgen von illegalen Spenderorganen noch lukrativer geworden ist?«

»Ob die neue Strafbarkeit von Datenmanipulationen den sowieso angebotsknappen legalen Bereich in die Illegalität treibt, kann man schwer sagen. Jedenfalls ist die Versuchung für zahlungskräftige Patienten groß, sich unabhängig von den Spendersystemen ein Organ zu besorgen. Wer legal sehr lange warten muss, bis ein Spenderorgan zur Verfügung steht, der greift zur Selbsthilfe, wenn er es sich leisten kann.«

»Wer einmal von den verbotenen Früchten genascht hat«, grübelte Alex, »der könnte es wieder tun, oder? Die Hemmschwelle könnte gesunken sein. Wenn du mich fragst, dann haben wir mit den Professoren Gübelin, Raffelsberger und Atasoy jedenfalls eine eingespielte Truppe, die ich mir durchaus als funktionierende Beutegemeinschaft vorstellen könnte. Wenn nun Atasoy aussteigen wollte ...«

»Gefährdet er die anderen«, setzte Dorothee seinen Gedankengang fort, »und sie müssen dafür sorgen, dass er bei der Stange bleibt oder schweigt.«

»Bingo!« Alex drückte Dorothees Hand. »Da hätten wir ein handfestes Motiv.«

»Traust du das Gübelin zu?«

»Der Mann ist ein Chamäleon und ein guter Schauspieler. Ich weiß wirklich nicht, was ich von ihm halten soll«, zeigte sich Alex unsicher.

»Wenn er Dreck am Stecken hat, dann könnte sein Staranwalt mit von der Partie sein. Das wäre ein Fall für mein Ressort.«

»Kannst du dir das bei Presselt vorstellen?«

»Er ist ein eitler Pfau, aber kriminell? Nein. Trotzdem: Oft ist nicht das die Wahrheit, was einem als Erstes ins Auge springt, und Presselt ist Gübelin bestimmt bei allen Vertragsangelegenheiten zur Hand gegangen.«

»Andererseits ist Gübelin wegen des damaligen Transplantationsskandals ein gebranntes Kind. Ich an seiner Stelle wäre seitdem mehr als vorsichtig ...«, zweifelte Alex etwas an Gübelins möglicher Schuld.

»Da hast du auch wieder recht«, pflichtete Dorothee nach kurzem Schweigen bei. »Und Presselt müsste schlau genug sein, sich nicht die Finger dreckig zu machen.«

»Wir sollten uns also auf Raffelsberger und Atasoy konzentrieren«, resümierte Alex.

»Schon, aber wir dürfen keinen Aspekt vernachlässigen. Noch gibt es zu viele Unwägbarkeiten«, mahnte Dorothee.

Nachmittags verließ Alex das Krankenhaus mit zwiespältigen Gefühlen. Dorothee musste nicht an der Schulter operiert und konnte morgen entlassen werden, was eine große Freude war. Aber hinsichtlich seines Auftrags, Atasoy zu finden, war er zunehmend ratlos geworden. Unmissverständlich hatte sich Dorothee dafür stark gemacht, die Polizei einzuschalten, weil der Verdacht einer Verwicklung in das organisierte Verbrechen nahelag. Eine geräuschlose Erledigung im Sinne Presselts wäre das nicht mehr, und Presselt wollte er keineswegs verprellen – zu oft gab es von ihm oder über ihn lukrative Aufträge.

Aber die Möglichkeit, dass Atasoy in ernsthafter Gefahr war, erforderte dringend geeignete Maßnahmen. Alex musste darüber mit Presselt sprechen.

Die einem Trachtenmodenmagazin entsprungene Empfangsdame schien wenig überrascht, ihn zu sehen, als er den eichengetäfelten Eingangsbereich betrat. Sie lächelte charmant, bat ihn, kurz Platz zu nehmen, und meldete ihn telefonisch an. Keine drei Minuten später öffnete sich die schwere Eichentür und ein breit grinsender Staranwalt kam ihm mit ausgestreckten Armen entgegen.

»Willkommen, mein Lieber. Es ist gut, dass Sie persönlich vorbeischauen. Sherry?« Presselt ergriff Alex rechte Hand, legte ihm seine Linke auf die Schulter und führte ihn in sein Büro. Kaum schloss sich die Tür hinter ihnen, änderte sich Presselts Tonfall: »Was denken Sie sich dabei, mich unangemeldet zu überfallen? Sie könnten weiß Gott wem hier begegnen. Ich will nicht, dass Sie mit mir in Verbindung gebracht werden, ich dachte, das sei Ihnen klar!«

»Wen könnte ich in Ihren Empfangsräumen treffen, vor dem Sie Angst haben, dass er mich sieht?«

»Sie sind mein verdeckter Ermittler, basta!« Mit zitternden Mundwinkeln wies er auf den Sessel in der Ecke, ging zu seiner Schrankbar, holte zwei Gläser und eine Sherryflasche und setzte sich zu Alex an den niedrigen Besprechungstisch. Seine Gesichtszüge verwandelten sich in den freundlichen Menschenversteher zurück, den er am liebsten gab. »Jetzt sind Sie da«, stellte er mit sonorer Stimme fest. »Warum?«

Alex bewunderte den Anwalt für diese Wandelbarkeit und Selbstbeherrschung und wünschte, Dorothee könnte die Befragung übernehmen; er fühlte sich dem Charisma des Promianwaltes kaum gewachsen. Entgegen seinen Gepflogenheiten trank er langsam von dem exklusiven Sherry und nahm Blickkontakt auf. Ungerührt erwiderten Presselts kleinen Augen die Herausforderung. Sie schwiegen sich an und maßen ihre Kräfte.

»Wenn Ihnen meine Diskretion im Erfolgsfall 12.000 Euro wert ist, handelt es sich um keine Kleinigkeit«, beendete Alex das Schweigen und den Wettkampf der Blicke.

Presselt hob die linke Augenbraue und rutschte in seinem Ledersessel gefühlte fünf Millimeter nach vorn.

»Was ist Ihnen beziehungsweise Ihrem Mandanten Gübelin so viel Geld wert?«

Presselts hochgezogene Augenbraue fror fest, seine Lippen wurden schmal und sein Blick wurde durchdringend.

Alex spürte die Anspannung des Anwalts beinahe körperlich und war besorgt, Presselt könnte die Beherrschung verlieren.

Doch der hatte sich im Griff, richtete sich auf, trank noch einen Schluck und nickte. »Der schicksalhafte Tod von Sahar Al-Sulaimani lastet Winfried Gübelin auf dem Herzen. Kein Arzt würde Atasoy einen Vorwurf machen, denn Komplikationen können vorkommen. Sahar, ihr Vater und Sahars Schwester waren über die Risiken aufgeklärt. Die notwendige Nachoperation in Istanbul fand unter hochprofessionellen Bedingungen statt. Die örtliche Anästhesistin war eine anerkannte Fachfrau; trotzdem unterlief ihr ein Missgeschick. Für Bülent war diese Narkosekomplikation unvorhersehbar; so etwas geschieht einmal unter 10.000 Fällen. Es war kein Kunstfehler, aber natürlich eine furchtbare Kombination von widrigen Umständen.« Presselt atmete durch. »Die Beziehungen zur Familie in Oman sind nun äußerst angespannt. Sahars Schwester ist Rechtsanwältin und Publizistin, eine der einflussreichsten Frauen in Arabien. Sie ist überzeugt, dass bei der Operation gepfuscht wurde, und steht einer gütlichen Einigung im Weg. Sie will Atasoy zur Rechenschaft ziehen. Wir haben bereits eine große Entschädigungssumme angeboten, aber das genügt den Sulaimanis nicht. Das Mindeste, was wir noch brauchen, um diese traurige Angelegenheit abzuschließen, ist eine persönliche Entschuldigung von Bülent bei Sahars Familie.«

Presselt lehnte sich zurück, ließ seine Worte wirken und Alex gestand sich ein, von dieser Erklärung beeindruckt zu sein. Trotzdem wollte er sich nicht von so einer emotionalen Aussage einlullen lassen. »Das allein«, hakte er nach, »ist Ihnen keine 12.000 Euro für meine Arbeit wert. Um was geht es noch?«

»Sie sind hartnäckig, Sorger. Es geht um die Reputation von Gübelin und es geht um viel Geld. Sie kennen den Fördervertrag, den Atasoy mit den Arabern geschlossen hat. Atasoy ist, wenn ich es hart formuliere, im Verhältnis zu dem arabischen Verein der Strohmann Gübelins, der seit dem Ungemach rund um den Transplantationsskandal sehr vorsichtig agieren muss. Dank Atasoy kommen viele Patienten aus den arabischen Ländern an die Münchner Klinik und bringen dringend benötigtes Geld mit. Wenn es nicht gelingt, den Streit mit den Al-Sulaimanis gütlich beizulegen, werden die arabischen Patienten ausbleiben. Für Gübelin wäre dies eine finanzielle Katastrophe.«

»Warum die Geheimniskrämerei? Warum werden die Patienten unter falschen Namen geführt? Was will Gübelin vertuschen?«

»Die Patienten haben ein großes Interesse daran, inkognito zu bleiben. Das sollte man respektieren. Besonders sensibel ist die Behandlung von Frauen. Vermögende Familien achten sehr auf den guten Leumund ihrer Töchter und Ehefrauen. Hier wird nichts vertuscht, hier wird die Privatsphäre der Patienten geschützt. Und nur unter uns, Sorger: Auch der Bayerische Ministerpräsident lässt sich in dieser Klinik behandeln. Unter – anderem – Namen!«

»Geld«, erwiderte Alex trocken. »Es geht um Geld. Erzählen Sie!«

»Was Gübelin an die Verwaltung abführen muss, ist genau geregelt. Seit er sein Abrechnungssystem umgestellt hat, läuft alles fehlerfrei. Sie haben recht, es geht für Gübelin persönlich um sehr viel Geld. Aber alle Abrechnungen sind korrekt und legal.«

»Sind die Behandlungen ebenfalls legal?«

»Selbstverständlich. Ich verstehe Ihre Frage nicht.«

»Ach kommen Sie«, entgegnete Alex und beugte sich vor. »Nierentransplantationen mit Spenderorganen unklarer Herkunft, das ist doch ein Megageschäft.«

Presselt schüttelte den Kopf. »Da liegen Sie falsch. Nicht mit Gübelin.«

»Er könnte solche Machenschaften dulden.«

»Auf gar keinen Fall. Ich lege meine Hand für ihn ins Feuer.«

Alex studierte Presselts Gesichtszüge. Die linke Augenbraue hatte wieder Normalposition eingenommen, die Augen blickten argwöhnisch, aber klar, der Mund wirkte entspannt. *Er hat mir alles gesagt, was ihm unangenehm ist,* dachte Alex, *er ist von seiner Sache und von seinem Mandanten überzeugt.* Diese Erkenntnis überraschte Alex zwar nicht wirklich, trotzdem erleichterte sie ihn.

Er bat um einen weiteren Sherry und zelebrierte den nächsten Schluck, ehe er seine Vermutung aussprach: »Bülent Atasoy hat Verbindungen zu illegalem Organhandel.«

Linke Augenbraue, zusammengekniffene Lippen, Gesichtsblässe – Alex nahm das gesamte Kaleidoskop der Veränderungen im Gesicht des Rechtsanwalts wahr. So hatte er Presselt noch nie erschrecken sehen.

Seine Stimme klang schütter, als er fragte: »Sind Sie sicher?«

25

Perfekte Teigtaschen sind auf der Unterseite kross angebraten, an der Oberseite hellbraun frittiert mit bissfester, kräftiger Füllung, und wenn die begleitenden Saucen von süß-sauer über würzig bis sichuan-scharf die Palette aller Gaumenreize abdecken, gilt das Dumpling-Dinner als gelungen. Entsprechend wurde bis zum Erreichen eines gewissen Sättigungsgrads an dem in einer Nische versteckten Tisch des modern möblierten Chinarestaurants kaum gesprochen. Es schmeckte Olga, Sonja und Alex einfach zu gut. Außerdem musste Alex offensichtlich die Neuigkeit verdauen, dass Olga und Sonja morgen nach Istanbul fliegen und sich auf die Suche nach Atasoy machen würden.

Über seine Sprachlosigkeit, als sie ihm ihren Plan verraten hatten, amüsierte sich Olga köstlich. Sie freute sich diebisch, Alex Sorger ab und zu überraschen zu können, obwohl sie sich nunmehr seit drei Jahren kannten.

Als sie ihm von der Manipulation des Theaterkontos erzählt hatten, die hoffentlich bald dazu führen würde, dass Markus Horbacher in ernsthafte Schwierigkeiten käme, klatschte er zustimmend in die Hände. Er würde sich mit ihr und Sonja wie ein kleiner Junge freuen, sollte es dem korrupten Baulöwen an den Kragen gehen.

Während Olga auf einem weiteren Dumpling herumkaute, betrachtete sie den Privatermittler und nahm freudig einige winzige Veränderungen wahr, die Zeichen eines neuen Maßes an Zufriedenheit schienen: Die Mundwinkel zeigten weniger nach unten, überhaupt wirkten die Lippen voller als noch vor zehn Tagen, und in den Augen stand ein lebendiger Glanz.

Verliebt sein tut ihm gut, bekräftigte Olga und freute sich für ihn. In den zurückliegenden drei Jahren hatte sie manchmal befürchtet, er könnte seine väterliche Zuneigung zu ihr in Verliebtheit umwandeln. Besser, er sah in ihr weiterhin ein älteres Spiegelbild seiner Tochter und lebte die romantische Liebe mit einer altersadäquaten Frau. Allerdings sollte er sich bei Dorothee besser nicht verplappern, wenn es um Fragen von Recht und Gerechtigkeit ging.

»Euer Plan ist mutig«, stellte Alex fest und wischte sich den Mund ab. »Ihr müsst auf euch aufpassen. Wenn ihr am Bosporus der Mafia in die Quere kommt, wird es gefährlich.«

»Du bist also mit Presselt zu der Einschätzung gekommen, dass Atasoys Verschwinden mit illegalen Transplantationen zusammenhängt?«, fragte Sonja.

Alex nickte, berichtete ausführlich von seinem Gespräch mit dem Staranwalt und bekräftigte seine Einschätzung, dass Professor Gübelin in keine unlauteren Geschäfte verstrickt war. Dagegen könne man durchaus eine Zusammenarbeit zwischen Raffelsberger und Atasoy in Betracht ziehen.

»Während ihr euch im alten Byzanz vergnügt, werde ich ein wenig in Zürich recherchieren«, weihte Alex sie in seine Pläne ein. »Mal sehen, was der ehrenwerte Günther Raffelsberger dort so alles treibt.«

Diese Nacht schliefen sie in Olgas Wohnung, und Olga suchte in einem unruhigen Hin und Her Körperkontakt zu Sonja, die in einem tiefen Schlaf geborgen von Olgas Unrast nichts zu bemerken schien. Immer wieder schreckte Olga von einem seltsamen Traum auf.

Sie lief orientierungslos durch schmale Gassen voller Menschen, eingehüllt in einen süßlich duftenden Nebel, der aus Kanaldeckeln hervorkroch, und mit dem Nebel einher glitten ölverschmierte lange Finger an ihren Beinen hinauf. In dem Augenblick, als die Finger ihre Oberschenkel erreichten, wachte sie auf und keuchte vor Atemnot. Dann kuschelte sie sich an Sonja und schlang die Arme um die Freundin, die seelenruhig schlief.

Sonjas ruhiger Atem vermittelte Olga zwar Geborgenheit, aber in ihren Gedanken vermengten sich diffuse Ängste vor der Reise nach Istanbul mit Schmerz und Trauer über den Freitod ihres Mandanten Rolf Mergenthaler. Sie spürte tief in sich eine bedrückende Ohnmacht, aber auch Verzweiflung darüber, ihn nicht abgehalten zu haben. *Wie denn?,* fragte sie sich und zermarterte ihre Erinnerung, ob sie Anzeichen übersehen hatte, die darauf hingedeutet hätten, dass er sich das Leben nehmen würde. Ja, er war ein Macher, ein Ärmelhochkrempler gewesen, und seine frustrierte Kapitulation nach seinem Ausraster am Freitag während der Zeugenvernehmung hatte irgendwie nicht zu seinem Naturell gepasst, aber dass daraus der Entschluss erwachsen könnte, sich das Leben zu nehmen, das hatte Olga nicht vorhergesehen.

Sie war nach wie vor fassungslos, traurig und vor den Kopf gestoßen. Die erbarmungslose Endgültigkeit dieses Schrittes verwob sich, während sie an Sonjas Seite langsam in die nächste Schlafphase glitt, mit einer dumpfen Vorahnung von Bedrohung und Gefahr in Istanbul, und kaum war sie eingeschlafen, waberte der Traum aus dem Nachtdunkel hervor und schreckte sie in dem Moment auf, wo die glitschigen Finger ihre Oberschenkel erreichten.

Schließlich hielt es sie nicht mehr im Bett. Sie schlich unter die Dusche und drehte das kalte Wasser auf, bis sie vor Kälte zitterte. Danach rubbelte sie sich trocken und machte sich eine Crema. War es wirklich vernünftig, nach Istanbul zu fliegen und Atasoy zu suchen? Hatten sie auch nur den Hauch einer Chance, ihn zu finden? In den Metropolen dieser Welt verschwanden viele Menschen für ein Taschengeld auf nie mehr Wiedersehen, hier ging es möglicherweise um Millionenbeträge – was war da ein Menschenleben schon wert? *Immerhin,* sprach sich Olga Mut zu, *haben wir mit Elif Demer einen Ansatz.* Und Olga wollte etwas tun; alles war besser, als herumzusitzen.

Während sie die morgendlichen Geräusche der erwachenden Stadt auf sich wirken ließ, machte sie sich ihren Wunsch bewusst, genau diese Stadt für einige Tage hinter sich zu lassen. In der Ferne könnte sie die Erinnerung an Rolf Mergenthaler ausblenden, in einer fremden Stadt wäre sie abgelenkt und könnte sich besser von den immer noch schwelenden Schuldgefühlen befreien. *Außerdem,* spürte sie, *habe ich einfach Lust darauf, mit Sonja etwas zu erleben.* Olga verwarf die Zweifel an der Sinnhaftigkeit ihrer Mission; im Gegenteil: Sie freute sich jetzt auf diese Reise.

Zwei Stunden später schlug die Angelegenheit eine weitere verrückte Kapriole: Alex rief an und teilte mit, Gülay Atasoy habe den Auftrag widerrufen. Ihr Mann habe sich gemeldet, er sei bei seinen Eltern, es gehe ihm gut und er komme spätestens in einer Woche zurück.

»Das ist jetzt nicht wahr, oder?«, rief Olga überrascht ins Telefon.

»Doch – allerdings muss ich noch mit Presselt darüber sprechen«, erwiderte Alex.

»Wenn du mich fragst, ist da einiges faul«, gab Olga zu bedenken.

»Verstehen tu ich's auch nicht«, erwiderte Alex. »Aber falls Presselt sein Okay gibt und das Sonderhonorar herausrückt …«

»Nein«, unterbrach ihn Olga. »Wir hören jetzt nicht auf, Atasoy aufzustöbern.«

»Ach Olga …«, brummte der Privatermittler.

»Nix mit ›ach Olga‹. Bis vor Kurzem waren wir der Meinung, dass Atasoy entführt worden ist und in Lebensgefahr schwebt. Wir müssen die Angelegenheit aufklären. Vielleicht setzt jemand Gülay unter Druck.«

»Findest du das nicht weit hergeholt?«, entgegnete Alex.

»Überhaupt nicht. In dieser Angelegenheit ist sowieso alles

rätselhaft und schräg. Nein, wir bleiben dran. Sag das deinem Promianwalt, mit schönen Grüßen von mir.«

»Wenn du meinst …«, erwiderte Alex matt und legte auf.

»Was machen wir?«, fragte Olga und schaute Sonja erwartungsvoll an. *Sag nicht Nein,* wünschte sie sich, *denn ich will nach Istanbul fliegen; basta.* Außerdem konnte sie sich gar nicht vorstellen, dass die Suche der letzten vier Tage so banal enden sollte.

»Wir fliegen trotzdem«, sagte Sonja. »Ich bin neugierig auf diese Stadt.«

Wir funken auf der gleichen Wellenlänge, freute sich Olga. *Mal sehen, ob dabei mehr herauskommt als ein wunderbares Sightseeing.*

26

Von seinem Sitzplatz aus konnte er sowohl den Topkapi-Palast hinter den Bäumen erkennen als auch das Goldene Horn überblicken, einfach ein traumhafter Ort, um sich in Istanbul mit einer attraktiven Frau zum Dinner zu treffen. Das Restaurant war längst kein Geheimtipp mehr, aber dank seiner vielfältigen Besuche bei Güralp Ihsan hatte Leone Riello anstandslos seinen Lieblingstisch in der hinteren Ecke der Dachterrasse erhalten.

Er war eine halbe Stunde zu früh, Zeit genug, sich auf das Treffen mit Anita vorzubereiten. Wenn möglich, würde er sich mit ihr ausschließlich über Musik unterhalten, aber sein Instinkt warnte ihn: Sie würde einiges von ihrem Kliniktag berichten wollen, und das könnte ihm wieder durch Mark und Bein gehen, wie schon ihre Erzählungen der letzten Stunde ihres gestrigen Fluges von München nach Istanbul.

Es war ein Fehler gewesen, sich für ihre Profession zu interessieren und sie damit zu ermutigen, von den armen Kreaturen zu erzählen, die für lächerliche Beträge eine Niere verkauften. Welcher Teufel hatte hier Schicksal gespielt? Ausgerechnet ihm klagte sie das erschütternde Leid der jungen Menschen, die sich ohne vernünftige Aufklärung in provisorischen, jeden modernen Standard ignorierenden Operationsräumen eine Niere oder gar einen Teil ihrer Leber entnehmen ließen und dürftig versorgt in ihr Leben zurückgeschickt wurden. Nachsorge Fehlanzeige. Wenn später Komplikationen auftraten, waren die Spender auf sich allein gestellt und diejenigen, die den Weg in die staatliche Universitätsklinik fanden, hatten Glück, denn dort wurden sie kostenlos und fachmännisch versorgt. Über die vielen, die an den Komplikationen oder irgendwelchen Nachwirkungen zugrunde gingen, gab es keine Statistik; die Dunkelziffer, so Anita, war jedenfalls groß.

Immerhin, klopfte sich Leone innerlich auf die Schulter, legte er Wert darauf, dass die Spender der Organe, welche er vermittelte, ordentlich versorgt wurden; nicht nur, dass ihm deren Schicksal auf gewisse Weise am Herzen lag, nein, je professioneller die Nieren entnommen wurden, desto größer war die Gewähr, ein tadelloses Organ zu erhalten. Aber er musste sich auch eingestehen, das Schicksal seiner Spender nicht wirklich im Blick zu haben.

Umso mehr hatte ihn ihre Schilderung des Schicksals eines syrischen Bürgerkriegsflüchtlings erschüttert, dem neben einigen 1.000 Dollar ein Visum für die Weiterreise nach Deutschland versprochen worden war, wenn er sich bereit erklärte, sich in Istanbul eine Niere entfernen zu lassen. Was für ein Anreiz für einen 20-jährigen Mann, dessen Heimat zerbombt worden war, und was für eine Katastrophe, als sich eine furchtbare Wundentzündung in seinem Unterbauch ausbreitete, weil die Explantation unsachgemäß vorgenommen worden war.

Mephisto persönlich musste dafür gesorgt haben, dass ihm Anita so sehr gefiel, dass er sich diese ergreifende Geschichte bis zum Schluss anhörte. Schlimmer noch: Er empfand Mitgefühl mit dem jungen Mann, und dieses Mitleid wuchs in ihm heran zu einem Krebsgeschwür von schlechtem Gewissen. Schließlich lebte er seit zehn Jahren genau von solchen Menschen, die für einen lächerlichen Betrag eine Niere opferten, die für den zigfachen Preis einen Reichen von der Mühsal der Dialyse befreite. Hatte er es nicht all die Jahre geschafft, sich keine Gedanken darüber zu machen, woher er die Ware für seine Kundschaft bezog? Hatte er sich nicht stets damit gerechtfertigt, seinen Kunden das Leben zu erleichtern, zu verlängern oder gar zu schenken?

Vor vielen Jahren hatte er sich von Husseins Vater das Leid schildern lassen, an Zystennieren erkrankt zu sein. Langsam, aber stetig nimmt die Leistung dieser degenerierten Nieren ab. Stets lebt der Patient in der Angst, die Nieren könnten komplett versagen. Jede der dreimal wöchentlich notwendigen Dialysesitzungen ist anstrengend wie ein Marathonlauf. Die eigene Leistungsfähigkeit sinkt rapide. Und letztlich wird die Seele aufgefressen von Schmerzen und Angst. Nur eine neue Niere verspricht nachhaltige Besserung. Aber im Rahmen der bestehenden Spendensysteme kann es sechs bis acht Jahre dauern, bis man ein Spenderorgan erhält.

Leone hatte Mitleid mit Abdullah gehabt und eine Rechtfertigung für sein Tun, außerhalb der rigiden Regularien eine Lebendspende für ihn zu organisieren. Der freundliche Leone Riello, der in seinem Geigenkoffer tatsächlich eine Geige transportierte, war ein Menschenfreund, ein Gesundheitsmakler, der Gutes bewirkte und eine Win-win-Situation für Spender und Empfänger kreierte.

Er tat es nicht allein wegen des Geldes, nein, er verdiente sein Vermögen als Wohltäter. Wann hatte er aufgehört, diese Lebenslüge zu glauben? Leone legte sich darüber keine Rechenschaft ab, aber gestern Nachmittag auf Sitz 27B war ihm unangenehm bewusst geworden, dass es eine Lebenslüge war.

Trotzdem hatte er nicht aufhören können, der warmen Stimme seiner Sitznachbarin zu lauschen, und er ahnte schon, wie viel Schmerzendes sie in 20 Minuten wieder erzählen würde. Sie konnte und sie sollte nicht ahnen, wie sehr ihn gerade dieses Thema berührte und aufwühlte.

Sein Freund Hussein lag in der noblen Privatklinik *Ümraniye Hilal Hastahane,* weil seine Abstoßungsreaktion auf die fremde Niere ungewohnt heftig und mit einer lebensgefährlichen Infektion verbunden war. Das Schicksal wollte es nun einmal, dass die sogenannte autosomal-dominante polyzystische Nierenerkrankung die häufigste lebensbedrohende Erbkrankheit beim Menschen ist, sodass Leone mit einer unabweisbaren Zwangsläufigkeit für Hussein zehn Jahre, nachdem er dessen Vater geholfen hatte, eine neue Niere hatte besorgen müssen. Nachdem Hamzi die eigentlich vorgesehene Niere anderweitig verkauft hatte, war das eilig besorgte Ersatzorgan offenbar unsachgemäß entnommen und der Spender nachlässig getestet worden. Hamzi würde dafür zur Rechenschaft gezogen werden, aber das half Hussein nicht. Hussein musste erst einmal die Infektion überleben und brauchte dann so schnell wie möglich eine neue Niere. Egal woher.

Und in 15 Minuten würde Anita wieder von einem Spenderschicksal erzählen. Leone kämpfte gegen das Unbehagen, das sich in seinem Bauch ausbreitete. Er musste den heutigen Tag abschütteln, musste das eine vom anderen trennen, denn er wollte bei herrlicher Aussicht über die Stadt und vorzüglicher türkischer Küche den Abend mit Anita genießen.

Leone zwang seine Gedanken in das Notenbild der Bach-Sonate hinein, ließ sich einfangen von der Partitur und spielte die ersten Takte in Gedanken viel virtuoser, als er es jemals mit seiner Geige vermochte. Die Musik im Kopf befreite sein Herz und fokussierte die Gedanken auf nichts als den schwermütigen Wohlklang, und wenn es eine einzige Wahrheit gab auf dieser Welt, dann war es diese: Musik war ein Geschenk Gottes.

Er hatte die Augen geschlossen und lächelte beseelt vor sich hin, als ihn eine Hand vorsichtig an der Schulter stupste. Er blickte auf und in die klaren Augen von Anita.

Sie sah müde aus. Ein blasses und ungeschminktes Gesicht erzählte von ihrem Tag, der frühmorgens begonnen und vor einer knappen Stunde geendet hatte, 12 Stunden in Arztbesprechungen und Operationssälen, keine Mittagspause, trotz sommerlicher Temperaturen zu wenig getrunken. Ihre Stimme klang rau. Das komme von den Gasen, die man zwangsläufig im OP einatme, erklärte sie und trank den alkoholfreien Fruchtcocktail auf einen Zug aus. Sie lachte.

»Es ist unelegant, ich weiß. Aber der Durst ...«

Ihre offene Art gefiel ihm ebenso wie ihre Natürlichkeit. Kein

Make-up, kein Lidschatten, keine gezupften Augenbrauen – völlig ungekünstelt ein klar geschnittenes Gesicht mit einem zu spitzen Kinn, einer zu scharf geschnittenen Nase und einer zu hohen Stirn, zu lang und zu schmal für wahre Harmonie, aber beinahe wie ein Modell von Modigliani. – Leone winkte dem Kellner, machte ein Zeichen auf das Cocktailglas, der Ober begriff. – Ihre Hände zeigten eine leichte Rötung, die langen Finger wirkten zupackend, die Nägel kurz geschnitten, kein Nagellack. Am Hals kaum wahrnehmbare Fältchen. Den obersten Knopf der schlichten Bluse trug sie offen, zeigte die Andeutung eines Tals, das tiefer zu sein schien, als ihre zierliche Erscheinung vermuten ließ. – Schon servierte der Kellner den zweiten Cocktail. – Anita neigte dankend den Kopf und trank erneut, diesmal jedoch nur das halbe Glas. Ihre Wangen entspannten sich, sie nahm das Kinn zurück. Schon sah sie sanfter aus. Ihre Augen glänzten. Sie waren braungrün.

»Du warst in Gedanken?« Ihre Frage schwebte über den Bosporus hinweg wie der sanft verklingende letzte Ton einer Melodie.

»Zur Einstimmung habe ich versucht, die a-Moll-Sonate von Bach zu spielen«, antwortete Leone, »und war beinahe am Ende des ersten Satzes, als du mich aufgeweckt hast.«

»Ein schweres Stück, das zu Herzen geht. Wie war es bei deinem Freund?«

»Er ringt mit dem Tod.«

»Das tut mir leid.«

»Die Musik gibt mir Trost und Zuversicht.«

»Das ist gut.«

»Er wird diesen Kampf bestehen. Hoffe ich.«

»Ich drücke die Daumen.«

Leone nickte. »Jetzt zu uns Gesunden. Lass uns etwas aussuchen.« Er schob ihr die Speisekarte zu, ehe er sein Exemplar in die Hand nahm.

Sie wählte zielstrebig und ausschließlich vegetarisch. Leone schloss sich an und entschied sich mit ihrer Zustimmung für einen leichten Chardonnay als Begleiter.

»Wie war dein Tag?«, fragte er und ließ sie erzählen.

Eine Operation war misslungen, und sie haderte mit dem Schicksal, denn die Patientin hätte gerettet werden können, wäre sie einige Tage früher in Behandlung gekommen. »Es ist dieses Gefühl der Ohnmacht«, beschrieb sie, »das mich traurig macht. Wenn du nichts mehr unternehmen kannst, du eigentlich schon vorher weißt, dass es vergeblich ist.«

Als Vorspeise gab es gefüllte Weinblätter, überbackene Aubergine und gegrillte Gemüsestreifen auf einem Joghurtbett, dezent gewürzt; der zarte Eigengeschmack des Gemüses dominierte die Komposition.

»Sprechen wir vom Leben«, nuschelte sie mit vollem Mund.

Die beiden anderen Operationen waren erfolgreich verlaufen. Nun war Raum für die Musik und für die Genüsse, welche die Küche aufbot. Leone mochte ihre Stimme und er mochte, was sie erzählte. Von den beiden Leidenschaften, die neben der Chirurgie ihr Leben bestimmten: Musik und Marathon. Zwei Städtemarathons lief sie im Jahr, davon stets den vor ihrer Haustür in München und den zweiten abwechselnd in spannenden Metropolen. Kopenhagen, Rom und Paris hatte sie ebenso bestritten wie Prag, Dublin und Krakau, ein besonderes Highlight sei der Züricher Neujahrsmarathon gewesen, ein Erlebnis fürs Leben mit dem Startschuss exakt um Mitternacht.

»Du glaubst gar nicht«, schwärmte sie, »wie gut sich Musik und Laufen verbinden. Die ersten acht Kilometer laufe ich traditionell mit Beethovens D-Dur Violinkonzert, spiele im Kopf die gesamte Partitur durch und bin dann in einem sagenhaften Flow, der mich in gedankenfreier Kontemplation die nächsten 20 Kilometer auf einer sanften Welle reiten lässt, als wäre das Laufen ein Kinderspiel. Kurz vor Kilometer 30 fange ich zu beißen an und habe vor zwei Jahren in Wien sogar aufgegeben, aber meistens fängt mich Mendelssohns e-Moll-Violinkonzert auf. Es gibt mir Kraft, mit der Geige schon im zweiten Takt das Thema setzen zu dürfen, dann fliege ich die nächsten Kilometer, bis ich im dritten Satz mit der heiteren Melodie der Violine Schwung bekomme für die letzte halbe Stunde. Die laufe ich wie in Trance, bis sich Augen und Ohren öffnen für den Beifall des Publikums und im Kopf die Tutti schmettern zum Zieleinlauf.«

»Du kannst diese Partituren auswendig?«

»Nach mehr als 30 Marathons auf jeden Fall«, lachte Anita. »Schön wäre es, wenn ich einmal mit einem Orchester spielen dürfte. Da bist du mir bestimmt um Längen voraus.«

»Leider nein. Nach einem erfolglosen Vorspiel an der Münchner Oper vor 26 Jahren habe ich meinen Traum vom Berufsmusiker begraben«, gestand Leone und bemühte sich um einen betrübten Gesichtsausdruck.

»Ach so.«

Leone vermeinte einen Hauch Enttäuschung zu hören.

»Was arbeitest du dann?«

»Als Makler«, antwortete Leone wahrheitsgemäß mit bedauernd-gelangweiltem Unterton.

»Immobilien?«

»Immobilien, Wertpapiere, Dienstleistungen, hinreichend diversifiziert, macht mich unabhängig von den Launen der Konjunktur.«

»Wahrscheinlich vernünftig, ich habe ja auch einem handfesten Beruf den Vorzug gegeben«, kommentierte sie diese Aussage, aber Leone spürte einen Hauch von Distanz in ihrer Stimme, und das verletzte ihn. Er hätte sie gern beeindruckt und von seinen Vorzügen überzeugt, aber jeder weitere Satz zu seinem wahren Betätigungsfeld hätte den Abend zerstört. Er musste über die Musik versuchen zu retten, was zu retten war.

»Leider ist die Vernunft der Bremsklotz am Bein der Kreativität«, bedauerte Leone. »Aber ich war ein Gefangener meiner Träume und konnte mir viele Jahre lang nicht vorstellen, die *Tuttisau* in einem zweit- oder drittklassigen Orchester zu geben. Lieber habe ich von einem Solo auf großer Bühne geträumt und mein Talent überschätzt. Im Nachhinein bin ich unsicher, ob ich den richtigen Weg gegangen bin.«

Anita legte ihm eine Hand auf den Unterarm und beschwichtigte: »Verzeih, es sollte nicht kritisch oder gar herablassend klingen. Makler stehen nur eben nicht im besten Ruf.«

Leone zwang sich zu einem lockeren Lachen: »Schuldig im Sinne der Anklage. Zum Glück gibt es ein Leben neben dem Broterwerb, und die tägliche Stunde an der Geige schenkt mir wahrscheinlich mehr Freude, als es das professionelle Spiel getan hätte.«

»Da hast du es einfacher als ich. Wenn ich es schaffe, drei Stunden in der Woche zu üben, bin ich schon gut.«

»Schade, dass wir unsere Instrumente nicht zur Hand haben. Ich stelle mir gerade vor, wir stünden unten am Wasser und könnten ein Violinduett von Vaclav Pichl spielen ...«

»Vor uns ein offener Geigenkoffer für die Münzen der Zuhörer wie bei echten Straßenmusikern«, ergänzte Anita und strahlte ihn an. »Du bist offensichtlich ein Romantiker.«

Durch zwei Hauptgänge hindurch plätscherte ihre Unterhaltung nun mit manch neckischer Bemerkung hier wie da angenehm und kurzweilig einem romantischen Finale entgegen, das statt des Desserts ein Gläschen 25-jährigen Rums als Digestif bereithielt.

Etwas angeheitert verließen sie mit der beginnenden Nacht die aussichtsreiche Dachterrasse und schlenderten hinunter ans Wasser. Anita hakte sich bei Leone ein und schmiegte sich nach und nach enger an ihn. Kurz vor einem einladenden Lokal unmittelbar am Wasser – sie überlegten, ob sie noch ein Glas Wein trinken wollten – legte er den Arm um ihre schmalen Schultern. Sie wandte ihm ihr Gesicht zu und schaute zu ihm auf.

Warme Lippen, weiche Lippen, der Kuss war so innig wie unvermeidlich. Heiß sprang Leone die Erregung an. Er schob sein Becken einige Zentimeter zurück, wollte Anita nichts spüren lassen von seiner Begierde, legte aber alle Leidenschaft in sein Küssen, der er fähig war. Wann hatte er das letzte Mal so geküsst? Jede Faser in ihm verlangte nach mehr, er konnte nicht genug bekommen von ihrer kecken Zunge, aber trotzdem erlahmte sein Liebesrausch.

Er sah den Jungen, von dem sie ihm erzählt hatte; dem die Niere geraubt worden war, der von der Wundentzündung aufgefressen und aufgrund der unsachgemäßen Explantation zerstört worden war. Er küsste hingebungsvoll mit geschlossenen Augen und sah das Mitleiden und die Empörung in Anitas Gesicht, als sie dieses Schicksal beklagt hatte, und er sah das schweißgebadete Gesicht Husseins, der mit seiner Infektion kämpfte und so schnell wie möglich eine neue Niere benötigte, die er, Leone, dringend und ohne Rücksicht auf irgendjemand besorgen musste. Er küsste verzweifelt und hielt sich an der zierlichen Ärztin fest, als könnte sie ihn retten, und wusste doch, dass es diese Rettung für ihn nicht mehr gab. Er konnte seine Hüfte wieder gegen ihr Becken pressen. Da war keine Härte mehr, die ungebührlich seine Männlichkeit bezeugen könnte.

Er ergab sich in einen verzweifelten Kuss und begann zu weinen. Jetzt wusste er, dass er gestern keinesfalls »Ich schon« hätte sagen sollen, als Anita meinte, von dem Schicksal des Bürgerkriegsflüchtlings wolle sich niemand berichten lassen.

Sie löste die Lippen von seinem Mund und strich mit der Fingerkuppe ihres Daumens eine Träne von seiner Wange. »Du hast lange nicht mehr geküsst«, flüsterte sie. »Es tut nicht weh.«

Sie spazierten noch eine halbe Stunde, ehe sie in getrennte Taxen stiegen und sich mit dem Versprechen verabschiedeten, sich am nächsten Abend wieder zu treffen.

Nun saß Leone auf dem Bett im Hotel und haderte mit sich und der Welt. Wo waren sein Mut geblieben und sein Selbstvertrauen? Seit Jahren war er keiner Frau mehr begegnet, die ihn so fasziniert und angezogen hatte, wie Anita, und er brach bei leidenschaftlichen Küssen in Tränen aus. Vertan die Chance auf eine unvergessliche Liebesnacht. Entmannt von einer Sentimentalität, die ihm 25 Jahre fremd geblieben war. Von Skrupeln überrumpelt und in seinem Selbstverständnis erschüttert.

Keiner der Spender war mit Gewalt gezwungen worden, eine Niere oder einen Teil der Leber zu opfern, alle hatten sich gegen Bezahlung freiwillig zur Verfügung gestellt, und er durfte und wollte davon ausgehen, dass die Organe in Gonder wie auch in Tamale sachgemäß entnommen wurden. Kein einziger Fall von nachträglichen Schwierigkeiten der Spender war ihm zu Ohren gekommen. Aber natürlich hatte er nie nachgefragt. Passende und pünktliche Lieferung waren geschäftsentscheidend, und für die Implantation hatte er fähige Spezialisten in hervorragend ausgestatteten Kliniken zur Hand. Seine Operateure begingen keine Kunstfehler.

Auch Hussein war perfekt versorgt worden. Für die Mangelhaftigkeit der Spenderniere war Hamzi verantwortlich. Doch das half augenblicklich nicht weiter. Wenn Hussein die Infektion überstand, benötigte er eine frische Niere. Von den Shuruks konnte sich Leone nicht mehr beliefern lassen, also wo, um Himmels willen, bekam er auf die Schnelle ein gesundes Spenderorgan her? Seine Kontaktleute hatten ihm zugesichert, unverzüglich mit den entsprechenden Screenings zu beginnen, denn für die ungünstige Empfängersituation Husseins fand sich kein geeigneter Spender in ihren Datenbanken. Das bedeutete warten, möglicherweise länger warten, als Hussein warten wollte.

Dieses Risiko konnte Leone nicht eingehen. Ihm blieb keine Wahl, er musste auf das Reservoir der Bürgerkriegsflüchtlinge zurückgreifen. Er musste die Hand reichen für das, was Anita eindrucksvoll beklagt hatte. Heute schreckte er das erste Mal in seinem Leben vor dieser Entscheidung zurück. Er fühlte sich, als läge keine Violine, sondern eine Uzi in seinem Geigenkoffer, und genau dafür hasste er sich jetzt.

Aber es blieben weder Zeit noch Energie für Selbstzweifel. Problemlösungskompetenz war gefordert, mehr als jemals zuvor. Leone ahnte die Krise nicht nur, in die er verstrickt war, sondern sah sie bereits zur Katastrophe auswachsen. Nicht nur die Tatsache, dass in der Familie offensichtlich beschlossen worden war, ihn aus seinen Geschäften zu drängen, war eine massive Bedrohung, sondern auch der erschreckende Umstand, dass sein bester und zuverlässigster Arzt aussteigen wollte. Abgezeichnet hatte sich das bereits vor Monaten, nun wurde das Problem akut. Auch das hatte er dem verräterischen Verhalten von Hamzi zu verdanken, der den Mediziner gezwungen hatte, die eigentlich für Hussein vorgesehene Niere einem anderen Patienten zu implantieren.

Hamzi würde seiner Strafe nicht entgehen, dafür würden die Paten schon sorgen, aber Leones Geschäftsmodell gelangte ans Ende. Mit dem Einzug von Drohung und Gewalt gab es keinen Platz mehr für die Freundlichkeit, die Leone gelebt hatte und leben wollte. Der Markt war zu groß geworden.

Ich muss weichen, erkannte Leone und bekam es mit der Angst zu tun. Keinesfalls durfte Hussein sterben, sonst bliebe der Familie kaum eine andere Wahl, als ihn den Chourohinis zu opfern. Für die Riellos waren die sonstigen Geschäfte mit den Arabern viel zu wichtig, als dass sie einen Versager schützen konnten.

Leone hatte sich mit Hamzi den falschen Geschäftspartner ausgesucht, das hatte ihm sein Bruder in aller Deutlichkeit vorgeworfen. Einen Fehler durfte man sich in der Regel leisten, aber wenn Hussein starb, wäre das ein Fehler zu viel. Und die Gefahr bestand, so hatte es ihm sein Arzt erläutert, denn wegen der Unverträglichkeit der implantierten Niere hatte Hussein sehr hochdosierte Immunsupressiva erhalten. Dadurch hatte sich die im Anschluss aufgetretene Infektion gefährlich ausbreiten können, zudem schwächte die Immunsupression die Wirkung der entzündungshemmenden Medikamente. Ein Teufelskreis, in den immer wieder Patienten gelangen, die im Anschluss an eine Organtransplantation einen Infekt erleiden.

Zum Glück war alles rasch erkannt worden. Hussein befand sich in den besten Händen, aber erst in zwei Tagen würde man wissen, ob er diese Krisis überstehen würde. Falls ja, würde sein Körper einige Tage Erholung brauchen, doch dann wäre es höchste Zeit für eine neue Niere. Bis dahin musste der junge Assistenzarzt, der am Mittag nach Gaziantep geflogen und von dort weiter in das Flüchtlingslager in Nizip gefahren war, einen geeigneten Spender gefunden und nach Istanbul gebracht haben. Ausgerüstet war er mit einem Koffer voller Blutgruppenschnelltests und einem Bündel Dollarscheinen, um die Versprechungen zu untermalen, die er dem geeigneten Kandidaten machen sollte: 2.000 Dollar in bar und ein Visum für Deutschland. Die ausführlicheren Tests auf HL-Antigene zur Bestimmung der Histokompatibilität, die für den Erfolg von Transplantationen wichtig ist, würden in Istanbul vorgenommen werden, um sicherstellen zu können, dass es zu keiner übergroßen Abstoßungsreaktion käme – was bei Hussein nach der jetzigen akuten Infektion besonders wichtig war.

Warum ist das alles so kompliziert?, fragte sich Leone und ahnte doch, dass genau das zu seinem geschäftlichen Erfolg im letzten Jahrzehnt beigetragen hatte.

Nun konnte er nichts weiter tun, außer zu warten, und das stieß ihn tief in seine eigene Krise. Sein Puls raste, im Wechselbad von Hoffen und Bangen war ihm bald kalt, dann wieder heiß, an Einschlafen war nicht zu denken. Er machte sich Sorgen, was

Ricardo und Luca in München unternommen hatten, nachdem sie festgestellt hatten, dass er sich aus dem Staub gemacht hatte. Vermutlich hatte sein Neffe Fabricio, mit dem er sich am Morgen getroffen hatte, inzwischen nach München gemeldet, dass er sich in Istanbul befand. Ricardo würde das wahrscheinlich ignorieren. Andererseits hatte Leone gegen den Wunsch des Paten und seines Bruders verstoßen, in München stillzuhalten. Aber gewiss war weder Ricardo noch Luca bewusst, wie brenzlig die Situation von Hussein war.

Wenn die Sache gut ausgeht, lässt sich später zu Hause alles erklären, beruhigte sich Leone. Außerdem könnte er seine Geschäfte auf Ricardo und Luca übertragen und sich zumindest teilweise zurückziehen. Das müsste die Onkel milde stimmen, und wenn er die beiden Neffen, die schon länger ein Auge auf seine Geschäfte geworfen hatte, in seine Geheimnisse – vor allem seine Verbindungen – einwies, stünde einem geruhsamen Leben nichts mehr im Wege.

Wieder spürte Leone die Müdigkeit, die ihn seit einiger Zeit zunehmend lähmte, und sie wuchs von Minute zu Minute. Er legte sich angezogen aufs Bett und wünschte, Anita wäre bei ihm und er könnte mit ihr frank und frei reden. Was hatte er die Einsamkeit satt, die ihn umgab. Er sehnte sich nach einem Menschen, mit dem er alles teilen konnte, was ihn bewegte. Er wollte über die Dinge sprechen, die ihn belasteten, auch wenn er gar nicht wusste oder bis gestern gewusst hatte, was diese Dinge waren.

So sehr er hoffte, der junge Assistenzarzt möge in Nizip erfolgreich sein, so sehr graute ihm vor der Schuld, die er mit diesem Auftrag auf sich lud. Dabei hatte er bisher nie Schuld verspürt. Erst Anita hatte ihn mit ihrer Erzählung von dem Flüchtlingsjungen wachgerüttelt.

Anita. Eine Zufallsbekanntschaft. Die erste Frau, die seine Leidenschaft für die Geige teilte. Seit Henrietta hatte keine mehr den Schlüssel zu seiner Seele gefunden. Anita aber hatte einfach ihren Schlüssel in sein Schloss gesteckt und ihn zum Nachdenken, zum Lachen und zum Weinen gebracht. Und wann hatte ihn zuletzt eine Frau so erregt wie Anita vorhin am Wasser?

Die wenigen amourösen Beziehungen, die Leone noch im Gedächtnis hafteten, erinnerte er als langweilig und schal, und sowieso hatten ihm erotische Abenteuer nie viel bedeutet. Von klein auf ein Sonderling in der Familie, war er sich als Einzelgänger meist selbst genug gewesen. Aber mit einem Mal brach die Sehnsucht nach einem Menschen an seiner Seite ungestüm hervor.

Anita. Vom Schicksal auf Platz 27A gesetzt. Vollkommen irrwitzig, das Ganze, aber eindeutig: Leone war über beide Ohren verliebt wie ein junger Mann.

27

Nach ihrer Ankunft im Hotel gönnten sie sich einen Hauch von Istanbuler Nachtleben. Keine zehn Gehminuten vom Hotel entfernt lag ein Teegarten mit traditionellem Kulturprogramm. Olga und Sonja erhielten einen Platz am Rand, ein runder Tisch unter einem uralten Olivenbaum. Eine tönerne Öllampe spendete etwas zusätzliches Licht, ansonsten erhellten bunte Glühbirnen entlang eines nachlässig gespannten Kabels den Garten. Soweit Olga sehen konnte, waren sie die einzigen Touristinnen hier. Das hatte Olga schon auf dem Flug im kleinen Reiseführer gelesen: Der asiatische Teil Istanbuls war viel weniger touristisch, die Bars und Kneipen waren ursprünglicher. Auf einer kleinen Bühne unter einem Baldachin spielten zwei Musiker auf eigenwilligen Gitarren eingängige Melodien, die für Olgas Ohren fremdartig genug klangen, um sie in eine andere Welt zu versetzen. Ringsum wurde viel gesprochen und gelacht. Das Publikum war jung und gemischt, die Stimmung heiter. Ein höflicher Ober brachte Pfefferminztee und öliges Gebäck. Sonja zahlte die Zeche sofort, gab dem Ober einen Zehn-Euro-Schein und fragte:

»*Is this okay?*«

»*Yes, more than okay, thanks*«, dankte der Ober mit einem strahlenden Lächeln. Olga nahm unter der Tischplatte Sonjas Hand und streichelte zärtlich mit dem Daumen über Sonjas Handrücken. Sie schauten sich immer wieder an und genossen die angenehme Wärme des lauen Abends.

»Wer hätte gedacht, dass ich mit dir so bald eine Städtereise mache«, bemerkte Sonja und formte rasch einen Kussmund. »Du machst mich glücklich, Gamserl.«

Olga erwiderte die Geste und freute sich zugleich über den Kosenamen, den Sonja seit wenigen Tagen benutzte; unwillkürlich fiel ihr »Wasp« wieder ein, und sie fand, dass dieser neckend-anerkennende Name zu Sonja so gut passte wie das »Gamserl« zu ihr. Olga war glücklich, und auch, wenn sich alles gerade etwas unwirklich anfühlte, fand sie es unglaublich gut. Sie spürte ein Kribbeln im Bauch. Ihr Kopf schwirrte. Ein wohliger Nebel umgab ihre Sinne, als hätte sie mindestens zwei Gin-Tonic getrunken, aber nein: Im Glas befand sich reiner Pfefferminztee. Wunderbar aromatisch. *So was bekommt man daheim gar nicht,* schwärmte Olga und war froh, dass sie mit Sonja vereinbart hatte, an diesem Abend kein Wort mehr über Atasoy zu verlieren. Ihr erster Abend in Istanbul gehörte nur ihnen.

Am nächsten Morgen ließen sie das reichhaltige Frühstücksbüfett des Hotels links liegen und machten sich, mit einem Stadtplan bewaffnet, zu Fuß auf den Weg zum *Ümraniye Hilal Hastahane.* Schräg gegenüber vom Krankenhaushaupteingang befand sich ein Café. Olga und Sonja hatten Glück: Am Fenster war ein Tisch frei.

Sie setzten sich, bestellten Kaffee, Brötchen und *Menemen* und behielten den Eingang im Blick. Später würden sie sich in der noblen Privatklinik über Schönheitsoperationen beraten lassen, doch noch war es hierfür zu früh. Von Alex hatte Olga gelernt, dass es manchmal lohnend sein konnte, auf gut Glück einen Ort zu beobachten, zu dem ein Gesuchter eine Verbindung haben konnte.

»Weißt du«, hatte Alex ihr mehr als einmal verraten, »das Geschäft des Ermittlers verlangt Ausdauer und die Gelassenheit, viele Stunden vergeblich an Orten zu verbringen, die vielleicht eine Bedeutung haben.«

Mit diesem »Vielleicht« mussten sie sich arrangieren, schließlich hatte Alex Olga oft genug von Erfolgen berichtet, die auf die einfachste aller Arten zustande gekommen waren, nämlich das geduldige Beobachten eines Hauseingangs. Also warum nicht die erste Stunde des jungen Tages mit einer türkischen Eierspeise und dem Blick auf den Klinikeingang verbringen?

Das im asiatischen Teil der Stadt liegende Ümraniye bot keinerlei touristische Attraktionen und wirkte im Gegensatz zur Altstadt, durch die sie am gestrigen Abend noch gebummelt waren, jugendlich entspannt. Unter den vielen Neubauten befanden sich mindestens zwei Kliniken, und auch ihr Beobachtungsobjekt schien kaum älter als zehn Jahre zu sein, vermutlich ein weiterer Beweis für den zunehmenden Gesundheitstourismus in dieser Stadt.

Olga rutschte unruhig auf ihrem Stuhl hin und her, sie spürte ein seltsames Kribbeln im Bauch, beinahe wie zu Examenszeiten, kurz bevor sie den Prüfungsraum betreten musste. Was würde sie in den nächsten Stunden erwarten?

Alex hatte ihnen noch am Flughafen zugerufen, Presselt sähe den Auftrag als erfüllt an, ohne dass sie Atasoy kontaktierten; der Staranwalt wollte jedes Aufsehen vermeiden, bat aber weiter darum, Olga solle Atasoy in der Rechtsstreitigkeit mit Gübelin vertreten. Als sich Olga und Sonja aber von ihrem Plan, nach Istanbul zu fliegen, nicht abbringen ließen, mahnte Alex zu Vorsicht und ließ sich tägliche Berichte versprechen. Außerdem gab er ihnen die Adresse von Bülents Eltern. Sie sollten vor Ort entscheiden, ob sie Kontakt aufnehmen wollten.

Jetzt war Olga neugierig, ob sie später ihr Ziel erreichen konnten, etwas über Elif Demer oder gar Atasoy zu erfahren. Sie würden getrennt hineingehen und sich über Brustvergrößerungen beraten lassen; mit etwas Glück ließ sich dabei auch über das Krankenhaus und die behandelnden Ärzte etwas in Erfahrung bringen.

Plötzlich stand Sonja auf und deutete heftig auf den gegenüberliegenden Eingang. »Das ist sie«, stieß sie aufgeregt hervor, »das muss sie sein!« Sonja zappelte mit den Füßen und war drauf und dran, aus dem Café zu stürmen.

Olga packte ihren Arm und zog sie zurück auf den Stuhl. »Leise – wir wollten doch nicht auffallen«, mahnte Olga.

»Ja, aber da ist die Demer, schau doch!«

Olga folgte Sonjas ausgestrecktem Arm, und in der Tat, über die Treppen stieg eine attraktive Frau dem Eingang entgegen, die große Ähnlichkeit mit dem Foto von der Homepage der Klinik besaß.

Sonja kannte kein Halten mehr. »Bleib du hier, ich gehe ihr hinterher.« Sie lief hinaus, überquerte die Straße und verschwand durch die breite Schiebetür des Krankenhauses.

Olga blickte sich im Café um, doch niemand hatte von Sonjas Auftritt Notiz genommen. *Ich sollte nicht paranoid werden,* dachte Olga und verdrängte ihre Nervosität, indem sie sich den gestrigen Abend aus der Erinnerung zurückholte. Nach dem Check-in und einer kurzen Dusche waren sie mit dem Taxi auf breiten Schnellstraßen und über eine riesige Bosporusbrücke zur Rüstem-Pascha-Moschee gefahren und hatten in einem zweistündigen Spaziergang die Altstadt erkundet. Der Trubel war unbeschreiblich und die Anmache durch die *korsan* genannten Schlepper nervtötend gewesen, und trotzdem hatten sie dieses erste Erschnuppern der Stadt in vollen Zügen genossen. Am Fähranleger hatten sie mit vielen Touristen leckere Fischbrote gegessen und waren in der Abenddämmerung über den Bosporus geschippert. Das Lichtermeer der Stadt hatte im Wasser wie ein unendlicher Sternschnuppenregen geglitzert. Der Zauber Istanbuls hatte ihre Herzen erfasst.

Gern wollte Olga mehr erleben von dieser riesigen Metropole mit ihrer langen und abwechslungsreichen Geschichte und bedauerte, kaum mehr als vier Tage hier verbringen zu können. Nächste Woche war ihre Anwesenheit in der Kanzlei dringend erforderlich, überhaupt musste sie sich wieder stärker um das Alltagsgeschäft in ihrem Einzelkämpferdasein kümmern.

Sie fand es nach wie vor erstaunlich, wie sehr ihr Leben in den zurückliegenden zwei Wochen durcheinandergewirbelt worden war, und beinahe schmerzlich wurde ihr bewusst, wie nahe sie sich Sonja inzwischen fühlte, die nun schon eine halbe Stunde in der Klinik gegenüber verschwunden war. Was tat sie dort so lange? Konnte sie in Schwierigkeiten geraten sein?

Olga wurde unruhig, blickte auf ihr Smartphone: keine Nachricht von Sonja, jedoch eine von Alex mit einem Link auf einen Artikel von Münchens größter Boulevardzeitung. *Sanierung des Europäischen Theaters: Neuer Skandal – Gelder veruntreut.*

Die Schlagzeile riss Olga aus ihren Gedanken. Beinahe atemlos las sie den Beitrag über die Veruntreuung von Geldern des Theaters durch den Vorsitzenden der Gesellschafterversammlung, einen stadtbekannten Münchner Bauunternehmer. Olga lachte. Wie schnell nicht nur die Aufsicht, sondern sogar die Medien Markus Horbacher ertappt hatten! Die Gerechtigkeit konnte ihren Lauf nehmen. Egal was Sonja für Erkenntnisse mitbringen mochte, mit dieser Nachricht war der heutige Tag bereits ein Erfolg.

Olga bestellte ihren vierten Kaffee, als Sonja zur Tür hereinkam. Sie streckte einen Daumen nach oben, setzte sich und platzte heraus: »Wir müssen uns nicht mehr über Brustvergrößerungen beraten lassen.«

Olga lachte erleichtert. »Was hast du herausgefunden? Außer, dass du mit unseren Brüsten zufrieden bist.«

»Die junge Frau war Elif Demer. Ich bin ihr vorsichtig gefolgt, bis sie in einem Zimmer verschwunden ist, an dessen Türschild drei Namen von Ärztinnen standen, unter anderem eben Dr. Elif Demer. Kurz darauf kam sie in weißem Kittel heraus und lief über einige Flure in einen Hörsaal, in dem sich ungefähr 20 Ärztinnen und Ärzte versammelt hatten. Unweit der Tür gab es einen Wartebereich, in dem sich bereits drei Menschen aufhielten. Da habe ich mich einfach dazugehockt und den Saaleingang nicht aus den Augen gelassen. Eigentlich wollte ich dir schreiben, aber da drinnen gibt es kein Netz. Da ich nicht wusste, wann die Ärzte mit ihrer Besprechung fertig sind, wollte ich meinen Beobachtungsplatz nicht verlassen. Und das war gut so, denn nach einer halben Stunde ist unser feiner Herr Doktor aufgetaucht und hat vor der Tür auf seine Angebetete gewartet. Diese kam auch bald heraus und küsste ihn. Der Macho fasste ihr dabei an den Po. Also, da hab ich keine Zweifel mehr. Dann gingen sie in ein vertrautes Gespräch vertieft zu einem Aufzug. Ich sprang hinterher und erhaschte noch einen Blick auf die Schalttafel. Er drückte den Knopf für die dritte Etage, dann entschwebten die beiden. Ich hab die Treppe genommen und bin oben vor einer verschlossenen Glastür gelandet. Auf der stand« – Sonja kramte ihr Handy hervor, drückte die Taste für die Fotos und las vor – »*Yoğun bakım ünitesi,* und das heißt: Intensivstation.«

»Brustoperationen betreuen Atasoy und Demer also eher nicht«, bemerkte Olga spöttisch.

»Wenn es das ist, wonach es aussieht«, antwortete Sonja und trank von ihrem längst erkalteten Kaffee, »wäre es gescheiter, Alex wäre mit seinem Fotoapparat hier.«

»Atasoys Frau will das gar nicht wissen. Wenn er zurückkommt, wird sie ihm alles verzeihen außer den Schrecken, den er ihr eingejagt hat.«

»Trotzdem glaube ich nicht, dass Elif Demer die *Dame mit den 200 Kleidern* ist. Es sei denn, sie steckt bei den Organtransplantationen mit Atasoy unter einer Decke.«

»Deine Beobachtung macht nicht den Eindruck, als hielte er sich hier unfreiwillig auf.«

»Stimmt. Aber was ist, wenn er zwar gezwungen wurde, herzukommen, sich jedoch frei bewegen darf? Wenn ihn jemand erpresst, dann wirken die Drohungen hier genauso.«

»Was machen wir?«

Sonja zuckte die Achseln und schien ratlos. Das nutzte Olga aus und schob Sonja ihr Smartphone mit dem Artikel von Münchens größter Boulevardzeitung hinüber.

»Das nenn' ich mal einen Knaller.« Sonja klatschte in die Hände.

Ermutigt von ihren Erfolgen beschlossen sie, im Klinikum eine Gelegenheit abzupassen, Bülent Atasoy zu treffen. »Immerhin«, stellte Olga fest, »soll ich seine Vertretung in einer komplizierten Rechtsangelegenheit übernehmen. Auch wenn er davon noch gar keine Ahnung hat, müsste es Anknüpfungspunkt genug sein, dass er mit mir spricht.«

Sie setzten sich in einen Wartebereich in der Nähe des Zimmers von Elif Demer und beobachteten den Flur. Nachdem sie zunächst einige Szenarien durchgespielt hatten, wie sie mit Atasoy ins Gespräch kommen könnten, wurde ihre Geduld auf eine ziemliche Probe gestellt. Als die junge Ärztin endlich den Flur entlangkam, war sie allein. Was tun?

Olga beschloss, aktiv zu werden, ging auf das Zimmer zu, und als die Ärztin ohne Kittel durch die Tür trat, sprach Olga sie an: »Frau Doktor Demer?«

Elif Demer zuckte, legte die Stirn in Falten und trat einen Schritt zurück. »Sie wünschen?«, fragte sie unsicher.

»Bringen Sie mich bitte zu Doktor Atasoy!«, bat Olga in einem beinahe befehlsmäßigen, selbstbewussten Tonfall. Sie wollte die Überraschung der jungen Frau, in ihrer Klinik im Osten Istanbuls unvermittelt auf Deutsch angesprochen zu werden, ausnutzen.

»Das kann ich nicht«, antwortete Demer verwirrt.

»Es ist dringend«, beharrte Olga. »Ich bin seine Rechtsanwältin.«

»Er operiert, da kann man ihn nicht stören.«

»Je nach Lage der Dinge kann der Operateur sehr wohl abtreten«, entgegnete Olga schroff und ging, einer inneren Eingebung folgend, aufs Ganze: »Rufen Sie im OP an. Er soll in die Eingangshalle kommen. Es ist auch in Ihrem Interesse, Frau Demer.«

»Wie meinen Sie das?«

»Das wissen Sie ganz genau«, konterte Olga und wunderte sich insgeheim über ihre Unverfrorenheit. »Jetzt rufen Sie an!«

Zehn Minuten später kam in der Eingangshalle des Klinikums ein bärtiger, gedrungener Mann in grünem Kittel auf sie zu. Er wirkte gehetzt. Auf den ersten Blick hätte ihn Olga kaum erkannt, so sehr veränderte der dunkle Acht-Tage-Bart Atasoys Gesicht im Vergleich zu den Fotos, die Olga kannte.

Mit flinken Augen tastete er die Dreiergruppe ab und wandte sich zielstrebig an Olga: »Was wollen Sie? Ich habe keine Rechtsanwältin. Wieso belästigen Sie meine Assistentin? Ich bin mitten in einer komplizierten Operation und habe keine Zeit für Spielchen. Wer schickt Sie?« Seine Sätze prasselten im Stakkato über Olga herein, mit jedem Wort, das er sprach, richtete er seinen Oberkörper mehr auf und wirkte zunehmend selbstbewusster.

Olga zog ein Blatt Papier aus der Innentasche ihres Blousons und reichte es ihm. Instinktiv griff er danach und las. »Was soll ich damit?«

»Unterschreiben, Herr Professor«, erwiderte Olga lächelnd. »Dann sind Sie offiziell mein Mandant und alles, was wir später gemeinsam besprechen, unterliegt anwaltlicher Schweigepflicht.«

»Wie kommen Sie auf so eine Idee?«, fragte er verwundert, und Olga sah seinem Mienenspiel an, dass er sich gerade das Hirn zermarterte, was auf ihn zukommen könnte.

»Presselt«, antwortete Olga.

Atasoy hob beide Augenbrauen und schwieg.

Olga ging einen Schritt auf ihn zu, stand Gesicht an Gesicht vor ihm: »Sahar Al-Sulaimani.«

Nun schob er die Augenbrauen nach innen, eine steile Furche zog sich zur Nasenwurzel, die Augen wanderten hin und her. Die Lippen zitterten, aber er sagte immer noch nichts.

Olga beugte sich vor und flüsterte: »Die *Dame mit den 200 Kleidern*.«

Jetzt riss er die Augen auf, sprang beinahe einen Schritt zurück, holte einen Kugelschreiber aus der Kitteltasche und unterschrieb das Formular für die Anwaltsvollmacht.

»Wann und wo?«, fragte Olga und steckte die Vollmacht ein.

Er blickte zu Elif Demer und antwortete: »Bei Elif um 19:00 Uhr. Jetzt muss ich zurück in den OP.«

Während Atasoy davonhastete, schrieb die junge Ärztin mit zittriger Handschrift eine kompliziert anmutende Adresse auf. »Das ist der Stadtteil«, erläuterte sie die erste Angabe, »dann folgt das Viertel und dann die Nachbarschaft, ehe sie hier die Straße mit der Hausnummer lesen. Geben Sie den Zettel dem Taxifahrer, dann gelangen Sie ans Ziel.«

»Wo ungefähr ist das?«

»Auf der asiatischen Seite in Kadiköy, nahe am Bosporus. Wenn Sie vorher in der Altstadt sind, können Sie mit der Fähre herüberfahren. – Kann ich jetzt gehen?«

28

Es muss getan werden, was getan werden muss. Auf seinem Weg hinüber zum *Ümraniye Hilal Hastahane* sprach Leone Riello dieses Mantra wieder und wieder vor sich hin und verscheuchte die Gespenster der Nacht. Er schüttelte die Müdigkeit aus den Gliedern und vertrieb die Mutlosigkeit, die ihn selbst in den Träumen eines kurzen und unruhigen Schlafs nicht verlassen hatte.

Völlig egal, was die Zukunft brachte, er hatte einen Job zu erledigen. Hussein brauchte eine neue Niere, und zwar bald. Dazu musste Hussein seine Infektion überwinden, und dafür hatte sein bester Arzt einzustehen. Starb Hussein, würde er ihn persönlich zur Rechenschaft ziehen. Denn diesen einen Fehler, den er eingeräumt hatte, könnte er ihm nicht verzeihen.

Er hatte das Spenderorgan nicht sorgfältig geprüft, und die Entschuldigung, von Hamzi genötigt worden zu sein, einem anderen Patienten als Hussein die ursprünglich für Hussein vorgesehene Niere zu implantieren und dann für Hussein das eilig beschaffte Ersatzorgan zu akzeptieren, diese Entschuldigung würde Leone seinem Vertrauensarzt nicht durchgehen lassen.

Strenge Qualitätsanforderungen waren das Markenzeichen seines Business: Mit einer hundertprozentigen Erfolgsquote für die ersten beiden Jahre hatte sich Leone das Vertrauen seiner Klientel erworben. Kein einziger der von ihm vermittelten Patienten hatte innerhalb der ersten beiden Jahre nach der Implantation Probleme bekommen, und bei 90 Prozent war es auch die nächsten Jahre ohne Komplikationen abgegangen. Das lag vor allem an Leones Prinzip der passgenauen Lebendspenden und den peniblen Kontrollen für die Spenderorgane, bevor der Nierenkranke in den Operationssaal geschoben wurde. Die perfekte Ausstattung der drei maßgeblichen Kliniken gehörte ebenso zu Leones Qualitätsmanagement wie die absolute Diskretion der Behandlung, und zwar für die Patienten und für die beteiligten Ärzte. Nur so gab es die nötige Win-win-Situation für alle Beteiligten.

Es muss getan werden, was getan werden muss, bekräftigte Leone und betrat das Klinikum durch den Hintereingang bei der Notaufnahme.

Hussein lag mit wächsernem Gesicht im Bett, angeschlossen an viele Schläuche und Kabel, und schien zu schlafen. Neben dem Patientenkästchen stand ein Turm mit medizinischen Apparaten, unter anderem ein Monitor, auf dem ein von links nach rechts hüpfender Lichtpunkt den Herzschlag abbildete. Das zugehörige Piepen klang rhythmisch und gleichmäßig. Als Leone nah an das Bett herantrat, schlug Hussein die Augen auf.

»Leone«, krächzte er heiser.

»Hussein, mein Bruder, wie geht es dir?«

»Allah meint es gut mit uns. Er gibt uns beiden noch eine Chance. Mein Vater hat sich beruhigt, sei unbesorgt. Ich weiß: Es ist nicht deine Schuld.«

»Die Familie hat beschlossen, den Verrat zu bestrafen, und meine Leute sind auf der Suche nach einer perfekten Niere.«

»Das ist gut – beides. Du darfst mit den Shuruks keine Geschäfte mehr machen.«

»Ich weiß, Hussein, ich weiß.«

»Dein Appartement in Camden-Town ...«

»Was ist damit?«

»Wirst du es mir überschreiben?«

Leone spürte die Drohung, und für eine Sekunde setzte sein Herzschlag aus, dann neigte er den Kopf: »Selbstverständlich, mein Bruder.«

Leone nahm ein Taxi hinunter zur Anlegestelle der Fähre in Üsküdar und fuhr hinüber nach Karaköy. Sanft kräuselten sich die

Wellen im Blau der Meerenge, erhaben umstanden die vielen Minarette das lebendige Treiben von Fähren und Motorbooten auf dem Wasser, die modernen Wohn- und Bürotürme rechts und links auf den Hügeln gaben der Kulisse ein ebenso modernes Gepräge wie die gigantische Brücke im Osten, wo die Sonne schon zwei Handbreit über dem Horizont stand. Sanft strich der Fahrtwind über sein Gesicht, das Rauschen des Wassers beruhigte seine angespannten Nerven und die pittoresken Ausblicke auf die Hügel über dem Goldenen Horn versprachen eine Freiheit, die es für Leone nicht gab.

Er konnte nicht untertauchen im Gewimmel der Stadt, er konnte nicht unsichtbar werden im Millionenheer von Einwohnern und Touristen. Einige Stunden Frieden und Freiheit konnte er dem Leben abtrotzen, wenn er sich ziellos durch den großen Basar treiben ließ, doch irgendwann würden sie ihn finden, die einen oder die anderen. *Was getan werden muss, muss getan werden,* akzeptierte Leone auf der Überfahrt, die ihn erfrischte. *Alles hat seinen Preis,* sagte er sich und legte zehn Lira auf den Tresen des kleinen Verkaufsstands für ein leckeres *Balik Ekmek.*

Leone liebte diese einfachen Fischbrötchen. Er schlenderte hinüber zur Moschee und nahm vor deren Eingang an einem Kiosk einen türkischen Mokka, um das Fischbrötchen hinunterzuspülen. Dann betrat er den Innenhof, zog die Schuhe aus, schlüpfte in ein paar bereitliegende Pantoffel, setzte sich eine Gebetshaube auf und betrat die Moschee. Neben einer Säule setzte er sich nieder, betrachtete die aus blauen Keramikkacheln gefertigten Koransprüche an der Wand und ließ den Gedanken freien Lauf.

Nach wenigen Minuten setzte sich ein junger Mann neben ihn. Sie schauten sich an, nickten und schwiegen einige Minuten gemeinsam. Kurz nachdem sich Leone erhoben hatte, folgte ihm der junge Mann nach draußen. Sie legten die Kopfbedeckungen zurück, zogen die Schuhe an und schlenderten zu einem kleinen Brunnen.

»Luca und Ricardo sind beunruhigt. Du solltest nach Hause kommen.« Fabricio hob entschuldigend die Hände. »Wie hätte ich verschweigen sollen, dass du hier bist, Onkel Leone?«

»Schon gut, mein Lieber. Sag ihnen, dass ich in einer Woche zurück bin. Vorher muss ich die Sache mit Hussein klären. Das kann ich nur persönlich regeln – aber es ist alles vorbereitet. Danke, dass du mich auf dem Laufenden gehalten hast.«

»Du darfst auf keinen Fall etwas wegen Hamzi unternehmen.«

»Sei unbesorgt, ich werde der Familie nicht ins Handwerk pfuschen. Sag ihnen das.«

»Es gibt viel Unruhe. Ich würde dir gern helfen.«

»Bleib auf deinem Posten, Fabricio, und tu, was Luca von dir verlangt.«

»Und wenn es nicht zu deinem Besten ist?«

»Trotzdem. Aber gib mir vorher Bescheid.« Leone reichte seinem Neffen die Hand und schlenderte zur Fähre zurück. Er blickte sich nicht um, er wusste auch so, dass Fabricio weinte. Ricardos Sohn war neben ihm selbst der einzige empfindsame Riello.

Er war noch einmal bei Hussein gewesen, dem es zusehends besser ging und der von der Dialysemaschine abgenommen worden war, um über das Vorgehen der Eigentumsumschreibung für das Loft in Camden zu sprechen. Ein Anwalt der Al-Chourohinis würde alles vorbereiten. Jetzt brauchte er bloß noch eine Niere für Hussein, dann bliebe die jahrelange Freundschaft erhalten.

Als er Richtung Hauptportal des Klinikums ging, entdeckte er in einer Ecke seinen Arzt im Gespräch mit drei Frauen. Zwei der Frauen, eine Brünette und eine Blonde, kannte Leone nicht, und dass Elif Demer mit ziemlich belämmertem Gesichtsausdruck danebenstand, irritierte Leone. Was hatte das zu bedeuten? Instinktiv schrillten seine Alarmglocken.

Leone trat neben eine Informationstafel und behielt die Gruppe im Auge. Eine der Frauen, eine athletische Brünette, rückte Atasoy massiv auf die Pelle und stand beinahe Nasenspitze an Nasenspitze vor ihm. Jetzt beugte sie sich vor und sprach in sein Ohr. Er wich zurück und unterschrieb ein Papier. Sie wechselten noch einige Worte, dann hastete Atasoy davon, wenige Meter an Leone vorbei. Trotz des dunklen Bartes erkannte Leone die Blässe im Gesicht des Arztes. Irgendetwas war hier im Busch.

Er schaute zu den drei Frauen und sah, wie Elif Demer der resoluten Brünetten einen Zettel reichte. Während sich die Ärztin auf Leone zubewegte, verließen die fremden Frauen das Klinikum. Leone drehte sich unauffällig zur Seite und ging, als Demer an ihm vorbei war, den Fremden nach. Sie überquerten die Straße und betraten das Café gegenüber. Leone beschloss, die beiden im Auge zu behalten und spazierte zu dem knapp 100 Meter entfernten Köfte-Stand, wo er sich drei Fleischbällchen und ein Glas Pfefferminztee geben ließ und die Tür des Cafés beobachtete.

Als sie schließlich auf die Straße traten, hielten sie so offensichtlich nach einem Taxi Ausschau, dass es Leone ein Leichtes war, auf seiner Straßenseite eins anzuhalten, ehe sie ihrerseits eins herangewunken hatten. Er bat seinen Fahrer, dem Wagen mit den beiden Frauen zu folgen, und hielt ihm 100 Lira hin.

Sie fuhren, was er vermutet hatte, zum Bootsanleger in Üsküdar und schlenderten in typischer Touristenmanier zur Fähre Richtung Altstadt. Leone überholte sie unauffällig und suchte sich einen schönen Aussichtsplatz an der Reling auf der Seite, von der man den Topkapi-Palast sehen konnte. Bald darauf standen die beiden 20 Meter von ihm entfernt an der Reling und bestaunten die Schönheit der Stadt.

In der Mitte des Bosporus ging Leone zum Ausgang, um vor den Frauen an Land zu sein. Sie bewegten sich entspannt mit typischer touristischer Neugier, was ihn beruhigte; trotzdem beschloss er, ihnen weiter zu folgen. Zum einen war er nach wie vor argwöhnisch, zum anderen hielt es ihn von allzu grüblerischen Gedanken ab, und dafür war er dem Schicksal dankbar.

Zielstrebig gingen sie auf die Altstadt zu, schlängelten sich durch die bevölkerten Gassen und näherten sich allmählich dem großen Basar. Hinter der Mahmutpascha-Moschee betraten sie das berühmte orientalische Einkaufslabyrinth. Nun wurde es eine echte Herausforderung, ihnen zu folgen. In der Ledergasse verlor er sie zum ersten Mal und wollte schon aufgeben, als die Blonde unvermittelt direkt vor ihm stand. Aus der Nähe wirkte sie viel maskuliner als auf Distanz, ihre äußerst durchtrainierte Figur alarmierte ihn. *Wer hat diese Frau auf meinen Arzt angesetzt?*, fragte er sich und mengte sich unauffällig in eine Touristengruppe, ehe er auch die Brünette aus einem Lokal mit 1.000 Ledertaschen herauskommen und mit der Blonden weitergehen sah. Es schien, als hätte die Brünette als die zierlichere von beiden eine Personenschützerin an ihrer Seite, und trotz ihres neugierigen Gebarens und touristischen Staunens über die Fülle des Basars, verstärkte sich bei Leone der Eindruck, dass die Frauen auf einen Fixpunkt zusteuerten. Und dieser Fixpunkt hing mit Bülent Atasoy zusammen.

Was ging hier vor? Von seiner Familie waren sie nicht beauftragt, Luca übte auf seine Art die Kontrolle aus und hatte mit Fabricio einen verlässlichen Informanten vor Ort. Waren die Shuruks misstrauisch geworden wegen Hamzis gefährlichem Alleingang und bedienten sich nun zweier Frauen, um an Atasoy dranzubleiben? Wenig wahrscheinlich, zumal Hamzi sein Ziel erreicht hatte; sein Kunde besaß eine hervorragende neue Niere und damit die Aussicht auf viele Jahre unbeschwerten Lebens. Mehr als eine perfekte Implantation hatte Hamzi von Atasoy nicht gefordert. Von Husseins Familie drohte keine Gefahr, die Wiedergutmachung übernahm Leone persönlich. Was also wollten die Frauen von Atasoy? Während Leone nach Erklärungen suchte, wurde er unachtsam und blickte zu offensichtlich zu der wenige Meter entfernt stehenden Blondine hinüber. Sie hatte ihn wahrgenommen, sprach mit ihrer Begleiterin, die ihn jetzt auch betrachtete. Leone drehte sich um und schlenderte langsam weiter. Die beiden Frauen verschwanden in einer Seitengasse. Als er sich schließlich auch in diese Gasse aufmachten, waren die beiden verschwunden.

Leone gab es auf, nach ihnen zu suchen. Eine Nadel im Heuhaufen zu finden war kaum schwieriger, und selbst wenn er sie entdeckte, war die Gefahr, von ihnen ebenfalls gesehen zu werden, groß. Er ließ sich zu einem der unteren Tore treiben, auf das Goldene Horn zu, und ging hinab zum alten Holzhandwerkerviertel, das nicht nur von Touristen, sondern auch von Einheimischen gut besucht war. Neben einem Kunstschreiner setzte er sich in ein unscheinbares Teehaus, rief Fabricio an und bat ihn, Atasoy nach der Klinik zu folgen und darauf zu achten, ob er sich mit zwei – vermutlich deutschen – Frauen traf, eine blond, eine braunhaarig, und ihm dann Bescheid zu geben. Einige Minuten grübelte er noch, was die beiden Frauen mit Atasoy zu tun haben mochten. Dabei beschlich ihn das ungewisse Gefühl, als habe er die Blonde früher bereits einmal gesehen. Da ihm aber beim besten Willen keine Gelegenheit einfallen wollte, bei der er ihr über den Weg gelaufen sein könnte, tat er dieses Gefühl als Déjà-vu ab und beschloss, zu warten, was ihm Fabricio berichten würde.

Sie waren abends in einem Fischrestaurant am Bosporus verabredet, eine Adresse, die Anita empfohlen hatte. Das Lokal lag näher zu ihrem Hotel, und so kam sie frischer und strahlender an seinen Tisch als gestern. Leone erhob sich und umarmte sie zur Begrüßung. Er überließ ihr den Platz mit Blick auf die mit Lichterkette beleuchtete Bosporusbrücke. Die kleinen Wellenberge auf dem Wasser glitzerten, auf dem asiatischen Ufer gegenüber flammten die ersten Lichter auf. Die Dämmerung legte sich über die Stadt.

»Wie geht es deinem Freund?«

»Er hat das Schlimmste überstanden.«

»Das freut mich für dich.«

»Danke.«

»Es hat dich gestern belastet, oder?«

»Ja.«

»Ich fand es trotzdem sehr schön gestern.«

»Wirklich?«

»Ich mag Männer, die Tränen haben.«

Der Kellner kam mit dem Mineralwasser. Sie bestellten gemischte Vorspeisen, den Zander aus dem Ofen und einen leichten Blanc de Blanc. Der Kellner lobte ihre Wahl. Anita schenkte ihm ein Lächeln. Sie war bezaubernd. Das gab Leone einen Stich in der Brust. Sie war so liebenswert, und er bekam kein Wort heraus. Was sollte das werden? Niemals würde er offen mit ihr reden können. Wenn sie jemals erführe, womit er sein Geld verdiente, würde sie ihn abgrundtief verachten. Henriette hatte ihn damals wegen weit weniger verlassen.

»Tränen sind die Diamanten des Herzens«, sagte sie. »Ich habe heute vor Freude geweint. Wir haben eine Frau gerettet.«

»Wie schön!« Leones Stimme klang belegt. Anita schien das zu gefallen. Da beschloss Leone, heute nicht an morgen zu denken.

29

Tief sogen sie die salzig-frische Luft ein, genossen die Befreiung von der stickigen Krankenhausatmosphäre und spürten beide noch das Hochgefühl, Atasoy gefunden und von einem Treffen überzeugt zu haben. Je näher die Lösung des Rätsels rückte, umso lebendiger fühlte sich Olga und dankte Alex insgeheim dafür, mit diesem Fall für Nervenkitzel gesorgt zu haben. Vielleicht sogar zu viel Nervenkitzel, schwante Olga, denn mehr denn je kam sie zu der Überzeugung, dass Atasoy in dubiose Machenschaften verstrickt war. Warum sonst hatte er erst bei der Erwähnung der *Dame mit den 200 Kleidern* die Vollmacht unterschrieben?

Olga wusste, dass Sonja genauso fühlte, und hätte gern, an der Reling stehend und auf den Hügel der Altstadt blickend, ihre Hand gehalten. Zärtlichkeiten in der Öffentlichkeit, so viel hatte sie nachgelesen, waren in der Türkei verpönt.

Aus einem mulmigen Gefühl heraus, sich eventuell mit kriminellen Mächten messen zu müssen, wollte sie sich möglichst unauffällig verhalten. *Hoffentlich bin ich nicht paranoid,* dachte Olga, weil sie sich immer wieder verstohlen umblickte, ob ihr etwas oder jemand auffiel. Aber da war nichts, und sie schüttelte über sich selbst den Kopf. *Genieße die Ausblicke,* befahl sie sich und rückte nah an Sonja heran. *Wenn wir schon nicht Händchen halten dürfen,* dachte Olga, *will ich wenigstens ihre Nähe spüren.* Es war schön, an der Reling zu stehen und sich den Fahrtwind um die Nase streichen zu lassen. Näher und näher kam die Altstadt auf sie zu, immer deutlicher zeichneten sich die Silhouetten der weltberühmten Denkmäler auf dem Altstadthügel ab.

»Toll, schau, die Hagia Sophia«, rief Sonja und knuffte Olga in die Seite. »Jetzt ist erst mal Urlaub. Und so ein strahlendes Wetter.«

Sie hat recht, beruhigte sich Olga und hörte auf, ihre unmittelbare Umgebung zu beobachten.

Kaum an Land, liefen sie hinein in ein Gewimmel von engen Gassen und verwinkelten Häusern, strebten wieder der besonderen Attraktion Istanbuls zu, dem großen Basar. Hatte sie bisher gedacht, das Gedränge in Münchens Fußgängerzone an einem Adventssamstag sei nicht zu überbieten, wurde sie im Durcheinandergeschiebe der schmalen Durchschlupfe zwischen den Auslagen der kleinen und kleinsten Läden eines Besseren belehrt. Wie von Geisterhand öffneten sich ab und zu die schmalen Gassen zu Säulenhallen mit kleinen Cafés oder Teegärten, Inseln relativer Ruhe inmitten hektischer Betriebsamkeit. In dem riesigen Markt dann eine Prachtstraße unter Kuppeln, die Auslagen funkelten von Gold, ein Juwelier reihte sich an den anderen, vor beinahe jedem zweiten Laden ein Sicherheitsmann. War es hier etwas übersichtlicher, begann bald darauf in einer schmalen Gasse voller Stoffhändler wieder das Stimmengewirr und Gedränge.

Die meiste Zeit musste Olga höllisch darauf achten, Sonja nicht aus den Augen zu verlieren. Nach einer Stunde trieb sie nur noch staunend durch die Menge, blieb stehen, wo Sonja stehen blieb, bewunderte Kupferschalen und Kupferkannen in der Kupfergasse, betrachtete Ledergürtel, Lederbeutel und Ledertaschen in der Ledergasse, staunte darüber, dass alle Läden ringsum stets das Gleiche anboten und sich so unmittelbar Konkurrenz machten, und stellte überrascht fest, in diesem wilden Treiben nach und nach ihre Gedanken zu verlieren. Mit der Zeit gab es nur noch das Mitschwimmen mit den Menschen, sie lebte von Sekunde zu Sekunde im Augenblick und erschrak, als ihr Sonja zuflüsterte: »Schau mal, der Typ da kommt mir komisch vor, als ob er mich beobachtet.«

Einige Meter entfernt stand ein unscheinbarer Mann, dunkle

Locken mit einigen Silberfäden, der sich wegdrehte, als Olga ihren Blick auf ihn richtete.

»Irgendwie habe ich das Gefühl, dass ich das Gesicht kenne«, bemerkte Sonja, nahm Olga bei der Hand und zog sie in die nächste Nebengasse. Sofort meldete sich in Olga wieder dieses mulmige Gefühl, das sie auf der Fähre erfolgreich verdrängt hatte.

»Der hatte aber ein Allerweltsgesicht«, antwortete Olga ohne Überzeugung. »Bestimmt irrst du dich – wir sollten nicht paranoid werden.«

Sonja lachte. »Da hast du auch wieder recht. Aber vielleicht müssen wir etwas achtsamer sein.«

Olga nickte und spürte, wie ihre Unbefangenheit der letzten Stunde verflog. Olga hielt nun wieder ringsum Ausschau nach verdächtigen Personen und ärgerte sich über die verlorene Leichtigkeit. Nein, sie waren eben nicht im Urlaub, sie hatten sich einem Verdacht auf die Fährte gesetzt, und falls dieser Verdacht zutraf, ging es um wesentlich mehr als Untreue. Dann ging es um Menschen, um deren Gesundheit und vielleicht sogar um deren Leben, und für diejenigen, die damit Geschäfte machten, ging es um verdammt viel Geld. Jetzt erst, im Gewühle der Menschenmassen in diesem unübersichtlichen Basar, wurde Olga die Tragweite und Gefährlichkeit ihrer Ermittlungen bewusst. Aus dem Nervenkitzel wurde Anspannung und aus der Anspannung wurde Angst.

Den Rest des Nachmittags sahen sie keinen verdächtigen Lockenkopf mehr, hatten aber gemeinsam die Lust am entspannten Stadtbummel verloren, bald die Fähre zurück auf die asiatische Seite genommen und in der Nähe des Fähranlegers einen Teegarten gefunden, in dem sie einen Imbiss einnahmen, ehe sie mit dem Taxi zu Demers Wohnung fuhren. Die Assistenzärztin wohnte im mittleren von drei modernen Hochhäusern, die hinter einem Sicherheitszaun aufragten und von einem Wachmann am zentralen Eingang abgeschirmt waren. Olga und Sonja mussten angeben, wen sie besuchen wollten, und erst, als Demer über das Telefon bestätigt hatte, diesen Besuch zu erwarten, wurden sie eingelassen. Die Wohnung lag im achten Stock mit wunderbaren Ausblicken auf den Bosporus, und Olga fragte sich unwillkürlich, woher die junge Ärztin das Geld für so eine Behausung hatte.

Diese Frage beantwortete Atasoy durch sein Auftreten, indem er Olga und Sonja wie der Hausherr in Empfang nahm und auf einen ausladenden Balkon führte. Elif Demer schenkte Prosecco in drei bereitstehende Sektflöten, Atasoy reichte seinen Gästen die Gläser. Er fühlte sich hier zu Hause und sicher, jedenfalls wollte er dies, so Olgas Eindruck, mit jeder Faser seines Körpers beweisen.

»Meine Rechtsanwältin sei mir herzlich willkommen.« Er wartete keine Antwort ab, erhob sein Glas und trank. Die in seinem Handeln liegende Komik blieb ihm offensichtlich verborgen, im Gegenteil bemühte er sich um belanglosen Small Talk, indem er fragte, ob Olga und Sonja den Nachmittag in Istanbul genossen hätten. Seine Heimatstadt habe sie hoffentlich mit ihren Reizen überzeugt, fuhr er fort, auch wenn inzwischen zu viele Menschen kämen, um sich von Goldenem Horn, Blauer Moschee und Hagia Sophia bezaubern zu lassen.

Etwas abseits stand Demer und beobachtete die Szenerie mit skeptischen Blicken.

Olga ließ die Farce einige Minuten gewähren, ehe sie anmerkte: »Wegen des Anwaltsgeheimnisses sollten wir beide nun unter vier Augen sprechen.«

Schlagartig wurde Atasoy ernst, nickte und führte sie durch das ausladende Wohnzimmer in einen kleinen Nebenraum, der als Büro eingerichtet war.

»Was wollen Sie von mir?«, fragte er, nachdem er die Tür geschlossen und Olga den Stuhl vor dem Schreibtisch angeboten hatte.

»Antworten«, erwiderte Olga, setzte sich und wartete wortlos, bis Atasoy ihr gegenüber Platz genommen hatte. »Warum sind Sie vor einer Woche aus München verschwunden? Ihre Frau hat sich große Sorgen gemacht.«

»Es gab hier einen Notfall – und mit meiner Frau habe ich inzwischen telefoniert.«

Er verschränkte die Arme vor der Brust und sah sie durchdringend an.

Olga hielt dem Blick stand. Sie ließ das Schweigen wirken. Er würde es nicht lange aushalten, das sah sie seinen tänzelnden Füßen an. Sie musste ihn verunsichern, von seinem hohen Ross herunterholen. Sein Heimvorteil sollte ihm nichts nützen.

Schon flackerten seine dunklen Augen. Er setzte sich näher an den Schreibtisch, rückte die vor dem Monitor liegende Tastatur gerade, räusperte sich. »Was will Herr Presselt von mir?«

»Die Angelegenheit von Sahar Al-Sulaimani muss geklärt werden. Sie müssen sich an den Wiedergutmachungszahlungen beteiligen und für eine persönliche Entschuldigung bei der Familie zur Verfügung stehen.«

»Herr Presselt genießt mein Vertrauen, ich habe ihm gesagt, ich unterschreibe alles, was er mir vorlegt. Wozu sollte ich Sie brauchen?«

»Herr Presselt wünscht, dass Sie anwaltlich vertreten sind. Die Angelegenheit ist kompliziert und kostet viel Geld. Er will sich nicht dem Vorwurf des Parteiverrats aussetzen.«

»Okay, dann unterschreiben Sie für mich. Wie soll meine Entschuldigung bei der Familie vor sich gehen?«

»Hierzu wird es Verhandlungen geben. Mein Mandat würde sich hierauf erstrecken.«

»Gut, dann verhandeln Sie. Aber ich komme dafür nicht eigens nach Deutschland.«

»Weil?«

»Weil ich Deutschland in wenigen Wochen verlasse. In einem Monat trete ich an einem hiesigen Universitätskrankenhaus meine Stelle als Chefarzt an.«

Olga richtete sich überrascht auf. Was hatte das zu bedeuten? Wusste seine Frau von diesen Plänen?

»Weiß Ihre Frau das schon?«

»Selbstverständlich kennt sie meine Bewerbung, und von dem Ruf, der vor drei Wochen an mich ergangen ist, habe ich sie unterrichtet. Dass ich vorgestern unterschrieben habe, weiß sie noch nicht, aber ich habe es ihr gestern angedeutet.«

Nun erinnerte sich Olga an eine Bemerkung seiner Frau, dass er sich für Chefarztstellen interessiere und seine Visitenkarte an vielen Kliniken abgebe. Seine Antwort klang schlüssig, aber sie wurde das Gefühl nicht los, dass ihn mehr als eine berufliche Entscheidung bewog, in Istanbul zu bleiben. Schlagartig wurde ihr Atasoy unsympathisch, und Olga bereute es, ihn nun als Mandanten betreuen zu müssen. *Natürlich,* schoss es ihr durch den Kopf, *könnte ich das Mandat niederlegen, aber vorher muss er mir noch alles gestehen, was mit den Organtransplantationen zusammenhängt.*

Außerdem wollte sie wissen, was hier gespielt wurde, und so schoss sie mit einer sehr direkten Frage ins Blaue: »Sie verlassen Ihre Familie, ist das richtig?«

»Wollen Sie meine Scheidung betreuen?«, fragte er zynisch.

Allein dafür, dachte Olga, *hätte er eine Ohrfeige verdient.* »Was ist geschehen? Was ist der wahre Grund für Ihr wortloses Verschwinden und Ihr unentschuldigtes Fernbleiben vom Arbeitsplatz?«

»Ein Notfall, das sagte ich bereits. Außerdem will mich Gübelin abservieren. Wieso sollte ich da noch Rücksicht nehmen?«

»Wollen Sie wirklich verbrannte Erde hinterlassen?«

»Quatsch«, erwiderte Atasoy unwirsch. »Mit Gübelin komme ich schon klar. Regeln Sie die Geschichte mit der Wiedergutmachung. Wenn Gübelin Geld sieht, ist er friedlich. Außerdem wird er dankbar sein, wenn ich in meiner künftigen Position weiter mit ihm kooperiere. Von uns beiden bin ich forschungsstark, nicht er.«

»Und ihre Familie?«

»Meiner Frau wird es nach der Scheidung gut gehen. Wir haben uns auseinandergelebt, sie wird das bald verstehen.«

»Ist Elif Demer die *Dame mit den 200 Kleidern*?«

Die Erwähnung dieser Chiffre wirkte wie ein Stromschlag auf Atasoy. Er riss die Augen auf, und kein Ton kam über seine Lippen. Olga ließ die Frage nachwirken. Seine Unsicherheit gefiel ihr.

»Was wissen Sie?« Die Frage kam gepresst.

»Wir haben Ihr MacBook geknackt und Ihren E-Mail-Account analysiert. Sie hätten nicht Hals über Kopf nach Istanbul fliegen und Ihre Frau ins Ungewisse stürzen sollen. Wir kennen Ihre Buchführung. Wir gehen davon aus, dass Sie letzte Woche Mittwoch nicht freiwillig geflogen sind. Genügt das, Sie zum Reden zu bringen?«

»Was wollen Sie von mir hören?«

»Die Wahrheit – dann bleibe ich Ihre Anwältin. Machen Sie reinen Tisch, hier und heute, möglicherweise bleibt Ihnen dann eine Anzeige erspart.«

»Wer sollte mich anzeigen und weswegen?«

»Vielleicht Herr Presselt wegen illegaler Organtransplantationen.«

»Lächerlich. Was könnte Presselt damit bezwecken?«

»Gübelin den Pelz retten.«

Olga sah, wie es in ihm arbeitete. Seine Füße rutschten hin und her. Mal verschränkte er die Arme vor der Brust, dann legte er sie wieder auf die Schreibtischplatte. Zwischendurch kratzt er sich den bärtigen Hals. Seine innere Unruhe war mit Händen zu greifen.

Olga lehnte sich entspannt zurück und ließ ihn im eigenen Saft schmoren. Wenn sie bis hierher gezweifelt hätte, jetzt war sie fest davon überzeugt, dass er mit illegalen Transplantationen seinen Reibach gemacht hatte. Vor ihr saß ein skrupelloser Arzt, der auf nichts als den eigenen Vorteil bedacht war. Ein Familienvater, der keinerlei Achtung für seine Ehefrau und die Mutter seiner drei Söhne aufbrachte. Ein hemmungsloser Egoist. Langsam zog sie das Vollmachtformular aus ihrer Tasche und legte es auf den Schreibtisch.

»Was soll das?«

»Ich lege das Mandat nieder.«

»Das können Sie nicht machen!« Er sprang auf. »Sie sind engagiert. Sie müssen mich vertreten. Sie müssen schweigen.« Er setzte sich wieder und zitterte.

Olga spürte, wie er mit sich rang, und während sie ihn schweigend beobachtete, fragte sie sich selbst, ob sie wollte, dass er ihr seine Geheimnisse anvertraute. Einerseits war sie neu- und wissbegierig, wollte ihre Vermutungen bestätigt sehen und das Rätsel dieses so banalen wie kuriosen Vermisstenfalls aufklären. Andererseits wünschte sie endlich einmal den Sieg der Gerechtigkeit über das Unrecht. Nähme sie Atasoys Beichte entgegen, müsste sie über alles, was er ihr berichtete, Stillschweigen bewahren, und letztlich dürften sie die aus ihren bisherigen Ermittlungen geflossenen Erkenntnisse gegen Atasoy nicht verwenden. Womöglich blieben seine Taten, welcher auch immer er schuldig sein mochte, dann ungesühnt.

Wie er dasaß, verunsichert und ratlos, aber gleichwohl selbstgefällig. Er war ihr unsympathisch. Diesen Mann wollte sie nicht vertreten. Für diesen Mann wollte sie kein Geheimnis hüten.

»Sie müssen mich verstehen«, bat er mit leiser Stimme. »Wenn Sie wirklich an das Anwaltsgeheimnis gebunden sind, werde ich Ihnen etwas erzählen.«

Es war das leichte Beben seiner Nasenflügel, das sie milde stimmte. »Erzählen Sie.«

»Schon als kleiner Junge wollte ich Arzt werden«, begann Atasoy. Er schloss die Augen und sprach betont langsam und deutlich. »Mein Vater ist Biologe und hat nach dem Studium den Weg in die medizinische Forschung gefunden. Er war immer mein großes Vorbild, aber er hat mir auch vermittelt, dass die Biologie die Hilfswissenschaft darstellt für die Königsdisziplin: die Medizin. Es gab keine größere Respektsperson als den Arzt. Diesen Beruf wollte ich ergreifen, daran hatte ich keinen Zweifel. Nach den Examina entschied ich mich für die Chirurgie. Das war spannend und handfest, konkrete Arbeit mit intellektuellen Herausforderungen. In der Chirurgie sehe ich auch heute noch die Königsdisziplin für uns Ärzte. Neben der Facharztausbildung wollte ich forschen. So vieles ist noch rätselhaft in unserem Bauch. Ob Leber, Niere oder Bauchspeicheldrüse, es gibt unendlich viel zu entdecken. Meine Hände wurden geschickt und mein Verstand scharf. Also arbeitete ich an meiner Habilitation, gefördert von meinem Chef Winfried Gübelin, einem aufstrebenden Talent. Meine Projekte erzielten beachtliche Erfolge. Mein Leben wurde bestimmt von Forschen und Operieren. Rein zufällig lief ich in meine Frau hinein. In der Mensa. Sie gefiel mir. Wir heirateten. Gübelin nahm mich mit nach München, wo er Chefarzt wurde. Mein erster Sohn wurde geboren, meine Habilitation abgeschlossen. Mit Erteilung der Lehrbefugnis wurde ich zum zweiten Mal Vater. Gübelin machte mich bald darauf zum Oberarzt. Unsere Reputation wuchs parallel, er der gefeierte Chefarzt, ich der vielversprechende Privatdozent. Forschen und Operieren waren meine Leidenschaft. Ich erhielt den Respekt, den ich stets wollte. Dann stürzte Gübelin. Sein leitender Oberarzt floh vom Klinikum, zumindest sah es so aus. Ein unsicheres Jahr kam, dann wurde Gübelin rehabilitiert und ich seine rechte Hand. Wir führten die chirurgische Klinik umsichtig und straff, aber wir schrieben rote Zahlen. Der Skandal hatte der Klinik geschadet. Wir brauchten ein Geschäftsmodell.«

In diesem Moment schallte der Ruf eines Muezzins durch den Raum: Atasoys Smartphone kündigte einen Anruf an. Er schaute Olga fragend an.

Sie nickte.

Er nahm das Gespräch entgegen und wurde totenbleich.

Verschwommen hörte Olga eine dunkle Stimme, sie klang drohend. Es waren nur wenige Sätze, dann stotterte Atasoy: »Ver-ver-standen.« Er steckte das Handy in die Hosentasche und senkte den Blick. »Ich darf Ihnen nichts mehr erzählen«, flüsterte er. »Bitte, verzeihen Sie mir. Sie müssen gehen.«

»War das die *Dame mit den 200 Kleidern*?«

»Bitte, fragen Sie nicht mehr.«

»Glauben Sie mir, ich weiß Bescheid«, antwortete Olga und stand auf.

»Es ist nicht so, wie es scheint.« Atasoys Stimme wurde brüchig. »Ich habe mich immer wie ein guter Arzt verhalten, ich habe meinen Patienten geholfen und niemandem geschadet.«

»Darüber sprechen wir noch.« Olga verließ das Zimmer, winkte Sonja zu sich: »Wir müssen gehen.«

30

Das Versprechen der noblen Privatklinik klang mehr als verlockend: *Die Klinik ist bekannt für ihren exzellenten, an den Bedürfnissen des Patienten orientierten Ansatz. Perfekte Versorgung wird dem Patienten in der warmen Atmosphäre einer Einrichtung mit erstklassiger Infrastruktur geboten. Wir legen besonderen Wert auf persönliche Betreuung und garantieren absolute Diskretion.* Es hatte nur eines Telefonats bedurft, um kurzfristig einen persönlichen Beratungstermin mit einem Patientenmanager zu arrangieren. Allerdings konnte die überaus freundliche Telefondisponentin nicht garantieren, dass bei dem ersten Beratungsgespräch ein Kennenlernen mit dem zuständigen Chefarzt möglich wäre. Selbstverständlich ließe sich das aber beim zweiten Termin einrichten, sollte er sich für eine Behandlung in der vor 15 Jahren gegründeten Klinik entscheiden.

Die angenehme Telefonstimme versäumte es nicht, auf die reizvolle Lage am Zürichsee hinzuweisen, und wenn es nicht dezidiert um medizinische Angelegenheiten gegangen wäre, hätte Alex tatsächlich glauben können, mit der Public-Relation-Managerin eines luxuriösen Urlaubsressorts zu sprechen.

Weniger komfortabel war dagegen, die Anreise zu organisieren, denn die Bahnverbindung von München nach Zürich war eine Zeitvernichtungsmaschine; wenn er nicht selbst am Steuer sitzen und nicht fliegen wollte, blieb lediglich der IC-Bus, und auch der benötigte noch knapp vier Stunden. Immerhin erreichte er mit dieser Verbindung rechtzeitig das Nobelklinikum, konnte sich auf der Fahrt entspannen und hinsichtlich seines CO_2-Footprints ein ruhiges Gewissen haben.

Das also hatte dazu geführt, dass er an diesem Mittwochmorgen um 06:33 Uhr am zentralen Busbahnhof in München in den Reisebus der Deutschen Bahn eingestiegen war und nun in der Senke vor sich den Bodensee als silbernen Spiegel liegen sah. Der Anblick löste eine Geruchsassoziation aus. Ihm war, als röche er das leicht brackige Wasser, das mit den sanft anrollenden Wellen gegen das Schilf westlich des Freibads wogte, dort, wo er als Kind oft herumgestrolcht war auf der Suche nach Fröschen und Ringelnattern. Später, knapp 16 Jahre war er alt gewesen, hatte er inmitten der Binsen erstmals seine Ferienliebe Gudrun geküsst, und ein Jahr später hatte er an diesem Ort inmitten dieses einzigartigen Geruchs von Wasser und fauligem Schwemmholz beweint, dass Gudrun nun einen festen Freund hatte und ihn nie wieder küssen würde.

Schemenhaft sah er die Gesichter von Großmutter und Großvater aus dem Silberspiegel hervorlächeln, dann verlor sich der Blick auf den See und der Bus rollte auf die ehemaligen Grenzanlagen zu. Viele, wenn nicht die meisten seiner Ferien hatte er in Lindau bei seinen Großeltern verbracht, unbeschwerte Wochen im Garten und am Wasser. Jetzt, da er den See nicht mehr sah, drängte sich der Geruch von frischer Erde in seine Nase, frischer Erde, die er am Brunnen von den Karotten wusch, welche er sich aus Großmutters Beet gezogen hatte und in die er knackig biss. Die gelbe Rüben waren die Kartoffelchips seiner Kindheit, die Erdbeeren waren die Schokolade.

Vielleicht sollte ich zurück zu den unschuldigen Gewohnheiten des kleinen Jungen, dachte Alex, *das wäre gesünder und ließe mich ein paar Kilo abnehmen*. Während der Bus in die Röhre des Pfändertunnels eintauchte, mengten sich die eigenen Kindheitserinnerungen mit den Erinnerungen an Lisas Kindheit. Ihr hatte von klein auf die unbekümmerte Geborgenheit von Großeltern gefehlt, möglicherweise ein Grund, warum der die Familie verlassende Vater zunächst Schmerz und nun Ablehnung auslöste. Darüber hatte Alex noch nie nachgedacht. Aber immerhin war er bis zu ihrem 19. Lebensjahr ein präsenter Vater gewesen, und an den Ferientagen, die er mit ihr verbracht hatte, hatte er ihr beinahe jeden Wunsch erfüllt. Vermutlich ließ es sich trotzdem nicht mit den fröhlichen Wochen bei Großeltern vergleichen, wo er als Kind nicht besonders verwöhnt worden war, dazu hatte das Geld gefehlt, aber dafür Freiheiten genießen durfte wie sonst das ganze Jahr über nicht. Er würde heute Abend mit Dorothee darüber sprechen, ob es ein entscheidender Mangel war, ohne Großeltern aufzuwachsen. Das jedenfalls wäre ein interessantes Gegenthema zu den Erkenntnissen, welche er in drei Stunden aus dem Gespräch mit einem Patientenmanager einer diskreten Schweizer Privatklinik ziehen würde.

Als der Bus den Pfändertunnel im Süden verließ, schüttelte Alex die Kindheitserinnerung ab und verscheuchte seine Tochter aus seinen Gedanken. Stattdessen las er sich ein weiteres Mal sein Dossier über diesen Chefarzt durch, dessen Namen Gübelin quasi nur spuckend über die Lippen kam.

Auf seine Art war Günther Raffelsberger eine schillernde Figur. Auf der Homepage des Klinikums ließ er sich als weltweit ausgewiesener Spezialist für Leber, Niere und Bauchspeicheldrüse huldigen und sein Engagement für die Ärmsten der Armen in Äthiopien hatte ihm zwischenzeitlich diverse Ehrungen eingebracht. Einmal im Jahr opferte er zwei Wochen für Ärzte ohne Grenzen und wusste diese ehrenamtliche Tätigkeit auf Facebook, Twitter und YouTube Beifall heischend darzustellen.

Über der weniger leuchtenden Rolle im bayerischen Transplantationsskandal lag der Mantel des Schweigens. Dafür gab es seinen beeindruckenden Lebenslauf neben Deutsch und Englisch auch auf Arabisch und Chinesisch, Russisch fehlte – vielleicht, um seinem alten Chef Gübelin nicht in die Quere zu kommen, der sich, wie sich Alex erinnerte, auf Russisch und Türkisch vermarktete.

Weniger auskunftsfreudig als über die Vita ihres chirurgischen Chefarztes zeigte sich der Internetauftritt der Klinik, was die

Eigentümersituation anging. Gegründet und getragen wurde das den »höchsten Ansprüchen gerecht werdende« Haus von einer Stiftung, deren Vorsitz ein Schweizer mit französisch klingendem Namen innehatte, aber anders als bei den meisten Privatkliniken ließen sich dahinter weder Geldgeber noch Gönner identifizieren, ebenso wenig wie Nutznießer. *Diskretion wird ernst genommen,* stellte Alex sarkastisch fest und widmete sich seinen Notizen hinsichtlich seines medizinischen Anliegens. Er würde sich als Privatsekretär eines bayerischen Firmeninhabers ausgeben, der an Zystennieren litt und einen undankbaren Platz auf der Warteliste von Eurotransplant belegte. Als Eigentümer eines mittelständischen Familienunternehmens mit Personalverantwortung für einige 1.000 Beschäftigte könnte er in der globalisierten Geschäftswelt auf Dauer nicht von den dreimal wöchentlich erforderlichen Dialysesitzungen abhängig sein. Sein Zustand beginne sich allmählich derart zu verschlechtern, dass ihm in Bälde die Dialysepflicht drohe. Das gelte es zu verhindern. Daher benötige er dringend Unterstützung, um einen geeigneten Spender innerhalb seiner weitläufigen Verwandtschaft zu finden.

Das Klinikum überragte auf einer leichten Anhöhe die umliegenden Häuser beträchtlich und war mit seiner eigenwilligen Glasarchitektur ein Hingucker der besonderen Art. Wer immer es entworfen hatte, war ein Freund von Christopher Kolumbus, denn das gläserne Ei stand massiv auf seiner eingedellten Unterseite, und gleichwohl kragten die nächsten Stockwerke abenteuerlich aus. Je näher das Taxi dem Gebäude kam, umso imposanter wuchs es in die Höhe. Filigran und transparent, wirkte das Klinikum einladend und hieß in einem lichtdurchfluteten Foyer die Besucher willkommen. Hier erinnerte nichts an ein herkömmliches Krankenhaus, selbst die Rezeption eines Luxushotels müsste sich anstrengen gegen den Empfang dieses Gesundheitsetablissements. Auf einer Sitzecke unter Palmen saßen einige Menschen, zarte Mozartklänge schafften eine entspannte Atmosphäre und am Tresen entbot eine attraktive Frau in rotem Blouson ein lächelndes Willkommen.

Unwillkürlich blickte Alex an sich hinab und stellte missbilligend fest, seine dunkelbraunen Lederschuhe nicht auf Hochglanz poliert zu haben. Sicher würde das der Empfangsdame sofort auffallen. Erfahren genug schien sie zu sein, war vermutlich älter als die gut 40 Jahre, auf die Alex sie schätzte, aber wenn sie das war, repräsentierte sie wohl auch das gesamte Können der Klinik, was den Beauty-Bereich anging. Alex erwiderte das Lächeln der Rezeptionistin und nannte den Namen, mit welchem er sich angemeldet hatte.

»Willkommen in unserem Hause, Herr Magerkurt.«

Was für eine Stimme; seidenweich mit zartem Timbre, das muss Jahre gekostet haben, diesen Klang zu erzeugen, dachte Alex.

»Sie haben einen Termin bei unserem Patientenmanager Doktor Settembrioni, wie ich sehe. Zwar ist er noch in einem anderen Gespräch, aber mit Ihrem Einverständnis bringt Sie meine Kollegin schon zur Beratungsinsel in Sektor C.«

Während sie sprach, gab sie einer jungen Asiatin, die ebenfalls ein rotes Blouson trug, jedoch mit schwarzen statt goldenen Knöpfen, ein Zeichen.

»Dort«, fuhr die Chefin fort, »können Sie in aller Ruhe unseren Patientenfragebogen ausfüllen und sich mit Getränken Ihrer Wahl und Snacks stärken. Ihrem Gespräch wünsche ich viel Erfolg, alles Gute, Herr Magerkurt.«

Die Asiatin war inzwischen herangeschwebt und entführte ihn zu einem Aufzug und mit diesem in den achten Stock. Das Wartezimmer beherbergte eine Ledersitzecke unter Palmen, einen gläsernen Getränkeschrank, einen Kaffeevollautomaten und ein Büfett mit unterschiedlichen Kanapees unter einer Glasglocke und beeindruckte mit einem grandiosen Weitblick auf den Zürichsee. Seine Begleiterin fragte, ob er einen besonderen Wunsch habe, was er verneinte, und überreichte ihm dann eine ledergebundene Mappe, in der sich ein Klinikprospekt und der angekündigte Fragebogen befanden.

Pünktlich zur vereinbarten Zeit erschien die Asiatin wieder und führte Alex über einen kurzen Flur zum Büro des Patientenmanagers, der hinter einem gläsernen Schreibtisch aufstand, als sich die Tür öffnete. Alles schien perfekt choreografiert. Alex trat ein, die Tür hinter ihm schloss sich, Doktor Settembrioni kam ihm entgegen, hieß ihn händeschüttelnd willkommen und bot ihm, wieder ein weißer Ledersessel, einen Platz am Fenster an mit fantastischem Blick über die Hügel des Züricher Hinterlandes.

»Sie sind zum ersten Mal bei uns?«, fragte er mit leicht schweizerisch-italienischem Akzent und streckte die Hand nach der Ledermappe aus.

»Als Privatsekretär von Herrn Achleitner soll ich ein erstes Beratungsgespräch mit Ihnen führen. Wir sind auf Ihr Haus durch einige Referenzen aufmerksam geworden. Wir wissen absolute Diskretion zu schätzen.«

»Dafür steht unsere Klinik wie kaum eine zweite in der Schweiz. Daher empfinde ich es als ungewöhnlich, mit Ihnen über die Angelegenheiten eines möglichen Patienten zu sprechen, mit dem Sie nicht verwandt sind.«

»Das verstehen wir, weshalb ich Ihnen in den Unterlagen die Vollmacht Herrn Achleitners beigelegt habe. Außerdem wurde das vorbesprochen.«

»Richtig, so ist es in meinem Kalender vermerkt. Selbstverständlich erhalten Sie heute eine erste Beratung. Andererseits bitte ich um Verständnis dafür, dass es vor einer endgültigen Entscheidung ein persönliches Gespräch mit dem Patienten geben muss.«

»Natürlich will sich Herr Achleitner mit Herrn Professor Raffelsberger unterhalten«, erwiderte Alex. »Da sein Wunsch nach möglichst zeitnaher Behebung seines gesundheitlichen Problems diskreter Vorabklärung bedarf, haben Sie gewiss Verständnis für diese Art des – sagen wir einmal: Sondierungsgesprächs.«

Doktor Settembrioni hatte nebenbei den Patientenfragebogen überflogen. Sein Gesichtsausdruck wirkte nachdenklich, was Alex als Showeinlage abtat, denn er hatte bereits bei der Terminvereinbarung gestern durchblicken lassen, was Achleitners Anliegen war.

»Selbstverständlich, und eben deshalb bin ich heute Ihr Gesprächspartner, der Professor ist später für den Patienten da. Zystennieren sind eine belastende Erbkrankheit, der Wunsch jedes Betroffenen nach rechtzeitiger Transplantation ist nachvollziehbar«, griff der smarte Patientenmanager den Befund auf. »Zugleich ist es hier manchmal schwieriger, im Verwandtenkreis einen geeigneten Spender zu finden, weil die genetische Präposition oft weit in der Familie verbreitet ist.«

»Genau hier liegt das Problem«, erläuterte Alex seine Mission. »Wir erhoffen uns diskrete und kreative Unterstützung für das notwendige Screening in einem potentiellen Spenderumfeld.«

»Der Patient hat die Blutgruppe AB«, stellte Settembrioni fest. »Das macht die Sache nicht einfacher.«

»So ist es«, bekräftigte Alex und schaute in die hellen Augen seines Gegenübers.

»Gibt es unter den Verwandten des Patienten jemand, der sich bereit erklären würde, eine Niere zu spenden?«

»Eine Nichte«, bejahte Alex die Frage, »aber von ihr möchte mein Chef diese Spende nicht annehmen.«

»Verstehe.« Der Patientenmanager erhob sich und trat ans Fenster.

Alex blieb sitzen und lenkte sich mit der Frage ab, ob Settembrioni tatsächlich der Name des Managers war. Das »O« streichen, die Rollen etwas anders verteilen, die Lage des Gebäudes auf dem Hügel einbeziehen ... *Manchmal haben Menschen einen bizarren Humor,* amüsierte er sich. Jedenfalls würde er Dorothee ausführlich berichten und freute sich jetzt schon auf ihre Reaktion, denn ihr würde die naheliegende Assoziation zu Thomas Manns »Zauberberg« sofort in den Sinn kommen.

»Dieses Haus bietet erstklassige Leistungen«, erklärte Settembrioni mit dem Brustton der Überzeugung und drehte sich zu Alex um, »an einem international herausragenden Standort der Medizin im Einklang mit allen rechtlichen Regularien. In Zusammenarbeit mit den besten Spezialisten erarbeiten wir für unsere Patienten individuelle Lösungen. Wir verweisen mit Stolz auf eine außergewöhnliche Erfolgsquote.« Er trat nahe an Alex heran und blickte lächelnd auf ihn herab. »Aber die Basis jeder ärztlichen Tätigkeit ist gegenseitiges Vertrauen.« Mit diesen Worten setzte er sich wieder in seinen Sessel und studierte ein weiteres Mal den Fragebogen.

Alex nickte und schwieg.

»Wir würden Herrn Achleitner bescheinigen, dass er dialysepflichtig ist. Mit dieser Bescheinigung kann er sich in Deutschland auf die Warteliste für Spendernieren setzen lassen.«

»Die Wartezeit beträgt durchschnittlich sechs Jahre«, wandte Alex ein. »Und mit Blutgruppe AB ist die Chance auf eine Spenderniere unterdurchschnittlich.«

»Wir besitzen mit unseren modernsten Analysemethoden die Möglichkeit, dem Patienten je nach Lage der Dinge besondere Dringlichkeit zu bescheinigen.«

»Die Erfolgschancen einer Lebendspende liegen signifikant höher. Wir scheuen keinen Aufwand für ein umfangreiches Screening.«

»Der Patient bräuchte eine sehr weitläufige Verwandtschaft, und jeder potentielle Spender müsste sich bei uns den Tests auf HL-Antigene unterziehen.«

»Das wäre unser Wunsch, denn wir wollen ein Höchstmaß an Sicherheit.«

»Haben Sie eine Vorstellung von dem Kostenrahmen, in dem wir uns bewegen?«, fragte Settembrioni und schlug die Beine übereinander.

Alex nickte und lehnte sich entspannt zurück: »Wir kalkulieren mit einem knapp sechsstelligen Betrag.«

Der Patientenmanager verschränkte die Arme vor der Brust. Er wechselte in eine nasale Tonlage: »Es gibt Kliniken in Budapest und Istanbul, die mit günstigen Angeboten werben, zum Beispiel für Zähne, Haare oder Brüste.«

»Sie verwenden also nur erstklassiges Silikon?«, konnte sich Alex nicht verkneifen.

Settembrioni lachte.

Immerhin hat er Humor, stellte Alex fest und wartete.

»Minimum 150.000 Schweizer Franken, eher einige 10.000 mehr. 20.000 als Anzahlung für das erste Beratungsgespräch des Patienten mit dem Chefarzt.«

Alex wiegte den Kopf von rechts nach links und zurück und rieb sich mit dem Mittelfinger der rechten Hand über die Nasenwurzel.

»Das wäre die erste vertrauensbildende Maßnahme, Herr Magerkurt. Dann sehen wir das nächste Mal gern Ihren Chef.«

Als der Flixbus die Autobahn erreichte, schloss Alex die Augen und entspannte sich. Ihm genügte, was er erfahren hatte, auch wenn kein Staatsanwalt der Welt auf der Basis dieses Gesprächs einen Anfangsverdacht wegen Organhandels bejahen würde. Günther Raffelsberger war im Geschäft, daran gab es für Alex keinen Zweifel, und er war es in einem hochprofessionellen Umfeld, das sich zu schützen wusste. Wahrscheinlich ließ Doktor Settembrioni im Hintergrund bereits eine Recherche zu ihm und einem Mittelständler namens Thomas Achleitner laufen. Wollte man beweiskräftig verdeckt bei diesen Herrschaften ermitteln, müsste man immense Energie in eine wasserdichte Legende stecken. Aber darauf kam es Alex nicht an. Raffelsberger war im

Geschäft und zwischen Raffelsberger und Atasoy gab es eine Verbindung aus früheren Jahren, das konnte genügen. Umso größer war nun seine Sorge um Olga und Sonja. Vermutlich stachen sie in Istanbul gerade in ein Wespennest.

Wieder in München, radelte er zu Dorothee, die ihn neugierig empfing, sichtlich erleichtert, das Krankenhaus verlassen zu haben. Aufmerksam lauschte sie seinem Bericht aus Zürich und bedauerte, über keine dienstlichen Informationen zum Thema Organhandel zu verfügen.

»Vermutlich halten sich seit den großen Transplantationsskandalen deutsche Ärzte sehr zurück«, kommentierte sie. »Gerade die Münchner verdienen offensichtlich genug mit dem legalen Krankenhaustourismus, wie die Geschichte mit dem Förderverein von Professor Gübelin zeigt. Diesem Raffelsberger sollte man trotzdem das Handwerk legen.«

»Raffelsberger könntest du doch sowieso nicht belangen«, warf Alex ein.

»Selbstverständlich«, empörte sich Dorothee. »Wir können jeden Deutschen anklagen, der im Ausland eine Straftat begeht, wenn die Tat dort strafbar ist; und die Schweiz bestraft Organhandel genauso wie wir in Deutschland.«

»Aber wie würdest du in Zürich ermitteln?«

»Die Zusammenarbeit mit den Schweizer Strafverfolgungsbehörden ist in den letzten Jahren deutlich besser geworden – aber du hast recht: Einfach wäre es nicht.«

»Gut, dass Staatsanwältin Hauber keine Kenntnis von diesen Vorgängen hat«, atmete Alex auf.

»Zum Glück bin ich für solche Delikte nicht zuständig – wie übrigens auch für Vorgänge rund um das Europäische Theater, das mir als Theaterfan doch wirklich am Herzen liegt. Hast du mitbekommen, dass sich der Vorsitzende der Gesellschafterversammlung dummdreist selbst bedient hat?«

»Unfassbar«, antwortete Alex und musste ein Grinsen unterdrücken. »Das ist ein ziemlich korrupter Haufen bei diesem Theater. Da habe ich die letzten Wochen einiges erfahren.«

»Soso – hast gar nix erzählt«, tadelte sie ironisch mit erhobenem Zeigefinger.

»Berufsgeheimnis«, flüsterte Alex und küsste sie.

»Bist halt mein kleiner Sherlock, gell«, gurrte sie und zog ihn an sich. »Gut, dass wir zu Hause sind. Ich bin hungrig auf dich.«

Alex ergab sich rasch ihrer Leidenschaft und war froh darüber, denn in einem hinteren Winkel seines Herzens ahnte er die Konflikte, in die seine Liebe geraten könnte, wenn Dorothee jemals erfahren sollte, dass er an der einen oder anderen Stelle mithalf, der Gerechtigkeit außerhalb des geordneten Rechtswegs auf die Sprünge zu helfen.

31

Der asiatische Teil Istanbuls war viel weniger touristisch, aber in der beginnenden Nacht geprägt von jugendlicher Lebendigkeit. Während sie die breite Straße entlangliefen auf der Suche nach einem Taxi, fühlten sie sich an die Münchener Leopoldstraße bei Nacht erinnert. Spontan kehrten sie in einer Cocktailbar ein und sicherten sich hinter der Fensterscheibe zwei Plätze auf unbequemen Barhockern. Aus den Deckenlautsprechern dröhnte orientalischer Pop, bunt gemischt mit internationalen Hits, der Planters Punch gehorchte gehobenen Ansprüchen, und das auf einem rechteckigen Porzellanteller servierte Fingerfood schmeckte köstlich.

»Eigentlich«, bemerkte Sonja, »haben wir alles erreicht, was wir erreichen wollten. Wir haben Atasoy gefunden und uns von seinem Wohlbefinden überzeugt. Was hindert uns, die nächsten zwei, drei Tage wirklich Urlaub zu machen?«

»Der Anruf, den er mitten in unserem Gespräch erhalten hat«, erwiderte Olga und fuhr fort: »Wenn du mich fragst, wird Atasoy bedroht. Er ist nicht freiwillig hier. Irgendjemand dreht da an einem größeren Rad. Es geht um viel Geld. Ob ich unter diesen Vorzeichen noch drei Tage entspannt in dieser Stadt verbringen mag ...«

»Ach, Gamserl, wir müssen den Trip doch auch ein wenig genießen.«

»Du hast ja recht, süße Wasp, aber irgendwie ...« Olga suchte nach den richtigen Worten, während Sonja grinsend flüsterte: »Wasp – du hast es nicht vergessen.«

»Natürlich nicht, du Draufgängerin. – Aber ich ... also ehrlich, ich fühle mich irgendwie unwohl.«

»Sag mal«, wechselte Sonja das Thema. »Wenn dieser Anruf nicht gekommen wäre, meinst du, hätte dir Atasoy einiges erzählt?«

»Da bin ich mir fast sicher und auch, dass er in dubiose Machenschaften verwickelt ist. Sonja, der Kerl hat ein schlechtes Gewissen und ... Angst.«.

»Vielleicht redet er in München mit dir. Schließlich musst du für ihn noch die Rechtsangelegenheit mit Gübelin eintüten.«

Olga nickte, glaubte aber nicht daran.

Am folgenden Morgen bedienten sie sich am reichhaltigen Frühstücksbüfett und beschlossen, am nächsten Tag nach Hause zu fliegen, aber den heutigen Tag für eine ausgiebige Stadterkundung zu nutzen. Olga hatte ihre Bedenken hintangestellt, denn zu verlockend klangen die bekannten touristischen Highlights wie Blaue Moschee, Hagia Sophia, Topkapi-Palast und Galata-Turm. Sie wollten nicht ganz auf die Leckerbissen der Bosporus-Metropole verzichten. Am Abend würden sie noch eine romantische Bootsfahrt unternehmen und so ihren abenteuerlichen Spontantrip zu einem gelungenen Abschluss bringen. Am Samstag mochten dann, wieder zu Hause und gutes Wetter vorausgesetzt, die Berge und die Einsamkeit einer spannenden Kletterroute warten.

Als sie gerade dabei waren, den letzten Schluck Kaffee auszutrinken, poppte auf Olgas Smartphone eine Nachricht von Alex auf: *Raffelsberger ist im Milieu aktiv, Verbindung zu Atasoy wahrscheinlich. Bitte vorsichtig und keine Experimente.*

»Das überrascht uns nicht mehr«, sagte Sonja. »Aber was haben wir von dieser Erkenntnis? Die feinen Herren werden weiter viel Geld verdienen, Bülent sich an seiner jungen Freundin erfreuen, Gülay Trost bei ihren Söhnen suchen, Presselt zufrieden sein, wenn er Gübelin aus allen Widrigkeiten heraushält, und all die Aufregung über einen angeblich vermissten Münchner Chirurgen löst sich in Wohlgefallen auf. Ergo: Viel Lärm um nichts.«

Olga steckte das Handy weg und spürte ein wohlbekanntes

Unbehagen. Sonjas Erkenntnis gefiel ihr nicht. Sollte alles, was sie in den letzten Tagen recherchiert hatten, vergeblich gewesen sein? Da machten skrupellose Geschäftemacher auf Kosten von Not leidenden Menschen ein Vermögen und sollten ungestraft davonkommen? Allein Atasoy hortete mehr als eine Million Euro auf einem Istanbuler Bankkonto, die er mit Sicherheit an illegalen Transplantationen verdient hatte, kaufte seiner jungen Freundin in Kadiköy eine teure Luxuswohnung, wurde als Chefarzt an ein türkisches Universitätsklinikum berufen und ließ in München seine Familie im Regen stehen. Und das blieb ohne irgendwelche Konsequenzen? Schlimmer noch, sie sollte nun als seine Anwältin mithelfen, in München rechtliche Probleme zu lösen und diesen Egoisten aus einer Verantwortung entlassen, die zu übernehmen er nicht Manns genug war. Bei diesem Gedanken ärgerte sie sich über Atasoy, nicht zum ersten Mal in der kurzen Zeit, die sie ihn nun kannte, und wollte noch einmal mit ihm sprechen.

»Bevor wir in die Stadt gehen«, knurrte sie, »will ich Atasoy noch mal sprechen.«

»Warum?«

»Ich brauche zu einigen Fragen Klarheit. Er muss mir reinen Wein einschenken.«

»Hältst du das wirklich für eine gute Idee? Glaubst du, er packt jetzt einfach aus?«

»Sonja, ich muss es versuchen. Und wenn's nur für mich und zur Beruhigung meines Gewissens ist.«

»Okay, das verstehe ich.«

Eine halbe Stunde später saß Olga in Elif Demers Krankenhauszimmer Bülent Atasoy gegenüber und forderte ihn auf, auszupacken. »Wenn ich Sie gegenüber Presselt wirksam vertreten soll, muss ich alles über ihre Geschäfte wissen.«

Er schaute sie angespannt an, war offensichtlich hin- und hergerissen, ob er überhaupt mit ihr reden sollte. Es behagte ihm offensichtlich gar nicht, dass sie ihm über seine Geliebte hatte ausrichten lassen, entweder sofort mit ihr zu sprechen, oder sie würde das Mandat niederlegen. Olga las in seinem Gesicht wie in einem offenen Buch; der Widerstreit der Gefühle tobte in ihm und behinderte die rationale Abwägung seiner Optionen. Außerdem glaubte Olga, dass er sich schwer damit tat, von einer Frau unter Druck gesetzt zu werden.

»Das Geschäftsmodell an sich kennen Sie«, rang er sich schließlich zu einer Antwort durch. »Das ist der Vertrag mit diesem arabischen Förderverein, den ich als Gübelins leitender Oberarzt schließen sollte, um Gübelin aus der Schusslinie zu nehmen. Das ist seine Schwäche, keine Verantwortung für das große Ganze zu übernehmen. Entscheidende Maßnahmen überlässt er gern seinen Leitenden. Damals schon, als es darum ging, die Operationszahlen hochzuschrauben, damit wir das Etikett des Transplantationszentrums behalten durften, hat er Günther Raffelsberger die Verantwortung zugeschoben. Nach dem Skandal und einem unglücklichen Vertretungsjahr hat er mich in die Pflicht genommen. Zunächst sollte ich über meine Verbindungen in die Türkei das Geschäft mit den Privatpatienten ankurbeln, später kamen die Araber dazu. Als sich das Geschäft gut entwickelt hat, hatte Rechtsanwalt Presselt die Idee mit dem Fördervertrag. Seitdem brummt der Laden. Bedauerlicherweise gab es im letzten Jahr drei Komplikationen, und der Tod von Sahar Al-Sulaimani war ein fürchterliches Unglück. Aber Sie müssen mir glauben: Es war kein Kunstfehler.« Er senkte den Blick.

»Warum immer wieder Istanbul?«, insistierte Olga.

»Erstens hat unsere Klinik eine Kooperationsvereinbarung mit dem staatlichen Istanbuler Universitätskrankenhaus. Zweitens ist es für die arabischen Patienten einfacher und bequemer, für Nachbehandlungen nach Istanbul zu fliegen anstatt nach München.

Drittens leidet das Image von Gübelins Klinik, wenn wir zu viele Nachbehandlungen im System dokumentieren müssen.«

»Jetzt operieren Sie aber im *Ümraniye Hilal Hastahane*«, stellte Olga sarkastisch fest.

»Mein derzeitiger Aufenthalt hat nichts mit Gübelin zu tun.« Atasoy wand sich sichtlich. »Ich bin hier, um armen Dialysepatienten zu helfen. Wissen Sie, wie sehr so ein Patient leidet? Was es für eine immense körperliche und seelische Belastung ist, dreimal die Woche an die Maschine angeschlossen zu werden und trotzdem zu wissen, dass man mindestens zehn Jahre früher stirbt, wenn man nicht bald eine Spenderniere erhält? Wissen Sie, was es bedeutet, im Schnitt sechs bis sieben Jahre auf ein Organ warten zu müssen? Und wie sehr ein Mensch leidet, der mit ungünstiger Blutgruppe besonders schlechte Chancen auf ein Spenderorgan hat? Als Arzt leidet man mit seinen Patienten mit, als Arzt ist man zum Helfen verpflichtet, als Arzt sucht man nach Lösungen.«

»Lebendspenden?«

»Ja. Und das ist ethisch vertretbar und medizinisch sinnvoll. Empfänger einer Lebendspende haben eine signifikant höhere Erfolgsaussicht und eine längere Lebenserwartung. Es geht hier um eine Verdoppelung der Lebenserwartung, verstehen Sie? Man muss das unterstützen.«

»Aber es gibt strenge Regeln.«

»Zu strenge Regeln«, murmelte Atasoy und schwieg.

»Kennen Sie den juristischen Begriff der *teleologischen Reduktion?*«, fragte Olga spitz.

Atasoy verneinte.

»Das ist«, dozierte sie, »das Gegenteil eines Analogieschlusses – man wendet eine Regel nicht an, weil man meint, dass sie nicht auf den Fall passt. Kapiert?«

Atasoy dachte angestrengt nach, dann fragte er zaghaft: »Das darf man also?«

»Nein. Aber Sie haben es gemacht, stimmt's?«

»In Ausnahmefällen haben wir die Verwandtschaftsverhältnisse zwischen Spender und Empfänger nicht geprüft«, gestand Atasoy.

»Wusste Gübelin davon?«

»Vermutlich hat es er manchmal geahnt, aber wir haben es ihm nie gesagt.«

»Wer ist wir?«

»Günther Raffelsberger und ich. Raffelsberger hat ein Spenderreservoir in Gonder. Durch ihn kam ich in Kontakt mit anderen Patienten. Diese konnten nicht in Gübelins Klinik behandelt werden, denn die Gefahr, bei möglichen Kontrollen beanstandet zu werden, war zu groß.«

»Das heißt, die Spenden entsprachen nicht den Vorgaben des Transplantationsgesetzes?«

»Wenn Sie das, was Sie gerade angesprochen haben, nicht gelten lassen ...«

»Teleologische Reduktion?«, fragte Olga nach.

Atasoy nickte. »Anfangs wurde der Anschein eines Verwandtschaftsverhältnisses zwischen Spender und Empfänger aufrechterhalten. Aber es war mir rasch klar, dass es diese Verwandtschaft nicht gab. Viele der Patienten, die ich in den letzten Jahren behandelt habe, lernte ich in München kennen. Glauben Sie mir, es waren alles Schicksale. Jeder meiner Patienten brauchte dringend Hilfe. Wenn man als Arzt eine Lösung anbieten kann, für eine nachhaltige Heilung, dann ist es schwer, die entsprechende Behandlung abzulehnen. Man entwickelt eine Beziehung zu dem kranken Menschen. Ich wollte helfen.«

»Es geht aber immer um viel Geld.«

»Das stimmt«, räumte Atasoy ein. »Und ich gebe zu, dass ich dachte, das großzügige Honorar stehe mir auch zu. Wissen Sie, was ein Chefarzt in München verdient? Im Schnitt das Sieben- bis Zehnfache eines Oberarztes. Da habe ich kein schlechtes Gewissen wegen meiner Zusatzhonorare.«

»Und was ist mit den Spendern?«

»Meine Spender werden gut versorgt und erhalten eine angemessene Entschädigung. Wer mit einer Lebendspende einem anderen Menschen das Leben rettet oder wieder lebenswert macht, tut ein gutes Werk. Wenn er dabei seine eigene finanzielle Situation erheblich verbessert, ist das in meinen Augen nicht unmoralisch. Ein Gesetz, das solche Spenden verbietet, halte ich für unmenschlich. Menschen sollten Menschen helfen dürfen.«

»Das Gesetz schützt die Armen vor Ausbeutung.«

»Theorie, Frau Rechtsanwältin. Das Gesetz treibt die Menschen in die Hände von Geschäftemachern. Und es führt dazu, dass wir Ärzte kriminalisiert werden und erpressbar sind.«

»Das ist Ihnen passiert?«

Atasoy nickte wieder.

»Die *Dame mit den 200 Kleidern*?«

»Es fing ganz harmlos an. Ein freundlicher Herr, der dich bittet, einen Freund als Patienten aufzunehmen. Man ahnt rasch, um was es geht. Einmal habe ich abgelehnt, da wurde ich dezent daran erinnert, dass es rechtliche Bestimmungen gibt. Ganz subtil.« Atasoy schüttelte den Kopf. »Wenn man erst im System drinsteckt, ist es schwer, auszusteigen.«

»Sie wollen aussteigen?«

Atasoy nickte. »Wenn ich in einem Monat hier als Chefarzt anfange, lasse ich mein altes Leben hinter mir. Aber vorher muss ich noch einen wichtigen Patienten retten.«

»Das Telefonat gestern?«

»Ja.«

»Sie haben sich mit gefährlichen Leuten eingelassen.«

»Ja.«

»Letzte Woche sind Sie Hals über Kopf abgereist. Hat man Sie gezwungen?«

»Mit schlagenden Argumenten überredet«, antwortete er. »Aber ich glaube daran, mich aus der Umklammerung befreien zu können. Mein Kontaktmann ist kein Unmensch und auf eine gewisse Weise bin ich – im Gegensatz zu Günther Raffelsberger – ein *freier Mitarbeiter.*« Atasoy gelang bei diesem Begriff beinahe so etwas wie ein verschmitztes Lächeln.

»Der Sie trotzdem bedroht hat«, erwiderte Olga.

»Nein, der gerade nicht. Ich bin jemand anderes in die Fänge geraten, aber das führt zu weit. Machen Sie sich keine Sorgen. Es gibt einflussreiche Menschen, die mich in Istanbul beschützen. Und in München, da sollten nun Sie für mich da sein. Bleiben Sie – bitte – meine Anwältin?«

Olga zögerte kurz, blickte Bülent Atasoy in die Augen und erkannte, dass er seine Bitte ernst meinte: »Ja«, antwortete sie.

»Er hätte dir nichts von alledem erzählen müssen«, bemerkte Sonja, während sie an der Reling der Fähre standen und hinüberblickten auf den grünen Hügel, auf dem die weltberühmten Wahrzeichen der Stadt thronten. »Warum hat er das getan?«

»Nachdem er mich erst als Gefahr erlebt hat, will er mich jetzt zu seiner Verbündeten machen. Und er weiß, dass ich schweigen muss.«

»Er hat Angst?«

»Zu Recht.«

»Wirst du ihm helfen?«

»Das kommt darauf an. Zunächst geht es um die Regelung der Schadensersatzforderungen, das ist an sich unkompliziert, Atasoy unterschreibt alles, was Presselt vorlegt, und ich denke, das kann ich ebenfalls gut vertreten. Schwieriger scheint mir der Sühnetermin mit der Familie von Sahar Al-Sulaimani, aber auch da werde ich an seiner Seite stehen.«

»Was erzählst du Gülay?«

»Seiner Frau sagen wir die Wahrheit über das, was wir hinsichtlich Elif Demer herausgefunden haben. Das sind wir ihr schuldig. Welche Schlüsse sie daraus zieht, ob sie ihrem *güclü adam* verzeihen und ihren *kadin düskünü* verstehen würde ... Dass er sich scheiden lassen will, das soll er ihr persönlich sagen, da halten wir uns raus.«

Sonja nickte. »Und die Transplantationen?«

»Was ich von Atasoy erfahren habe, unterliegt dem Anwaltsgeheimnis. Ob sich daraus für Atasoy jemals ein juristisches Problem ergibt, kann ich nicht voraussehen. Er müsste angezeigt werden oder auf andere Weise in den Fokus von Ermittlungen gelangen. Ob ich ihn dann vertreten könnte ... Ich weiß es nicht, darüber muss ich noch nachdenken.«

Vom Bootsanleger schlenderten sie wieder durch das Gassengewirr der Altstadt, hielten sich jedoch weiter rechts, um nicht zum großen Basar, sondern rascher zur Blauen Moschee zu gelangen. Ab und an blieben sie vor den Auslagen eines traditionellen Geschäftes stehen und bewunderten die bunten Stoffe oder kunstvollen Silberschmiedearbeiten.

Vor einer Auslage mit Designer-Ledertaschen flüsterte Sonja Olga ins Ohr: »Wir werden beobachtet. Ein junger Mann, kurze, lockige Haare, Dreitagebart, ungefähr so groß wie du. Lass uns in das Geschäft gehen.«

Olga blickte über die Schulter und bemerkte den jungen Mann, der aussah, als sei er noch grün hinter den Ohren. *Ob Sonja da mal nicht übertreibt,* beschwichtigte sich Olga selbst und sah sich in dem kleinen, schlauchartigen Laden um, den sie betreten hatten. In den Regalen standen herausragende Exemplare wunderschöner Designertaschen, Cartier neben Salvatore Ferragamo neben Bottega, Veneta, Chloé und so weiter, keine teurer als 300 Euro, aber wunderbar verarbeitet und unverkennbar aus echtem Leder. Der überfreundliche Verkäufer betonte, jede Tasche sei in aufwendiger Handarbeit hergestellt und von allerbester Qualität. Olga verkniff sich die Frage nach der Echtheit der Labels, bewunderte die perfekten Fälschungen eingehend und wartete auf Sonjas Zeichen, den Laden wieder verlassen zu können.

»Jetzt ist er gegangen«, sagte Sonja schließlich. Sie verabschiedeten sich von dem Taschenverkäufer und traten auf die Gasse hinaus. In der Tat war der Lockenkopf verschwunden. Sie gingen den Hügel hinauf, unsicher inzwischen und vermehrt Ausschau haltend, doch als auch am Eingang zur Blauen Moschee keine verdächtige Gestalt wahrzunehmen war, entspannten sie sich ein wenig und genossen das architektonische Wunderwerk.

Mehr noch als der prachtvolle Kuppelbau hatte es Olga der harmonische Innenhof angetan, dessen Wandelumgang sie an den Kreuzgang eines Klosters erinnerte. Sie lehnte sich an eine Säule und stellte sich den Innenhof menschenleer vor. Der Blick auf die Kuppelkonstruktion des Hauptgebäudes wäre in kontemplativer Ruhe erhebend. So aber störte der fortwährende Strom herein- und herauskommender Touristen die Andacht, und der eher rasche Rundgang durch das monumentale Bauwerk bekam den Charakter eines architektur- und kunsthistorischen Besuchs. *Eigentlich schade,* dachte Olga im Hinausgehen, drehte sich noch einmal um, und da sah sie ihn. Zwar versuchte er, sich hinter einer Säule zu verstecken, aber sie hatte ihn bereits erkannt: jung, kurze, lockige Haare, Dreitagebart.

Sie stupste Sonja an und ging weiter. Draußen auf dem weiten Vorplatz beschleunigten sie ihre Schritte und bogen halbrechts in die Altstadt ab.

Sonja schaute sich um und bestätigte: »Das ist derselbe, er folgt uns.«

Sie liefen schneller, nahmen an der folgenden Kreuzung die linke Gasse, und bogen in die nächste schmale Straße rechts ein. An der kommenden Ecke blickte sie zurück. Er war näher gekommen.

»Der macht mir Angst«, rief Olga und beschleunigte ihre

Schritte. Konnte es wirklich sein, dass sie hier in Istanbul beschattet und verfolgt wurden? Wer war der »freundliche Herr«, der Atasoy unter Druck gesetzt hatte? Für welche Organisation stand er? Hatten sie es mit der Mafia zu tun? Waren sie mit ihren Recherchen der Wahrheit zu nahegekommen?

Olga spürte ein unheilvolles Grummeln im Bauch, drehte sich um und erspähte den Lockenkopf, der noch näher gekommen war. Sie stieß Sonja an und begann wider besseres Wissen zu laufen. Nun rannten sie beinahe, strandeten an einer größeren Straße mit viel Verkehr, zwängten sich durch eine kleine Menschentraube auf dem Fußgängerweg, erspähten eine Lücke zwischen den Fahrzeugen, spurteten über die Fahrbahn und gegenüber in eine bevölkerte Gasse. Olgas Puls flog, sie atmete heftig. Immer wieder drehte sie sich um und sah den Lockenschopf näher kommen. Ihr wurde heiß und kalt. Noch hatten sie Vorsprung, doch der junge Mann holte auf. Ihm musste inzwischen klar sein, dass sie ihn bemerkt hatten. Er bemühte sich nicht mehr, unsichtbar zu bleiben, im Gegenteil: Er versuchte, aufzuschließen. Was hatte er vor? Das war längst keine Beschattung mehr, das war eine Verfolgung. Alex schoss ihr durch den Kopf, der immer gesagt hatte, er hätte noch nie in seinem Leben eine Verfolgungsjagd erlebt. *Warum muss ich,* dachte sie verzweifelt, *jetzt eine erleben?* Schon meinte sie, die Fußtritte des jungen Mannes zu hören, der hinter ihnen herlief.

»Wir müssen von der Straße weg«, rief Sonja ihr zu und schlüpfte unvermittelt in ein Ladengeschäft.

Olga sprang hinterher und warf die Tür hinter sich zu. Plötzlich waren sie von Antiquitäten umgeben und sahen sich einem dicken, schnurrbärtigen Verkäufer gegenüber, der sie misstrauisch beäugte.

»*Do you have a backdoor?*«, fragte Sonja außer Atem nach einem Hinterausgang.

»Ich verkaufe Antiquitäten, keine Abkürzungen«, antwortete

der Verkäufer in lupenreinem Hochdeutsch und grinste. »Was haben die Damen für ein Problem?«

»Wir werden verfolgt«, erläuterte Olga und deutete auf die Straße hinaus, wo jede Menge Menschen zu sehen waren, nur nicht der Lockenkopf.

»Das kommt vor. Die Männer heißen *korsan* und verschleppen Touristen gern zu überteuerten Geschäften. Kaufen Sie bei mir, dann sieht Ihr Verfolger, dass Sie Ihr Geld schon unter die Leute gebracht haben.«

»Nein, so einer verfolgt uns nicht – es ist anders. Irgendwie beunruhigender. Ein Hinterausgang würde uns sehr helfen.«

»Vielleicht diese kleine Spieluhr aus den Goldenen Zwanzigerjahren? 60 Euro, und sie gehört Ihnen.«

»Gibt es Ihren Hinterausgang nicht billiger?«, fauchte Sonja.

»Sie stehen echt unter Strom.« Er zwirbelte an seinen Schnurrbartspitzen und musterte Sonja von oben bis unten. »Kommen Sie mit.« Langsam schlurfte er den langen Schlauch seines Ladengeschäfts entlang, öffnete rechter Hand einen alten Schrank und deutete hinein. »Wenn Sie möchten …«

Olga sah eine Tür anstatt einer Schrankrückwand und fragte, wohin diese führe.

»Mein Nachbar heißt Kemal. Sein Laden hat einen Hinterausgang. Grüßen Sie ihn von mir.«

Olga zögerte, doch Sonja ging mit einem lauten »Danke« voraus, öffnete die Tür und stand nicht Kemal, sondern einer alten Frau gegenüber.

»*Arka cikisa ihtiyaclari var*«, rief der Antiquitätenhändler seiner Nachbarin zu.

Die alte Frau winkte Olga herein. Sie bogen linker Hand in einen dunklen Schlauch voller Stoffballen. Die alte Frau schritt kerzengerade voraus und öffnete eine schmale Tür.

»*Tanri seninle olsun*«, flüsterte sie.

Weiß der Teufel, was das heißt, dachte Olga, *hoffentlich hilft's.*

»*Thank you*«, bedankte sich Sonja, und schon standen sie in einer kaum zwei Meter breiten, menschenleeren Gasse.

Aufgeregt blickten sie links und rechts die Gasse entlang. Niemand war zu sehen. Sie beschlossen, nach links zu gehen. Sie liefen rund 100 Meter in die Richtung, aus der sie gekommen waren, dann nahmen sie die nächste wenig belebte Gasse nach rechts. Immer wieder blickten sie sich um, ob ihnen jemand folgte, doch da war niemand. Allmählich verlangsamten sie ihre Schritte und kamen Minuten später an die große Straße nahe der Blauen Moschee. Sie fühlten sich unbeobachtet, bestiegen ein Taxi und fuhren zum Taksim-Platz. Ununterbrochen behielten sie den rückwärtigen Verkehr im Blick. Als sie sicher waren, nicht verfolgt zu werden, stiegen sie an einem U-Bahn-Eingang aus und die Treppen zur Metro hinab. In der Menschenmenge des Bahnhofs fühlten sie sich zunächst geborgen, kauften sich Fahrkarten und nahmen den Zug nach Yenikapi.

»Das ist alles kein Zufall«, bemerkte Olga an Sonja gewandt. »Da hat uns jemand ins Visier genommen.«

»Also haben wir in ein Wespennest gestochen«, konstatierte Sonja. »Zwar wissen wir über Atasoys Hintermänner nichts, aber das wissen die nicht. Vielleicht schätzen sie uns als gefährlich ein. Wo, wenn nicht hier, könnten sie uns unbemerkt unschädlich machen?«

»Wohl fühle ich mich momentan nicht. Ob die wissen, wo wir wohnen?«

»Kann ich mir kaum vorstellen«, verneinte Sonja.

»Aber wenn wir gezielt verfolgt wurden – wo haben sie sich an unsere Fersen geheftet?«

»Am Klinikum«, folgerte Sonja. »Wenn du mich fragst, wird Atasoy überwacht.«

»Und gestern? Der Anruf?«

»Wenn Atasoy überwacht wird, haben sie mitbekommen, dass er von uns Besuch hatte. Und dann könnten die doch wissen, wo wir wohnen«, revidierte Sonja ihre gerade noch geäußerte Meinung.

»Was tun?«

»Wir schauen uns jetzt die Hagia Sophia an«, antwortete Sonja trotzig. »In den Menschenmassen findet uns niemand, und es ist überall sicherer als im Hotel.«

»Mumm hast du, das muss man dir lassen«, schmunzelte Olga und war froh, dass Sonja nicht ahnte, wie sehr ihr der Schreck noch in den Gliedern saß und wie unsicher sie sich auch hier in der Metro fühlte. Ihre Augen irrlichterten über die Köpfe aller Mitfahrenden hinweg, ihr Puls pochte nach wie vor wie auf dem Crosstrainer, auf den sie sich heimlich wünschte. Dort würde sie einen Kriminalroman lesen, anstatt am Bosporus mitten im Geschehen zu stecken.

Sie versuchte, langsamer und bewusster zu atmen. Während sie sich allmählich beruhigte, wuchs ihre Sorge um Atasoy. Was, wenn seine Hintermänner verhindern wollten, dass er ausstieg? War dann sein Leben in Gefahr? Schlagartig wurde Olga bewusst, in welchem Dilemma sich der Arzt vermutlich seit Jahren befand. Auch wenn er sich seine Situation selbst zuzuschreiben hatte, empfand sie auf eine gewisse Art Verständnis für seine Haltung. Durfte man nicht auch auf die Situation der Nierenkranken Rücksicht nehmen?

Bisher hatte sie allzu sehr auf die Not und das Leid der Spender geachtet, ohne Mitgefühl für die Empfänger zu entwickeln. Natürlich wurden die Spender ausgenutzt oder gar ihre persönliche Not missbraucht, natürlich waren die Empfänger Menschen, die meinten, mit Geld lasse sich alles kaufen. Andererseits waren die Empfänger auch Menschen in Not, die unter ihrer Krankheit litten. Und überall auf der Welt traf man auf die Ungerechtigkeit, dass sich Menschen mit Geld und entsprechender Gesundheitsversorgung bessere medizinische Versorgung leisten konnten als die Armen und Unterprivilegierten.

Da muss man nicht weit gehen, sinnierte Olga, *schon bei uns ist es ein erheblicher Unterschied, ob man Kassen- oder Privatpatient ist.*

Olga sah Atasoy vor sich, sah die Angst in seinen Augen und spürte die Ambivalenz in seinem Denken und Handeln. Er wusste sehr wohl um das Unrecht, das er mit den illegalen Lebendspenden beging, aber zugleich vermittelte er ihr glaubwürdig, seinen nierenkranken Patienten helfen zu wollen. Natürlich log er sich dabei in die Tasche und beschönigte ein System, das wehrlose und hilfsbedürftige Menschen ausbeutete. Sie glaubte ihm, dass er aussteigen wollte, und sie nahm ihm auch ab, dass er gezwungen worden war, die Transplantationen durchzuführen. Im Hintergrund zogen mächtige Organisationen die Fäden, die Handelnden waren vielfach nichts als Marionetten in den Händen von skrupellosen Verbrechern. Durfte sie Atasoy dafür verurteilen, dass er vor Jahren die Entscheidung getroffen hatte, sich für seine kranken Patienten einzusetzen? Er hatte nicht nur altruistisch gehandelt, im Gegenteil; mit den Transplantationen Geld zu verdienen war eine beachtliche Triebfeder gewesen.

Trotzdem muss ich das Für und Wider abwägen, beschloss Olga und sah in Atasoy sowohl einen Täter als auch ein Opfer. Sie würde ihn keinesfalls entschuldigen, aber sie spürte, dass sie auch moralisch bereit war, ihn zu vertreten.

»Wenn er wegen seiner Transplantationen eine Anwältin braucht«, sagte Olga und gab Sonja damit die Antwort auf die Frage, die sie ihr auf der Fähre gestellt hatte, »würde ich ihn vertreten. Nachdem, was wir gerade erlebt haben, erst recht.«

»Obwohl er ein geldgieriger, untreuer Macho ist, der sich mit dem organisierten Verbrechen eingelassen hat?«

»Er ist Täter und Opfer – außerdem heißt es nicht, dass er mir sympathisch ist, im Gegenteil.«

»Vermutlich kommt er ungeschoren davon und wird mit seiner schnuckeligen Elif ein hochgeschätzter Chefarzt in Istanbul. Wäre das gerecht?«

»Was stellst du nur für Fragen, Sonja.«

»Dein Thema, meine Süße, dein Thema.«

»Die Hintermänner müssten wir erwischen«, erwiderte Olga. »Das wäre Gerechtigkeit.«

32

Etwas Weiches strich über seine Stirn, berührte die Augenlider und fuhr über die Wange zum Mundwinkel, tupfte über die Lippen und glitt in das Grübchen seines Kinns. Er schlug die Augen auf und erblickte ein verträumtes Gesicht von Modigliani. Nicht gemalt, sondern echt.

Trotz des schummrigen Lichts erkannte er ihre Lachfältchen. Sie näherte sich, ihre Lippen berührten seine, warm und weich. Ihre Hand legte sich auf seine Brust, ihre Finger spielten mit einer seiner Brustwarzen. Ihre Zunge teilte seine Lippen, suchte seine Zungenspitze, behutsam und zärtlich, aber zielstrebig. So wie auch ihre Hand wusste, was sie wollte, als sie über seinen Bauch glitt und nach dem tastete, was sie am Abend enttäuscht hatte.

Sie waren eingetaucht in die Nachtstimmung am Wasser, hatten den Zander vom Ofen genossen und sich der belebenden Frucht des Blanc de Blanc hingegeben. Sie hatte von ihrer herausfordernden Operation erzählt, einer zierlichen Frau Mitte 40, die über Schmerzen in der Nabelgegend geklagt und sozusagen fünf Minuten vor 12 die Klinik aufgesucht hatte; den akuten Verschluss der Schlagader, die den gesamten Dünndarm versorgt, überleben neun von zehn Patienten nicht; diese eine Todkranke konnte Anita retten und war darüber so glücklich, dass eine Flasche Weißwein nicht genügte, diesen Erfolg zu begießen.

Als das letzte Glas Rotwein getrunken war, nahm sie Leone bei der Hand, zog ihn in das bestellte Taxi und führte ihn auf ihr Zimmer. Doch sie verführte ihn nicht, weil er sich nicht verführen ließ, obschon der Kopf nichts lieber wollte. Der Körper streikte. Es wurde ein zartes Kuscheln und Küssen, von Tränen begleitet, für die sich Leone schämte, die jedoch aus dem Nichts hervorbrachen und sich nicht aufhalten ließen.

»Tränen sind die Diamanten des Herzens«, hatte Anita geflüstert und mit diesen Worten waren sie beide eingeschlafen.

Nun aber wollte sie das Leben spüren und küsste fordernder, während sie ihre Finger um seine weiche Kleinigkeit schloss. Erfolglos.

Leone wollte im Erdboden versinken. *Was ist nur los mit mir?*, fragte er sich und verzweifelte an dieser unbezwingbaren Ohnmacht, trotz bestem Willen und Wollen nicht zu können. Sein Körper verkrampfte, auch die leidenschaftlichen Küsse dieser Frau, in die er sich ohne jeden Zweifel verliebt hatte, konnte er nicht mehr erwidern. Er löste sich stöhnend vor Wut und Scham aus ihrer Umarmung, nahm ihr Gesicht in beide Hände und schluchzte: »Ich kann nicht.«

Sie verbarg ihre Enttäuschung und fragte: »Möchtest du darüber reden?«

»Vielleicht ist es«, stolperte er in einen Erklärungsversuch, »weil ich mich in dich verliebt habe. Das ist mir schon lange nicht mehr passiert.« Innerlich wunderte er sich über seine eigenen Worte, fand, dass sie dumm und hohl klangen. *Hat jemals ein Mann eine idiotischere Ausrede dafür gefunden, keinen hochzubekommen?, f*ragte er sich beschämt. Dabei ärgerte er sich maßlos über sich selbst, denn nicht nur verliebt war er in Anita, sondern er begehrte sie auch, fand ihren Körper anziehend und ihre natürliche Ungezwungenheit erregend. Aber seine Libido war so tot wie ein vor Jahren abgestorbener Baum.

»Dann haben wir neben der Geige eine zweite Gemeinsamkeit«, flüsterte sie. »Ich habe mich ebenfalls in dich verliebt. Schon im Flugzeug.«

Leone zeigte seine Überraschung.

»Deine Sensibilität hat mir gefallen, nicht nur wegen der Musik, sondern auch, als ich dir von dem Flüchtlingsjungen erzählt habe.«

»Das Schicksal des jungen Mannes ist mir nahegegangen«,

gab Leone zu und fand seine Stimme verräterisch, als müsste Anita ihn sofort durchschauen und wissen, womit er sein Geld verdiente.

»Das habe ich gespürt, und außerdem haben mir deine Locken gefallen. Du hast schöne Haare und ein starkes Gesicht. Bei mir ist es auch einige Jahre her, dass ich mich zuletzt verliebt habe. Wollen wir es zulassen?«

Leone nickte und rang um eine Antwort, doch ihre Lippen verschlossen seinen Mund. Er ließ sich hineinfallen in den Kuss, der nun scheu und zurückhaltend die Heilung einer Sehnsucht versprach, von der Leone wusste, dass sie niemals stattfinden würde. Doch er verbot sich jeden Gedanken, schloss die Augen und gab sich hin. Langsam schmiegte sie sich näher an ihn, vorsichtig darauf bedacht, keine Aufforderung damit zu verbinden. Leone spürte, wie sie ihm jede Freiheit ließ, zu sein wie er war: verzagt, verunsichert, gehemmt und gelähmt, dabei in seinem Innersten angerührt wie seit Henrietta nicht mehr.

Wohlige Wärme durchströmte seinen Bauch, ein Kitzeln in der Brust ließ ihn nach Luft schnappen und in seine Lenden kam ein wenig Bewegung. Zu wenig allerdings, um aus der sanften Zärtlichkeit auszubrechen. Die Lust blieb im Kopf gefangen, und Anita akzeptierte es, löste sich wieder von ihm und flüsterte: »Alles wird gut.«

Nichts wird gut, dachte Leone, nachdem ihn Fabricio über den Besuch der beiden Frauen bei Atasoy im Klinikum informiert hatte. Was wollten die beiden von seinem Arzt? Hatte er ihm nicht klipp und klar vermittelt, mit ihnen keinesfalls zu sprechen? Atasoy würde abspringen, das ahnte Leone schon länger. Aber jetzt war es vordringlich, für Hussein eine Niere zu finden und diese so schnell wie möglich und komplikationsfrei zu implantieren. Danach konnte man weitersehen.

Leone befahl seinem Neffen, an den beiden Frauen dranzubleiben. Er musste wissen, was diese im Schilde führten, während er sich auf den Weg ins Krankenhaus machte, um nach seinem Freund zu sehen und Atasoy einzunorden. Im Taxi nach Ümraniye kreisten seine Gedanken gleichzeitig um zwei Fragen. Würde sich rasch ein geeigneter Spender finden? Wie sollte seine Verliebtheit weitergehen? Beide Fragen vermengten sich in seinem Kopf zu einem unentwirrbaren Knäuel von Hoffnungen und Ängsten. Er brauchte einen Spender, koste es, was es wolle, und damit verriet er alles, wofür Anita stand. Er könnte ihr nicht mehr unter die Augen treten. Seine Schwäche gestern und heute hing genau damit zusammen, und obwohl er sich über seine Skrupel wunderte, wusste er, wie richtig er mit dieser Annahme lag.

Sein Leben war auf diesen einen Kulminationspunkt zugelaufen; was immer er war oder zu sein glaubte, es entschied sich in diesen Tagen. Der weiche Kern dieses Leone Riello, der keine Pistole und kein Gewehr in Händen halten konnte, wollte sich endgültig durchsetzen gegen den Diener der Familie. Mehr als 25 Jahre war er ein willfähriger Handlanger gewesen, ein Mitläufer, der sich etwas darauf eingebildet hatte, seine Geschäfte mit Freundlichkeit und Geschick und ohne Gewalt und Drohung geführt zu haben, als hätten nicht die meisten seiner Partner gewusst, welche Macht im Zweifel hinter ihm stand. Alle Annehmlichkeiten seiner blühenden Geschäfte hatte er über Jahre hinweg genossen und sich, so ehrlich musste Leone nun wenigstens sich selbst gegenüber sein, keine Gedanken über das Schicksal der mehr oder weniger freiwilligen Spender gemacht. Gingen die nun aufkeimenden Skrupel mit der Müdigkeit einher, die ihn seit einiger Zeit befiel? Oder wurden sie ihm bewusst, weil ihn die Familie aus seinem Geschäftsfeld drängen wollte und er vor sich selbst eine Rechtfertigung suchte, um die Geschäfte freiwillig abzutreten? Würden sie ihm sein privates Leben lassen, wenn er sich zurückzog? Oder musste er den freundlichen Vermittler für die aufstrebenden Neffen spielen, bis er endgültig überflüssig war und entsorgt werden konnte?

Was auch immer meine Zukunft bringen mag, dachte Leone resigniert, *beglückend ist es nicht.* Im Gegenteil: Er war am Ende. Hoffnungslos. *Nichts wird gut.*

Husseins gesunde Gesichtsfarbe beruhigte Leone. Auch seinen Humor hatte der Araber wiedergefunden, als er zur Begrüßung kundtat, er habe beschlossen, diese und nächste Woche seinen inneren Kain unter Kontrolle zu halten. Leone lachte, obwohl ihm bewusst war, wie nahe er der biblischen Rolle Abels kommen konnte, wenn er nicht bald das lieferte, worauf Hussein sehnsüchtig wartete.

Den einfacheren, wenngleich teureren Wunsch konnte Leone sofort erfüllen, denn Husseins Anwalt hatte ein *Sale-agreed-Dokument* vorbereitet, das Leone unterschrieb. Damit konnte der Londoner Notar alle Formalitäten vorbereiten, um das Eigentum an dem Camdener Loft auf Hussein zu übertragen. Sichtlich besänftigt plauderte Hussein noch eine halbe Stunde mit Leone, ehe er ihn ermahnte, sich nicht mehr viel Zeit zu lassen mit der erwünschten Lieferung. Leone versprach einmal mehr, alles in seiner Macht Stehende zu tun, und verließ ihn mit dem mulmigen Gefühl, einen seiner letzten Geschäftsfreunde verloren zu haben.

»Was wollten die beiden Frauen von dir?«, fragte Leone Atasoy, nachdem er ihm endlich in einem kleinen Büroraum gegenübersaß.

»Sie haben mich nach der Vereinbarung gefragt, die ich mit dem arabischen Förderverein abgeschlossen habe, und wie das mit Professor Gübelin zusammenhängt. Die Dunkelhaarige ist meine Anwältin. Sie vertritt mich in der Auseinandersetzung um Schadensersatzansprüche, es geht um den tragischen Tod von Sahar Al-Sulaimani.«

»Deswegen rückt sie dir hier mit einer Art Bodyguard auf den Leib?«

»Sie haben mich gesucht, weil ich verschwunden bin.«

Leone spürte, wie die Wut auf Hamzi in ihm hochstieg, der Atasoy gezwungen hatte, sofort nach Istanbul zu fliegen, um seinen Patienten zu operieren. Das war mehr als nur eine Störung des Betriebsablaufs gewesen, aber dafür würden die Riellos Hamzi zur Rechenschaft ziehen.

»Du hättest dich nicht einschüchtern lassen dürfen.«

»Dann hätten sie uns auffliegen lassen«, erwiderte Atasoy ängstlich. »Das hätte mein Leben zerstört.«

»Warum waren die Frauen heute noch einmal bei dir?«

»Meine Anwältin war mit meinen gestrigen Antworten unzufrieden. Außerdem musste ich schweigen, nachdem du angerufen hattest. Das hat sie nicht akzeptiert.«

»Hat sie nach unseren Geschäften gefragt.«

»Sie kennt die Korrespondenz zwischen mir und der *Dame mit den 200 Kleidern*.«

»Hast du etwas verraten?«

»Sie ist meine Anwältin. Sie muss über alles schweigen, was ich ihr erzähle.«

»Du Trottel!«

Leone war unendlich müde. Nachdem er Atasoy mit schlimmen Folgen gedroht hatte, sollte die optimale Versorgung von Hussein schiefgehen, hatte er das Klinikum verlassen und war kreuz und quer durch den asiatischen Teil der Stadt gelaufen, bis er in Üsküdar den Bosporus erreichte. Mühsam hatte er versucht, seine Gedanken zu ordnen.

Da war Anita, die ihn mit ihrer Zärtlichkeit und ihrem Liebesgeständnis in eine a-Moll-Gefühlslage geführt hatte, deren Melancholie er kaum entrinnen konnte. Im Nachhinein erschütterte ihn weniger sein Scheitern als Mann als die schiere Unmöglichkeit, mit ihr auch nur eine kurze Zeit unbeschwerten Glücks zu genießen. Wollte er es versuchen, müsste er über sein bisheriges Leben den Mantel des Schweigens legen und ihr ein Lügenmärchen nach dem anderen auftischen. Trotzdem wäre es nur eine Frage der Zeit, bis sie ihn enttarnen würde, und dann würde es vor Enttäuschung alles zerreißen, ihn selbst eingeschlossen. Die Implosion einer Liebe wollte er nicht erleben und vor einem Geständnis graute ihm.

Es fiel ihm rätselhafterweise schwer, sich selbst einzugestehen, was er aus seinem Leben gemacht hatte; wie erst sollte er sich einer Frau öffnen, in die er und die in ihn verliebt war? Das war zu viel an Entzauberung, und doch sehnte sich ein immer größeres Stück seines Ichs genau danach. Selbstmitleid? Oder war er wirklich des Lebens müde?

Er wünschte sich seine Violine herbei, um sich die Schwermut von der Seele zu spielen. Vielleicht stimmte Anita mit ihrer Geige ein, und sie würden ihre Violinen gemeinsam weinen lassen und in den Tränen der Musik die umfassende Vergebung finden, nach der sich Leone sehnte. Er hatte auf seine Art ein reiches Leben gelebt, aber ein anderes als das, nach dem er sich von klein auf gesehnt hatte.

Dann war da Atasoy, sein ihm liebster und sein bester Arzt. Er würde ihn verlieren, das wusste er schon seit Wochen, seit der ihm gestanden hatte, sich auf Drängen seines Großcousins – oder was auch immer an Verwandtem, die Atasoys waren wohl eine ähnlich umfangreiche Sippschaft wie die Riellos – auf die Chefarztstelle an einem Istanbuler Universitätsklinikum beworben zu haben. Leone war schnell klar geworden, dass der Einfluss von DITIP wirkmächtiger sein würde als derjenige seiner eigenen Familie, und wenn über den deutschen Moscheenverein der Wunsch eines orientalischen Herrschers kommuniziert wurde, wenn der türkische Präsident persönlich mitteilen ließ, sich einen treuen Arzt in einem wichtigen Klinikum der ihm wichtigsten Stadt zu wünschen, dann mussten die alten geschäftlichen Bande reißen.

Bülent Atasoy würde in wenigen Wochen ein hoch angesehener Chefarzt eines aufstrebenden privaten Universitätsklinikums sein, mit besten Verdienstaussichten und allen Annehmlichkeiten, die Istanbul bieten konnte. Wenn er erst seine Zelte in München abgebrochen hatte, konnte ihm hier nichts mehr geschehen und stünde er unter dem Schutz mächtiger Interessen. Für Leones Geschäfte war Atasoy verloren. Wer blieb ihm noch von den guten Ärzten? Gelegentlich operierte Günther Raffelsberger in Istanbul, jedoch mehr aus Kalkül, um auch über Leone den einen oder anderen Patienten an den Zürichsee zugeführt zu erhalten. Spendernieren aus Gonder erhielt Leone schon seit einigen Jahren keine mehr.

Mein Umfeld bröckelt, dachte Leone, *da kann ich es gleich den hungrigen Neffen überlassen.* Die aber, und die Wünsche von Ricardo und Luca, beunruhigten ihn sehr. Sie würden sich kaum mit einer einfachen Geschäftsübergabe zufriedengeben, sie würden seine Hilfsdienste erzwingen und sie würden Geld sehen wollen. Viel Geld. Vielleicht alles, was er hatte. *Wofür,* fragte sich Leone, *lebe ich noch, und wovon?* Er müsste sich wehren, aber das war aussichtslos.

Leone war müde und melancholisch, als sein Telefon läutete und Fabricio ihm mitteilte, dass er die beiden Frauen aus den Augen verloren hatte. Geknickt berichtete er, dass sie ihn bemerkt hatten und vor ihm davongelaufen waren. Leone lächelte in sich hinein, während Fabricio seinen stümperhaften Fehlschlag schilderte; Ricardo würde seinen Sohn mit Verachtung strafen, er hingegen mochte den Neffen gerade deshalb noch lieber: Wenigstens ein weiterer Riello, dem die traditionellen Verhaltensmuster der Familie nicht in die Wiege gelegt worden waren.

»Lass es gut sein«, besänftigte Leone Fabricio, »ich weiß, was ich wissen muss. Du kannst Luca und Ricardo berichten, dass wir alles im Griff haben.«

Nahe der Anlegestelle der Fähren setzte sich Leone in einen Teegarten, schlürfte heißen, süßen Pfefferminztee und beobachtete das Treiben auf der Meerenge. Das stete Hin und Her von Fähren, kleinen und großen Schiffen übte eine beruhigende Wirkung auf seine strapazierten Nerven aus.

Ganz langsam sickerten Töne durch die Geräusche der Stadt und drückten eine Melodie unter seine schmerzende Stirn. Sanft und beglückend erklang das *Adagio* des Mittelsatzes des G-Dur-Duos in seinem Kopf. Hochkonzentriert vollführte Leone an der Violine die vielen Verzierungen, kongenial begleitet von einer bezaubernden Anita an der Viola. Er berauschte sich an ihrem harmonischen Spiel, schloss die Augen und spürte beinahe körperlich den Energiefluss der Musik.

Das wäre mein echtes Leben gewesen, dachte er, als ihn sein Handy aus allen Träumen riss. Es war der junge Assistenzarzt, der ihn aus Nizip anrief und mitteilte, morgen mit drei möglichen Spendern nach Istanbul zu kommen; sie säßen bereits im Zug nach Adana. Was für eine beruhigende Nachricht. Leones Stimmung hellte sich weiter auf, Mozart jubelte nun wirklich in Dur in seinem Kopf und für einige Minuten glaubte er sogar an ein Happy End für seine Liebe zu Anita. Immerhin hatten sie sich für den heutigen Abend wieder verabredet, diesmal gleich im Restaurant ihres Hotels. Nach dem Dinner sollte es eine zwanglose Selbstverständlichkeit sein, in ihrem Zimmer noch ein, zwei Gläschen Champagner zu trinken. Unübersehbar schwang die Hoffnung mit, die Normalität der Liebe senke den Erwartungsdruck an den kleinen Mann, und nichts wünschte Leone mehr, als in einigen Stunden ein leidenschaftlicher und ausdauernder Liebhaber zu sein.

Er erinnerte sich an ihren ersten Abend am Goldenen Horn, an seine drängende Erregung bei diesem verbotenen Kuss in der Öffentlichkeit, und die Vorstellung von ihren weichen Lippen regte beim letzten Schluck Pfefferminztee durchaus sein Lustzentrum an, so warm wurde ihm ums Herz. Jetzt war er zuversichtlich, seinen Mann stehen zu können, und freute sich auf den abendlichen Champagner.

Bei dem Gedanken an Champagner erschien Nicola vor seinem geistigen Auge, und während er sich noch vorstellte, demnächst mit Anita auf Nicolas Sofa zu sitzen und den einen oder anderen edlen Tropfen zu verkosten, sprang ihn eine beunruhigende Wahrnehmung an: die Blonde von gestern, die ihn im Großen Basar angeschrien hatte, er kannte sie vom Sehen! Sie hatte vor einiger Zeit an einer Champagnerverkostung bei Nicola teilgenommen; es war um Premium-Champagner gegangen, und er, Leone, hatte sich köstlich amüsiert.

War es Zufall, dass diese Frau Atasoy nachspionierte? Leone glaubte nicht an Zufälle. Was, wenn diese Frauen schon länger über Bülent und die *Dame mit den 200 Kleidern* recherchierten? War ihm jemand auf der Spur? Und wer war ihm auf der Spur? Nein, diese Brünette war keinesfalls Atasoys Anwältin. Was für eine lächerliche Ausrede. *Und Atasoy, dieser Idiot, hat ihr alles Mögliche erzählt,* ärgerte sich Leone. Er zahlte und machte sich auf den Weg zur Fähre. Da klingelte sein Handy erneut.

»Warum bist du geflogen, ohne mich zu informieren?«, blaffte sein Bruder Ricardo aus dem Lautsprecher. Leone erschrak und fragte verblüfft: »Woher hast du diese Nummer?«

»Tut nichts zur Sache. – Komm schleunigst nach Hause. Mama ist gestorben!«

Ein Stich wie von einem Messer fuhr in seine Brust. Mama! Ornella Riello, Herz und Seele des *Albergo Sala*, der Engel von Valbrona, die Göttin seines Herzens, die ihm zur Geige verholfen hatte: tot?

Das kann nicht sein, das darf nicht sein. Der einzige Mensch in der Familie, der stets zu ihm gehalten und ihm seine Weichheit nicht nur verziehen, sondern ihn genau deswegen geliebt hatte. Mama! Alt geworden mit ihren nun 78 Jahren, aber doch jung geblieben und immer noch die Herrin der Küche, die jedem Gast jeden Wunsch auf den Tisch zauberte. Unmöglich. Mama konnte nicht sterben. Der Stich im Brustkorb wiederholte sich, es war, als würde jemand ein großes Messer in seiner Brust hin und her drehen.

Er bekam keine Luft mehr. Ein bleiernes Drücken legte sich auf seinen Oberkörper. Er ächzte und schlingerte. Vom Bauchnabel her zog sich ein Brennen durch seinen Körper, es loderte herauf, als hätte er eine Handvoll scharfer Chilischoten geschluckt, die sich nun ihren Weg nach oben bahnten. Kalter Schweiß brach ihm aus, es war, als setzte sich ein ausgewachsener Bulle auf seine Brust. Das Messer rührte in seinem Brustkorb herum wie die Stäbe einer Teigmaschine. Sein Rücken brannte. Luft, er brauchte Luft.

Die Füße gaben nach, er stützte sich an einem Laternenmasten ab. *Mama, du darfst nicht tot sein.* Alles in ihm schrie. Er sank auf die Knie. Verzweiflung presste ihm die Luft ab. Er weinte. Er rang nach Luft. Dunkelheit umgab ihn. Er wollte schreien. Seine Brust brannte. Kein Ton kam über seine Lippen.

Von weit her erklang eine Violine. a-Moll. Adagio.

Dann Stille.

33

An der Station *Vezneciler* stiegen sie aus, schlenderten über den Platz vor der Universität und hinüber zum alten Bücherbasar. Ab und zu drehten sie sich um und hielten Ausschau nach einem Lockenkopf, doch der blieb verschwunden. Misstrauisch beäugten sie manche Menschen, die ihnen begegneten, doch sie nahmen keine verdächtige Person mehr wahr.

Nach und nach beruhigte sich Olga, allmählich legte sich ihre Anspannung und sie beschloss, allen Befürchtungen zum Trotz, die letzten Stunden in dieser Stadt zu genießen. Immerhin durfte sie nach einem aufregenden Tag mit Sonja in den touristischen Trubel der Bosporus-Metropole eintauchen und sich an der Nähe ihrer Freundin erfreuen.

Im Schutz der Menschenmassen durchquerten sie den Großen Basar und weitere Teile der Altstadt, bis sie schließlich die Hagia Sophia erreichten. In der Warteschlange an der Kasse wurde Olga doch noch einmal nervös. Sie beobachtete die Menschen ringsum, während die Schlange langsam vorrückte, und beruhigte sich erst, als sie unter der lichtvoll weiten Kuppel der einstmals größten Kirche der Christenheit stand. *Manchmal,* dachte Olga unvermittelt, beeindruckt von der Schwerelosigkeit der Architektur, *gibt es doch Gerechtigkeit auf dieser Welt; auf friedliche Art existierten hier zwei Weltreligionen in einem seit Jahrzehnten den Menschen als Museum geschenkten Gebäude.*

Trotz der Umwandlung der früheren Kaiserkirche in eine Moschee des Sultans war der Charakter des Kirchenbauwerks unverändert geblieben, ja, eigentlich war diese Kirche sogar zum Vorbild für die späteren Moscheen geworden. Heute konnten sich beide Religionen hier wiederfinden, und wer anderen Glaubens war, durfte sich an Architektur, Mosaiken und Geschichte erfreuen.

Ohne nachzudenken, ergriff Olga Sonjas Hand und hielt sie fest.

Auf der Fähre nach Üsküdar blickten sie zurück auf Hagia Sophia und Blaue Moschee. Sie hatten beschlossen, der Altstadt den Rücken zu kehren, die sie wohl lange mit einer mysteriösen Verfolgung, aber auch mit dem erhabenen Frieden der *Kirche der Heiligen Weisheit* verbinden würden. Olgas rechte Hand lag auf der Reling unter Sonjas linker. Sie sogen die frische Meeresluft ein und genossen den Ausblick. Sanft strich der Fahrtwind durch Olgas Haare. Für einige Minuten kehrte eine tiefe Ruhe ein, Olga fühlte sich endlich entspannt und frei von den Verfolgungsängsten, die sie seit der Blauen Moschee geplagt hatten.

Sie traten über die Planken an Land, gingen einige Schritte, drehten sich um und beobachteten die Menschen, welche die Fähre verließen: Da war niemand, der sich übermäßig für sie zu interessieren schien. Wer immer sie heute Mittag verfolgt hatte, sie waren ihm entkommen.

Trotzdem beschlich Olga ein mulmiges Gefühl bei dem Gedanken, in ihr Hotel zurückzukehren. *Was, wenn Atasoys Hintermänner wissen, wo wir logieren?,* fragte sie sich. *Was, wenn wir als Bedrohung für ein lukratives Geschäftsmodell gelten, weil wir der Wahrheit bereits zu nahegekommen sind?* Dabei hatte Atasoy es geschickt vermieden, auch nur irgendetwas zu seinen Hintermännern preiszugeben. *Wir haben nichts, aber auch gar nichts in der Hand,* überlegte Olga, musste aber auch eingestehen, dass das Atasoys Hintermänner nicht wissen konnten. So eine Organisation würde im Zweifel auf Nummer sicher gehen und einen gefährlichen Mitwisser ausschalten. Olgas Puls schlug wieder schneller.

»Was von den Sachen, die wir im Hotelzimmer haben, brauchen wir wirklich?«, fragte sie Sonja.

»Nichts – wieso fragst du?«

»Falls die wissen, wo wir untergekommen sind«, antwortete Olga mit verunsicherter Stimme, »könnte es doch sein, dass sie uns dort abpassen.«

Sonja kratzte sich am Hinterkopf und nickte. Olga spürte, wie ihre Freundin nachdenklich und ihr eigener Atem flacher wurde. Eine dumpfe Bedrohung legte sich auf ihre Brust und ihr wurde klar, dass sie die letzten Stunden in dieser Stadt nicht mehr genießen konnte. Olga wollte nach Hause. Am liebsten wäre sie umgehend zum Flughafen gefahren, und nur ihr Wissen darum, heute keinen Rückflug mehr zu bekommen, hielt sie von dieser Panikreaktion ab.

»Wenn wir uns eine andere Bleibe suchen, haben wir bessere Chancen, unentdeckt zu bleiben«, überlegte Olga. »Zumindest bis wir morgen Vormittag am Flughaufen auftauchen.«

»Du machst mir Angst.«

»Ich habe Angst«, erwiderte Olga.

»Okay«, zeigte sich Sonja resolut und deutete auf ein mehrstöckiges Hotel neben der Hauptstraße entlang des Bosporus: *Sözbir Royal Residence.* »Dort versuchen wir unser Glück.«

Bei all der Unsicherheit, die für den Rest des Tages nicht mehr von Olga abfallen wollte, erwies sich das orientalisch geprägte Hotel als wahrer Glücksfall. Ihre gemütliche Suite besaß einen Glaserker mit Blick auf den Bosporus und das gegenüberliegende alte Byzanz, auf dem Dach des Hauses fand sich ein Swimmingpool mit wunderbarem Ausblick und im Erdgeschoß wusste im Hotelrestaurant ein Chefkoch vorzüglich zu kochen. Im Hotelshop hatten sie alles erhalten, was sie für diese eine Nacht benötigten, zudem zwei Badeanzüge, sodass sie im Pool ihre Bahnen ziehen konnten.

Nach dem Dinner saßen sie in ihrem Erker, tranken einen überraschend fruchtig-herben türkischen Schaumwein und genossen die Aussicht auf das glitzernde Lichtermeer.

»Was hatte das jetzt alles für einen Sinn?«, fragte Sonja, nachdem sie das letzte Glas leer getrunken hatte. »Wir haben uns für nichts und wieder nichts in Gefahr gebracht.«

»Das sehe ich anders, mein Engel«, antwortete Olga und nahm Sonjas Gesicht in ihre Hände. »Wenn wir morgen wohlbehalten nach Hause kommen, dann blicken wir auf eine einzigartige Erfahrung zurück. Mit keinem Menschen hätte ich lieber eine Verfolgungsjagd erlebt als mit dir.«

»Ist das eine Liebeserklärung?«

»Aber hallo«, flüsterte Olga, stand auf und zog Sonja hinüber zum Bett.

Pünktlich um 10:45 Uhr landete der Flug von Pegasus Airlines in München, unbehelligt passierten Olga und Sonja die Grenzkontrolle und gelangten ohne besondere Vorkommnisse mit der S-Bahn in die Stadt. Um 12:30 Uhr trafen sie sich mit Alex in Olgas liebster Grillbar und bestellten erleichtert drei Kirschweizen.

Alex berichtete über seinen Ausflug nach Zürich und seinen Verdacht, dass in dieser Klinik in großem Stil rechtswidrige Organtransplantationen vorgenommen wurden und dass dahinter mit hoher Wahrscheinlichkeit eine mächtige Organisation steckte.

Olga bestätigte seine Vermutung über eine Zusammenarbeit zwischen Raffelsberger und Atasoy, ehe sie ausführlich ihre Erkenntnisse schilderte, die sie aus den Gesprächen mit dem ursprünglich vermissten Arzt gewonnen hatte.

»Im Endergebnis«, folgerte Alex, »dürfte Florian Presselt mit unseren Ermittlungsergebnissen durchaus zufrieden sein. Jedenfalls ist sein Mandant aus dem Schneider, und wenn Atasoy in einigen Tagen hier aufschlägt, könnt ihr«, dabei blickte er Olga aufmunternd an, »die Schadensersatzangelegenheit abschließend regeln. Das mit dem Entschuldigungstermin für die Familie Al-Sulaimani sollte dann auch noch klappen. *The rest is silence.*«

»Irgendwie unbefriedigend und ungerecht, findest du nicht?«, fragte Sonja.

»Was ist schon Gerechtigkeit?«, erwiderte Alex.

»Jeder soll nach seinem Verdienst beurteilt werden«, antwortete Sonja. »Das ist doch kein Leben, in dem es keine Gerechtigkeit gibt.«

»Aber das Leben ist ungerecht«, erwiderte Alex sanft. »Darüber haben wir uns erst vor einer Woche unterhalten. Wäre es anders, säße ich nicht hier. Dann wäre ich heute noch Kriminalbeamter.«

»Zumindest haben wir dem Horbacher eins ausgewischt«, meldete sich Olga zu Wort.

»Und ob«, bekräftigte Alex. »Heute ist ein riesiger Artikel über den Korruptionssumpf beim Europäischen Theater in der Zeitung. Horbachers dreiste Selbstbedienung hat eingeschlagen wie eine Bombe.«

»Das nenne ich mal einen Erfolg«, freute sich Sonja. »Und was machen wir mit Schusternagel?«

»Nichts«, beschwichtigte Alex.

»Tatsächlich?«, entgegnete Sonja spitz.

Alex nickte. »Außerdem will ich nicht, dass meine Staatsanwältin argwöhnisch wird.«

»Daher also weht der Wind – unser Sherlock Holmes kuscht vor seiner Flamme!«

»Lass ihn«, nuschelte Olga mit vollem Mund und drückte Sonjas Hand. »Wer weiß, für was es gut ist.«

»Da habe ich gerade Gefallen an der Verbrecherjagd gefunden«, schmollte Sonja augenzwinkernd, »und schon sollen wir sie alle wieder laufen lassen.«

»Weißt du was, jetzt essen wir auf und dann schwitzen wir uns den Frust im Fitnessstudio heraus«, beendete Olga die Diskussion.

»Bist du bis 17:00 Uhr geduscht?«, fragte Alex.

»Warum?«

»Da bin ich bei Presselt zum Rapport einbestellt und hätte dich gern dabei.«

Der Münchner Staranwalt saß entspannt in seinem Sessel und nickte ab und zu wohlwollend, während er den Ausführungen von Alex und vor allem Olga lauschte.

»Wenn man es genau nimmt«, stellte er schließlich fest, »hätten Sie, Frau Kollegin, den Löwenanteil von Sorgers Honorar verdient. Aber das werden Sie untereinander ausmachen. Jedenfalls bin ich sehr beruhigt. Mein Mandant kann sich entspannen. Der Ruf seiner Klinik kommt nicht zu Schaden. Alles, was Sie herausgefunden haben, bleibt unter uns. Niemand hat sich etwas vorzuwerfen.«

»Na ja, Professor Gübelin sollte künftig gründlicher prüfen«, warf Olga ein, »wie es sich mit den Spendern verhält, deren Nieren er seinen Patienten implantiert.«

»Wenn es jemals zu Ungenauigkeiten gekommen sein sollte«, erwiderte Presselt, »wäre es eine bedauerliche Fehleinschätzung aufgrund der exorbitanten Arbeitsüberlastung gewesen, unter der mein Mandant leidet.«

»Dann wird Ihr Mandant auch anerkennen, welchen herausragenden Belastungen mein Mandant all die Jahre ausgesetzt war, in denen er als leitender Oberarzt Verantwortung getragen hat.«

»Worauf wollen Sie hinaus, Frau Kollegin?«

»Bülent Atasoy bleibt bis zu seinem Weggang vom Klinikum leitender Oberarzt, erhält ein herausragendes Zeugnis ausgestellt und eine adäquate Bonuszahlung aus dem bei Professor Gübelin geführten Pool für Mitarbeiterbeteiligungen«, forderte Olga selbstbewusst. »Im Gegenzug wird mein Mandant die von Ihnen entworfene Vergleichsvereinbarung akzeptieren und für einen Gütetermin mit der Familie Al-Sulaimani zur Verfügung stehen.«

»Respekt«, lächelte Presselt, »Sie haben das Mandat angenommen. – Einverstanden. Können wir nächste Woche einen Termin für die Unterschriften vereinbaren?«

»Selbstverständlich können wir das«, antwortete Olga und lächelte verschmitzt zurück.

»Da hast du dich aber ganz schön ins Zeug gelegt für deinen Ehebrecher«, bemerkte Alex, als sie ihre Fahrräder aufsperrten.

»Entweder-oder«, erwiderte Olga. »Wenn ich ein Mandat übernehme, dann mit Hand und Fuß. Auch das ist eine Form von Gerechtigkeit.«

»Das bewundere ich an dir«, gab Alex unumwunden zu, »diese Sicherheit im Umgang mit einem unlösbaren Problem.«

Olga lachte.

»Lach nicht«, erwiderte er ernst. »Wie du mit Sonja den Horbacher erledigt hast, war Klasse. Aber wie du nun versuchst, Atasoy in seiner Ambivalenz gerecht zu werden, das ist Noblesse.«

Olga machte eine wegwerfende Handbewegung: »Übertreib's nicht. Atasoy hat jede Menge Dreck am Stecken, aber die wirklichen Verbrecher, das sind die Drahtzieher im Hintergrund. Wenn man an die herankäme, das wär's!«

»Du wirst lachen – Dorothee hat Blut geleckt wegen Günther Raffelsberger. Wenn Atasoy endgültig in Istanbul ist, dann wird sie bei ihren Kollegen einen Versuchsballon starten.«

»Stelle ich mir schwierig vor, in der Schweiz gegen einen deutschen Erfolgsarzt zu ermitteln.«

»Sagt Dorothee auch. Aber seit einigen Jahren funktioniert die Zusammenarbeit mit den Schweizern besser als früher.«

»Die Steuer-CDs, ich weiß. Dann wünschen wir Dorothee viel Erfolg und Atasoy viel Glück, dass er wirklich aussteigen kann.«

Sie verabschiedeten sich, und Olga radelte zur Theresienwiese. Sie wollte sich zur Feier des Tages mit Sonja in dem Champagner-Laden treffen, in dem Sonja bevorzugt einkaufte, und mit ihrer Freundin ein Gläschen trinken. An der brach liegenden großen Festwiese ein Stück entlang musste sie noch mal kurz in die Pedale treten, hinauf auf die Anhöhe, wo linker Hand die Bavaria stand. Vor dem alten Messegelände bog sie rechts ab, hielt nach wenigen Metern vor dem unscheinbaren Ladengeschäft und sperrte ihr Rad neben Sonjas Drahtesel an einen Laternenpfahl.

Vor dem Schaufenster stand ein kleiner Rundtisch mit zwei Stühlen in der Sonne, die jedoch zu schwach war, diesen Platz gemütlich aufzuwärmen. Kein Wunder, dass hier niemand saß. Olga trat durch die Glastür in angenehme Kühle. Sie hörte leise Stimmen aus einem Nebenraum. Nach wenigen Schritten hatte sie den Durchgang erreicht und stand in einem kleinen Raum. Auf einem Biedermeiersofa saß Sonja mit einer blonden Frau ins Gespräch vertieft. Zwei Weingläser standen auf einem Tischchen.

Sonja blickte auf, sah Olga und strahlte. Beide erhoben sich, Sonja kam auf Olga zu, umarmte sie heftig und hauchte ihr einen Kuss auf die Lippen. Sie schmeckte nach Champagner.

»Das ist Nicola«, stellte sie vor, »und das ist Olga.«

»Freut mich«, sagte Nicola und umarmte Olga ebenfalls. »Setz dich. Ich hole dir ein Glas. Ich hoffe, du magst Rosé.«

Olga nickte.

»Schön, dass du da bist. Lief's gut bei Presselt?«

»Alles paletti. – Gemütlich ist es hier, da hast du nicht zu viel versprochen.«

»Gefällt dir mein Separee?«, fragte Nicola, die mit einem fingerbreit gefüllten Weinglas die beiden Stufen heraufstieg. Der Champagner perlte zartrosa, duftete in der Nase fruchtig und herb, schmeckte leicht mineralisch und nach Zitrusfrüchten, und er haftete lang am Gaumen.

»Schön hast du es und der Schampus ist köstlich«, lobte Olga und lächelte Nicola an. Ihre klaren blauen Augen stachen aus dem sympathischen Gesicht hervor und Olga nahm die Lebendigkeit wahr, von welcher Sonja schon mehrfach geschwärmt hatte. Unzweifelhaft, diese Frau liebte ihr Geschäft und ihren Champagner. Trotzdem fand sich ein melancholischer Zug um ihre Mundwinkel.

»Danke«, nahm Nicola das Kompliment an und setze sich in einen geschwungenen Biedermeiersessel gegenüber. »Leider habe ich vor einer knappen Stunde die traurige Nachricht erhalten, dass der Typ, dem ich diesen Laden verdanke, gestorben ist.«

»Oje, ein Freund von dir?«, fragte Olga.

»Ja, auch wenn wir keinen engen Kontakt hatten. Zunächst war er Stammkunde in meinem alten Geschäft im Glockenbachviertel. Dann hat er mir diesen Laden vermittelt, da haben wir uns angefreundet. Er kam oft am Freitagnachmittag auf zwei, drei Gläser vorbei. Manchmal lustig, meistens ein wenig melancholisch. Er hat Geige gespielt, auch mal auf einer Verkostung unten in meinem Keller. Zum Ausklang hat er eine Magnum spendiert. Wir mussten damit auf seinen Geigenlehrer anstoßen. – *Auf Andros!* – So war er, Leone. Und jetzt: Herzinfarkt mit 51.«

Nicola erhob ihr Glas, Olga und Sonja taten es ihr gleich.

»Auf Leone«, flüsterte Nicola.

»Auf Leone«, flüsterten Olga und Sonja und stießen an.

Die Gläser erklangen in einem satten Ton.

Danksagung

Der Leserin und dem Leser, die es ohne Auslassungen bis zu dieser Seite geschafft haben, gilt mein herzlicher Dank – für diese Menschen, also für SIE, habe ich diesen Roman geschrieben. Sie haben sich mitnehmen lassen auf eine »Kriminalreise« ohne Blutvergießen, Sie haben sich eingelassen auf eine Erzählung voller Widersprüche und Zweifel, auf eine Geschichte mit mehr Fragen als Antworten. Sie werden selbst über Richtig oder Falsch nachdenken und zu Ihrer persönlichen Antwort gelangen.

Unzählige Ärztinnen und Ärzte arbeiten in unseren Kliniken Tag und Nacht und Woche um Woche weit über das übliche Stundensoll hinaus, haben den Patienten im Blick und wollen für die Kranken das Beste – meist unbemerkt von der Öffentlichkeit, die sich gern auf die Skandale stürzt, ohne die Dilemmas wahrzunehmen, in welche die Handelnden manchmal getrieben werden. Ihnen und ihren Helferinnen und Helfern ein herzliches Dankeschön.

All den Menschen, die mit einem Organspendeausweis potenziell Leben retten, und denen, die einem ihnen nahestehenden Menschen mit einer Lebendspende helfen, gilt mein besonderer Dank.

Dieses Buch wäre nicht entstanden ohne die Unterstützung einiger begeisterter und engagierter Menschen in meinem kleinen, unabhängigen Verlag. Das Team um Dr. Martina Kliem hat mit viel Liebe zum Buch mein Erzählen begleitet; daher entbiete ich Martina Kliem und Jara Dressler ein herzliches Dankeschön. Meinem Verleger Burkhard P. Bierschenck danke ich für das entgegengebrachte Vertrauen und die publizistische Heimat, die er mir bietet. Das Cover hat Martina Stolzmann erneut mitreißend gestaltet: vielen Dank. Last but not least ist Yvonne Schmotz die gute Seele im Social Media Marketing, die mithilft, für Olga Leserinnen und Leser zu finden; mein Dank geht auch an sie.

Wen Gott liebt, dem schenkt er ein paar gute Freunde – und die lesen dann Manuskripte und halten mit ihrer Meinung nicht hinter dem Berg; dreien ist dieses Buch gewidmet, einige andere schlummern noch in wohlverdienter Anonymität; sie wissen, dass sie gemeint sind mit meinem kräftigen »Vergelt's Gott«. Meine Frau muss mir in allen medizinischen Fragen fachfraulichen Rat erteilen und zu allem Überfluss hält sie mein Quengeln aus, wenn mir ein Kapitel nicht von der Hand gehen mag – danke, Jeannine.

Olga ist eine junge, moderne Frau – ohne das Fingerspitzengefühl und die Sorgfalt einer anderen jungen, modernen Frau könnte sie nicht diese Wirkung entfalten, die sie entfaltet. Die Rede ist von Johanna Gerhard, meiner Lektorin. Sie ist es, die Olga zum liebenswerten Dreh- und Angelpunkt dieser Geschichte gemacht hat, ohne ihr wunderbares Lektorat wäre dieses Buch nicht so entstanden, wie Sie, liebe Leserinnen und Leser, es jetzt haben lesen dürfen. Danke, Johanna Gerhard.

Georg Brun, München 2022

Bitte beachten Sie die Leseprobe auf den folgenden Seiten!

Georg Brun

Bodenloser Fall
Ein München-Krimi

Edition 211, ein Imprint des Bookspot Verlags
ISBN 978-3-95669-164-5
288 Seiten
Klappenbroschur mit Lesezeichen
14,80 Euro
Auch als E-Book erhältlich!

Pflichtmandate hatte Olga Swatschuk schon viele, doch dieses ist anders: Der neueste Mandant der jungen Rechtsanwältin ist schuldig – und ist es doch nicht. Es geht um eine Million Euro, die veruntreut wurde. Gemeinsam mit dem routinierten Privatdetektiv Alex beginnt Olga, eigene Ermittlungen anzustellen, und gerät in ein Dickicht von Bestechung und Verleumdung. In dessen Zentrum steht das Prestigeprojekt Münchens: die Sanierung des Europäischen Theaters.

Als das Duo an seine Grenzen stößt, erhält es unerwartete Hilfe. Olgas Zufallsbekanntschaft Sonja erweist sich nicht nur als talentierte IT-Spezialistin, sondern gibt Olga auch den Halt, den sie seit langem gesucht hat. Gemeinsam wagen sie sich an die herausforderndste Gratwanderung ihres Lebens.

»Ein raffinierter Plot mit unvorhersehbaren Wendungen und interessanten Figuren, die einen so schnell nicht mehr loslassen!« V. S. Gerling

»Dieser Krimi hat es in sich: Das faszinierende Verwirrspiel beruht auf einem wahren Fall.« Buchjournal

1

Frühsommer und schon eine tropische Nacht. Es radelte sich angenehm durch die menschenleere Stadt. Als sie ihr Büro erreicht hatte, riss sie die Fenster auf. Die Blätter des Kastanienbaums vor ihrem Fenster raschelten. Olga hielt einen Augenblick inne, lauschte hinaus in die schlafende Stadt, deren Hintergrundrauschen niemals verstummte. In der Grünanlage gegenüber war es still. Die letzten Zecher hatten heimgefunden, die Obdachlosen lagen in ihren Schlafsäcken.

So stand sie einige Minuten und scheute sich, das Licht anzuschalten und damit den Alltag in ihr Leben einzulassen, das einer routinierten Regelmäßigkeit folgte, seit sie sich vor drei Jahren mit dem Schwerpunkt Strafverteidigung als selbstständige Einzelanwältin in München niedergelassen hatte. Jeden Morgen überprüfte sie ihren Terminkalender, den Angela, ihre Anwaltsgehilfin, mit größter Sorgfalt führte, und in dem neben Gerichts- und Mandantenterminen mit roter Tinte alle Enddaten für die diversen Fristen eingetragen waren. Olga mochte das quadratische, ledergebundene Buch, und obwohl sie von frühester Jugend an mit Computern und Handys aufgewachsen war, zog sie den altmodischen Kalender dem Outlook-Kalender vor.

Olga verließ das Fenster, kippte den Lichtschalter und setzte sich im Schein der Neonröhren an den Schreibtisch. Sie holte den Leitzordner mit ihren Steuerunterlagen hervor. Das Formular für die Einkommenssteuererklärung war weitgehend ausgefüllt. Sie prüfte die Eingaben und ließ eine erste Berechnung vornehmen: Sie zahlte zu viel Steuern für zu wenig Einkommen.

Wirtschaftlich lief ihre kleine Kanzlei nach wie vor mehr schlecht als recht, aber immerhin kam sie über die Runden und war niemandem außer sich selbst Rechenschaft schuldig. Sie konnte ihre Arbeitszeit ziemlich frei einteilen und selbst entscheiden, welches Mandat sie annahm und welches nicht. Andererseits war es mit dieser Freiheit so eine Sache, denn mangels eines festen Mandantenstamms übernahm sie regelmäßig Pflichtverteidigungen. Immer noch hörte sie die Stimmen ihrer Freunde und Kollegen, die sie davor gewarnt hatten, in der heutigen Zeit, in der die großen Sozietäten angesagt waren, ein Einzelkämpferschicksal zu wählen. Das sei wie *Free-solo*-Klettern, spotteten die, die mit ihrer Bergleidenschaft vertraut waren. *Stimmt*, dachte Olga und schickte die Steuererklärung ab.

Um halb neun erschien der erste und einzige Mandant des Tages, der Beschuldigte in einem Untreueverfahren, zu dessen Pflichtverteidigerin sie vor zehn Tagen bestellt worden war.

»Martin Prodger, guten Morgen«, stellte sich der schlanke Mann vor.

Er trug einen leicht abgetragenen Anzug. Sein markantes Gesicht wirkte vertrauenerweckend, was Olga überraschte; immerhin wurde ihm in der Anklageschrift die Veruntreuung einer gewaltigen Summe von 865.000 Euro vorgeworfen. Sein Händedruck war fest, sein Blick offen.

Er nahm auf dem Stuhl Platz, den ihm Olga anbot, und bemerkte mit klarer, dunkler Stimme: »Danke, Frau Swatschuk, dass Sie sich meines Problems annehmen.«

Er sah sich um. Auf ihren Besprechungsraum war Olga stolz: Quadratisch mit zwei großen Fenstern zu Innenhof und Seitengasse, weiß gestrichen und völlig schmucklos; ein runder Tisch mit heller Resopalplatte, vier Stühle mit blauen Stoffbezügen, darüber ein Deckenstrahler. Nichts weiter. Jedes Mal, wenn eine neue Mandantin oder ein neuer Mandant hier eintrat, genoss Olga die Überraschung auf den Gesichtern. Niemand erwartete von einer jungen Rechtsanwältin einen so nüchternen Raum, und die meisten konnten sich eine irritierte Bemerkung nicht verkneifen.

Nicht so Martin Prodger, im Gegenteil: »Schön haben Sie es hier«, sagte er.

»Danke«, antwortete sie überrascht. »Nun, Herr Prodger, ich bedauere, dass das Gericht die Bestellung Ihres Wahlverteidigers zum Pflichtverteidiger abgelehnt hat. Es würde mich freuen, wenn Sie mir das gleiche Vertrauen entgegenbrächten, das Ihr Wahlverteidiger genießt. Angesichts der Umstände kann ich Ihnen nur versichern, dass ich alles dafür tun werde, die Angelegenheit für Sie zu einem vernünftigen Ende zu bringen.«

Olga hasste solche Einleitungen und hatte stets ein mulmiges Gefühl, wenn sie eine Pflichtverteidigung übernehmen musste, obwohl der Beschuldigte lieber einen anderen Anwalt beauftragt hätte. Meist blieb bei so einer Vorgeschichte ein Schatten auf der Mandantenbeziehung liegen, egal was für ein Ergebnis erreicht wurde. Wenn es keinen lupenreinen Freispruch gab, haftete dem Ergebnis das Gefühl des Makels an. Dabei versuchte Olga, gerade bei Pflichtverteidigungen ihr Bestes zu geben, um den Vorbehalten und Vorurteilen entgegenzuwirken, mit einer Pflichtverteidigerin bekäme man minderen Rechtsbeistand.

Sie freute sich daher über die Erwiderung ihres neuen Mandanten: »Sie haben mein volles Vertrauen.«

Er saß leicht nach vorne gebeugt auf seinem Stuhl, die Hände lagen flach auf dem Besprechungstisch. Zwischen den Augenbrauen zeigte sich eine markante Falte, an den Schläfen wirkte das braune Haar schütter. Dort schimmerten auch einige silberne Fäden. Das Kinn zeigte energisch nach vorne, die Mundwinkel waren eingekerbt. Olga sah ihm sein Alter an und dachte trotzdem, Martin Prodger wirke jugendlich.

»Erzählen Sie«, forderte sie ihn auf, »wie sich die Dinge, die Ihnen vorgeworfen werden, aus Ihrer Sicht darstellen.« Olga lehnte sich zurück und hoffte, dass Prodger umfassend erzählen würde, denn sonst müsste sie zu viele Fragen stellen. Sie hatte die Erfahrung gemacht, dass die immer demselben Muster folgenden Fragen zu einer Voreingenommenheit führten, die individuelle Nuancen unter den Tisch fallen ließ, manchmal sogar für immer. Allein das Studium der Ermittlungsakte, das sie gerade bei Pflichtverteidigungen oft vor dem ersten Mandantengespräch abgeschlossen hatte, konnte eine bestimmte Voreingenommenheit herbeiführen.

»Es fällt mir nicht leicht, aber ich gestehe: Ich bin schuldig.« Sein Gesicht wirkte ernst, die Lippen zitterten. »Mir sind meine finanziellen Verhältnisse entglitten, ich habe mir unrechtmäßig Geld geborgt.« Prodger schaute Olga unsicher in die Augen.

»Ich weiß, das klingt nach einer Nullachtfünfzehn-Ausrede. Ja, ich habe Geld unterschlagen. Aber ich wollte es zurückzahlen.«

In seinem Blick lag etwas Verzweifeltes.

»Geliehen, ich habe mir das Geld nur geliehen – und auch nicht diesen Riesenbetrag, nein, bitte, glauben Sie mir!«

»Erzählen Sie«, bat Olga, »dann sehen wir, was sich für Sie tun lässt.«

Prodger nickte und fuhr fort: »Seit knapp fünfzehn Jahren bin ich Mitglied des Freundeskreises des Museums der Moderne hier in München. Als man mich vor elf Jahren gefragt hat, ob ich im Vorstand das Finanzressort übernehmen könnte, habe ich mich zur Verfügung gestellt und bin seitdem immer wieder gewählt und auf den Jahresversammlungen entlastet worden. Von Anfang an war für die Buchführungstätigkeiten eine Aufwandsentschädigung von 200 Euro monatlich vereinbart, die ich mir jedoch zehn Jahre lang nicht ausbezahlt habe. Damals brauchte ich das Geld nicht und wollte dem Freundeskreis was Gutes tun.«

»Ihr Amt ist also ehrenamtlicher Natur?«

Prodger nickte.

»Deshalb wollten Sie kein Geld für die Buchführung nehmen?«

»Ja.«

»Aber plötzlich doch? Können Sie mir das erklären?«

»Vor zwei Jahren ist meine Schwiegermutter schwer erkrankt, in ihrer Heimat, den Philippinen. Viele Menschen sind dort nicht krankenversichert. Auch meine Schwiegermutter hatte keine Versicherung und die Behandlung war teuer. Es war selbstverständlich für mich, die Kosten zu übernehmen. Vor gut einem Jahr musste ich den ersten Kredit aufnehmen, um die Fortsetzung der Behandlung zu ermöglichen. Wegen der hohen Kosten habe ich die Aufwandsentschädigung für die Buchhaltung für die zurückliegenden Jahre an mich ausbezahlt, gerundet ein Betrag von 25.000 Euro, den ich entsprechend verbucht habe.«

»Haben Sie das mit dem Vorstand abgesprochen?«

»Nein, aber ich bin mir sicher, dass der Vorstand es billigen wird«, antwortete Prodger und hob bedauernd beide Hände, ehe er fortfuhr, sich zu erklären. »Leider konnten die Ärzte meine Schwiegermutter nicht retten. Ich bin mit meiner Frau und unseren Kindern zur Beerdigung geflogen, die ich ebenfalls bezahlt habe. Das war sehr teuer.«

Er stockte. Mit den Fingern tippte er nervös auf den Tisch. Sein Adamsapfel hüpfte beim Schlucken deutlich auf und ab.

»Sie haben keine Vorstellung davon, wie wichtig es für mich war, meiner Frau beizustehen, als ihre Mutter so schwer erkrankt ist«, fuhr er schließlich fort.

»Das ist doch selbstverständlich«, bemerkte sie, spürte aber, wie sehr es ihn danach drängte, seine Situation zu erläutern. »Aber erzählen Sie ruhig etwas mehr, vielleicht hilft uns das bei unserer Verteidigungsstrategie, Ihr Motiv menschlich nachvollziehbar darzustellen.«

»Glauben Sie mir, ich war wirklich in einer Notlage, und für meine Frau war es sowieso nicht leicht, aus ihrer Heimat wegzugehen. Allein die vielen Kommentare, die sich meine Frau anhören muss, weil sie Asiatin ist und anders aussieht. Diese unterschwelligen Anfeindungen gehen unter die Haut. Wie hätte ich da ihre Mutter im Stich lassen können?«

»Das verstehe ich alles und es tut mir leid für Sie und Ihre Familie – aber warum der Griff in die Vereinskasse?«, lenkte Olga den Fokus wieder auf die sachlichen Dinge. »Erzählen Sie mir, was Sie gemacht haben.«

»Meine Konten waren ordentlich überzogen. Ich war mir nicht sicher, ob ich noch einen Kredit von meiner Hausbank bekommen würde – und ja, ich wollte mich auch nicht weiter bei der Bank verschulden. Um kurzfristig etwas flüssiger zu werden, habe ich mir vom Freundeskreiskonto 20.000 Euro auf mein Privatkonto überwiesen und habe das mit dem kreativen Vermerk *Zwischenfinanzierung* verbucht. Im Januar habe ich mir nochmals 20.000 Euro überwiesen, diesmal mit dem Verwendungszweck *Darlehen*. Von diesen 40.000 Euro habe ich vor zehn Wochen die Hälfte zurücküberwiesen. Den Rest wollte ich spätestens in sechs Monaten zurückzahlen. Auf keinen Fall wollte ich mich bereichern. Aber ja, mir ist klar, dass ich nicht so hätte handeln dürfen.«

Prodger stockte. Olga spürte, dass ihm sein Geständnis peinlich war. Doch das konnte sie ihm nicht ersparen.

»Hinterher ist man immer schlauer«, zwang sich Prodger zum Weitersprechen. »Dann habe ich die größte Eselei begangen. Um ohne Aufsehen zurückzuzahlen, habe ich bei der letzten Bilanzerstellung eine Bankunterlage frisiert. Heute fasse ich mir deswegen an den Kopf, aber damals dachte ich, die Fälschung fällt bestimmt nicht auf und ich gewinne Zeit.« Wieder hielt er inne und sah Olga mit einem Blick an, der um Nachsicht bat.

...